A

# LA PROMESSE À ÉLISE

Christian Laborie

# LA PROMESSE À ÉLISE

Roman

Ce livre est une oeuvre de fiction. Les noms, les personnages, les lieux et les évènements sont le fruit de l'imagination de l'auteur ou utilisés fictivement. Toute ressemblance avec des personnes réelles, vivantes ou mortes serait pure coïncidence.

Édition du Club France Loisirs,
avec l'autorisation des Éditions Presses de la Cité.

Éditions France Loisirs,
123, boulevard de Grenelle, Paris.
www.franceloisirs.com

Le Code de la propriété intellectuelle n'autorisant, aux termes des paragraphes 2 et 3 de l'article L. 122-5, d'une part, que les « copies ou reproductions strictement réservées à l'usage privé du copiste et non destinées à une utilisation collective » et, d'autre part, sous réserve du nom de l'auteur et de la source, que les « analyses et les courtes citations justifiées par le caractère critique, polémique, pédagogique, scientifique ou d'information », toute représentation ou reproduction intégrale ou partielle, faite sans le consentement de l'auteur ou de ses ayants droit ou ayants cause, est illicite (article L. 122-4). Cette représentation ou reproduction, par quelque procédé que ce soit, constituerait donc une contrefaçon sanctionnée par les articles L. 335-2 et suivants du Code de la propriété intellectuelle.

© Presses de la Cité, un département de Place des Éditeurs, 2016.
Tous droits réservés.

ISBN : 978-2-298-12076-9

# Généalogie des Rochefort

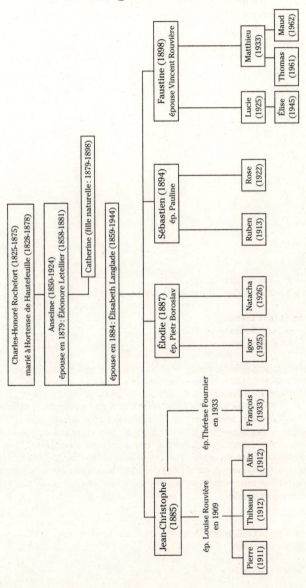

# Prologue

*Cévennes, mars 1945*

Les Martin exploitaient une ferme modeste dans la vallée de Saint-Jean-du-Gard. Accrochée au flanc de la montagne, assise sur plusieurs terrasses, elle semblait défier le temps avec ses façades épaisses de pierres grises et son toit de lauzes colossal. Les ouvertures y étaient rares, l'intérieur sombre et peu accueillant, les commodités inexistantes. Seul élément de confort, la cheminée, largement ouverte, occupait tout un pan de mur et dispensait sa chaleur à l'ensemble du logis quand, les trois quarts de l'année, y brûlaient de grosses bûches de châtaignier.

Vivant à l'écart, le couple de paysans fréquentait peu de monde dans la commune et y était assez mal considéré.

Tous les mardis, Germain et Célestine Martin descendaient dans le centre du bourg pour le marché hebdomadaire. Depuis que la région avait été libérée de la présence des Allemands, l'activité avait repris son cours, au ralenti, certes, mais comme jadis. Pour rien au monde ils n'auraient manqué cette occasion de vendre leurs marchandises : fromages de chèvre, charcuteries, miel, châtaignes. Au printemps et en été, ils y apportaient les produits frais de leur jardin : salades, courgettes, potirons, aubergines, oignons, tomates... Leur fils, Lucien, manquait souvent l'école pour accompagner ses parents qui le faisaient travailler comme un adulte, sans se soucier de son avenir. Âgé de dix ans, l'enfant ne rechignait pas à la tâche, car, peu doué pour les études, il préférait de loin traîner sur les marchés ou dans la bergerie de la ferme familiale plutôt que mettre les pieds sous son pupitre d'écolier.

Levés très tôt ce matin-là afin d'obtenir une bonne place dans la rue principale et de pouvoir installer leurs marchandises en toute tranquillité, ils avaient attelé leur carriole à leur cheval et fini d'arrimer leur cargaison, quand, tout à coup, ils entendirent le bruit d'un moteur devant la grille de leur mas. Célestine fut la première à s'étonner de cette visite matinale. Elle jeta un regard curieux par la fenêtre de la cuisine et aperçut un inconnu descendre rapidement du véhicule, se baisser devant l'un des deux piliers du portail, avant de s'engouffrer à nouveau dans la voiture.

— Qu'est-ce que c'est ? s'inquiéta son mari.

— Je ne sais pas ! Un bonhomme avec une casquette sur la tête. On dirait qu'il a déposé quelque chose devant la grille. Tu devrais aller voir.

— Demande à Lucien. Moi, je n'ai pas le temps. Je dois encore préparer les fromages dans la cave.

Célestine enjoignit à son fils de se dépêcher.

L'enfant rechigna.

— Il pleut ! Je vais me tremper.

— Discute pas. Fais ce que je te dis, bougre d'âne !

Habitué à se faire réprimander, Lucien obtempéra sans se précipiter.

Il enfila ses bottes et son ciré, puis se dirigea vers le portail. Dans la cour, le fumier dégoulinait et formait un cloaque nauséabond. Il le contourna, suivi de son chien, un bâtard noir et blanc, que Germain n'avait jamais pu dresser pour la chasse. L'enfant ordonna à l'animal de rentrer. Mais celui-ci lui désobéit et le devança.

— Qu'est-ce que t'as à aboyer comme un putois ? lui lança-t-il pour le rabrouer. T'as pas entendu ce que je t'ai dit ? Rentre !

Le chien tournoyait autour d'un objet déposé sur une pierre, près d'un des deux piliers.

Intrigué, l'enfant n'osa y toucher. Il l'examina avec méfiance. S'en retourna, les mains vides.

— Alors ? demanda sa mère en finissant de tirer ses cheveux en arrière, au-dessus de l'évier où elle avait fait un brin de toilette. Qu'est-ce que t'as vu ?

— Y a un drôle de paquet près du portail.

— Un paquet ! Mais pourquoi tu ne l'as pas apporté ? T'es manchot ou quoi ? Allez, va le chercher. On n'a pas de temps à perdre. On va se mettre en retard et ton père va encore gueuler !

Cette fois, le jeune garçon ne traîna pas. Il connaissait les colères de son père. Dans ce cas, il ne faisait pas bon se trouver sous sa main. Pour un rien, il lui décochait des gifles cinglantes et des coups de pied au derrière dont il se souviendrait longtemps.

Il empoigna le colis volumineux sans oser y jeter un œil et le porta à bout de bras jusqu'en haut de l'escalier extérieur. Tout essoufflé, il le déposa juste devant la porte.

—Ne le laisse donc pas dehors! gronda Célestine. Mais qu'est-ce que t'as dans la citrouille?

Lucien déposa à grand-peine l'encombrant fardeau sur la table. Le fixa du regard. Attendit la réaction de sa mère.

Celle-ci, intriguée, ne bougeait pas. Elle observait le drap qui recouvrait le paquet sans avoir l'air de comprendre.

À cet instant, son mari fit irruption dans la pièce.

—Alors, on se remue, nom de Dieu! Qu'est-ce que vous foutez? On va être les derniers à s'installer.

Puis, apercevant le mystérieux paquet sur la table:

—Qu'est-ce que c'est? Où as-tu trouvé ça?

—Dehors, devant la grille, répondit Célestine. C'est l'homme de tout à l'heure qui a dû le déposer.

—T'as regardé ce qu'il y a dedans?

—Pas encore.

—Qu'est-ce que t'attends?

Célestine s'approcha de la table. Hésita comme si le diable allait bondir hors de sa boîte. Souleva le drap. Demeura ébahie, en percevant un petit gazouillement, puis un autre.

—Oh, mon Dieu! s'exclama-t-elle. Un bébé!

—Un bébé! répéta Germain. Mais d'où sort-il?

Il s'approcha à son tour, suivi de Lucien, qui, curieux, voulait voir également.

—Reste pas dans nos jambes, se fit-il aussitôt rabrouer par son père. Va plutôt finir de charger la charrette.

—*Boudiou*, qu'il est petit! s'étonna Célestine. C'est qu'un nouveau-né! Mais d'où peut-il venir? Regarde, il porte un bracelet au poignet!

—C'est pas un bracelet, c'est une gourmette. Et elle est en or.

Germain examina l'objet. Mais, ne sachant pas mieux lire que sa femme, il ne put déchiffrer l'inscription gravée sur l'une de ses faces.

Embarrassé, Germain tergiversait.

—Il faut qu'on parte, ajouta-t-il. On a perdu assez de temps.

—Mais qu'est-ce qu'on va faire du bébé? On ne peut pas le laisser seul dans la maison. On ne sait même pas à qui il est ce marmot, ni pourquoi on nous l'a déposé devant notre porte.

—Hmm! J'aime pas ça, releva Germain. Ça sent les emmerdes.

—On peut quand même pas l'emmener sur le marché! Il est trop fragile. Et puis il va falloir lui donner à manger. Un bébé, ça boit du lait chaud.

Germain réfléchit. Il ôta sa casquette qui ne le quittait jamais, se frotta le cuir chevelu, tenta de trouver rapidement une solution.

—Bon sang de bon sang, on n'avait pas besoin de ça! Maintenant que les Boches sont partis, on était bien tranquilles. La vie reprenait doucement. Je me demande qui a bien pu nous fourguer ce loupiot!

— On n'a qu'à le déposer à la mairie et dire qu'on l'a découvert devant chez nous. Ils s'en débrouilleront.

Germain ne semblait pas de l'avis de sa femme. Il lui proposa de rester à la ferme pour s'occuper de l'enfant pendant qu'il irait au marché avec Lucien.

— Tu ne veux pas t'en débarrasser ? s'étonna Célestine.

— Attendons ce soir. On avisera quand on aura les idées plus claires.

Célestine obéit à son mari. Prendre soin du bébé, finalement, ne lui déplaisait pas. Cela lui rappelait subitement de bons souvenirs. Néanmoins, une fois seule avec lui, sa joie fut aussitôt attristée. Depuis la naissance de Lucien, elle n'avait jamais pu avoir un autre enfant. Germain le lui avait souvent reproché, comme si elle avait été l'unique responsable de cette douloureuse situation. Elle avait eu beau recourir à tous les expédients, à tous les remèdes de bonne femme qu'elle connaissait, se rendre dans la montagne en des endroits mystérieux où certaines pierres miraculeuses procuraient la fertilité aux femmes stériles, rien n'y avait jamais fait. Son ventre était demeuré désespérément plat. Lucien serait leur seul enfant.

Aussi, devant ce bébé tombé du ciel, Célestine se remettait-elle à rêver.

Mais qu'avait en tête son bourru de mari ? Son attitude l'intriguait.

Jadis, elle n'hésitait pas à lui retourner le reproche. Chaque fois qu'il la critiquait sur son impossibilité de lui donner un autre fils – car c'était un garçon qu'il désirait encore –, elle lui rappelait que les hommes pouvaient également être incapables de procréer. Toutefois Germain ne voulait rien entendre et, petit à petit, s'était éloigné de sa femme comme si elle portait seule le poids de leur malheur.

Alors, se demandait-elle, pourquoi n'avait-il pas proposé immédiatement de se débarrasser de cet enfant qui, maintenant, allait les encombrer? À quarante ans, son envie de biberonner lui était passée depuis longtemps. Lucien avait dix ans, il leur était très utile à la ferme et fournissait sa part de travail. Avec le temps, elle s'était résignée.

Sur le coup de ses réflexions, elle se rendit compte qu'elle ne s'était pas préoccupée du sexe du bébé. Elle souleva le drap qui le recouvrait. Lui ôta ses langes. L'enfant s'était endormi.

— Mon Dieu, une fille! s'exclama-t-elle à voix haute. C'est sûr qu'il voudra s'en débarrasser tout de suite! Mais comment?

En fin d'après-midi, lorsque Germain et Lucien revinrent de Saint-Jean-du-Gard, elle attendit impatiemment la décision de son mari.

Celui-ci semblait circonspect.

— Je sais qui a déposé le bébé devant notre porte! fit-il aussitôt, sans même prendre des nouvelles de l'enfant.

— On te l'a dit en ville! Y en a qui étaient au courant?

— Non, pas du tout! Mais je devine. J'ai compris ce qui a dû se passer. Cet enfant doit être un gosse de Boche. Une mère, honteuse de ce qu'elle a fait, l'a abandonné pour ne pas avoir d'ennuis. Ou ses parents, peut-être. Peu importe. T'as regardé s'il avait des cheveux?

— Oui, mais ça ne veut rien dire à cet âge-là.

Germain s'approcha du couffin que Célestine avait ressorti du grenier.

— J'ai raison. Ses cheveux sont blonds et ses yeux sont bleus.

— Je te répète qu'il est trop tôt pour le savoir. Ce bébé n'a que quelques semaines. La couleur de ses cheveux peut encore changer, et ses yeux n'ont pas leur teinte définitive.

Germain s'obstinait.

— Taratata! Foutaise. Je te dis que c'est un enfant de Boche! Je n'en veux pas sous mon toit. Il faut s'en débarrasser... En fait, c'est une fille ou un garçon?

Célestine hésita.

— Alors, tu réponds!

— Une fille.

— En plus, c'est une pisseuse! C'est bon, demain je l'emmène à la mairie et j'expliquerai ce qui nous est arrivé.

Célestine paraissait désemparée. Durant la journée, elle avait changé d'avis et souhaitait maintenant pouvoir conserver l'enfant. Elle s'était mis dans l'idée qu'il s'agissait d'un cadeau tombé du ciel après toutes ces années d'espoirs déçus et de renoncement.

— J'aimerais qu'on y réfléchisse encore avant de prendre une telle décision.

Germain ne semblait pas prêt à discuter.

— On ne peut pas élever un gosse qui n'est pas le nôtre! objecta-t-il. Comment expliquera-t-on aux voisins que nous avons un autre enfant? Il faudra bien se justifier. On ne pourra pas le garder.

— Attendons demain, proposa Célestine. La nuit porte conseil.

Le lendemain matin, Germain ne se montra plus aussi catégorique que la veille. Toute la nuit, il avait ruminé ce qu'il devait décider concernant l'enfant. Certes, c'était une fille, et elle ne serait jamais la sienne! songeait-il encore lorsqu'il se leva à l'aube selon son habitude. Mais en l'élevant comme un garçon, il parviendrait bien à la rendre utile à la ferme, comme son propre fils. Une fille n'avait pas besoin d'aller longtemps à l'école. Dès qu'elle pourrait travailler, elle gagnerait sa croûte. Cela soulagerait Célestine quand celle-ci commencerait à donner des signes de fatigue. Dans quatre ou cinq ans, elle serait en âge de participer aux menus travaux et ensuite elle ferait sa part comme tout le monde.

Sous cet angle, Germain ne considérait plus d'un aussi mauvais œil la présence de cette enfant sous son toit. La nourrir pendant quelques années, le temps qu'elle devienne forte et solide comme un garçon, ne lui coûterait pas grand-chose. À la ferme, quand il y en a pour trois, il y en a pour quatre!

— Alors, tu as réfléchi? l'interrogea Célestine quand elle le vit attablé devant son bol de café.

Germain leva les yeux en direction de son épouse. Il opina du chef, souleva la visière de sa casquette, l'enfonça de plus belle sur son front.

—Oui, j'ai réfléchi. On la garde. On affirmera que tu as accouché... il y a deux mois. D'ailleurs, personne ne viendra nous demander des explications. On voit si peu de monde que nul ne se sera rendu compte que tu étais enceinte. Moins on en dira, mieux cela vaudra.

—Puis-je savoir ce qui t'a décidé ?

—C'est simple. Comme nous n'avons pas eu d'autres enfants après Lucien, j'ai estimé que cette gamine pourrait remplacer celui que tu espérais. Mais, je t'avertis tout de suite, pas question d'en faire une mauviette ! Elle bossera avec nous comme Lucien. Pas de favoritisme parce que c'est une fille. J'aurais pu choisir, j'aurais préféré un garçon, tu le sais bien !

Célestine ne laissa pas paraître sa joie, mais au fond d'elle-même elle se réjouit. Son vœu était exaucé.

Alors Germain appela son fils. Lucien savait lire, du moins il savait déchiffrer les lettres.

—Lis-moi ce qui est inscrit sur la gourmette de la gamine, lui ordonna-t-il.

Le jeune garçon obéit sans se faire prier. Il ânonna :

—E, l, i, s, ça fait «Eulis». Ça veut rien dire. C'est pas un prénom !

—Ce doit être Élise, devina Célestine.

—Alors, il manque une lettre !

—Bon, Élise, ça ira bien, coupa Germain.

# Première partie

# L'INSISTANCE D'ADÈLE

# 1

## Le départ

*Gajols, département de la Gironde, été 1955*

Septembre était déjà bien commencé lorsque Adèle reçut le document qu'elle attendait avec impatience depuis la fin du mois de juin. En cette rentrée scolaire, l'Inspection académique était débordée par les nombreuses nominations des nouveaux enseignants et avait envoyé certaines affectations avec beaucoup de retard. Celle d'Adèle Gensac avait été traitée après toutes les autres, car la jeune fille représentait un cas particulier que l'Administration ne rencontrait pas souvent. Non seulement la future institutrice provenait d'une région extérieure à l'académie, mais en plus elle n'était âgée que de dix-neuf ans, ce qui la classait parmi les plus jeunes enseignantes du département.

Adèle Gensac avait passé avec brio son baccalauréat à l'âge de quinze ans et était sortie première de sa promotion à l'école normale de Bordeaux trois ans plus tard. Ses parents, René et Louise Gensac, des gens modestes, s'étaient enorgueillis du parcours sans faute de leur fille. Celle-ci, pourtant, n'avait jamais montré la moindre fierté quant à ses résultats scolaires et universitaires. Douée, peut-être, mais pas surdouée! reconnaissait-elle avec humilité lorsque ses maîtres la complimentaient devant ses camarades pour la donner en exemple.

Pour son premier poste, Adèle avait souhaité une affectation hors de son département, dans une région qu'elle avait découverte à l'âge de dix ans, alors qu'elle y passait ses vacances en colonie pour des raisons de santé: les Cévennes. Elle y avait été conquise par les paysages à l'austère beauté, les habitants chaleureux malgré leur réputation de gens méfiants et taiseux, la religion protestante qui était à ses yeux la plus respectueuse du principe de laïcité auquel elle était tant attachée. Elle avait choisi le Gard plutôt que la Lozère, dans l'espoir d'être nommée près d'une grande ville.

Pendant tout l'été, elle s'était attendue à ce que son vœu lui soit refusé et à devoir intégrer une école de son département d'origine. Aussi, lorsqu'elle aperçut le facteur s'approcher de chez elle, son cœur ne fit qu'un bond dans sa poitrine. Elle se précipita à sa rencontre et ne lui laissa pas le temps de déposer l'enveloppe à l'en-tête de l'Académie dans sa boîte à lettres.

—Eh bien, Adèle, tu me sembles bien pressée de prendre le courrier, ce matin! plaisanta le préposé des PTT. Ce n'est pourtant pas ton amoureux qui t'écrit!

—Vous savez bien, Hector, que je n'ai pas d'amoureux.

—À ton âge, il n'y aurait rien d'exceptionnel ! Moi, à vingt ans, j'avais déjà collectionné les filles, je te prie de me croire !

—Je vous crois ! Mais je vous avoue que, jusqu'à présent, je n'ai guère eu le temps de m'attacher à quelqu'un.

—Tu es trop sérieuse, petite… Alors, c'est cette lettre de l'Académie qui te fait vibrer de la sorte !

—Ça doit être mon affectation. Je l'attends depuis longtemps.

—Tu me parais bien jeune pour aller faire la classe !

—Je sais. Ça ne me fait pas peur.

Une fois le facteur éloigné, Adèle se réfugia dans sa chambre. Ses parents étaient partis travailler dans leurs vignes.

Elle s'assit sur le bord de son lit. Ouvrit délicatement l'enveloppe. En sortit le document officiel et lut.

Son visage s'illumina aussitôt.

—Saint-Jean-du-Gard ! exulta-t-elle. Ils ont accepté !

La jeune fille était d'autant plus satisfaite qu'elle connaissait bien la petite commune, célèbre dans la région pour ses filatures de soie. Son ancienne colonie de vacances se situait à Saint-Étienne-Vallée-Française, à une douzaine de kilomètres en amont.

Lorsque ses parents rentrèrent de leur travail au bord du soir, elle ne put contenir sa joie.

—Ça y est ! leur annonça-t-elle aussitôt. J'ai obtenu ce que je voulais. Je suis envoyée dans les Cévennes, en plein pays protestant.

Louise ne se réjouit pas autant que sa fille. L'imaginer loin d'elle l'attristait. N'ayant pas d'autre enfant qu'Adèle, elle aurait souhaité que celle-ci fût nommée dans le département. Certes, celui-ci était étendu, mais, avec le train, elle aurait pu rentrer chaque fin de semaine. Elle aurait fini par rencontrer un garçon de la région, elle se serait mariée et installée à proximité. Les écoles ne manquaient pas en Gironde! Même Bordeaux aurait été préférable à ce pays de huguenots situé de l'autre côté du Massif central!

Au fond d'elle-même, Louise regrettait presque de l'avoir envoyée dans ces montagnes lointaines, réputées pour le bon air. Elle n'aurait jamais dû écouter le docteur Bataille à l'époque où sa fille, à peine âgée de dix ans, avait manifesté ses premiers symptômes d'asthme.

« Envoyez-la au grand air, en altitude, lui avait-il conseillé. En colonie. Ça lui procurera le plus grand bien. Et ça lui fera des vacances! »

Il avait lui-même recommandé les Cévennes, prétextant qu'il s'agissait d'une moyenne montagne, idéale pour les asthmatiques. Il ne lui avait pas avoué qu'il en était originaire. Il lui avait seulement déclaré avoir de la famille près de Florac.

« Que votre mari se renseigne. Il trouvera facilement des lieux d'accueil pour les enfants de familles modestes. Ça ne vous coûtera pas grand-chose. Et votre fille en reviendra ragaillardie. Mieux vaut une colonie de vacances que le sanatorium! Non? N'attendez pas que son état s'aggrave. »

Louise avait écouté le médecin. René, son mari, ne mit pas longtemps à dénicher la colonie de la Bessède, à Saint-Étienne-Vallée-Française. Il y inscrivit Adèle sans plus tarder. Celle-ci devait y passer un mois d'été quatre années consécutives.

Une fois avertis de l'affectation de leur fille, René et Louise n'eurent de cesse de préparer son départ. Le temps pressait, la rentrée des classes devant avoir lieu trois semaines plus tard.
—Il te faut encore trouver une chambre ou un petit appartement! Tu ne peux pas partir sans savoir où dormir! lui répétait Louise. Qui sait ce que tu découvriras sur place?
—Cesse donc de t'inquiéter, maman! lui répondait Adèle. Normalement, le maire est dans l'obligation de loger les instituteurs de sa commune. Je ne serai pas à la rue quand j'arriverai.
Pendant les deux semaines qui suivirent sa nomination, Adèle s'enferma dans sa chambre afin de préparer sa rentrée. Elle ignorait encore quel niveau on lui confierait. Aussi revisita-t-elle les grandes lignes des programmes du primaire, du cours préparatoire au cours moyen et à la classe du certificat d'études. Pendant ce temps, sa mère lui confectionna un vrai trousseau de jeune mariée, prétextant qu'elle partait dans un pays où tout devait manquer et où le froid, en hiver, était aussi intense qu'au pôle Nord! Elle s'était renseignée et on lui avait parlé des conditions atmosphériques enregistrées à la station météorologique du mont Aigoual.

« C'est terrible ! lui avait expliqué le mari de l'une de ses amies. Certaines années, il peut tomber jusqu'à quatre mètres de neige. Les gens sont bloqués chez eux pendant des semaines sans pouvoir sortir. Quand il ne neige pas, il pleut comme en Afrique équatoriale. Et en été, ils se rôtissent comme des poulets sur le gril. C'est la fournaise ! Les Cévennes, c'est l'enfer ! Quant aux habitants, ils sont pas comme nous. Ce sont des parpaillots qui ne croient pas à la Sainte Vierge ! Vous vous rendez compte ! »

Devant un tel tableau, Louise s'était effrayée, mais s'était bien gardée de montrer son appréhension à sa fille pour ne pas lui gâcher sa joie.

« Tu feras bien attention à toi ! s'était-elle contentée de lui conseiller. Si ça ne va pas, ne reste pas toute seule dans ton coin. Et à la fin de l'année, demande ta mutation.

— Tout se passera bien, maman. Les Cévennes ne sont pas un pays de sauvages ! Je connais, j'y suis déjà allée.

— En vacances, ce n'est pas pareil ! »

Adèle avait beau rassurer sa mère, celle-ci demeurait persuadée que ce qu'on lui avait affirmé était la stricte vérité.

*
* *

La rentrée scolaire étant prévue pour le lundi 3 octobre, Adèle décida de partir de Gajols une semaine plus tôt afin de ne pas être bousculée et de pouvoir se préparer à accueillir ses futurs élèves en toute sérénité.

Ses parents l'accompagnèrent à l'arrêt de l'autocar qui devait la conduire à Bordeaux. De là, elle prendrait un premier train pour Clermont-Ferrand, puis un second jusqu'à Alès. Enfin un dernier autocar l'amènerait à Saint-Jean-du-Gard.

Louise était inquiète. Elle n'était jamais sortie de son département et, pour elle, prendre le train constituait une véritable aventure. Elle n'avait quitté son petit village de Gajols qu'à l'occasion de son voyage de noces avec son mari, qu'ils avaient passé sur les bords du bassin d'Arcachon. La dune du Pilat était la seule « montagne » qu'elle avait vue dans sa vie, et l'océan le seul horizon lointain qu'elle avait découvert.

René, lui, ne se faisait pas autant de souci. À quarante-quatre ans, il était déjà parti deux fois. D'abord pour effectuer son service militaire à Soissons, puis en 1939, lorsqu'il avait été mobilisé. Envoyé à Reims, il avait vécu la « drôle de guerre » et la déroute de l'armée française, avant d'être fait prisonnier à Dunkerque et emmené en Allemagne.

Quand elle vit s'éloigner le clocher de son église par la vitre arrière de l'autocar, Adèle eut un pincement au cœur. Non qu'elle craignît ce qu'elle allait découvrir, mais parce qu'elle savait sa mère soucieuse.

Ce fut un long voyage. L'autorail de Clermont-Ferrand à Alès, via Issoire et Langogne, circulait lentement. Les pentes étaient raides à travers la montagne cévenole, mais les paysages sublimes.

Les ravins escarpés lui donnaient le tournis sur les viaducs vertigineux qui enjambaient les vallées encaissées. Les tunnels se succédaient les uns aux autres à un rythme accéléré, traversant la montagne pour déboucher toujours sur un panorama grandiose. Adèle s'extasiait quand, au sortir de l'un d'eux, après de larges plateaux aux pâturages verdoyants, se dressaient tout à coup des falaises de granite dont les sommets se perdaient dans la forêt de conifères.

Quand le train s'approcha de sa destination, elle reconnut des paysages familiers. Ses souvenirs lui revinrent à l'esprit comme par enchantement. Après les vastes étendues de la Margeride et les contreforts géants du mont Lozère, la voie pénètre dans la Cévenne schisteuse, celle du châtaignier et du mûrier, des serres et des valats[1], des terrasses cultivées aux murs de pierres sèches séculaires. Celle où les hommes sont avares de leurs paroles comme ils sont économes de leur argent, ayant toujours appris à se méfier de l'abondance et du superflu, eux dont les ancêtres ont vécu dans la parcimonie pour mieux assurer leur avenir, et dans le secret pour mieux sauvegarder leur liberté.

Adèle savait que ce pays était rude à certains égards, qu'il était difficile pour un arrivant de l'extérieur de s'y acclimater rapidement et de s'y faire accepter par la population. Lors d'un entretien avec son maître de stage, à Bordeaux, ce dernier l'avait prévenue :

---

1. Crêtes et vallées.

« Ne vous offusquez pas. Là-bas, vous serez regardée comme une étrangère. Rien n'y fera. Vous aurez beau tout essayer pour vous intégrer, vous ne serez jamais considérée comme l'une des leurs. On vous écoutera, on vous appréciera, on vous invitera même si vous savez vous y prendre, mais on ne vous assimilera jamais. De plus, vous êtes catholique, or vous êtes nommée au cœur des Cévennes protestantes ! Ça ne facilitera pas votre intégration.

— Je suis baptisée mais je ne suis pas pratiquante. Je suis d'ailleurs très attachée à la laïcité, surtout à l'école.

— Cela vous aidera à mieux amadouer les parents de vos chers élèves. La plupart seront protestants. Certes, nous ne sommes plus au temps des guerres de Religion, mais les mentalités sont encore marquées par tout ce qui touche à l'histoire des camisards. Ceux-ci sont toujours adulés par les Cévenols comme les héros d'une croisade pour leur liberté de conscience. Vous ferez attention à ce que vous direz à ce propos. N'allez pas affirmer par exemple – ce que je crois d'ailleurs, entre nous – que les camisards avaient aussi du sang sur les mains et que certains d'entre eux passeraient aujourd'hui pour des terroristes. C'est ce que nous pensons des fellagas musulmans qui égorgent nos compatriotes en Algérie au nom de leur liberté, n'est-ce pas ? »

Prise au dépourvu, Adèle n'avait su que répondre ce jour-là à son maître de stage. Celui-ci n'avait-il pas tenté de la tester face à un problème crucial qu'elle risquait de rencontrer auprès de certains parents d'élèves très attachés à leurs convictions ?

« En tout cas, méfiez-vous, avait-il poursuivi. Pas de prosélytisme en faveur de vos idées. Respectez celles des autres. Mais ne vous soumettez pas non plus à leurs exigences. Vous êtes très jeune. Il ne vous sera pas toujours facile de vous affirmer. »

Adèle n'avait pas besoin qu'on lui rappelle ses devoirs de réserve ni ses obligations. Tout imprégnée des idéaux de la République en matière d'éducation, elle connaissait parfaitement les principes fondamentaux qui avaient contribué au triomphe de l'école de Jules Ferry.

Quand elle débarqua à Alès, en fin d'après-midi, une lumière automnale nimbait encore les crêtes des premiers contreforts cévenols. Sur le quai, les voyageurs se pressaient pour sortir de la gare. Elle prit son temps pour affronter la ville où elle devait passer la nuit avant de se rendre, le lendemain, dans la commune de son affectation. Elle ressentit soudain une certaine appréhension. Loin de chez elle, il lui semblait être devenue une étrangère. Elle se mit à douter pour la première fois du choix qu'elle avait fait, celui de venir enseigner dans une région qu'elle n'avait découverte qu'avec des yeux d'enfant. Ne me suis-je pas bercée d'illusions ? songea-t-elle en allant déposer sa valise à la consigne.

Pour se changer les idées, elle partit se promener dans le quartier historique de la ville, autour de la cathédrale. La cité minière lui parut triste et sale. Beaucoup de maisons insalubres présentaient des façades lépreuses et leurs soupiraux exhalaient une odeur âcre de charbon et de moisissure. Dans les rues étroites, des enfants jouaient bruyamment, bousculant les adultes, lançant leur ballon sans se soucier des automobiles. Au bout de la Grand-Rue, elle s'arrêta devant l'auberge du Coq Hardi, où, lui apprit-on tandis qu'elle s'étonnait du style de l'édifice, Richelieu avait passé une nuit pour signer la paix avec les protestants en 1629.

Elle ne s'attarda pas dans la vieille ville, préférant s'aérer sur l'avenue Carnot le long du Gardon qui charriait des eaux boueuses et tumultueuses. On lui raconta que, la veille, un violent orage avait éclaté sur les contreforts cévenols et provoqué dans les communes environnantes de grosses inondations. Surprise par la puissance des flots, elle se rendit compte que les Cévennes étaient une terre de contrastes où tout n'était pas aussi idyllique que ce qu'elle avait découvert lorsque, petite, elle venait y passer ses vacances.

Le soir, elle prit une chambre au Riche Hôtel situé en face de la gare. Seule, angoissée par ce qui l'attendait le lendemain, elle se plongea dans ses dossiers pédagogiques afin d'être prête à affronter son nouveau destin.

## 2

## L'installation

Tôt le lendemain matin, Adèle prit un car à la gare routière située à proximité de son hôtel. Pendant le trajet, elle s'efforça de distraire son esprit en observant le paysage qui défilait sous ses yeux. À Anduze, devant les rochers qui dominaient la ville et marquaient de leur hauteur la porte des Cévennes, elle prit vraiment conscience qu'elle s'engageait pour longtemps dans un autre monde. Elle retrouva vite les paysages qu'elle avait découverts une dizaine d'années auparavant. Des collines calcaires d'abord, couvertes de garrigue, d'oliviers, de vigne et de terrasses cultivées. Puis les sommets s'accusèrent, assombris de chênes verts. La vallée se rétrécit, prit des allures de gorge. De temps en temps, des prairies verdoyantes perçaient le couvert végétal et créaient une atmosphère de petite Suisse. La rivière, fraîchement alimentée par les pluies d'orage, coulait des eaux encore troubles comme celles d'un torrent alpestre après la fonte des neiges. Le pays camisard s'offrait peu à peu à son regard émerveillé, comme retenu par une certaine méfiance devant l'étrangère qu'elle était.

Lorsqu'elle débarqua à Saint-Jean-du-Gard, un soleil radieux illuminait la vallée. L'autocar la déposa sur la place du foirail. C'était mardi, jour du grand marché, et les rues grouillaient de monde. Les étals des vendeurs s'étiraient dans le cœur de la petite cité où les paysans des montagnes voisines proposaient les produits de leurs fermes : fruits, légumes, volailles, lapins, jambons, pélardons… C'était un lieu d'échanges animé dont l'origine remontait à plusieurs siècles.

Un peu perdue dans la foule, où déambulaient beaucoup de badauds, Adèle se dirigea vers la mairie dans l'espoir de rencontrer le maire ou l'un de ses adjoints. Flânant dans les allées, elle se sentit brutalement revenue à l'époque où, avec les moniteurs de la colonie, elle y descendait une fois par semaine. Elle redécouvrit avec émotion les odeurs propres aux marchés méridionaux, l'ambiance bon enfant qui régnait dans les travées, l'accent des gens, moins chantant que celui de sa région du Sud-Ouest mais tout aussi agréable.

Elle s'adressa directement à la secrétaire de mairie, une certaine Huguette Van Duynslaeger, dont le nom lui parut bien compliqué. La voyant arriver la valise à la main, celle-ci lui répondit d'un air suspicieux :

— Monsieur le maire ? Il est occupé, mademoiselle. Le mardi, il a l'habitude de faire le tour du marché pour rencontrer ses concitoyens.

— J'attendrai. Je ne suis pas pressée.

— Que lui voulez-vous, à monsieur le maire ?

Visiblement, la fonctionnaire, une petite femme maigre, à l'air revêche, se méfiait. Adèle se souvint des remarques de son maître de stage : surtout, au premier abord, ne pas se montrer trop sûre de soi avec les gens !

—Je suis la nouvelle institutrice. Je viens me présenter comme c'est l'usage.

—Ah ! Il fallait le dire tout de suite, répliqua la secrétaire d'un ton plus affable. Alors, suivez-moi, je vais vous faire patienter dans mon bureau. Monsieur le maire ne saurait tarder… En fait, vous vous appelez comment ?

—Adèle Gensac. Je viens du département de la Gironde.

—C'est exact… L'Inspection académique nous a signalé votre nomination. On ne s'attendait pas à voir arriver une étrangère… enfin, je ne voulais pas dire les choses de cette façon… Vous m'avez comprise !

—Ça ne m'offusque pas ! Je sais ce que cela signifie dans la bouche d'un Cévenol. Il n'y a rien de péjoratif. Chez moi aussi, on a tendance à considérer ceux qui sont d'ailleurs comme des étrangers.

—Vous verrez, vous vous sentirez vite chez vous, ici. Les gens se méfieront un peu au début, mais quand vous les connaîtrez mieux, ils vous ouvriront leurs portes sans hésitation. Surtout pour leurs enfants.

—Je ne m'inquiète pas. C'est mon premier poste, mais j'ai confiance.

La secrétaire laissa Adèle dans son bureau et retourna au guichet dans la pièce mitoyenne où l'attendait un administré en colère. À travers la cloison, Adèle entendit les plaintes de ce dernier.

Un voisin sans gêne passait par chez lui pour se rendre sur son terrain ; or il ne lui avait pas demandé son autorisation et il ne bénéficiait d'aucun droit de passage.

—Vous savez bien, monsieur Laporte, qu'un terrain ne peut pas être totalement enclavé. Il faut régler ce litige chez le notaire…

—Je veux voir le maire. C'est à lui de faire respecter la loi sur sa commune. Je suis maître chez moi ! J'ai donc le droit d'interdire à cet individu de traverser ma propriété…

Adèle souriait en écoutant, malgré elle, l'objet du différend que ce concitoyen exposait à la malheureuse secrétaire. Celle-ci, pensa-t-elle, devait sans doute supporter de telles récriminations à longueur de journée. C'est bien ici comme chez nous. Des querelles de clocher !

Le maire, un homme de forte corpulence et à la calvitie prononcée, se fit attendre plus d'une heure. Sur le coup de midi trente, il arriva dans sa mairie, très énervé. Aussitôt sa secrétaire le prévint de la présence d'Adèle.

—Veuillez m'excuser, lui dit-il en lui tendant la main. Vous tombez le plus mauvais jour de la semaine. Le mardi, tout le monde descend à Saint-Jean et je n'ai pas une minute à moi… Donc, c'est vous notre nouvelle institutrice ! Mais, dites-moi, vous me paraissez bien jeune ! Je ne pensais pas voir débarquer une étudiante !

—Le mérite n'attend pas le nombre des années, monsieur le maire ! J'ai fini l'École normale en juin ! J'ai simplement quelques années d'avance.

— Je vois, je vois! releva l'édile, dubitatif. Mais si l'on m'avait consulté… enfin, j'aurais préféré un vieux briscard rompu à cet âpre métier d'enseignant. Car, vous le constaterez vite, ici, ce n'est pas une sinécure! Je ne voudrais pas vous décourager, mais nos chères têtes blondes ont eu raison de votre prédécesseur, une femme, comme vous, moins jeune, mais trop fragile! Elle n'est restée qu'un an.

— En demandant cette affectation, je ne m'attendais pas à ce que ce soit facile.

Le maire convia Adèle à le suivre dans son propre bureau.

— Je suppose que vous souhaitez être logée par la commune!

— Je ne me suis pas posé la question. Cela me semblait évident.

— Vous allez être déçue, car le trois-pièces qui vous est normalement réservé est en réfection. À la suite des violents orages de la semaine dernière, le toit est passé à travers. Du coup, je dois loger mes deux enseignants dans des locaux provisoires. Oh! vous n'y crèverez pas de froid, mais c'est assez rustique, je dois l'avouer.

— Je ne suis pas venue ici pour habiter dans un château.

— Remarquez, vous ne serez pas la seule dans ce cas. Votre collègue, monsieur Lescure, sera logé à la même enseigne. Lui aussi vient d'ailleurs.

— C'est un étranger!

— Exact. Il est originaire d'Uzès.

— C'est dans le Gard!

— Oui, mais pas dans les Cévennes!

— Ah oui… j'oubliais! releva Adèle, le sourire aux lèvres. Combien sommes-nous d'enseignants dans votre école?
— Quatre. Monsieur Soboul, le directeur, et madame Lapeyre, qui s'occupe des tout-petits, habitent leur propre maison. Il y a longtemps qu'ils sont installés dans la commune. On ne les considère plus comme des…
— Comme des étrangers, coupa Adèle, que la conversation commençait à agacer.
— Je vois qu'on vous a bien informée sur notre façon de penser!
— Rassurez-vous, monsieur le maire, je ne suis pas froissée. Je trouve seulement cette tournure d'esprit un peu…
— Désuète!
— Non, amusante!

*
* *

Le logement provisoire que la mairie avait alloué à Adèle se situait à proximité de l'école, dans l'enceinte d'une vieille maison désaffectée et remise en état pour l'occasion. Les murs de pierre, enduits à la chaux vive, commençaient à s'écroûter. Les volets avaient été fraîchement repeints dans un bleu lavande qui donnait un peu de gaieté à la bâtisse austère.

On lui proposa le rez-de-chaussée, l'étage ayant été attribué à son jeune collègue François Lescure. Ce dernier ne devait arriver que le jour de la rentrée.

Quand elle passa la porte, elle fut aussitôt surprise par une odeur tenace de renfermé. Elle ouvrit immédiatement les volets et les fenêtres pour faire pénétrer le soleil et assainir l'air. Deux pièces en enfilade constituaient l'appartement. La cuisine était dotée du minimum, avec néanmoins l'eau courante. Un poêle à bois trônait dans un angle, tandis qu'un énorme buffet séparait le coin-repas du coin salon. Deux fauteuils usagés se faisaient face juste devant la fenêtre qui s'ouvrait sur la rue. Derrière la cuisine, la chambre n'était meublée que d'un lit et d'un chevet. Elle donnait sur une sorte de cour intérieure obscure entourée de murs grisâtres, ceux d'une ancienne filature, et au milieu de laquelle un vieux mûrier avait résisté aux assauts du temps, semblant indiquer, comme un symbole, qu'en ce lieu, jadis, on filait la soie.

Le lendemain, Adèle demanda à rencontrer Antoine Soboul, le directeur. C'était un petit homme tout en rondeur, d'une quarantaine d'années, à la chevelure noire et épaisse et au regard sévère. Il parlait sur un ton autoritaire en fronçant sans cesse les sourcils comme pour appuyer davantage ses propos. Il avertit aussitôt sa nouvelle recrue qu'elle s'occuperait du cours moyen, niveau qui nécessitait de sérieuses connaissances mais pas de compétences particulières en matière d'approche pédagogique, les enfants de cet âge-là étant déjà habitués aux exigences scolaires.

—Cela vous sera plus facile qu'avec le cours préparatoire, lui expliqua-t-il pour justifier sa décision. Les petits, il faut leur donner les fondamentaux, leur apprendre à lire, à compter et à écrire. Les bases, c'est très important. Madame Lapeyre, qui a plus de trente ans de carrière derrière elle, s'en charge très bien depuis longtemps. Quant à moi, j'assure la classe du certificat. Les grands, il faut les avoir à l'œil si l'on veut des résultats. Or, l'inspecteur d'académie nous attend chaque année au classement du canton. Votre collègue, monsieur Lescure, s'occupera du cours élémentaire. Dans ce niveau, les élèves ont besoin d'être encadrés par une main d'homme. Sinon ils acquièrent très vite de mauvaises habitudes et perdent rapidement ce qu'on leur a inculqué en CP. Nous avons une trentaine d'enfants dans chaque niveau. Vous ne chômerez pas! Vous devrez être vigilante et ne jamais vous laisser déborder par vos élèves. Quant aux parents, un conseil, ne les prenez jamais de front. À leurs yeux, vous incarnez le savoir, l'autorité et l'avenir de leurs enfants. Aussi, ne les décevez pas et ne froissez pas leur susceptibilité.

Antoine Soboul ne fit pas bonne impression à Adèle. Affublé de sa blouse grise alors que la rentrée n'était pas encore commencée, il ne cessa, pendant toute la durée de leur entretien, dans son bureau, de lui tenir un discours moralisateur.

—Vous n'oublierez pas de faire respecter les principes de laïcité, fondement de l'école de la République, poursuivit-il. En classe, vous ne parlerez jamais de religion ni de politique. Vous observerez la plus stricte neutralité lorsque vous serez opposée à certaines idées proférées par vos élèves et qui ne seront que le reflet de ce qu'ils entendent chez eux. Avec vos collègues, vous n'entretiendrez que des relations professionnelles, sans jamais dépasser les règles de la bienséance ; pas de familiarité ni d'intimité. Vous éviterez de paraître en leur présence en dehors de l'école, dans la vie de tous les jours. Les enfants comme leurs parents ne doivent pas vous percevoir comme des proches ; vous ne devez pas désacraliser l'auréole de l'enseignant en passant pour quelqu'un d'ordinaire. Il y va de votre autorité et de celle de l'institution. Enfin, vis-à-vis de l'école privée, vous tâcherez de vous tenir à distance de toute polémique. L'école catholique, certes, en ce pays de protestantisme, n'a pas l'importance qu'elle a acquise dans d'autres communes voisines, comme Saint-Ambroix. Mais n'allez pas jeter de l'huile sur le feu sous prétexte que vous représentez l'école de l'État. Nous sommes en bons termes avec nos confrères du privé, selon un *modus vivendi* qui nous permet d'échapper à une querelle qui pourrait jouer en notre défaveur si elle venait à se réveiller. Néanmoins, ne perdez jamais de vue que nous devons montrer l'exemple et obtenir les meilleurs résultats du canton au certificat d'études. Ce serait un affront si nos élèves arrivaient derrière ceux de l'école Saint-Jean-Baptiste.

Adèle se souvenait parfaitement des recommandations de son maître de stage. Elle était prête à affronter les difficultés inhérentes à sa nouvelle profession. Celle-ci ne correspondait-elle pas à sa vocation depuis qu'elle était toute petite ? J'espère, songea-t-elle, que mes collègues ne se montreront pas aussi vieux jeu que ce directeur !

En attendant la rentrée, Adèle évita de trop sortir. Elle se contenta d'aller au village pour quelques emplettes et pour se faire connaître de la boulangère, du boucher et du crémier, chez qui elle aurait l'occasion de se rendre souvent. Lorsqu'elle se présenta à la boulangerie, elle ne put dissimuler qu'elle était la nouvelle institutrice. La commerçante, Paulette Chabrier, une femme joviale tout en rondeurs, le devina immédiatement :

— Vous aurez ma fille en classe, lui dit-elle, avant même qu'Adèle lui apprenne qu'elle s'occuperait du cours moyen. J'espère que vous réussirez mieux que celle qui vous a précédée. Cette enseignante n'avait aucune autorité sur ses élèves. C'était une catastrophe! C'est bien simple, à cause d'elle, ma fille a perdu une année.

Paulette Chabrier était du genre à divulguer tous les potins de la commune dans son magasin.

Elle poursuivit :

— Vous a-t-on avertie que vous auriez une petite muette en classe?

— Une enfant muette! s'étonna Adèle.

— Parfaitement. Comme je vous le dis, une gamine qui ne parle pas.

Devant l'incrédulité de sa cliente, la boulangère crut bon d'insister.

— Muette et sans père!

— Son père est mort?

— Nul ne sait! Elle est de père inconnu. Sa mère vit seule dans une maison en bordure du Gardon. Jolie maison, au demeurant! C'est une femme bizarre. Elle parle peu, ne se mêle jamais aux autres. On ne la connaît pas beaucoup dans la commune.

—Elle ne fait pas partie de votre clientèle?

—Si. Mais elle ne dit jamais un mot de trop. Elle achète son pain et puis s'en va sans engager la conversation.

—Elle n'est pas d'ici? C'est une étrangère, comme moi?

—Oh, que non! Elle vient d'Anduze, d'après ce que je sais. Sa mère est la fille d'un industriel nîmois, un certain Rochefort qui a vulgarisé la toile de Nîmes au début du siècle. C'est une grande famille. Une grande fortune.

Adèle s'étonna qu'une telle femme habite seule, à l'écart des siens, à élever son enfant comme si elle cachait un secret bien gardé.

—Cela ne vous paraît pas étrange? poursuivit-elle.

—Un peu. Mais, vous savez, je n'aime guère m'immiscer dans la vie de mes clients. Chacun vit comme il veut.

—J'aurai bien l'occasion de la rencontrer.

—Ça, c'est moins sûr! Je vous le répète, depuis que cette femme est installée à Saint-Jean, personne ne la connaît vraiment.

—Cela fait longtemps?

—Depuis environ dix ans.

Adèle était intriguée par les révélations de Paulette Chabrier. Avoir la charge d'une enfant muette était peu fréquent. Au reste, elle se demanda aussitôt comment on avait pu laisser une mère inscrire sa fille dans une école publique alors que la petite présentait un gros handicap.

Je vais être confrontée à un sérieux cas pédagogique ! songea-t-elle en rentrant chez elle ce matin-là.

Le jour de la rentrée, elle rencontra ses collègues pour la première fois.

Anne-Marie Lapeyre, malgré son air distant, lui fit bonne impression. Ses lunettes en écaille sur le nez, les cheveux bien tirés en arrière, la blouse impeccable, le sifflet autour du cou, elle était l'archétype de la vieille institutrice que tout le monde respecte, même les pires cancres qui passent leur temps au fond de la classe à attendre la récréation.

François Lescure, son jeune collègue en charge du cours élémentaire, arborait une allure plus décontractée. Sa blouse, déboutonnée, laissait entrevoir un chandail de fine laine sur une chemise au col négligemment ouvert. Âgé d'une petite trentaine d'années, au physique sportif, il ne cessait d'aller et venir dans la cour de l'école, interpellant ici un parent, là un élève.

Lorsque le directeur siffla le rassemblement avant la première entrée en classe, tous, parents, élèves, enseignants, se turent, chacun à sa place.

Adèle s'était habillée avec sobriété et portait une blouse toute neuve, encore amidonnée. Les cheveux noués en queue de cheval sur la nuque, le visage à peine maquillé, comme le lui avait conseillé son maître de stage avant son départ de l'École normale, elle attendait l'ordre de prendre sa classe avec beaucoup d'émotion.

Antoine Soboul fit l'appel des élèves par niveau, en commençant par les petits du cours préparatoire de madame Lapeyre. Puis arriva le tour du cours élémentaire de François Lescure. À l'appel de leur nom, ceux du cours moyen d'Adèle se rangèrent devant elle sans broncher. Enfin, le directeur emmena les futurs candidats au certificat dans la salle qui jouxtait son bureau.

Après que les élèves furent entrés dans leurs classes respectives, les parents venus accompagner leurs enfants se dispersèrent non sans faire quelques remarques sur la nouvelle maîtresse du cours moyen.

—Elle paraît bien jeunette! entendit-on. Espérons qu'elle saura se faire respecter.

— Je la plains! ajouta une maman, heureuse que son fils soit passé en classe de fin d'études.

—En plus elle devra s'occuper de la petite muette. Vous vous rendez compte! Une simple d'esprit au milieu d'enfants normaux!

—C'est pas étonnant que mademoiselle Bontemps ait craqué en fin d'année et qu'elle soit partie! C'est une charge trop difficile pour de jeunes enseignants.

Les commentaires allaient bon train.

Déjà certains oiseaux de mauvais augure prévoyaient l'échec de la nouvelle maîtresse d'école.

# 3

## Premiers contacts

Une fois seule en présence de ses élèves, Adèle ressentit tout à coup le poids de ses responsabilités. Les trente paires d'yeux pointées sur elle semblaient l'observer comme une bête curieuse. Personne dans la classe ne bronchait. Tous étaient suspendus à ses lèvres comme pour la jauger et savoir comment ils devaient se comporter. Les premiers instants étaient cruciaux pour assurer sans tarder son autorité sur des élèves qui n'attendaient qu'une faille de sa part pour s'y engouffrer et prendre sans vergogne l'avantage du nombre. Ne pas se laisser déborder…, pensait-elle en les examinant. Dissimuler son émotion et sa crainte de ne pas se montrer à la hauteur !

Au lieu de se réfugier derrière son bureau, elle alla au-devant de ses élèves, les salua et se présenta la première.

— Je m'appelle Adèle Gensac. Je suis heureuse d'être parmi vous. J'espère que le chemin que nous allons parcourir ensemble cette année sera le plus agréable possible…

Puis elle procéda à l'appel en prenant garde de n'écorcher aucun nom.

Disciplinés, les enfants répondaient «Présent» l'un après l'autre sur le même ton monocorde.

Adèle appréhendait le moment où viendrait le tour d'Élise Rochefort, le silence qui suivrait l'appel de son nom, la réaction de ses petits camarades. Elle craignait de commettre un impair le premier jour. Aussi, quand elle en arriva à elle, elle ne s'attarda pas.

—Élise. Ah! tu as bien fait de te mettre au premier rang, lui dit-elle, dès que la fillette leva la main pour signaler sa présence. Je te l'aurais demandé.

Puis elle passa rapidement au nom suivant.

Très vite le contact qu'elle créa lui fut favorable. Malgré son jeune âge, les enfants de sa classe lui témoignèrent immédiatement beaucoup d'égard et de respect. Certes, quelques cancres tentèrent de la déstabiliser dès la première heure, mais elle sut les recadrer sans perdre la face et obtenir d'eux le silence et même toute leur attention.

—Eugène et Robert, leur demanda-t-elle pour leur prouver sa considération, je vous charge de veiller à ce qu'il ne manque jamais de craie au tableau ni d'encre dans les encriers. Tous les matins, si vous le voulez bien, vous entrerez les premiers dans la salle de classe et vous la préparerez afin que vos camarades puissent se mettre au travail sans attendre et dans les meilleures conditions.

Les deux garçons, qui avaient déjà deux ans de retard, trop heureux de ne plus être considérés comme les derniers de la classe, se sentirent gratifiés et, flattés, témoignèrent à leur nouvelle maîtresse une sympathie que nul maître auparavant n'avait su obtenir d'eux.

—Vous n'êtes pas comme les autres, reconnurent-ils devant Adèle à la fin de la première journée.

—En quoi suis-je différente?

—Avec vous, on a envie de se mettre au boulot! Juste parce que vous êtes gentille.

—Vous ne devez pas travailler pour m'être agréables, ni même pour faire plaisir à vos parents, mais pour vous-mêmes. Pour que, plus tard, vous n'ayez pas l'impression d'avoir été rejetés par la société. Pour que vous puissiez être fiers des efforts que vous aurez fournis et des résultats que vous aurez obtenus.

—Avec vous, mademoiselle, on va se tenir à carreau! ajouta Eugène, le plus grand des deux, un gaillard qui dépassait déjà Adèle d'une tête.

—Je compte sur vous. Je vous fais confiance. Ne me décevez pas.

Le soir, lorsque le directeur questionna ses collègues pour savoir comment s'était passée leur première journée de classe, il prévint Adèle:

—Ne vous laissez pas influencer. Eugène Pignol et Robert Combe tentent de vous amadouer pour mieux vous tromper à la première occasion. Méfiez-vous d'eux, ce sont de rusés garnements!

—Si personne ne leur fait confiance, objecta Adèle, ils demeureront toujours retranchés derrière leur attitude de constante opposition. Je veux leur donner toutes les chances de réussir.

Ils le méritent autant que les autres. Autant que la petite Élise.

— Ah, Élise Rochefort ! Précisément, j'avais l'intention de vous en parler. C'est un cas assez délicat. Mais il est trop tôt pour que vous ayez une opinion à son sujet. Personnellement, je m'étais opposé à son inscription dans notre école. Une enfant muette n'y a pas sa place. Elle relève d'une institution adaptée. Mais sa mère a certainement des relations qui lui ont permis d'obtenir une dérogation. L'Inspection académique me l'a imposée. Je n'ai pas pu refuser… Comment l'avez-vous trouvée au premier abord ?

Au cours de cette première journée, Adèle avait été très attentive à cette élève un peu spéciale. Elle ne l'avait pas sollicitée, n'ayant pas souhaité lui montrer plus d'intérêt qu'aux autres élèves. Toutefois, tout en parlant et en interrogeant sa classe, elle n'avait cessé de l'observer discrètement. Le teint pâle, plutôt chétive pour son âge, le regard plein de douceur, l'enfant lui avait paru très attentive et d'une docilité exemplaire. Son visage exprimait une certaine tristesse, mais aussi une intelligence vive, qui la démarquait de ses camarades. Placée au premier rang, personne ne s'était assis à côté d'elle. Adèle avait dû exiger qu'une autre élève vienne partager son pupitre. Au cours des différentes séquences de la journée, Élise s'était montrée très attentive aux explications de sa nouvelle maîtresse. Elle communiquait en écrivant sur son ardoise et en levant la main pour répondre aux questions ou poser les siennes. Certes, la récitation des leçons se passait différemment pour elle, ainsi que tout ce qui se déroulait à l'oral, mais la petite Élise ne semblait pas en souffrir. Ce qu'elle ne pouvait exprimer verbalement, elle le traduisait par écrit, ce qui était devenu sa façon naturelle de se faire comprendre.

— Pour ma part, je ne vois aucun inconvénient à m'occuper de cette élève, répondit Adèle à la question du directeur dont le but inavoué était de l'influencer. Cette enfant m'a paru tout à fait apte à suivre un enseignement ordinaire. Il faut simplement lui donner un peu plus d'attention pour qu'elle ne se laisse pas étouffer par ses camarades. L'écrit demande en effet plus de temps que l'oral pour exprimer la même chose.

— Hélas, le temps nous est compté, mademoiselle Gensac! Dans l'école de la République, le principe d'égalité doit s'appliquer à tous. Vous ne devez donc pas accorder de préférences à certains de vos élèves au détriment des autres.

— Le principe d'égalité serait bafoué, monsieur le directeur, si, pour cause de handicap, nous laissions un élève sur le bord du chemin. Il est de notre devoir d'enseignant d'apporter toute notre aide aux enfants défavorisés. Socialement ou physiquement. Or une enfant muette présente un handicap majeur que nous ne devons pas écarter sous couvert de l'intérêt général.

— De toute façon, mademoiselle Gensac, le cas ne se pose pas, puisque vous avez la charge d'Élise Rochefort dans votre classe... À ce propos, vous avez remarqué, cette enfant s'appelle Rochefort. C'est le nom de famille de son ascendance maternelle. Encore une bizarrerie que je n'ai pas pu élucider. Sa mère, Lucie – vous la rencontrerez sans doute –, est une femme seule. Elle n'est pas mariée et elle porte le nom de jeune fille de sa propre mère et non celui de son père, un certain Vincent Rouvière. J'ignore pourquoi, elle vous l'expliquera peut-être. C'est une question d'héritage, je crois. Quoi qu'il en soit, ça ne nous regarde pas. Mais, je vous préviens, faites attention où vous mettrez les pieds. Avec ces gens-là, il ne faut pas se mêler de ce qui ne nous concerne pas. C'est la raison pour laquelle je n'ai pas insisté quand l'Inspection m'a imposé cette petite Rochefort dans mon établissement il y a trois ans. J'ai tout de suite compris que cette famille avait des relations haut placées. Mais… je n'en pense pas moins!

Adèle n'appréciait pas les remarques teintées d'aigreur de son directeur. Sous prétexte de défendre les principes de l'école publique, il n'avait dans la bouche que des mots tranchants comme un couperet. Il ne cessait de formuler des reproches ou de prodiguer des conseils sur un ton qui ne suscitait pas l'empathie. Elle le sentait amer, mal compris, vindicatif, toujours prêt à se réfugier derrière les textes et les règlements pour justifier ses décisions et ses idées.

L'école aurait besoin d'un bon coup de dépoussiérage! pensa-t-elle le soir en se couchant.

\*
\* \*

Adèle laissa passer deux semaines avant d'aller à la rencontre des parents. Certes, le matin avant le début des cours, elle en voyait certains qui accompagnaient leurs enfants jusqu'à la porte de l'école, mais ils étaient rares. Cette habitude n'était pas fréquente dans les campagnes. La plupart des élèves venaient seuls à l'école, par tous les temps, et parfois ils parcouraient de longues distances à pied, en hiver comme en été, qu'il neige, pleuve ou vente, les uns descendant de leur montagne, les autres de leur vallon situé plus en amont. Tôt le matin, le cartable sur le dos ou à la main, petits et grands se dépêchaient sur la route afin de ne pas arriver en retard sous peine de sanctions. Le soir, après l'étude qui finissait peu avant dix-huit heures, certains reprenaient le chemin de la ferme où les attendaient encore les corvées qu'ils devaient accomplir pour aider leur père ou leur mère. Ceux qui habitaient dans le bourg et dont les parents tenaient souvent un commerce ou un atelier d'artisanat pouvaient s'estimer privilégiés, car ils perdaient moins de temps et n'étaient pas soumis aux tâches de la campagne.

Adèle connaissait bien cette situation, venant elle-même d'un petit village où les contraintes scolaires étaient identiques. Elle savait que certains écoliers étaient systématiquement absents pendant la période des gros travaux agricoles, notamment en début d'année scolaire, la première quinzaine correspondant à la fin des vendanges. Antoine Soboul, le directeur, avait beau s'opposer à de telles pratiques, prétextant que l'école était obligatoire et qu'il ne fallait pas profiter de sa gratuité pour prendre la liberté d'en user à sa guise, ses remontrances demeuraient lettre morte. Jamais il n'était parvenu à obtenir le consentement des parents concernés.

Étant donné la situation familiale de la petite Élise Rochefort, Adèle crut qu'elle ferait vite la connaissance de sa maman. Certes, celle-ci passait dans la commune pour une jeune femme asociale, dans la mesure où elle ne se mêlait guère aux autres habitants. Toutefois elle ne faisait pas partie de cette majorité qui abandonnait ses enfants aux bons soins des maîtres pour ne se soucier que de l'obtention finale du fameux certificat d'études, sésame qui donnait la clé d'un avenir assuré ! Lucie Rochefort, croyait Adèle, devait être une de ces mamans préoccupées par les résultats de leurs enfants et qui ne manquaient pas de venir fréquemment s'entretenir avec l'institutrice. D'autant plus que l'enfant nécessitait une attention particulière.

Aussi, après trois semaines, fut-elle très étonnée de ne pas avoir pu s'entretenir avec Lucie Rochefort, celle-ci ne s'étant pas encore manifestée.

Elle s'était vite prise de sympathie pour François Lescure dont elle se sentait proche par l'âge et par les idées parfois audacieuses qu'il osait avancer. De plus, elle avait en charge ses anciens élèves.

— Ne te formalise pas, la rassura-t-il. J'avais Élise en classe jusqu'à l'année dernière. Je peux t'affirmer que sa mère est une femme très attentionnée vis-à-vis de sa fille. Mais tu ne la verras pas souvent à l'école. Tant que tu n'auras pas de problèmes particuliers à lui soumettre, ne lui demande pas de venir te voir. Ça la gênerait.

—Je ne comprends pas en quoi discuter avec la maîtresse de son enfant peut être dérangeant!

—Cette femme ne doit pas aimer se confier aux autres. Or, si tu abordes le handicap de sa fille – et tu ne manqueras pas de le faire en sa présence –, elle se trouvera obligée de t'en parler, de t'apprendre des choses qu'elle ne désire sans doute pas révéler. En tout cas, c'est ce que j'ai ressenti les rares fois où je l'ai rencontrée.

Les explications de François ne satisfirent pas Adèle.

Elle décida de forcer la porte de Lucie Rochefort en s'y prenant d'une manière détournée.

Elle chercha son adresse sur la fiche d'inscription d'Élise et, plutôt que de suivre celle-ci un soir après la classe, elle se rendit chez elle un jeudi, jour hebdomadaire de repos scolaire.

Elle ne tarda pas à trouver où habitait la jeune femme. Lucie Rochefort occupait une petite maison située dans un écrin de verdure, en bordure du Gardon, un petit mas tout en pierre, à l'apparence d'une ancienne bergerie comme on en rencontre dans la montagne.

Dans le jardinet qui jouxtait la route, Élise jouait seule, sous la tonnelle, une poupée à la main. Elle n'aperçut pas sa maîtresse s'avancer vers elle. Celle-ci l'observa discrètement quelques secondes sans se découvrir, s'attendant à voir sortir sa mère d'un moment à l'autre.

—Bonjour Élise, fit Adèle.

Surprise, la petite fille regarda dans sa direction, sourit, lui fit des gestes avec les mains pour la saluer.

Le directeur de l'école avait expliqué à Adèle que la petite Rochefort avait appris le langage des signes en fréquentant un institut spécialisé de Montpellier où sa mère l'avait emmenée tous les jeudis, pendant deux ans. Elle savait parfaitement communiquer avec les siens.

Aussi Adèle avait-elle jugé judicieux de maîtriser à son tour quelques rudiments du langage des sourds-muets, afin de faciliter les relations avec son élève. Elle avait acheté un livre élémentaire dans une librairie d'Alès et avait déjà retenu quelques mots : *bonjour, au revoir, comment vas-tu ce matin ? As-tu bien retenu tes leçons aujourd'hui ?* Certes, l'enfant n'était pas sourde, mais en joignant le geste à la parole, Adèle croyait se faire mieux comprendre et mieux accepter d'elle. Elle hésitait parfois, se trompait souvent. Élise s'amusait de ses maladresses et la corrigeait, fière d'enseigner à sa maîtresse ce qu'elle connaissait mieux qu'elle.

Ne voyant pas Lucie Rochefort venir vers elle, Adèle s'enquit :

— Ta maman est à la maison ?

« Non », répondit l'enfant avec la main.

— Tu es seule ?

Élise acquiesça.

— Je peux entrer un instant dans le jardin, juste pour te parler un peu ?

L'enfant ouvrit le portillon et accueillit son institutrice avec beaucoup d'égards.

Adèle prit place sur un banc de bois, à l'ombre d'un tilleul dont le feuillage automnal flamboyait sous les rayons du soleil. Elle poursuivit :

— J'aimerais voir ta maman. C'est possible ?

« Oui », opina Élise de la tête.

— Tu sais, je suis très contente de toi. Tu es une élève sérieuse, appliquée et intelligente. Je crois que tu iras loin si tu continues à bien travailler.

L'enfant se rembrunit.

— Quelque chose te chagrine ? Tu n'es pas d'accord pour poursuivre tes études après l'école primaire. Tu ne souhaites pas aller au lycée dans deux ans ?

Élise détourna le regard. Elle serra sa poupée dans ses bras et cacha son visage.

— Mais pourquoi pleures-tu, ma chérie ? demanda Adèle, tout émue d'avoir attristé son élève.

L'enfant ne fit plus aucun geste pour exprimer sa pensée.

— Tu ne veux pas me répondre ?

Alors, Élise se remit à faire des signes sans s'arrêter. Son regard traduisait une forte angoisse, une crainte profondément dissimulée.

Adèle ne comprenait pas ce qu'elle tentait de lui signifier. Ses compétences en langage des signes n'étaient pas encore suffisantes.

— Pardonne-moi, mais je ne saisis pas ce que tu essaies de me dire.

L'enfant fronça les sourcils, l'air en colère, recommença à faire virevolter ses mains en tous sens.

—Serait-ce que tu ne veux pas quitter ta maman ? Aller au lycée t'obligerait à partir ! C'est cela, non ?

Élise acquiesça.

—Dans deux ans, tu seras une grande fille. Tu suivras tes petites camarades. Et puis, Alès, ce n'est pas très loin ; tu reviendras tous les samedis et chaque fois qu'il y aura des vacances. Il ne faut pas t'inquiéter.

L'enfant fixa Adèle droit dans les yeux, comme pour s'opposer à ce qu'elle venait de lui expliquer. Puis, elle lui jeta sa poupée au visage. Surprise par sa réaction, Adèle ramassa le jouet, ajouta :

—Voyons, je ne voulais pas te contrarier. Pardonne-moi si je suis allée trop loin. Nous ne parlerons plus de ce sujet qui a l'air de te chagriner.

Plus d'un quart d'heure s'était écoulé quand Lucie Rochefort arriva. Elle ne s'attendait pas à rencontrer l'institutrice de sa fille. Au reste, elle ne la connaissait pas, ne s'étant pas rendue à l'école le jour de la rentrée des classes. Lorsqu'elle aperçut Élise en conversation avec une adulte dans son jardin, elle prit peur. Ce n'était pas la première fois qu'elle recevait la visite d'étrangers qui venaient la voir à propos de son enfant. Aussi prit-elle le temps d'avancer vers l'inconnue qui lui tournait le dos et qui n'avait pas encore perçu sa présence.

—C'est pour quoi ? s'enquit-elle, après avoir franchi le portillon du jardin.

Adèle se retourna, s'étonna, fut aussitôt rassurée.

François Lescure lui avait décrit la maman d'Élise : « Une jolie femme aux grands yeux bleus, les cheveux soigneusement déployés jusqu'aux épaules ; toujours habillée avec beaucoup de goût ; et un regard mélancolique qui ne peut laisser personne indifférent. »

Adèle reconnut Lucie Rochefort au premier coup d'œil. La jeune femme portait un tailleur gris perle très à la mode et il émanait d'elle une certaine classe.

— Bonjour, lui dit-elle pour entrer en conversation. Je suis l'institutrice de votre fille. J'ai aperçu Élise dans le jardin. Alors j'ai pensé que ce serait l'occasion de vous parler. J'ignorais où vous habitiez. Maintenant, c'est chose faite.

Lucie Rochefort parut hésiter une fraction de seconde. Puis, se ravisant, elle invita Adèle à entrer.

— Suivez-moi, lui dit-elle. Nous serons mieux à l'intérieur pour discuter.

— Je ne veux pas vous déranger. Nous pouvons rester dehors. Nous sommes très bien sous la tonnelle, avec ce beau temps.

— Je ne désire pas qu'on nous voie. Nous serions à l'école, ce ne serait pas pareil.

Adèle accepta l'invitation de Lucie, non sans penser que sa réaction de méfiance était par trop exagérée. Elle se garda bien de le relever et la suivit dans la maison.

— Asseyez-vous, lui proposa Lucie en la conviant au salon. Je vais faire un peu de thé. Vous en prendrez bien une tasse. Il n'est que onze heures. (Puis, s'adressant à sa fille :) Élise, ma chérie, veux-tu me sortir deux tasses du buffet, s'il te plaît ?

L'enfant s'exécuta sans contester.

— Votre fille est délicieuse, commença Adèle qui ne savait pas comment aborder la conversation.

— Aurait-elle fait quelque chose de répréhensible en classe ? s'inquiéta Lucie.

— Non, pas du tout ! Je souhaitais simplement vous rencontrer. Je n'en avais pas encore eu l'occasion.

— Je n'ai pas trouvé utile d'aller à l'école le jour de la rentrée, coupa Lucie. Je savais qu'Élise passait au cours moyen et qu'elle n'avait pas soulevé de problèmes particuliers l'année dernière. Aussi, ma présence n'était pas nécessaire.

Le ton sur lequel Lucie avait prononcé ces paroles ne laissa pas de doute à Adèle sur sa volonté délibérée de ne pas se montrer en public parmi les parents d'élèves et auprès des enseignants.

— Par rapport à…

Lucie devina où Adèle voulait en venir. Elle l'interrompit à nouveau :

— Sachez que j'élève ma fille aussi bien sinon mieux que beaucoup d'autres. Le fait qu'elle n'ait pas de père ne change rien à son éducation. Elle l'assume d'ailleurs sans difficultés. Je n'ignore pas ce qu'on colporte sur moi dans la commune. Si cela vous parvient aux oreilles, je vous demanderai de ne pas y prêter attention. Quant au handicap d'Élise, vous avez pu constater qu'il ne lui porte aucunement préjudice si ce n'est qu'il faut savoir communiquer avec elle. Et vous y parvenez très bien, d'après ce que ma fille m'a appris. Elle se sent bien dans votre classe, cette année.

Lucie avait adouci le ton de sa voix.

— Je ne peux que me féliciter d'elle et de ses capacités, ajouta Adèle. C'est ce que je voulais vous dire en vous rencontrant. Je n'avais rien de spécial à vous apprendre, sinon que tout se passait bien pour elle à l'école.

Lucie sembla soudain mal à l'aise. Sa méfiance naturelle vis-à-vis des autres lui jouait parfois de mauvais tours. C'était plus fort qu'elle. Elle ne parvenait pas à faire confiance aux gens qu'elle ne connaissait pas. Elle éprouvait toujours la crainte viscérale de voir débarquer chez elle un homme ou une femme dépêchés par l'administration pour lui reprendre son enfant.

— Élise est heureuse. Tous ceux qui vous diront le contraire sont des menteurs ou des gens malintentionnés.

— Je vous crois, madame Rochefort. Je n'ai pas mis longtemps à m'en apercevoir.

Adèle allait prendre congé. Elle se ravisa.

— Pourrions-nous nous revoir ?

Lucie arbora un timide sourire. Elle s'avança vers Adèle, lui prit la main, dit affectueusement :

— Ma porte vous est grande ouverte.

# 4

## La rumeur

La situation familiale de la petite Élise émouvait plus Adèle qu'elle ne l'intriguait. Certes, ne pas avoir de père connu était assez peu courant, surtout dans les campagnes, mais cela ne suffisait pas pour faire de l'enfant un cas exceptionnel. Sa mère a dû être abandonnée par un homme qui l'aura abusée par ses belles promesses, pensait-elle en songeant à Lucie Rochefort.

L'attitude de celle-ci l'interpellait davantage. Elle s'était renseignée ; la maman de son élève s'était installée à Saint-Jean-du-Gard neuf ans auparavant. À l'époque – elle pouvait avoir vingt ans –, on ne lui connaissait pas d'enfant. Un homme qui se faisait passer pour son oncle, l'écrivain Sébastien Rochefort, lui rendait souvent visite, ainsi que ses parents, un couple de viticulteurs de Tornac, près d'Anduze. Nul ne savait alors qui était cette jeune fille dont la discrétion intrigua aussitôt la population du bourg.

François Lescure avait appris de source sûre que Lucie Rochefort avait vécu un drame dont elle ne voulait sans doute pas parler. Un soir, chez lui, préparant avec Adèle une sortie pédagogique pour leurs élèves, il lui en apprit un peu plus.

—Quel drame? Je l'ignore, expliqua-t-il. Personne dans la commune n'est au courant. Ce que je peux t'affirmer, c'est qu'il y a trois ans elle s'est absentée de longs mois. Puis, un beau jour, elle a réapparu accompagnée d'un enfant.

—Élise? s'étonna Adèle.

—Parfaitement. La petite fille avait sept ans environ, d'après ce que certains, les rares qui la connaissaient, ont rapporté.

—Tu n'étais pas présent dans la commune à cette époque?

—J'y suis arrivé en septembre de la même année. Au moment où Lucie Rochefort a inscrit sa fille à l'école. Je m'en souviens très bien, car le directeur s'était opposé à son inscription.

—Sous prétexte qu'il s'agissait d'une enfant muette!

—Oui. Il estimait qu'elle relevait d'une institution spécialisée.

—Je suis au courant. Il m'a expliqué son opinion dès mon arrivée.

—La maman s'est mise en colère et a juré qu'elle ferait intervenir ses relations.

—Et alors?

—C'est ce qu'elle a fait, je suppose, puisque la petite a été inscrite sur nos listes malgré l'opposition d'Antoine Soboul. J'ignore qui a intercédé en sa faveur, mais cette femme devait avoir des connaissances haut placées au niveau de l'Académie.

— Cet homme qui se faisait passer pour son oncle ?
— Sans doute.
— Qui sont les Rochefort ?
— De gros industriels qui ont fait fortune dans le textile. La toile qu'on appelle *denim*, ça te dit ?
— De nom.

Il se leva, s'écarta de la table où ils travaillaient.
— Regarde mon pantalon, c'est un *jean*. Comme ceux que portait James Dean.
— L'acteur américain qui s'est tué en voiture en septembre ?
— Oui. C'était un grand acteur !

Adèle observa le pantalon de son ami.
— Tu ne le portes jamais quand tu viens à l'école !
— J'imagine d'ici la tête du dirlo ! Regarde comment il est fait, c'est un vrai 501 de Levi Strauss, avec ses cinq poches dont le petit gousset, la braguette à boutons timbrés…

Adèle détourna les yeux, rougit. Elle sentait qu'elle plaisait à François. Quelque chose venait de changer dans son attitude. Ses yeux, le ton de sa voix, sa gaucherie subite trahissaient ce qu'il tentait de dissimuler.

Il reprit maladroitement :
— Tu vois les surpiqûres orange assorties au cuivre des rivets et, derrière, l'étiquette imitation cuir cousue à la taille ? C'est le modèle créé en 1947.
— Dans le tissu fabriqué par les Rochefort ?
— Non. Les Rochefort ont abandonné le tissage du *denim*. Quelques années après la crise des

années trente, ils se sont lancés dans la confection du prêt-à-porter. Aujourd'hui, ils sont dépositaires d'une marque de vêtements.

Adèle écoutait son ami avec attention et ne pouvait détacher son regard du sien, comme soudainement subjuguée par ses paroles. François s'en aperçut, s'interrompit. Sourit.

Il s'approcha de son vaisselier, en sortit deux verres et l'invita à s'asseoir sur le canapé. Sans le vouloir, il lui frôla la main. Il sentit qu'elle se troublait.

—Pour en revenir à Lucie Rochefort et à cette enfant, fit Adèle pour faire diversion, que sait-on de plus ?

—Pas grand-chose ! Le premier jour de son arrivée à l'école, on nous a avertis qu'il ne fallait pas lui poser de questions : ni sur l'endroit d'où elle venait ni sur son père…

—Et son handicap ?

—Elle est arrivée chez nous muette. Elle est née sans doute comme ça.

Adèle paraissait intriguée. Le fait que Lucie ne se soit pas intégrée dans la commune depuis toutes ces années cachait selon elle quelque secret bien gardé.

—Quelque chose te chagrine ? demanda François.

—Hmm… non, pas vraiment… Tu ferais bien de me servir à boire. Après une telle discussion, j'ai la gorge sèche.

François s'approcha lentement et lui passa un bras autour des épaules.

Elle ne s'écarta pas.

—Je veux que tu saches…, poursuivit-il.
—Chut! Tais-toi. Je sais ce que tu vas me dire, lui murmura-t-elle en lui posant son index sur les lèvres.

Elle se blottit dans ses bras. L'embrassa la première. Se perdit dans un tourbillon de lumière.

—Nous ne devrions pas! se reprit-elle. Si le directeur venait à deviner, qu'est-ce qu'il nous passerait!

—Il suffit de faire attention.

*
* *

Antoine Soboul s'était montré très clair. L'école de Jules Ferry était une institution hautement respectable, ses maîtres avaient donc le devoir d'adopter une attitude irréprochable. Prêter le flanc à la critique passait pour inadmissible et était passible de sanctions académiques graves. La mutation d'office étant la moindre que pût espérer celui ou celle qui n'obéissait pas à la règle.

Mais la jeune Landaise n'avait cure des principes désuets hérités d'une époque où les hussards de la République étaient réputés pour leur rigueur et leur dévouement sans condition à la cause laïque et égalitaire de leur mission.

De son côté, François lui paraissait très avant-gardiste. Il aimait montrer son goût pour l'innovation et remettre en question les préceptes inculqués par la sainte École normale, creuset de l'Instruction publique sous la III$^e$ République. Il lui tenait souvent des discours sulfureux, n'hésitant pas à critiquer les directives qu'il était censé appliquer au sein de sa classe et dont il devait rendre compte à l'inspecteur lorsque celui-ci venait lui rendre visite, toujours de façon inopinée.

Plusieurs fois déjà, on lui avait reproché de prendre trop de libertés avec les textes officiels et les circulaires administratives. L'année précédente, il s'était opposé à la distribution obligatoire de lait dans sa classe, ce fameux verre de lait de Mendès France, imposé dans les écoles.

— Certains de mes élèves avaient horreur du lait froid, expliqua-t-il à Adèle. Avaler cette boisson tous les matins était pour eux un vrai supplice. Ça les faisait vomir.

— C'était pour la bonne cause! Il fallait lutter contre la dénutrition et l'alcoolisme!

— Je ne le nie pas. Mais c'était aussi pour se débarrasser des excédents laitiers. Derrière ces belles raisons se cachaient des motifs purement économiques. Je ne veux pas faire le jeu des gros fermiers qui ont trouvé avec l'État un excellent débouché pour écouler leur production pléthorique. Pour ma part, je n'oblige personne.

François avait reçu un avertissement de son inspecteur. Il n'en avait pas tenu compte. Il persistait, tout en sachant ce qu'il risquait s'il enfreignait plus gravement le règlement.

— C'est une broutille! Il y a d'autres raisons bien plus importantes de faire de la résistance dans l'Éducation nationale.

— De se mettre en grève, par exemple?

— La grève n'est qu'un moyen de traduire son mécontentement ou son désaccord. Ce qu'il faut d'abord dénoncer, ce sont les causes de la paralysie de notre système éducatif : trop de lenteurs, de pesanteurs administratives, de décisions prises par des technocrates parisiens qui n'ont jamais mis les pieds dans une école et qui ne savent pas ce que sont les élèves ni dans quelles conditions certains d'entre eux vivent au quotidien.

— Comme la petite Élise ?

— Se soucie-t-on vraiment de son handicap ? Quels sont nos moyens pour l'aider à le surmonter ? Aucun. Sa mère a obtenu l'autorisation de l'inscrire dans notre école. En réalité, elle a dû faire intervenir quelqu'un pour bénéficier d'un passe-droit. Trouves-tu cela normal ? Si elle n'avait eu aucune relation, sa fille aurait été reléguée je ne sais où !

François s'enflammait rapidement lorsqu'il évoquait ses griefs, mais aussi ses espoirs devant un avenir qu'il entrevoyait révolutionnaire au regard de la tâche que les enseignants de tous corps avaient encore à entreprendre pour que l'école laïque, celle qu'avait appelée de ses vœux Jules Ferry en son temps, soit vraiment égalitaire.

— On ne pourra plus éduquer demain comme aujourd'hui. L'instit' autoritaire, qui a toujours raison, et qui se permet même des sévices corporels sur ses élèves quand ceux-ci s'écartent du droit chemin, ce maître-là va bientôt disparaître. Et ce sera tant mieux ! Nous devons placer nos élèves au centre de toutes nos préoccupations, adapter nos méthodes en fonction de leurs capacités à s'approprier notre enseignement. Sinon, tôt ou tard, nous ne serons plus maîtres dans nos classes.

Adèle aimait la fougue de son ami. Elle aussi avait des idées peu conventionnelles et aurait souhaité pouvoir les affirmer. Nouvelle dans la carrière qu'elle comptait bien mener à son terme, elle se retenait cependant de dévoiler devant ses collègues ce qui serait passé de sa part pour de l'insubordination.

Sur le moment, elle demeura très discrète dans sa relation avec François. Celui-ci adopta la même attitude. Ils ne se voyaient que le soir, lorsque, une fois rentrés, ils pouvaient se retrouver sans aucune inquiétude dans l'intimité de leur appartement. François n'avait qu'un escalier à descendre pour se rendre chez son amie. Celle-ci prenait toujours soin de fermer les volets afin que personne ne pût deviner qu'elle recevait quelqu'un à l'heure où elle était censée travailler pour le lendemain. À leurs yeux, il n'y avait pas de petits bonheurs, seulement d'intenses instants de vie qui faisaient le sel de leur existence. Ils se mettaient parfois hors du temps, oubliaient les élèves, les cahiers à corriger, les leçons à préparer. Puis, une fois revenus à une réalité moins idyllique, ils reprenaient leur tâche, chacun dans son coin.

Le lendemain matin, François remontait vite se changer chez lui, rangeait ses affaires et partait pour l'école sans attendre Adèle, afin de ne pas la compromettre. Leurs collègues, les voyant arriver l'un après l'autre, ne soupçonnaient rien de leur relation.

*
* *

En classe, Adèle ne faisait jamais allusion à François, sauf quand elle devait rappeler à ses élèves des notions élémentaires de français ou de mathématiques qu'il leur avait inculquées l'année précédente. Elle s'aperçut très vite que son ami n'avait pas acquis la sympathie de tous. Eugène Pignol et Robert Combe n'avaient pas apprécié sa ferme volonté de les faire travailler comme tout le monde ainsi que ses remontrances souvent suivies de punitions quand ils raillaient la petite Élise.

Les deux lascars, en effet, n'étaient jamais en reste pour taquiner leur camarade et se moquer de son handicap. Ils l'appelaient «la muette» et s'acharnaient à colporter qu'elle était «l'enfant de personne», au mieux «l'enfant de sa mère». Certes, telle était la réponse qu'Élise, excédée, leur brandissait quand, dans la cour de récréation, ils la narguaient, toujours avec la même opiniâtreté, pour savoir qui était son père. De la poche de sa blouse, elle leur sortait inlassablement une petite ardoise sur laquelle elle écrivait, irritée : «Fichez-moi la paix, je suis l'enfant de ma maman!» Puis elle allait pleurer en sourdine dans un coin pour que les maîtres ne la voient pas et ne l'interrogent pas sur la raison de son chagrin.

Le manège s'était reproduit deux ou trois fois depuis la rentrée d'octobre. Adèle ne s'était rendu compte de rien. Jusqu'au jour où elle s'aperçut que son élève avait les yeux rougis par les larmes en entrant en classe après la récréation. Elle s'en alarma aussitôt et lui demanda en aparté ce qui causait sa peine. Devant le mutisme de l'enfant, elle n'insista pas. Une camarade d'Élise, l'une des rares qui la fréquentaient, vint lui raconter ce que tous savaient et taisaient.

—Gégène et Bébert se moquent tout le temps d'elle, lui avoua la petite Éléonore.

—Pourquoi donc ne m'en a-t-elle pas parlé?

—Elle n'ose pas, maîtresse. Sinon ils vont l'embêter à la sortie de l'école. Elle ne vous le dira pas, mais ils l'obligent à faire des choses dégoûtantes.

Adèle crut tomber des nues.

—Des choses dégoûtantes! Comment ça?

—Eh bien… des choses, quoi!

—Précise donc! Ça veut dire quoi, des choses dégoûtantes?

—Je ne peux pas vous le dire, mademoiselle. J'ose pas.

Adèle n'insista pas et se jura de faire toute la lumière sur cette histoire.

Le soir même, elle en parla à François. Celui-ci fut très surpris d'apprendre un tel fait.

—Je ne suis pas au courant, reconnut-il. Jamais, dans ma classe, je n'ai senti Élise menacée par ses camarades. Moquée, certes, mais pas plus! En tout cas, elle ne l'a jamais montré.

—Et je suppose que sa maman ne t'a jamais fait part d'un problème concernant sa fille!

—Jamais. Je te l'ai déjà dit, Lucie Rochefort ne vient que rarement à l'école. On ne la voit qu'à la fin de l'année scolaire, pour la fête qu'on prépare avec les enfants. Comme Élise y participe, elle fait acte de présence… Veux-tu que je t'aide à découvrir la vérité?

— Non, ce ne sera pas la peine. Je le ferai seule, discrètement.

Adèle patienta quelques jours et, peu avant les vacances de Noël, décida d'interroger Élise en prenant toutes les précautions utiles pour ne pas la heurter. Elle profita d'une récréation pour lui demander de rester avec elle dans la salle de classe. François s'était proposé pour surveiller ses élèves dans la cour.

L'enfant, ne se doutant de rien, crut que sa maîtresse allait la solliciter pour un service. Quand Adèle lui posa sa première question, elle se raidit.

— Tu n'as rien à craindre, ma chérie, lui dit-elle pour la rassurer. Ce que tu pourrais me confier restera entre nous. Je veux seulement savoir s'il est vrai que Robert et Eugène te menacent à la sortie de l'école.

Élise rougit. Ne dit mot.

Adèle insista.

Après de longues minutes sans résultat, Élise se décida enfin à avouer. Ce qu'elle écrivit sur son ardoise laissa Adèle pantoise.

« Ils m'obligent à me déshabiller devant eux. »

— Te déshabiller! s'étonna Adèle. Mais où ça? Dehors, après la classe?

L'enfant acquiesça de la tête. Précisa:

« Sur le chemin, dans le cabanon au bord du Gardon. »

— Et tu n'en as rien dit à personne! Tu aurais dû m'avertir et d'abord prévenir ta maman!

Élise se mit à pleurer.

—Tu n'as pas osé, n'est-ce pas? De quoi te menacent-ils donc si tu les dénonces?

À ces mots, l'enfant sembla prise de panique. Elle tenta de s'enfuir, mais Adèle la retint par le bras.

—Voyons, Élise, est-ce si difficile que cela de tout me raconter? Tu n'as pas à avoir peur. Ici, personne ne nous entend.

La petite Rochefort sécha ses larmes. Puis, lentement, avec courage, elle sortit un crayon à papier et son cahier de brouillon de son pupitre, et écrivit en soignant ses pleins et ses déliés.

Au fur et à mesure qu'elle alignait les mots, puis les phrases, Adèle passait de l'étonnement à la stupéfaction.

«Robert et Eugène ne me touchent pas, dévoila-t-elle. Ils se contentent de me regarder en riant. Ce sont des cochons! Mais un jour je me vengerai d'eux. Si je leur obéis, c'est pour maman. Sinon ils vont dire partout ce qu'ils ont entendu chez eux: que mon père était un collabo. Je ne sais pas exactement ce que cela signifie.»

Adèle interrompit son élève.

—Allons, Élise, il ne faut pas prendre au sérieux de telles allégations!

«Mon père était méchant!» poursuivit l'enfant.

—C'est la raison pour laquelle tu répètes sans cesse que tu es seulement la fille de ta maman?

Élise fit oui de la tête.

—Tout cela n'a pas de sens! Il faut arrêter ce vilain jeu tout de suite. Personne n'a le droit de salir sans preuves le nom de ton papa. Car, vois-tu, ma chérie, même si tu ne le connais pas, il existe quelque part. Et si ta maman a choisi de ne pas vivre avec lui, c'est qu'elle avait ses raisons. Quand tu seras grande, elle t'en parlera, c'est sûr. En attendant, tu ne dois pas prêter attention aux rumeurs qui circulent. Ce ne sont que des mensonges.

Élise reprit son crayon. Poursuivit:

«Qu'est-ce qui vous le prouve?»

Adèle hésita. Passa sa main dans les cheveux de l'enfant. Déposa un baiser sur sa joue.

À cet instant précis, Antoine Soboul entra dans la salle et, surprenant le geste affectueux d'Adèle, s'arrêta net sur le pas de la porte.

— Que faites-vous là avec cette petite? lui demanda-t-il d'un ton autoritaire. Vos élèves vous attendent dans la cour, mademoiselle Gensac. Je vous prierais de bien vouloir les rejoindre. Et, à l'avenir, évitez de demeurer seule dans votre classe avec l'un d'entre eux. Vous n'êtes pas sans savoir que cela constitue un manquement grave au règlement.

Adèle ne dit mot. Elle demanda à Élise d'aller retrouver ses camarades, puis lui emboîta le pas.

Parvenue en bas de l'escalier, elle se retourna sur son directeur qui la suivait de près. Lui lança au visage:

— Au royaume des aveugles, les borgnes sont rois!

— Que voulez-vous dire, mademoiselle Gensac?

— Simplement qu'il ne sert à rien de se réfugier derrière les textes, si c'est pour ignorer les injustices qui vous entourent.

— Je ne comprends pas ! Vous ne seriez pas en train de vous laisser influencer par votre collègue, monsieur Lescure ? Prenez garde ! L'Inspection le juge subversif et n'attend qu'un faux pas de sa part pour sévir. Ne vous laissez pas contaminer, cela vaut mieux pour votre carrière. Vous êtes jeune et talentueuse. Ne gâchez pas votre avenir en fréquentant des contestataires qui n'ont rien à faire dans l'Instruction publique !

— L'Éducation nationale, monsieur le directeur. Aujourd'hui, on dit « Éducation nationale » !

— C'est ça... c'est ça... moquez-vous ! On verra bien qui rira le dernier. Pour l'instant, reprenez votre classe. Votre devoir, lui, n'attend pas.

## 5

### Une femme seule

Dans la petite commune cévenole, Lucie Rochefort ne rencontrait pas beaucoup de monde. La rumeur selon laquelle elle aurait fréquenté un collaborateur pendant la guerre la blessait énormément. Elle déplorait que l'insinuation fût parvenue aux oreilles de sa fille.

Le jour où Élise lui avait posé naïvement la question, à la suite de la première moquerie de ses camarades, elle s'était trouvée bien embarrassée.

« Qu'est-ce que c'est un collabo ? » lui avait demandé l'enfant en utilisant le langage des signes.

Surprise, Lucie lui avait expliqué que, pendant la guerre, certains Français avaient eu un mauvais comportement en dénonçant d'autres Français aux Allemands. Elle ne s'était pas attardée, ne devinant pas pourquoi sa fille lui posait une telle question.

Quand la rumeur se fit plus précise, quand elle se sentit directement touchée par le qu'en-dira-t-on, elle se referma encore plus sur elle-même, ne souhaitant pas polémiquer afin de ne pas alimenter la controverse. Elle ignora les médisants et s'efforça de vivre comme si de rien n'était. Au reste, les habitants qui lui jetaient l'opprobre n'osaient pas lui parler en face, et se contentaient de sourire lorsqu'elle croisait leur chemin.

Elle n'avait de véritable ami que le père Deleuze, curé de la paroisse de Saint-Jean. Bien que protestante par son baptême et son instruction religieuse, Lucie Rochefort se rendait à l'église le dimanche matin. Elle assistait volontiers à la messe sans se demander si elle dérangeait l'assemblée des paroissiens. À ses yeux de croyante très tolérante, Dieu n'avait cure des différences, voire des oppositions entre chrétiens de confessions divergentes.
«Nous ne sommes plus au temps des guerres de Religion!» aimait-elle rappeler à ceux qui s'étonnaient de sa présence à l'église.
Aussi avait-elle obtenu la sympathie de Jean Deleuze, un jeune prêtre nommé dans la commune l'année où elle-même s'y était installée. Lucie n'avait pas hésité à le féliciter pour son premier sermon, un éloge de l'œcuménisme. Elle s'était attardée après la messe et lui avait adressé la parole sans penser que les autres paroissiens puissent lui en tenir rigueur. Certes, en ce pays protestant, les fidèles se montraient encore très attachés à leur appartenance religieuse. Mais elle n'avait pas réfléchi, sur le moment, qu'elle prêterait bientôt le flanc à la critique autant chez ses propres coreligionnaires qu'au sein de la communauté catholique.
Petit à petit, au fil des semaines, puis des mois, s'étaient créés entre le prêtre et Lucie Rochefort des liens indéfectibles qui donnaient à celle-ci la

force d'endurer le poids qu'elle supportait et dont elle ne parlait jamais à personne.

Un an après la fin de la guerre, son oncle Sébastien Rochefort l'avait installée dans une petite maison que lui avait louée un de ses amis. Ses parents, Vincent Rouvière et Faustine Rochefort, ne restaient pas une semaine sans lui rendre visite. Ils lui apportaient ce qui lui manquait, car, au début, Lucie, à peine âgée de vingt ans, ne travaillait pas et n'avait aucun moyen de subvenir à ses besoins.

Très rapidement, Sébastien Rochefort lui avait trouvé un emploi dans sa maison d'édition parisienne. Depuis qu'il avait été en lice pour le prix Goncourt en 1924, sa notoriété n'avait pas cessé de croître. Après la guerre, il avait rejoint les Éditions de Paris, où ses romans continuaient d'obtenir un vif succès auprès d'un public de plus en plus conquis par les épopées qu'il tirait de ce qu'il avait vécu dans sa vie de grand reporter. Lucie s'occupait de ses manuscrits, les corrigeait en première lecture, avant qu'il ne les envoie au service éditorial. Puis, il l'avait fait embaucher comme correctrice officielle. Elle travaillait à domicile selon son souhait afin de ne pas être obligée de vivre à Paris, ce qu'elle redoutait. Sébastien lui-même avait pris ses quartiers avec sa femme Pauline dans sa maison familiale d'Anduze, le Clos du Tournel.

« Les Rochefort ne sont pas faits pour la vie parisienne, avait-elle plaidé devant le directeur éditorial de l'époque, quand sa demande avait été acceptée. Nous sommes une lignée de provinciaux.

Certes, mon grand-père, Anselme Rochefort, aimait la vie citadine, mais ses racines étaient ancrées dans la terre anduzienne. »

On lui avait accordé cette faveur à la condition qu'elle se rende chaque trimestre dans les bureaux de la maison d'édition à Paris. Elle y avait consenti à regret, sans le montrer, car, dans sa situation, il lui était difficile de refuser une telle aubaine.

« Tu ne le regretteras pas, l'avait rassurée Sébastien. Tu verras, travailler dans l'édition t'apportera beaucoup. C'est très enrichissant. »

Depuis, Lucie s'était occupée de plusieurs auteurs. Toutefois, elle devait reconnaître que son oncle remportait sa préférence, car, avec ses récits évoquant la réalité, elle parcourait le monde. Si son travail l'accaparait beaucoup, c'était toujours pour elle un enchantement, une découverte, une envolée vers des contrées inaccessibles, qui ne prenaient forme que dans son imaginaire. Lucie aimait s'abandonner à rêver d'horizons lointains où la bêtise humaine, la méchanceté n'avaient aucune prise sur elle, où elle se sentait protégée des médisances.

Celles-ci, pourtant, ne l'épargnaient pas.

*
* *

Depuis son arrivée à Saint-Jean-du-Gard, neuf ans plus tôt, Lucie vivait au jour le jour, comme pour mieux apprécier les moments de quiétude qui lui étaient accordés. Le père Jean Deleuze était vite devenu son confident. Il s'était créé entre les deux êtres une intimité que les mauvaises langues avaient vite jugée avec sévérité.

« Une protestante sous le toit d'un prêtre ! s'insurgeaient les bigotes de la paroisse. On aura tout vu ! Autant faire entrer le diable dans l'église ! »

Lucie, en effet, ne se contentait plus de rencontrer Jean Deleuze le dimanche matin, après la messe. Il lui avait ouvert sa porte et, à toute heure de la journée, il lui accordait son temps. Certes, il n'essayait pas de la convertir, mais il lui prêtait une oreille attentive et lui prodiguait ses conseils quand, dans le trouble de son esprit, quelque mauvais souvenir venait perturber sa sérénité.

Jean Deleuze avait quelques années de plus qu'elle. Bel homme aux yeux clairs et pleins de douceur, il profitait de son charisme auprès de ses fidèles pour leur assener dans ses sermons des vérités dérangeantes. Il n'avait jamais exercé dans une autre paroisse. À sa sortie du séminaire à l'âge de vingt-cinq ans, ses supérieurs l'avaient envoyé faire ses preuves dans une région réputée difficile, les Cévennes huguenotes. Originaire du Cantal, le jeune séminariste, fraîchement investi, ignorait à l'époque qu'il devrait prendre garde de ne pas froisser les susceptibilités en montrant trop d'empathie à l'égard des membres de l'Église réformée. Ceux-ci, majoritaires dans la commune, s'avéraient plus ouverts que les catholiques et prônaient l'œcuménisme. Aussi l'attitude de Lucie passait-elle aux yeux de certains pratiquants de l'Église romaine pour une tentative de dévoiement.

« Elle n'a aucun scrupule ! lui reprochaient les plus sectaires des paroissiens du père Deleuze.

Aucune retenue! Rendez-vous compte, elle ose forcer la porte de notre brave curé!»

Le jeune prêtre n'avait pas que des amis parmi ses fidèles. Affichant volontiers sa différence avec son prédécesseur – un vieux curé traditionaliste –, il aimait tancer ses ouailles pendant ses sermons qu'il voulait incisifs et remuants. Ne souhaitait-il pas une sérieuse adaptation du christianisme à son époque? Un dimanche, il évoqua le problème du mariage, en sous-entendant que les enfants issus d'une union libre ne devaient pas être mis à l'écart. Dans l'assemblée, les uns et les autres s'observèrent, incrédules. Personne ne broncha, mais tous pensèrent que le jeune curé tentait de leur faire comprendre quelque chose qu'ils réprouvaient. Ce jour-là, Lucie assistait à la messe. Sur le coup, elle n'osa lever les yeux en direction de Jean Deleuze. Tous les regards se portèrent sur elle. Et elle sentit tout à coup le poids des mots peser sur ses épaules.

À la sortie de l'église, une fois la cérémonie terminée, les commentaires fusèrent de toutes parts. Sur son passage, les langues se turent comme par enchantement. Lucie sentit qu'elle était l'objet des conversations.

Quelques jours plus tard, elle rendit visite à Jean Deleuze. Sa gouvernante, souvent présente pendant leurs entretiens, s'était absentée. Elle en profita pour lui parler de son sermon.

— Quand vous avez fait allusion aux enfants nés hors mariage, lui dit-elle, tous les regards se sont immédiatement portés sur moi.

— Je... je ne voulais pas qu'il en soit ainsi, Lucie. Je ne souhaitais pas vous mettre dans l'embarras.

Lucie se rembrunit.

— Pourquoi n'avez-vous pas recherché l'aide et le conseil de votre pasteur ? poursuivit Jean Deleuze.

— Je n'ai jamais beaucoup pratiqué ma propre religion. Je suis protestante, mais je n'éprouve pas le besoin d'aller au temple. Je ne sais pas pourquoi au juste. Je crois que je ressens davantage ma foi dans une église. Le lieu invite davantage à l'élévation de l'esprit.

— Ce n'est qu'un décor, empreint de faste et de magnificence, d'orgueil, de manque d'humilité envers Dieu!

— C'est vous qui dites ça ! Un prêtre !

— Oui, j'ose l'affirmer. De même, je peux vous avouer que je ne suis pas hostile au mariage des prêtres. À mes yeux, cela résoudrait bien des problèmes qui empoisonnent notre sacerdoce.

Depuis ce jour de confidences, Lucie ne vit plus Jean Deleuze avec le même regard. Petit à petit, celui-ci lui fit comprendre que les sentiments qu'il nourrissait à son égard le rendaient heureux. La jeune femme, très émue, ne sut que lui répondre sur le moment.

— Nous devrions éviter de nous voir, finit-elle par lui déclarer quelque temps après. Je ne veux pas vous causer d'ennuis. Si vos paroissiens apprenaient tout cela, non seulement ils m'en tiendraient pour responsable, mais ils vous reprocheraient de trahir votre sacerdoce. Et votre hiérarchie vous condamnerait.

Jean refusa de ne plus accueillir Lucie.

—Acceptez seulement de venir à l'église, lui demanda-t-il. J'ai besoin de temps pour faire toute la lumière en moi.

Lucie posa sa main sur celle de Jean. Lui sourit.

—Vous êtes un homme exceptionnel, lui murmura-t-elle comme au confessionnal.

*
\* \*

De jour en jour, au fil des mois, les liens entre le prêtre et Lucie se resserrèrent, comme si, à partir du moment où le non-dit avait été dévoilé, ils s'étaient renforcés d'eux-mêmes. Certes, Lucie ne rendait plus visite à Jean chez lui, se méfiant de sa bonne, une vieille femme dévote qui semblait veiller à la conduite de son protégé comme une mère jalouse sur son fils. Mais elle ne se privait pas de rester en sa présence, dans l'église ou dans la sacristie, après la messe dominicale. Jean lui demandait de menus services, qu'elle exécutait sur-le-champ, sans se soucier de ce que pourraient colporter les paroissiens en la voyant s'attarder dans la maison de Dieu, elle, une protestante!

Ce que Lucie éprouvait pour le prêtre demeurait très flou dans son esprit, mais son cœur en était troublé. Elle se refusait à accepter la réalité: le père Jean Deleuze l'aimait et il ne lui était pas indifférent. Entre eux était née une attirance qu'ils ne parvenaient ni l'un ni l'autre à refréner. Or la solitude dans laquelle Lucie se réfugiait ne faisait qu'exacerber les remarques désobligeantes qui n'avaient pas tardé à se répandre dans la commune.

«C'est une honte! s'indignaient les médisantes. Elle débauche notre brave curé. Cette femme est l'engeance du diable!»

Les commentaires allaient bon train, alimentés par le mystère qu'entretenait Lucie à travers ses silences et son attitude à l'écart des autres.

À l'époque où la jeune Rochefort s'était absentée pendant plusieurs mois, trois ans auparavant, beaucoup pensèrent qu'elle avait quitté définitivement la région. Comme plus personne ne la voyait chez les commerçants du bourg, le bruit courut que le père Deleuze avait dû mettre fin à leur relation pour le moins peu catholique et lui demander de s'éloigner. Les esprits furent aussitôt apaisés. Chacun retourna à l'église plus serein et se rapprocha du prêtre qu'on avait cru tombé dans les griffes du tentateur.

Jean Deleuze ne fit jamais allusion à la disparition de la jeune femme, sauf un dimanche, au cours d'un sermon qu'il avait préparé avec plus de minutie que d'ordinaire. Du haut de sa chaire, il invectiva les mauvaises langues sans jamais citer personne, se mit en colère contre tous ceux qui, hier pendant la guerre et aujourd'hui encore, alors que la paix avait triomphé, trahissaient la volonté divine en se faisant eux-mêmes juge et partie, et en condamnant leurs semblables au nom de leurs certitudes.

«Ne voyez pas le mal partout, les exhorta-t-il. Nul n'est à l'abri de la médisance et de l'injustice. Ne jetez pas la pierre à celui ou celle qui a péché, si vous ne voulez pas vous retrouver un jour à votre tour sous la férule des inquisiteurs. Prenez garde de ne pas rejeter votre prochain par vos jugements hâtifs et sans recours. Soyez indulgents envers ceux qui osent montrer leur différence. Acceptez-les et aimez-les comme vous aime Notre-Seigneur Jésus-Christ... »

Ce jour-là, tous les paroissiens, rassemblés au pied de l'autel divin, comprirent que leur curé venait de faire acte de contrition devant eux. Ils se sentirent soulagés et crurent que ce qui avait détourné le prêtre du droit chemin était définitivement derrière lui.

Mais quand ils virent revenir Lucie quatre mois plus tard, accompagnée d'Élise, leur stupéfaction fut à son comble. Aussitôt certains répandirent le bruit que la jeune protestante était allée chercher sa fille dans un institut où elle la tenait cachée, et que Jean Deleuze était sans aucun doute le père de l'enfant.

« Il nous a bien trompés ! clamèrent les plus remontés contre le religieux. Nous devrions en référer à l'évêché. Cette situation ne peut plus durer. »

La rumeur était si forte que personne dans la commune ne pouvait ignorer ce qu'on colportait à propos de Lucie Rochefort et de sa fille. Quand on apprit en plus que l'enfant ne parlait pas, d'aucuns affirmèrent que tel était le châtiment de Dieu pour l'acte impie que les deux âmes damnées avaient commis.

Lorsque Lucie voulut inscrire Élise à l'école, le directeur, Antoine Soboul, qui ne se positionnait nullement du côté des calomniateurs, se trouva fort embarrassé. L'enfant étant muette, il estimait qu'elle n'avait pas sa place dans son établissement. Toutefois, paradoxalement, ce qui le gênait le plus n'était pas le handicap d'Élise, mais les bruits qui couraient à propos de sa naissance. En tant que premier adjoint au maire, il ne souhaitait pas porter préjudice à la municipalité à laquelle il appartenait. Ayant l'intention de se représenter en tête de liste aux prochaines élections municipales, il savait qu'il devrait compter sur les voix des catholiques autant que sur celles des protestants de sa commune s'il désirait être réélu. Aussi s'opposa-t-il par tous les moyens à l'inscription de la petite Rochefort en justifiant qu'il ne disposait pas des ressources nécessaires pour s'occuper d'un cas si difficile.

Lucie fit front. Elle parla à son oncle Sébastien, qui, connaissant en personne le recteur de l'Académie, obtint une dérogation pour sa petite-nièce sans autre forme de procédure. Antoine Soboul dut se soumettre, mais n'entreprit rien pour faciliter l'intégration de la nouvelle élève dans son école. Vexé d'avoir été désavoué par sa hiérarchie, il avait prévenu Lucie :

« Votre fille ne bénéficiera d'aucun traitement de faveur de la part des enseignants de mon établissement. Elle devra s'adapter par ses propres moyens. En outre, elle accuse déjà un an de retard à son entrée au cours préparatoire. Cela ne lui facilitera pas la tâche.

— Ma fille n'a pas été inscrite à l'école à temps, s'était justifiée Lucie, sans expliquer les raisons de cette anomalie. Un an dans toute une vie ne représente pas grand-chose ! Elle aura tôt fait de rattraper son année perdue. »

L'enfant s'acclimata rapidement à ses nouvelles conditions d'existence. Elle montra très vite de grandes capacités de compréhension et un degré d'éveil que beaucoup de ses petits camarades auraient pu lui envier. En quelques mois, elle apprit le langage des signes, grâce à Sébastien qui l'emmena chaque semaine à Montpellier chez un éducateur pour sourds-muets. Mais, comme sa mère, elle fit l'objet d'un certain ostracisme de la part des autres écoliers qui la tinrent à l'écart davantage à cause de son handicap que des bruits qui couraient à propos de sa naissance.

## 6

## Confidences

Plusieurs mois après son arrivée à Saint-Jean-du-Gard, Adèle n'était toujours pas parvenue à se faire admettre à part entière comme la nouvelle institutrice.

Elle avait discuté de ce problème avec Lucie qu'elle voyait régulièrement depuis leur première rencontre. Celle-ci ne lui avait pas dissimulé qu'il lui serait difficile d'être acceptée totalement par les habitants de la commune.

« On m'avait prévenue lors de mon départ, lui avait répondu Adèle. Dans les Cévennes, les portes ne s'ouvrent pas facilement devant ceux qui n'ont pas leurs racines ancrées dans le terroir. Les gens demeurent suspicieux. Ils se taisent dès lors qu'on aborde avec eux des sujets sensibles. Ils vous jaugent avant de vous parler.

— Il faut en comprendre les raisons. Les Cévennes sont une région qui a beaucoup souffert. Sous Louis XIV, elles ont connu les dragonnades. Pour défendre et affirmer leur liberté de conscience, les Cévenols ont dû se battre. Ils sont devenus méfiants vis-à-vis de tout ce qui venait de l'extérieur. Cela en a fait un peuple replié sur lui-même, mais fier d'avoir tenu tête à une autorité qui à l'époque passait pour inattaquable et incontestée. Pour la plupart, les Cévenols sont des gens modestes, des paysans tenaces, accrochés à leurs montagnes. Celles-ci ne leur ont donné leur nourriture qu'avec parcimonie et au prix d'efforts colossaux. Je sais de quoi je parle. Les Rouvière, les parents adoptifs de mon père étaient issus de la terre et n'ont pas toujours vécu dans l'aisance. Ils n'ont jamais manqué de rien. Mais, dans leur jeunesse, ils ont connu la vie de la plupart des Cévenols, une existence faite de labeur et d'abnégation.

— Qui étaient-ils ? Sont-ils encore vivants ?

— Non, ils sont morts juste après la guerre. Donatien, que j'ai toujours considéré comme mon grand-père, avait quatre-vingts ans ; Constance, ma grand-mère, l'a suivi deux ans après, en 1947. Mon père a hérité de leur propriété et exploite aussi les vignes que ma mère a reçues de son propre père, Anselme Rochefort, mon autre grand-père. »

Lucie se livrait peu à peu à Adèle. Avec elle, elle se sentait en confiance. Au début, elle ne lui parla que de sa famille, de ses origines, notamment celles de son père, Vincent Rouvière, très controversées depuis qu'on avait découvert qu'il n'était pas le véritable petit-fils par adoption d'Anselme Rochefort, disparu au cours de la Grande Guerre, mais qu'il était le fils d'une femme malheureuse, une certaine Adèle Vigan.

« Alors votre père ne devrait pas s'appeler Vincent Rouvière ! s'était étonnée Adèle.

— Non, en réalité, il devrait porter le nom de Raphaël Vigan. Il y a eu permutation d'identité à leur naissance à l'orphelinat où ils avaient été tous deux abandonnés. C'est une histoire assez douloureuse. Comme vous le voyez, les gens ont de quoi se méfier de moi! Mes origines sont obscures du côté paternel.

— Pourtant vous êtes cévenole!

— À moitié seulement. Ma mère, Faustine Rochefort, était une pure Nîmoise. »

L'aventure des Rochefort était parvenue aux oreilles d'Adèle. Celle-ci n'ignorait pas que cette lignée d'industriels du textile gardois n'avait pas engendré que de bons éléments. Le fils aîné du patriarche, Jean-Christophe, et surtout le fils de celui-ci, Pierre, étaient connus pour leurs idées réactionnaires. Pierre avait même collaboré pendant la dernière guerre, ce qui lui avait valu de gros ennuis lors de l'épuration. Lucie n'aimait pas parler de cette période. Aussi, quand elle l'évoquait, Adèle devinait qu'elle taisait quelque secret de famille bien gardé.

La jeune femme, en effet, lui paraissait très mystérieuse. Ce qui se colportait à propos de sa relation avec Jean Deleuze ne l'avait pas étonnée outre mesure. Elle n'y avait jamais fait allusion au cours de leurs rencontres et de leurs conversations.

Un jour que Lucie lui sembla plus sereine que d'habitude, Adèle tâcha de percer son secret. Elle hésita avant d'aborder le sujet, tant celui-ci lui paraissait épineux. Mais à ses yeux Élise serait apaisée si elle connaissait enfin le nom de son père, fût-il un homme peu recommandable ou empêché de se déclarer publiquement. Mieux valait une vérité assumée qu'une rumeur sans fondement.

Aussi décida-t-elle de parler à Lucie sans détour.

—J'ai appris très vite ce que les médisants rapportent sur vous et le père Deleuze.

Lucie se cabra. Son visage se referma. Elle détourna le regard. Répliqua:

—Vous ne devriez pas écouter les ragots. Je pensais que vous étiez mon amie.

—Je le suis, Lucie, ne vous méprenez pas. Ce que je voulais savoir de votre propre bouche, c'est la vérité. Le mystère que vous entretenez autour de votre personne nuit plus à Élise qu'il ne la sert. Beaucoup ignorent qui vous êtes…

—Ma vie privée n'intéresse personne! Elle n'appartient qu'à moi.

—Certes, mais dans la mesure où Élise se trouve au cœur des calomnies, vous devriez établir toute la clarté sur ce qui nourrit la rumeur.

—Vous voudriez que je déballe ma vie au grand jour uniquement pour satisfaire la curiosité des gens malfaisants!

—Non. Mais que vous assumiez certaines vérités.

—Lesquelles?

Adèle sentit le moment arrivé de se montrer plus précise sur le sujet qu'il lui tenait à cœur d'éclaircir.

—Vos rapports avec le père Deleuze, par exemple. Vous devez vous douter qu'Élise s'interroge sur la nature de vos relations. Je ne vous juge pas, Lucie, je m'en garderais bien.

Lucie hésitait à poursuivre la conversation.

— Pourquoi me dites-vous tout cela aujourd'hui ? Je vous croyais au-dessus de toutes ces calomnies.

— Je ne veux pas vous froisser. Je désire seulement vous venir en aide, à vous et à votre fille. Parler peut alléger bien des tourments.

— Que souhaitez-vous savoir ? Est-ce que j'ai eu une relation amoureuse avec Jean Deleuze, le curé de la paroisse ? Ou avec un collabo pendant la guerre, puisque c'est cela qu'on colporte maintenant !

Adèle sentait que Lucie se refermait. La jeune femme se réfugiait dans ses derniers retranchements en répliquant à ses questions par d'autres questions.

— Vous n'êtes pas obligée de me répondre.

Lucie se leva. S'éclipsa dans la cuisine. En revint un plateau dans les mains.

— D'abord, buvons le thé. Ensuite, je vous expliquerai.

Adèle devina que Lucie était décidée à lui parler. Elle attendit qu'elle reprenne elle-même la parole. Évita de lui poser d'autres questions.

— Ce qui nous unit, Jean Deleuze et moi, sort du commun, il est vrai. Et je comprends les réactions de ses paroissiens. Je ne peux pas justifier mes sentiments à son égard. Personne ne me soutiendrait. Je sais depuis longtemps qu'on me considère comme une drôle de créature. Une sorte d'hérétique, non ?

Lucie sourit, mais dans son regard se lisait toute la détresse du monde. La jeune femme cachait quelque chose de plus profond et de plus grave que le seul fait d'aimer un prêtre. Au reste, elle n'avait pas encore reconnu ce qui passait aux yeux de ses détracteurs pour le plus grand péché après le parjure. Elle faisait allusion à ses sentiments et à ceux de Jean Deleuze, sans jamais prononcer les mots « aimer » ou « amour », comme si ces deux termes étaient empreints du sceau du diable en personne.

— Lorsque je me suis installée dans cette commune, poursuivit-elle, le père Deleuze a été le premier et le seul à comprendre que j'étais dans la détresse.

— Mais que vous était-il arrivé, Lucie? Qu'est-ce qui vous avait plongée ainsi dans le désarroi? Si je ne me trompe, à l'époque, vous n'aviez que vingt ans. Votre vie ne faisait que commencer!

Lucie se rembrunit. Détourna la conversation.

— J'avais besoin de réconfort et Jean me l'a apporté sans rien me demander en échange. D'aucuns ont pu penser qu'il essayait de me convertir, moi, la mécréante, la protestante qui ne fréquentait même pas le temple! Le pasteur que j'ai rencontré m'a à peine écoutée quand je me suis tournée vers lui. Je lui ai avoué que j'avais eu un enfant et que j'ignorais ce qu'il était devenu. Alors il m'a seulement conseillé de ne pas l'ébruiter. Les gens n'aiment pas les femmes seules qui ont abandonné leur bébé, m'a-t-il expliqué sans me demander comment j'en étais arrivée à une telle extrémité.

Petit à petit, Lucie se dévoilait.

— Dans quelles circonstances avez-vous abandonné votre enfant?

Lucie se cabra. Son front se plissa. Se souvenir semblait la torturer.

—Je ne l'ai pas abandonnée! s'insurgea-t-elle.

Adèle fit diversion.

—Revenons à Jean Deleuze. Lui ne vous a donc posé aucune question! Il a su vous mettre en confiance, n'est-ce pas?

—Oui. Entre nous s'est créé spontanément un courant de sympathie qui s'est peu à peu transformé en quelque chose de plus fort.

—Vous êtes tombés amoureux l'un de l'autre! osa Adèle.

Le visage de Lucie s'illumina de nouveau. Dans ses yeux clairs, la lumière céleste semblait se refléter comme dans un miroir. La jeune femme fixa Adèle du regard. Lui sourit. Ajouta:

—Il ne s'est jamais rien passé entre nous. Enfin... rien de... vous me comprenez, n'est-ce pas? Je n'ai pas besoin de vous préciser. La nature de nos sentiments est d'ordre... spirituel. D'un commun accord, nous avons décidé de nous en tenir à une liaison platonique. Jean m'aime, il me l'a avoué. Et je l'aime aussi. Cela nous réconforte tous les deux. Lui, parce que son sacerdoce ne lui permet pas d'aller plus loin sous peine de devoir renoncer à son ministère. Moi, parce que je ne suis pas prête pour une relation, comment vous dire...

—Charnelle, précisa Adèle.

Lucie rougit. Détourna la tête. Acquiesça.

—Si vous voulez.

—Qu'est-ce qui vous retient tant? Pour Jean Deleuze, je conçois ses réticences. Encore qu'il ne serait pas le premier prêtre à abandonner ses fonctions pour vivre l'amour qui l'anime! Mais en ce qui vous concerne...

Lucie semblait de plus en plus mal à l'aise. Adèle commençait à pénétrer dans son jardin secret, dans une intimité qu'elle ne souhaitait pas lui dévoiler.

—J'agis ainsi dans l'intérêt d'Élise, finit-elle par avouer.

—Mais vous entretenez le doute dans son esprit! Toutes ces rumeurs... Avouez qu'elle a de quoi être déboussolée!

Lucie commençait à montrer de l'impatience. Elle triturait ses mains.

—Ce ne sont que des mensonges! s'écria-t-elle d'un ton colérique.

Adèle estima préférable d'abréger la conversation.

—Je vous crois, Lucie. Ne prêtez aucune importance à ces calomnies. Elles cesseront d'elles-mêmes faute de preuves.

*
* *

Noël approchait. Adèle s'apprêtait à rentrer dans sa famille pour les fêtes. François, de son côté, devait rejoindre les siens à Uzès, sa ville natale.

—Je n'ai plus que ma mère et mes sœurs, lui expliqua-t-il. Mon père est mort pendant la guerre, victime des Allemands.

—Des Allemands?

— Il appartenait à un groupe de résistants. Il a été arrêté par la Gestapo et déporté à Buchenwald. Nous ne l'avons plus jamais revu. Je n'ai rien pu faire pour lui, alors que j'étais à ses côtés. On est tombés dans une souricière. Lui a été pris ; moi, je m'en suis sorti par miracle.

— Toi aussi, tu étais résistant ?

— Oui, j'avais dix-huit ans à l'époque. Je faisais partie d'un réseau étudiant à Montpellier. Mon père était un responsable au niveau du département du Gard. Nous nous ignorions l'un l'autre pour assurer notre sécurité. D'ailleurs nous étions très cloisonnés. Nous ne connaissions jamais nos contacts. Mais, ce jour-là, nous nous trouvions tous les deux à la maison. Personne ne devait savoir que nous allions nous y rejoindre pour prendre les dernières directives du réseau. Quelqu'un a dû nous trahir.

— Ton père est mort en déportation !

— On nous l'a annoncé à la libération du camp, en avril 1945. Je m'en souviens comme si c'était hier. Quand ils l'ont emmené à la Kommandantur, à Nîmes, en juin 1944, ils ont essayé de le faire parler. Ils l'ont torturé. Mais il n'a rien dit. Heureusement, car notre réseau aurait été décimé.

— Comment sais-tu tout cela, puisque tu n'as jamais revu ton père ?

— En réalité, nous avions un agent infiltré à la Kommandantur. J'ai toujours ignoré qui il était, mais c'était quelqu'un de la plus haute importance pour tous les résistants transférés à Nîmes. Il a permis de nombreuses évasions et a pu adoucir les supplices que la Gestapo faisait endurer aux prisonniers.

— Il n'a pas pu empêcher sa déportation!
— Non, hélas!

Adèle finissait de boucler sa valise quand François lui demanda de l'accompagner dans sa famille avant de regagner Gajols, où les siens l'attendaient.

— Tu veux me présenter à ta mère?
— Si ça ne t'ennuie pas. Cela me ferait plaisir. Tu prendras ton train pour Bordeaux le lendemain, je t'accompagnerai à la gare de Nîmes.

Adèle accepta la proposition de François. Elle avait envie d'en savoir davantage sur lui et les siens, car, depuis qu'ils travaillaient ensemble, il ne lui avait guère parlé de sa jeunesse, de ses parents, de ses amis.

Le lendemain, dans l'autocar qui les emmenait à Uzès, François se montra taciturne, presque mal à l'aise à côté d'Adèle. Celle-ci comprit qu'il lui cachait quelque chose, un non-dit qui l'embarrassait. Elle s'abstint de le relever, pensant qu'il regrettait déjà son invitation.

— Je peux encore descendre à Alès, lui proposa-t-elle alors qu'ils arrivaient à proximité de la sous-préfecture gardoise.

François s'étonna de la remarque de son amie. Il lui demanda de l'excuser pour ses longs silences et ajouta:

— Quand tu seras en présence de ma mère, ne montre pas ce que tu ressens. Tu la mettrais dans l'embarras.

François n'en dit pas davantage. Adèle devina que, chez lui, la situation familiale ne devait pas être très réjouissante. Elle se demanda pourquoi, dans ce cas, il avait tenu à ce qu'elle vienne faire la connaissance des siens à Uzès.

—Ne t'inquiète pas, le rassura-t-elle en lui prenant la main. Je saurai être discrète.

À leur arrivée, lorsque Adèle rencontra Agnès, la mère de François et de Victoire, sa petite sœur, elle comprit aussitôt pourquoi il ne s'était pas épanché sur sa famille.

—Je te présente Adèle, maman, fit François en s'écartant, une collègue de travail et ma meilleure amie.

Adèle n'osa bouger. Devant elle, Agnès, immobile dans son fauteuil roulant, semblait regarder dans le vague, les yeux éteints. Son visage émacié, ses cheveux gris tirés en arrière trahissaient une grande souffrance intérieure.

—Maman n'y voit pas et n'entend pas très bien, expliqua François. Approche-toi d'elle pour lui parler.

Adèle, profondément émue, s'avança et embrassa Agnès.

—Je suis heureuse de vous rencontrer, madame.

Derrière la mère de François se tenait une jeune fille d'une douzaine d'années, prostrée, au comportement craintif. Elle recula lorsque Adèle voulut l'embrasser à son tour.

—N'aie pas peur, lui dit François. Adèle est mon amie. Elle désirait te voir avant de rentrer chez elle.

(Puis, à l'adresse d'Adèle :) Excuse-la. Elle est un peu farouche avec les gens qu'elle ne connaît pas.

Victoire alla se réfugier dans sa chambre sans prononcer un mot. Gênée, Adèle ne sut comment se comporter. François vint à son secours.

— Comme tu peux t'en rendre compte, maman est paralysée, aveugle et presque sourde. Ma petite sœur est ce qu'on appelle une attardée mentale. Mais c'est une enfant très attachante.

— Qui s'occupe d'elles ? osa demander Adèle. Dans leur situation, elles ne peuvent vivre seules à la maison !

— Hélène, ma cadette. Elle se sacrifie pour elles, afin qu'elles puissent demeurer chez nous. À la mort de mon père, ma mère a été bouleversée. Elle a fait une attaque cérébrale qui a provoqué sa paralysie. Puis son état s'est lentement dégradé. Elle a perdu la vue. Maintenant, ce sont ses oreilles… Elle n'a pas de chance, elle va de malheur en malheur !

Adèle n'osa demander ce qui s'était passé à la naissance de sa jeune sœur, ce qui pouvait expliquer son handicap mental.

Elle se rapprocha de lui et, sous les yeux fermés d'Agnès, qui devinait dans son silence ce que son fils ressentait pour elle, l'embrassa discrètement en lui caressant le visage.

— Où est notre chambre ? lui demanda-t-elle en sourdine, pour couper court à ses explications douloureuses. J'aimerais poser ma valise jusqu'à demain.

## 7

### Le cahier

*1956*

L'année nouvelle débutait dans la grisaille. Les esprits étaient gagnés par la morosité. Les partis se disputaient à l'Assemblée fraîchement élue après la dissolution du mois de décembre par le président Coty. La France s'empêtrait en Algérie. Or la détérioration de la situation en Afrique du Nord, ajoutée au désordre politique, ne facilitait pas la tâche du nouveau gouvernement formé par Guy Mollet.

Adèle semblait à l'écart de ces vicissitudes. Elle revint de sa Gironde natale transformée, comme si cette quinzaine passée auprès des siens lui avait inspiré d'autres certitudes, d'autres chevaux de bataille. François s'en aperçut et s'en réjouit.

— L'air des Landes t'a fait du bien, on dirait! la taquina-t-il. Tu me sembles avoir mis de l'ordre dans tes idées.

— Je crois que nous avons du pain sur la planche pour faire accepter à certains que nous entrons dans une ère nouvelle. À commencer par tous ceux qui tiennent notre petite Élise à l'écart sous l'unique prétexte qu'elle est différente des autres.

L'hiver s'était bien installé. La montagne se repliait sur elle-même, comme à l'approche d'une catastrophe. À voir comment la végétation s'était comportée bien avant l'heure, comment les oiseaux migrateurs avaient très tôt quitté les régions tempérées pour regagner l'Afrique, les anciens avaient annoncé une morte-saison très rude.
La réalité était en train de confirmer leurs prédictions.
À la fin janvier, une vague de froid s'abattit subitement sur l'Europe. Partout sur les hauteurs s'étendait un linceul de nacre qui annihilait toute vie et contraignait aux mesures d'urgence. À la mi-février, au plus fort de la tourmente, le gel engourdissait le sol sur un mètre cinquante par endroits. Même dans les secteurs les plus argileux, il devenait impossible de creuser les tombes pour enterrer les défunts. Les ruisseaux et certaines rivières étaient pris par les glaces. Les réserves de bois commençaient à s'amenuiser, les denrées alimentaires, notamment les légumes frais, à manquer. Les futures récoltes de printemps étaient fortement compromises. L'activité des hommes au-dehors souffrait de retard. Les moteurs démarraient mal, les routes étaient encombrées ou coupées par les pylônes d'EDF et des PTT tombés au sol. Les transports étaient paralysés. Les canalisations d'eau s'ouvraient sous l'effet de la glace. Certains arbres aux branches décharnées et

noircies comme sous l'action d'un feu dévastateur donnaient des signes inquiétants de mort prématurée. Les oliviers éclataient dans de lugubres craquements qui laissaient les paysans sans voix. On n'avait pas assisté à un tel assaut de l'hiver depuis des décennies.

Certains s'en prenaient aux avions supersoniques qui, selon eux, détraquaient le ciel, d'autres aux ondes maléfiques qui perturbaient l'atmosphère, quand on n'accusait pas l'effet des essais nucléaires que Russes et Américains expérimentaient sans relâche depuis la fin de la guerre.

Comme tout le monde, Adèle et François souffraient beaucoup du froid. Mal isolés, leurs logements étaient de véritables glacières. Ils ne trouvaient de bien-être que réfugiés dans leurs salles de classe, chauffées par un gros poêle à charbon. La plupart de leurs élèves s'étaient volatilisés. Beaucoup étaient bloqués chez eux. Les chemins enneigés n'étaient pas systématiquement dégagés pour assurer la circulation. Aussi faisaient-ils cours au ralenti. Aux écoliers du bourg, présents pour la plupart, ils proposaient des activités de révision ou d'éveil afin de ne pas défavoriser les absents.

Leur directeur avait tenu cependant à préciser:
«Vous veillerez à pourvoir au rattrapage du temps perdu. Il ne saurait être question de finir l'année scolaire avec un déficit de programme. Celui-ci doit être bouclé coûte que coûte. Pour ma part, j'amènerai mes élèves au certificat d'études dans les meilleures conditions, quitte à assurer des

heures supplémentaires de soutien. Je vous engage à envisager la même chose sans que je sois obligé de vous le demander. À vous de faire le bilan dans vos classes et de définir une stratégie appropriée. »

François n'appréciait pas ce genre de discours. À ses yeux, Antoine Soboul outrepassait les limites de ses prérogatives en se substituant à l'autorité académique.

— Sur le fond, il n'a pas tort, reconnaissait Adèle. Si nous perdons du temps à cause du froid qui perdure, nous accuserons un énorme retard. Et celui-ci finira par être préjudiciable à nos élèves. Surtout ceux de fin d'études. Or je ne crois pas que l'Inspection en tiendra compte pour le certificat. Ce dernier ne saurait être obtenu au rabais, même en période de crise.

— Je te l'accorde, approuva François qui appartenait au Syndicat national des instituteurs, marqué à gauche. Mais d'un point de vue syndical, toute heure supplémentaire doit faire l'objet d'un avis préalable et doit obtenir l'assurance d'être rémunérée. Il n'est pas question d'effectuer des heures bénévolement et gratuitement. Ce serait la porte ouverte à tous les abus.

— Tu ne devrais pas heurter le directeur de front. Il n'attend qu'un faux pas de ta part pour te coller un rapport et obtenir ta mutation d'office. C'est ce que tu souhaites ?

— Non, je ne cherche pas les ennuis. Mais je n'accepte pas d'être ainsi infantilisé.

Adèle n'osait contredire François car, au fond d'elle-même, elle lui donnait raison. Mais elle craignait qu'à force d'intransigeance il ne pousse

Antoine Soboul à prendre des mesures disciplinaires contre lui.

— Je ne voudrais pas que tu commettes une faute irréparable. Promets-moi de te tenir tranquille. Je veux éclaircir l'histoire navrante d'Élise et de sa mère. Et j'aimerais que tu m'aides.

— Tu t'occupes de ce qui ne te regarde pas.

— Comment peux-tu rester indifférent à ce que doit supporter cette enfant? À la sottise de ses camarades qui n'est que le reflet de la médisance et de la méchanceté de leurs parents.

— C'est à sa mère d'établir la vérité, si elle s'estime victime d'une rumeur qui salit son honneur. Pas à toi!

— Si tu ne veux pas m'aider, j'agirai seule. N'en parlons plus! Je te croyais plus altruiste.

Vexé, François feignit de s'intéresser à autre chose. Mais s'apercevant qu'Adèle lui battait froid, il se ravisa:

— C'est bon, ajouta-t-il, cesse de bouder. Comment comptes-tu t'y prendre pour éclaircir ce mystère du parfum de la dame en noir?

Adèle sourit. Se rapprocha de François. Se hissa jusqu'à ses lèvres.

— Embrasse-moi d'abord, gros nigaud.

François temporisa, laissant passer quelques secondes avant de s'exécuter.

— Alors, poursuivit-il après de longues effusions, comment va donc procéder notre Rouletabille en jupons? Aurais-tu l'intention de mener une enquête digne d'un détective privé? De te lancer sur les traces du père inconnu de ta petite protégée afin de faire toute la lumière sur les vilaines médisances qui salissent sa maman?

Adèle n'avait pas imaginé sa démarche de cette manière. À ses yeux, il ne s'agissait pas de percer un mystère, mais simplement de lever l'équivoque sur le père d'Élise pour que l'enfant ne souffre plus de rumeurs infondées.

François crut bon toutefois de la mettre en garde :

— Si sa mère apprend ce que tu fomentes derrière son dos, elle n'appréciera pas !

— Je n'ai pas l'intention de l'informer de mes démarches. Celles-ci doivent rester entre nous. En fonction de ce que je découvrirai, je parlerai à Lucie ou je me tairai.

— Ce serait plus simple de t'adresser directement à elle. Elle seule sait qui est le père de son enfant. Il te suffirait de la convaincre d'en discuter avec sa fille.

— Je le lui ai suggéré. Mais elle n'est pas encore prête à sauter le pas.

Adèle sentait qu'au-delà des apparences se dissimulait un autre secret que Lucie ne souhaitait pas ou ne pouvait pas révéler. Plus elle songeait à la situation de la jeune Rochefort, plus elle était persuadée que son histoire était beaucoup plus compliquée que les rumeurs successives ne le laissaient entrevoir. Aussi, pendant ses vacances passées auprès des siens en Gironde, avait-elle beaucoup réfléchi et décidé au final qu'elle ne pouvait pas abandonner Élise, victime de ses origines incertaines.

*
* *

Le froid intense durait depuis plus de deux semaines. Les routes étant encore mal dégagées, Adèle décida de surseoir à sa quête de la vérité.

Élise manquait parfois la classe, comme bon nombre de ses camarades. Pourtant sa maison n'était pas très éloignée de l'école. Elle pouvait s'y rendre à pied sans problème, la municipalité ayant fait procéder au déblaiement des rues de la petite cité. Chaque matin, en compagnie de François et d'Anne-Marie Lapeyre, sa collègue du cours préparatoire, Adèle se postait devant la grille et attendait l'arrivée des enfants les plus courageux que les intempéries ne rebutaient pas.

Depuis plusieurs jours, elle s'inquiétait de l'absence d'Élise.

—La petite a peut-être pris froid, suggéra Anne-Marie. Avec ce temps, il n'y aurait rien d'étonnant. La grippe court depuis un bon moment. Beaucoup d'élèves sont cloués au lit avec de la fièvre. Seuls ceux qui habitent dans les hameaux isolés sont bloqués chez eux à cause de la neige.

L'explication de sa collègue ne satisfaisait pas Adèle. La veille, à la sortie de l'école, vers dix-huit heures, elle était passée devant la maison de Lucie Rochefort. Les volets étant clos, elle s'était approchée et n'avait observé aucune lumière par les interstices. En outre, la cheminée ne fumait pas. Tout indiquait donc que Lucie et sa fille s'étaient absentées.

Elle garda son étonnement pour elle, mais, le lendemain soir, elle s'en expliqua à François.

— Par ces mauvaises conditions climatiques, je trouve étrange que Lucie soit partie avec Élise. De plus, elle n'a pas prévenu l'école!

— Elle doit avoir ses raisons. Attendons un peu. Elle s'est peut-être réfugiée chez ses parents, à Tornac. Le logement qu'elle occupe est sans doute inconfortable. Les canalisations d'eau ont pu éclater; à moins que sa maison ne se situe dans un secteur où l'électricité n'a pas été rétablie! As-tu vérifié?

— Non, reconnut Adèle. Mais il est vrai que je n'ai aperçu aucune lumière à travers les volets.

Le jeudi suivant, elle alla rôder autour de chez Lucie Rochefort et force lui fut de constater que les volets demeuraient fermés en plein jour. En revanche, après avoir interrogé le voisinage, elle eut la confirmation que le réseau électrique avait été réparé depuis longtemps et que personne dans le quartier n'avait signalé des problèmes de canalisation d'eau.

Après plusieurs jours, elle s'adressa à Antoine Soboul. Le directeur de l'école regrettait que peu de parents aient averti de l'absence de leurs enfants. Il ajouta:

— Avait-elle besoin de remuer ciel et terre pour inscrire sa fille dans notre établissement? Cette femme abuse vraiment de l'institution scolaire. Je ne manquerai pas de le lui faire remarquer!

Adèle n'insista pas. Mais elle se promit de savoir où avaient disparu Lucie et Élise Rochefort.

Quelques jours plus tard, quelqu'un vint la trouver à la sortie de l'école. Un homme qu'elle ne connaissait pas. Il avait garé son automobile un peu à l'écart, une Peugeot 403 blanche, et avait attendu qu'elle passe à côté de lui pour l'accoster, comme s'il ne désirait pas qu'on les aperçoive ensemble.

— Vous êtes Adèle Gensac ? lui demanda-t-il, sans descendre de sa voiture.

Surprise, Adèle regarda par la fenêtre ouverte du véhicule, hésita.

— Oui, finit-elle par répondre. Que me voulez-vous ?

— Je suis Sébastien Rochefort, l'oncle de Lucie. Je souhaiterais vous parler. Est-ce possible ?

Adèle n'avait jamais vu Sébastien. Elle se méfia.

Le froid ne l'engageait pas à s'attarder.

— Le moment est mal venu, répliqua-t-elle. Je rentrais chez moi. Et je crois qu'il ne va pas tarder à neiger.

— Montez dans la voiture, lui proposa-t-il. Ne craignez rien. J'ai à vous parler au sujet d'Élise. Nous serions mieux autour d'un bon vin chaud au Relais de la gare.

Adèle hésita.

Sur ces entrefaites, François la rattrapa et, la voyant dans l'embarras, s'inquiéta :

— Que se passe-t-il ?

S'apercevant qu'elle avait été abordée par un inconnu, il insista :

— Ce monsieur t'importune ?

— Euh... non, trancha Adèle. Monsieur est l'oncle de Lucie Rochefort. Il désire me parler. Il me propose de le suivre dans un endroit calme pour discuter. (Puis, à l'adresse de Sébastien :) François est mon ami.

— Alors il peut nous accompagner. Ça ne me dérange pas. Montez tous les deux.

Adèle consulta François du regard. Celui-ci comprit qu'elle lui demandait d'acquiescer.

— C'est bon, dit-il. Nous acceptons.

Sébastien arrêta sa voiture devant l'auberge du Relais de la gare et convia ses deux occupants à s'asseoir autour d'un verre.

— Je vous proposerai bien de manger avec moi si vous avez un peu de temps devant vous. Cet endroit est aussi une bonne table.

Les deux enseignants se demandaient où l'oncle de Lucie voulait en venir. Il leur paraissait bien mystérieux.

— Vous ignorez peut-être que ma nièce est ma collaboratrice aux Éditions de Paris, commença-t-il pour détendre l'atmosphère. Elle travaille à mes côtés depuis plusieurs années déjà, et je dois avouer qu'elle me rend de grands services. Écrire est une chose, se corriger en est une autre ! Vous savez sans doute que je suis écrivain, Lucie a dû vous le dire.

— Oui, nous le savons, monsieur Rochefort, fit Adèle.

— Alors les présentations seront plus vite faites. Vous êtes les enseignants de ma petite-nièce, Élise… Je peux vous avouer qu'elle vous aime beaucoup tous les deux.

— Je m'inquiétais depuis plusieurs jours, releva Adèle. Lucie n'a pas averti l'école qu'elle s'absentait. Le directeur risque de le lui reprocher.

— Je m'en doute. Elle aurait dû le faire. J'arrangerai ça avec lui...

Sébastien semblait temporiser. Il passa la commande du dîner au restaurateur et profita du temps d'attente des plats pour en venir au fait.

— Je souhaitais vous voir, mademoiselle Gensac, car je sais que vous avez de bons rapports avec Élise.

— Cette enfant porte en elle une blessure. J'aimerais l'aider. Sans pour autant indisposer sa maman. Car je crois que votre nièce entretient un jardin secret qu'elle ne désire pas ouvrir à quiconque s'immisce dans ses affaires. Je la comprends. Nous avons tous le droit de préserver notre vie privée. Néanmoins les rumeurs qui ont circulé à l'école et dans la commune à propos du papa supposé d'Élise lui ont fait beaucoup de tort. Vous savez, les enfants n'agissent pas par méchanceté. Les camarades de votre petite-nièce n'ont fait que rapporter ce qui se disait chez eux. Ce sont les adultes les premiers fautifs.

Sébastien laissait parler Adèle sans l'interrompre. Il opinait du chef à chacune de ses affirmations, examinant François sans le montrer. Celui-ci ne comprenait pas le but de l'entretien auquel il avait été convié, et se demandait pourquoi Sébastien Rochefort lui avait proposé d'y participer.

— Qu'est-ce que vous êtes venu annoncer à Adèle ? finit-il par s'enquérir. Car je suppose que c'est d'Élise qu'il est question ou de sa maman.

Sébastien posa son verre sans se presser.

— Ce vin est excellent, vous ne trouvez pas ?

François regarda Adèle d'un air intrigué. Celle-ci comprit son étonnement. Ajouta :

— Élise me touche. C'est aussi simple que cela !

Sébastien sortit de la poche intérieure de sa veste un cahier d'écolier plié sur la longueur, un cahier de cent pages comme ceux qu'utilisaient les élèves en classe.

— Tenez, fit-il en s'adressant à Adèle. Je voudrais que vous lisiez ce qu'il contient. Élise ne peut parler, mais elle s'exprime très bien par écrit, vous le savez mieux que moi.

Adèle se saisit du cahier, l'ouvrit à la première page, le feuilleta rapidement jusqu'à la dernière, s'extasia :

— C'est Élise qui a rédigé tout cela ?

— C'est le récit de sa courte vie... enfin de ce dont elle se souvient.

— À son âge, Élise possède un journal intime ! s'étonna François qui comprenait de moins en moins où voulait en venir Sébastien.

— Cela m'a surpris aussi. Mais il faut admettre que ma petite-nièce est très en avance pour ses dix ans.

— Vous me demandez de lire son journal. C'est indiscret ! protesta Adèle. Je n'ai pas le droit !

— C'est Élise qui vous le demande.

— Élise ! Mais pourquoi, dans ce cas, ne m'a-t-elle pas remis ce cahier plus tôt et en main propre ?

— Elle a rédigé toute cette prose chez ses grands-parents, à Tornac, où ma nièce s'est réfugiée pour faire le point sur sa situation, profitant du temps mort occasionné par les intempéries.

Adèle comprenait mieux à présent la raison de l'absence de Lucie.

— Qu'y a-t-il dans ce cahier? poursuivit-elle. Le récit de sa petite enfance?

— Ne faites pas semblant de ne pas deviner. Élise souhaite que vous soyez sa confidente. Mais avant que vous n'entriez dans ses souvenirs, je veux que vous sachiez que personne, ni sa mère, ni ses grands-parents, ni moi n'avons lu ce qu'elle a révélé dans ce cahier.

Adèle trouvait Sébastien bien mystérieux.

Elle feuilleta à nouveau le précieux document et sourit en y découvrant une écriture soignée où les pleins et les déliés s'alignaient parfaitement dans une régularité exemplaire. Le texte était rédigé à l'encre violette, au porte-plume. Il ne contenait aucune tache, aucune rature. Chaque phrase commençait par une lettre majuscule habilement calligraphiée. Les paragraphes s'enchaînaient à un interligne l'un de l'autre.

— Élise a de qui tenir! s'exclama Adèle. Elle a du sang d'écrivain dans les veines. Vous devez être fier de votre petite-nièce.

— Je vous le répète, j'ignore ce qu'elle raconte dans ce cahier, précisa Sébastien. Personne ne l'a lu. Quand Lucie a surpris Élise en train d'achever son long récit, elle lui a promis de respecter son intimité. Mais je dois vous avouer qu'elle a été très étonnée lorsque sa fille lui a demandé de vous remettre son journal. Ma nièce n'a pas refusé. Et c'est elle qui m'a dépêché pour vous le transmettre.

Adèle et François allaient de stupéfaction en stupéfaction. Pourquoi la petite Élise tenait-elle tant à se confier uniquement à sa maîtresse d'école?

Quel secret renfermait donc ce mystérieux cahier?

# Deuxième partie

# L'ENFANT DU MYSTÈRE

# 8

## L'enfant de l'ombre

Élise avait rédigé l'histoire de sa vie comme un enfant de son âge pouvait en être capable. Son vocabulaire était souvent imprécis, ses phrases parfois maladroites. Son récit pourtant ne manquait ni de justesse ni de ressenti, et exprimait très bien ses émotions, ses craintes, ses interrogations, la douleur qui l'habitait encore.

Quand Adèle commença la lecture de son cahier, elle n'eut aucune difficulté à deviner ce qu'avait enduré la fillette pendant les premières années de son existence. Le texte qui se déroulait sous ses yeux embués s'illustrait dans ses pensées d'images en demi-teintes, reflet, songeait-elle, de la dure réalité de l'enfance d'Élise.

Celle-ci ne pouvait se souvenir des premières années de sa vie. Les enfants n'ont pas de réminiscences en deçà d'un certain âge. Aussi avait-elle commencé sa narration par des évocations peu précises, des scènes qui étaient restées ancrées dans sa mémoire. Toujours les mêmes. Il était question de gens qui ne l'aimaient pas, d'un homme prénommé Germain et d'une femme prénommée Célestine, qu'elle appelait « père » et « mère », et dont elle craignait les colères et les punitions. Elle parlait également d'un garçon plus âgé qu'elle, d'un certain Lucien, qui la terrorisait.

Elle ignorait dans quelles circonstances elle était venue au monde. Personne, pas même sa mère, ne l'en avait informée. Toutefois, elle savait maintenant que ceux qui l'avaient élevée jusqu'à ses sept ans n'étaient pas ses parents.

Son existence sous le toit des Martin passa longtemps inaperçue. Ceux qui avaient déposé l'enfant devant chez eux n'étaient jamais réapparus. Ce qui laissait dire à Germain :

« J'avais bien raison. Cette gosse était indésirable. Sa mère ne voulait pas d'elle. Elle devait avoir honte de ce qu'elle avait commis neuf mois plus tôt. Elle l'a abandonnée quand il a été trop tard. Pour sûr, c'est une enfant de Boche, j'en suis de plus en plus persuadé.

— Qu'est-ce que ça change ? lui répondait Célestine chaque fois que son mari revenait sur ses insinuations dénuées de fondement.

— Ça change… ça change que cette gamine est une fille de Boche et qu'après réflexion ça me gêne qu'elle vive sous mon toit !

— Alors pourquoi tu as d'abord accepté de la garder ? Au début, tu désirais t'en débarrasser ! Puis tu as changé d'avis. Maintenant tu sembles le regretter ! Tu sais pas ce que tu veux, mon pauvre Germain ! »

Les premiers mois, Célestine évita de sortir le bébé de la ferme et de parler de lui, soucieuse avant tout qu'on ignore qu'elle avait un second enfant. Elle craignait en effet qu'on n'accrédite pas ce qu'elle devrait expliquer aux incrédules qui mettraient sa parole en doute.

Le printemps s'écoula, dans l'euphorie de la victoire obtenue sur l'Allemagne. Les esprits retrouvaient l'allégresse du temps où la paix régnait, même si le rationnement perdurait et exigeait encore beaucoup de sacrifices.

Le jour du marché, Germain descendait à Saint-Jean-du-Gard en compagnie de Lucien, laissant Célestine seule au mas avec le bébé. Les affaires reprenaient lentement, comme après un long hivernage. Germain se réjouissait de constater que les bourses se déliaient comme au bon vieux temps. Certes, on achetait avec parcimonie, mais on n'hésitait plus à acquérir, en petite quantité, des denrées au coût élevé. On avait trop souffert, pendant les années noires, de la pénurie et des réquisitions au profit de l'Occupant.

Rentré au mas, Germain ne prêtait aucune attention à l'enfant. Il n'éprouvait pour elle aucun sentiment et s'énervait même lorsque, la nuit, Célestine devait se lever pour calmer le bébé qui pleurait dans son couffin.

« Quelle pleurnicheuse ! grognait-il en se retournant de l'autre côté du lit. Vivement qu'elle grandisse ! Après une bonne journée de travail, la fatigue l'assommera et elle nous foutra la paix ! »

Célestine, quant à elle, accordait à l'enfant toute son attention, notamment au moment des biberons. Mais le nourrisson s'agitait souvent et refusait parfois le lait qu'elle lui donnait. Alors, perdant patience, elle finit par s'imaginer qu'il ressentait qu'elle n'était pas sa mère et qu'il la repoussait. Au fil des mois, l'élan maternel qu'elle s'efforçait de manifester s'étiola peu à peu jusqu'à disparaître totalement.

«Elle ne veut pas que je sois sa mère! se plaignait-elle, lorsque, impuissante à lui faire accepter le biberon, elle l'abandonnait dans son berceau. Quand elle crèvera de faim, elle finira par manger!»

Dans le village, on ignorait que les Martin abritaient un bébé sous leur toit. Mais, à Saint-Jean-du-Gard, sur le marché, les collègues de Germain commençaient à s'étonner des absences répétées de sa femme.

«Célestine n'est pas malade, au moins? lui demandait-on chaque mardi. Ça fait une paie qu'on ne l'a pas vue!»

Germain n'avait qu'une crainte: que Lucien vende la mèche. Le jeune garçon n'avait manifesté aucune sympathie envers le bébé. Au fond de lui, il ressentait une sorte de jalousie de ne plus être le seul à faire l'objet de l'attention de ses parents. Ceux-ci avaient beau le rudoyer et le considérer comme un véritable domestique, il avait conscience qu'il était leur fils unique, et il ne désirait en aucun cas partager sa place.

L'été se déroula sans incident. Avec les beaux jours, Célestine sortait l'enfant dans la cour de la ferme en prenant toutes les précautions utiles. Quand un visiteur se pointait, vite, elle rentrait la poussette à l'intérieur et priait pour que le bébé ne se mette pas à crier ou à pleurer.

Mais, l'hiver suivant, Élise, alors âgée d'un an, tomba malade. Aux prises avec une forte fièvre, l'enfant respirait difficilement et manquait de s'étouffer chaque fois que Célestine lui donnait à manger. Celle-ci se trouvait démunie et ne savait comment la calmer. Aucun des remèdes de grand-mère qu'elle lui avait administrés ne lui avait fait d'effet.

—Si elle continue, elle va tomber en syncope, prévint-elle. On ne peut quand même pas la laisser mourir!

Germain se frotta le cuir chevelu.

—Je te l'avais dit qu'elle nous créerait des ennuis! Je n'aurais pas dû m'apitoyer quand j'ai accepté de la garder. C'était pour te faire plaisir. Si j'avais su, je l'aurais laissée là où elle était, dehors!

—Il faut appeler le médecin.

—Et comment lui expliqueras-tu, au médecin, que nous avons un autre enfant âgé d'un an? Il trouvera ça bizarre, non? Tu lui avoueras que t'as accouché toute seule, sans le prévenir! T'auras l'air de quoi?

—Pourquoi pas! Après tout, il ne vient pas souvent chez nous, le médecin. On n'est jamais malades!

Germain réfléchit. Il ne pouvait pas laisser un enfant mourir comme un chien. Il n'aimait pas cette gamine comme sa fille, mais ce n'était pas une raison pour l'abandonner à son triste sort! Au fond de lui subsistait encore une once de compassion.

—Lucien, ordonna-t-il à son fils. Cours au village et demande au docteur Lemoine de venir au plus vite.

Le jeune garçon, étonné de la réaction de son père, ne bougea pas.

—T'as entendu, bougre d'âne! Dépêche-toi! Et si tu rencontres quelqu'un en route, ne lui dis rien, sinon tes oreilles vont chauffer quand je l'apprendrai.

Quelques heures plus tard, le docteur Lemoine arriva chez les Martin, curieux de savoir qui avait besoin de ses soins. Lucien ne lui avait pas expliqué le motif de l'appel de son père.

—Alors, s'enquit-il aussitôt, qui est malade chez les Martin?

Germain s'était volontairement éclipsé. Célestine, embarrassée, l'invita à la suivre dans sa chambre où elle avait placé le lit de l'enfant.

—C'est pour ma fille, Élise, déclara-t-elle en détournant le regard.

Le médecin s'approcha du lit. S'étonna.

—Votre fille! Élise! Mais j'ignorais que vous aviez un autre enfant, Célestine. Quand avez-vous accouché et où? C'est impossible, voyons!

Et Célestine de trouver une explication plausible.

Le docteur Lemoine feignit de la croire:

—Parfois le bébé est placé le long de la colonne vertébrale, dans le sens de la hauteur, et ne pousse pas vers l'avant. La femme enceinte n'a donc pas le gros ventre. C'est ce qui a dû se passer dans votre cas. Mais… vos règles! Leur absence aurait dû vous alerter. Vous n'en étiez pas à votre premier enfant!

Célestine ne dit mot.

Il n'insista pas et examina Élise.

—Oh, mais c'est une jolie petite blonde aux yeux bleus que vous avez là! remarqua-t-il.

Il l'ausculta avec soin et diagnostiqua un début de bronchite.

—Il faut la soigner sérieusement avant que ça ne dégénère en pneumonie. Je vais vous prescrire quelques remèdes. Vous enverrez votre fils les chercher sans tarder à la pharmacie du bourg.

Dans son coin, Lucien maugréait.

—Hmm! ronchonna-t-il. Dès qu'elle aura l'âge de comprendre, je lui ferai voir qui est le fils ici!

9

L'enfant de personne

La place qu'Élise tenait chez les Martin se résumait à peu de chose. Vite considérée comme une petite étrangère, y compris par Célestine, elle ne faisait l'objet d'aucune attention particulière. Pour toute la famille, elle n'était l'enfant de personne.

On lui avait installé son lit dans une remise séparant la pièce à vivre de la chambre de Lucien. C'était un endroit sombre, sans fenêtre, situé sous l'escalier qui donnait à l'étage où dormaient Germain et Célestine. Elle ne possédait rien à elle, ni poupées ni jouets.

À deux ans, elle gambadait un peu partout dans la maison, se faisant bousculer par Lucien ou Germain qui attendaient avec impatience qu'elle soit un peu plus âgée pour accomplir sa part de travail. Pourtant, malgré le manque de sentiments qu'éprouvaient pour elle ceux qu'elle prenait pour ses parents, Élise s'attachait à eux, manifestant naïvement des marques d'amour qu'elle ne recevait pas en retour. Parfois Célestine s'apitoyait, la consolait dans ses bras, quand son mari l'avait sévèrement grondée ou quand Lucien l'avait repoussée alors qu'elle ne lui demandait qu'un peu d'affection.

À son âge, elle n'appréhendait de la vie que ce qu'on lui offrait. Son univers quotidien se limitait à trois personnes dénuées de toute forme de compassion, et d'un chien, le seul être vivant qui lui témoignait de la gentillesse. La grisaille des murs qui l'entouraient, la puanteur de la cour extérieure – le rare lieu où on la sortait – étaient son unique horizon. Elle n'imaginait pas qu'ailleurs le soleil puisse illuminer les cœurs, que des enfants comme elle puissent connaître l'amour de leurs parents, l'attention de leurs grands-parents, que le bonheur puisse exister.

Célestine l'habillait avec les vêtements qu'avait portés Lucien à son âge et qu'elle avait conservés pour une éventuelle naissance. Elle les ravaudait pour les rendre plus féminins et à sa taille. Avant que la petite fût propre, elle la laissait toute la journée dans les mêmes langes, sans la changer, et ne s'occupait d'elle que le soir venu, après la traite des chèvres qui demeurait sa première préoccupation. Germain l'avait affublée du surnom de « petite souillon », car elle présentait un aspect repoussant et sentait mauvais.

Élise s'était habituée à ses dures conditions d'existence. Elle croyait sans doute que tel était le sort de tous les enfants et que tous les parents ressemblaient aux siens. Elle ignorait que, plus loin, au-delà des pentes humides qui entouraient sa maison, les ruisseaux cascadaient joyeusement sur les rochers accrochés à la montagne, que les arbres égratignaient le ciel comme pour se jouer des nuages, que les oiseaux volaient toujours plus haut pour mieux savourer leur liberté... que des enfants pouvaient être heureux.

Dans le bourg, la nouvelle de son existence avait fini par se répandre. Le docteur Lemoine, certes, n'avait pas révélé la cachotterie de Célestine. Au reste, il avait vite compris que les Martin ne lui avaient pas raconté la vérité. Mais, soucieux de ne pas trahir le secret médical, il s'était abstenu de parler de ce qu'il avait découvert chez eux. Néanmoins, il ne put arrêter le qu'en-dira-t-on, lorsque certains, aux oreilles grandes ouvertes, avaient deviné la présence d'une petite fille chez les Martin. Plusieurs fois, Célestine avait dû envoyer Lucien au village pour acquérir ce qu'un jeune enfant exigeait de particulier. Le garçon finit par se vexer des remarques empreintes de moquerie dont il faisait l'objet car il ne pouvait avouer à qui était destiné ce qu'il achetait. Un jour, il ne se retint plus et s'écria d'une colère mal contenue :

— Je hais cette petite morveuse ! Si je m'écoutais, j'irais la perdre dans la forêt et on n'en parlerait plus.

Beaucoup saisirent le sens de ses paroles.

Alors les bruits se précisèrent :

« Les Martin ont eu un enfant sur le tard, une fille, et ils ne veulent pas l'ébruiter, répétait-on dans les chaumières. C'est que la Célestine n'est plus très jeune. La gamine est peut-être anormale, déjà que le petit Lucien paraît un peu simplet ! »

Germain dut se rendre à la raison. Au bistrot, qu'il fréquentait assidûment – et de plus en plus depuis que sa femme le repoussait quand il se rapprochait d'elle –, il dut admettre, devant ceux qui se prétendaient de ses amis, que Célestine avait accouché juste avant la fin de la guerre. Un petit dernier qu'il n'avait pas souhaité, mais qu'il avait bien fallu accueillir avec amour malgré les difficultés de la vie! On aurait fini par le plaindre, Germain, à l'entendre s'épancher sur le sort de son rejeton qu'il présentait comme «l'enfant inespéré». En réalité, nul n'ignorait dans le village que sa Célestine lui tournait le dos depuis longtemps dans le lit conjugal, et qu'elle n'était plus capable de procréer. Aussi le prenait-on pour un fieffé menteur.

«Cette petite, ils l'ont sans doute ramenée de l'Assistance! racontaient certains sans l'ombre d'une preuve. Ils ont honte de l'avouer et ils font croire que c'est la leur. Tels qu'on les connaît, les Martin, c'est pour profiter de la pauvre gosse qu'ils l'ont accueillie chez eux.»

Ainsi le sort d'Élise semblait déjà scellé avant même que les Martin n'aient entrepris sa véritable éducation de fille de ferme.

*
* *

Avec les années, les souvenirs d'Élise devenaient plus précis. Dans son cahier, elle parlait toujours de Célestine et de Germain comme de sa mère et de son père. Mais Adèle comprenait bien que, pour elle, ces noms n'avaient pas le sens affectif de «maman» et de «papa», comme si la petite fille avait voulu signifier que «père» et «mère» étaient dépourvus de toute connotation d'amour filial.

À travers ses mots, simples mais d'une grande justesse, Adèle percevait parfaitement ce que sa jeune élève ressentait à présent en se remémorant toutes ces années de douleur dissimulée, refoulée. Élise considérait les Martin comme ses parents nourriciers. Elle ne les aimait pas. Elle les respectait. Par crainte plus que par devoir. Au reste, elle ne savait pas ce qu'était l'amour, elle n'en avait jamais reçu ! Aussi n'avait-elle pas mis longtemps à accepter Lucie comme sa vraie maman et avait-elle très vite compris que le calvaire dont on l'avait sortie n'avait été qu'une sombre et malheureuse parenthèse qui lui avait permis simplement de revenir à la vie, comme après une seconde naissance.

Adèle extrapolait ce que la fillette avait rédigé dans son cahier. L'enfant ne pouvait raconter en détail ce qu'elle avait vécu et ce dont elle se souvenait. Ses capacités d'écriture, son style encore rudimentaire donnaient parfois à son texte un aspect puéril. Mais ce qu'elle décrivait était si touchant qu'Adèle devait souvent relire plusieurs fois ce que ses yeux, remplis de larmes, parcouraient au fil des pages.

Quand l'enfant atteignit ses quatre ans (Élise ne pouvait préciser l'âge auquel se rapportaient tous les événements qu'elle évoquait), un coin de lumière éclaircit son horizon.

Germain avait demandé à son fils de prendre sa sœur en main. Le garçon avait horreur qu'on lui rappelle qu'Élise était sa sœur, mais, pour éviter une volée de bois vert de son père, il ne disait mot et obéissait sans trop rechigner. Il passait ensuite sa mauvaise humeur sur la petite fille, à qui il reprochait d'accaparer l'attention de ses parents et de lui procurer du travail supplémentaire.

Germain exigeait qu'Élise accompagne Lucien quand celui-ci partait dans les hauts garder son troupeau de brebis.

— Tu lui indiqueras ce que je t'ai appris. Comment rappeler les bêtes égarées, lancer le chien à leurs trousses, veiller à ce qu'elles évitent de manger des herbes nocives... Je t'ai tout inculqué. À toi maintenant d'éduquer ta sœur pour qu'elle en sache autant. À son âge, elle peut comprendre tout cela. Dans deux ans, je veux qu'elle puisse garder seule le troupeau.

Lucien rechigna mais obéit. Tous les jours pendant la belle saison, il emmena Élise sur les sommets où pâturaient les brebis de son père. Celui-ci n'envoyait pas ses moutons estiver sur le mont Lozère ou sur l'Aigoual. Il estimait que la transhumance leur faisait perdre du poids et qu'il n'avait rien à gagner à payer un berger pour s'acquitter de cette tâche. En outre, il avait à sa disposition suffisamment d'hectares sur les hauteurs pour assurer à son petit cheptel de quoi se nourrir pendant l'été.

Ainsi, Élise découvrit le monde pastoral. Certes, elle redescendait à la ferme familiale chaque soir en compagnie de Lucien. Elle ne vivait pas dans les mêmes conditions que les bergers à l'estive. Mais le travail n'en était pas moins astreignant. Lucien, du haut de ses quatorze ans, remplissait très bien sa tâche. Le jeune *traspâtre* – l'apprenti berger – s'y entendait dans la conduite du troupeau. Flanqué de ses deux chiens, il avait l'œil et ne rentrait pas sans avoir compté ses brebis. Jamais il n'en manquait une à l'appel.

En son for intérieur, il avait décidé de mener la vie dure à cette sœur qu'il ne supportait pas. Maintenant qu'elle va travailler comme tout le monde, pensait-il, je ne vais pas me gêner pour la faire trimer. Elle va voir ce qu'elle va voir !

Élise apprécia la décision de son père de lui faire garder le troupeau avec Lucien. Cela lui permettait enfin de sortir de la ferme où sa mère la cantonnait depuis sa naissance et où elle ne voyait personne.

Elle n'avait jamais imaginé ce qu'il y avait derrière les crêtes qui délimitaient son horizon. Un jour, dans un excès de générosité, Lucien lui avait parlé de la mer. Il avait accompagné son père à Sète pour acquérir du matériel agricole que revendait un pêcheur de l'étang de Thau rencontré par hasard sur le marché de Saint-Jean-du-Gard. Le jeune garçon avait été subjugué en découvrant la Méditerranée. Les grandes plages de sable blond, battues par les vagues ; les embruns qui lui rafraîchissaient le visage brûlé par le soleil ; les mouettes qui s'adonnaient dans le ciel à d'étranges ballets… Ses yeux n'étaient pas assez grands pour tout emmagasiner. Quand, dans les lointains, il percevait la coque d'un bateau de pêche, il imaginait que de mystérieux personnages venus d'un monde enchanteur allaient débarquer devant lui. Et il se mettait à rêver, lui aussi, à d'autres horizons. Mais son père, plus terre à terre, le bousculait et le ramenait brutalement à la réalité.

Lorsqu'il tenta maladroitement de décrire ce qu'il avait découvert de si fantastique, il ne sut utiliser les mots précis pour dépeindre avec exactitude ce qui l'avait ébahi. La pauvreté de son vocabulaire avait réduit la magnificence de la Grande Bleue caressée par le vent à une espèce d'étendue d'eau immense qu'Élise avait prise pour un simple étang aux contours infinis. Dans son esprit, la mer se trouvait juste derrière les sommets qui l'entouraient, semblable à ces marigots saumâtres qui stagnaient après les fortes pluies, à peine plus vaste. Elle croyait donc qu'en suivant Lucien au-delà des premières crêtes, elle aussi découvrirait cette merveille qu'il lui avait si mal décrite…

*
* *

Adèle lisait avec beaucoup d'intérêt ce que racontait Élise avec ses mots simples d'enfant : sa terne vie quotidienne à la ferme, ses gardes du troupeau en compagnie de Lucien. Sa naïveté face à ce qu'elle imaginait du monde qui l'entourait la faisait sourire.

Parvenue à ce stade de son récit, elle prit soudain conscience que la petite fille répondait à son frère quand celui-ci lui expliquait sa tâche. Elle utilisait le vocabulaire d'un enfant qui parle. Il n'y avait aucun doute ! Élise racontait par exemple : « Il me parlait de la mer. Je n'ai jamais vu la mer. Alors, je lui disais que je ne comprenais pas très bien... »

Adèle réfléchit et, pour confirmer ce qu'elle croyait avoir perçu, le soir même, avant qu'elle eût terminé la lecture du cahier, elle s'en ouvrit à François.

— Que penses-tu de cela ? lui demanda-t-elle sans lui laisser le temps de s'asseoir. Je viens de parcourir le récit qu'Élise nous a confié, et j'ai fait une drôle de découverte. J'aimerais que tu lises ces passages.

— Qu'as-tu trouvé d'étrange ?

— Il me semble qu'Élise parlait quand elle vivait chez les Martin.

François ignorait que la petite fille avait été élevée par une autre famille. Adèle ne le lui avait pas encore révélé.

— Je t'expliquerai plus tard. Lis plutôt ce que je te montre là, lui proposa-t-elle.

François s'exécuta.

— Effectivement, il n'y a aucun doute. D'après ce qu'elle écrit, on dirait qu'elle parlait à son frère.

Adèle fut confortée.

— C'est ce que je pensais. C'est bizarre, tu ne trouves pas ! Élise ne parle pas. Et, à l'époque, elle ne savait pas écrire pour se faire comprendre.

— De sa part, ce n'est sans doute qu'une façon de s'exprimer. Les muets utilisent le verbe « dire », comme les sourds le verbe « entendre », et les aveugles affirment parfois qu'ils n'ont « jamais vu une chose pareille » ! C'est le langage ordinaire que tout le monde emploie, même ceux qui sont dans l'incapacité de percevoir ce qu'ils expliquent à leur manière.

—Je dois parler à Élise. Je veux éclaircir ce mystère.

Élise n'était pas encore rentrée à Saint-Jean-du-Gard. Elle demeurait toujours chez ses grands-parents à Tornac en compagnie de sa mère. Le couple les avait accueillies sans leur demander la raison de leur visite. Il avait mis celle-ci sur le compte du mauvais temps et feint de croire que Lucie s'était accordé quelques jours de repos.

Adèle était impatiente de revoir sa jeune élève. Elle avait de nombreuses questions à lui poser. Persuadée que sa mère s'était réfugiée chez son oncle pour son travail, elle décida de se rendre à Anduze pour la rencontrer.

—Je trouverai bien un prétexte, expliqua-t-elle à François qui jugeait sa démarche un peu audacieuse.

Le jeudi suivant, elle prit le car pour Anduze. Les routes étaient encore mal dégagées, le froid intense.

Quand elle arriva au Clos du Tournel, devant la porte de Sébastien Rochefort, elle hésita, craignant subitement de passer pour une importune. Je ne peux plus reculer, se dit-elle en appuyant sur la sonnette du portail.

Elle attendit quelques secondes, fébrile.

Personne ne vint ouvrir. Elle insista. En vain.

Alors elle tourna les talons et s'éloigna, déçue. Quand, soudain, une voix derrière elle la retint.

—Vous ici! fit aussitôt Sébastien. Quel hasard!

Adèle se réjouit et dit :
— Ce n'est pas un hasard.
— Je m'apprêtais à dégager la neige qui obstrue l'allée qui mène à la maison. Mais, entrez donc, vous êtes la bienvenue.
— Je viens voir Lucie et Élise. Je crois qu'elles sont chez vous.
— Vous vous trompez ! Ma nièce se trouve chez ses parents, à Tornac, au Chai de la Fenouillère. Ici, vous êtes au Clos du Tournel, sur la commune d'Anduze. Ma sœur et mon beau-frère habitent à deux pas. Je peux vous y conduire, si vous voulez.

Adèle accepta de bon cœur la proposition de Sébastien. L'autocar qui l'avait déposée un peu plus haut étant déjà reparti, poursuivre un kilomètre et demi à pied sur une route verglacée ne la tentait pas.

— Le temps de m'apprêter et je suis à vous, ajouta Sébastien.

Il sortit sa Peugeot 403 de son garage et invita Adèle à monter.

— Je vais finir par en prendre l'habitude ! fit celle-ci en le remerciant.

— Heureusement, j'ai mis les chaînes, sinon on irait droit dans le ruisseau !

Le temps en effet ne s'était pas amélioré. Les températures demeuraient toujours aussi basses. Le vent glacial s'immisçait partout et transformait la plaine en véritable banquise. Les collines semblaient pétrifiées, cristallisées comme dans une plaque de marbre. Toute trace de vie avait disparu. Même les oiseaux dans les arbres tombaient des branches, figés dans leur dernier envol.

—Que lui voulez-vous, à ma nièce ? s'enquit aussitôt Sébastien. C'est à propos du cahier ?

—Oui. Je l'ai lu attentivement. J'aimerais éclaircir un point qui a attiré mon attention.

—Je peux savoir ?

—Je préférerais m'entretenir d'abord avec Élise.

—Vous me paraissez bien mystérieuse. Mais je n'y vois aucune objection.

Faustine était seule chez elle avec sa fille et sa petite-fille. Vincent, son mari, s'était absenté dans ses vignes pour se rendre compte des dégâts occasionnés par le gel. À près de soixante ans, la benjamine d'Anselme Rochefort n'avait rien perdu de sa beauté ni de l'allant qui l'animait jadis, à l'époque où elle osait affronter son père pour s'imposer. Le regard pétillant, le visage souriant, elle inspirait immédiatement la sympathie et la confiance. Ses cheveux soigneusement tirés en arrière lui donnaient un petit air de paysanne qu'elle ne réfutait pas. Son travail auprès de Vincent l'obligeait souvent à se rendre dans ses terres et elle n'hésitait pas à prêter la main au personnel du chai au moment des vendanges.

Après avoir fait la connaissance d'Adèle, Faustine estima bienséant de s'éclipser pour laisser la jeune femme en présence de Lucie et d'Élise. Sébastien lui emboîta le pas.

—Nous vous abandonnons, dit-il. Je crois que vous avez à vous parler.

Lucie s'interrogeait sur le motif de la visite d'Adèle. Pour avoir parcouru un si long chemin par ce mauvais temps, il fallait que la raison fût d'importance, songeait-elle en lui servant le thé.

— Je souhaiterais d'abord m'entretenir seule avec Élise, annonça Adèle. Ensuite, je vous dirai pourquoi je suis venue vous voir.

Lucie ne s'opposa pas à sa demande et laissa sa fille en présence de sa maîtresse d'école.

L'enfant ne paraissait pas troublée. Elle semblait même heureuse de retrouver Adèle. Elle s'approcha d'elle et, de ses mains, elle le lui fit comprendre. Adèle lui répondit en joignant les signes à la parole, comme pour mieux pénétrer dans l'univers d'Élise.

— J'ai lu ton cahier, ma chérie, comme tu l'avais souhaité. Et je dois t'avouer que j'ai été très surprise d'apprendre ce que tu y as révélé. Ta maman est-elle au courant, maintenant, de tout cela?

«Non», indiqua la petite fille avec la tête.

— Pourquoi ne lui as-tu rien dit? Tu aurais dû.

Alors, Élise s'expliqua. Par mots laconiques, écrits sur une feuille de papier. Par gestes des mains, accompagnés de mouvements des lèvres. Adèle éprouvait parfois de la difficulté à saisir le sens de ce qu'elle voulait signifier. Mais elle devina au fil des minutes qu'elle craignait de faire souffrir sa mère.

«Avant, je n'étais personne, expliqua-t-elle. Ils me le répétaient sans cesse: "On t'a sortie du ruisseau. Tu es la fille de personne." Moi, je croyais que j'étais leur enfant, comme Lucien! Je ne comprenais pas. Je me disais que c'était parce que j'étais une fille qu'ils me traitaient ainsi. J'étais triste, mais je pensais que c'était normal, que toutes les filles étaient considérées de cette manière…»

L'enfant se troublait en évoquant ses douloureux souvenirs. Ses yeux se brouillaient parfois, mais elle se reprenait vite. Elle ne parlait pas mais hoquetait, comme si les mots étaient prêts à sortir de sa bouche pour exprimer toute la détresse qui la noyait de l'intérieur.

Adèle n'osait l'interrompre, de peur de fendre la frêle enveloppe qui la protégeait des agressions verbales et dont elle s'était parée pour mieux résister à la méchanceté. Elle détournait la tête pour éviter de trahir son émotion.

Élise, elle, ne pleurait pas.

— Une chose m'intrigue, poursuivit Adèle. Dans ton récit, tu laisses à penser que tu répondais de vive voix à tes parents et à ton frère. Ainsi, quand Lucien te frappait, tu écris – je te cite : « Je lui disais d'arrêter, mais il ne m'écoutait pas ! Il continuait. Alors quand je racontais, le soir en rentrant, ce qu'il m'avait fait endurer, mon père, plutôt que de punir son fils, me frappait à son tour. Même ma mère ne m'entendait pas quand je me plaignais auprès d'elle.»

Élise se rembrunit. Elle pensa soudain qu'Adèle mettait ses paroles en doute. Elle lui certifia que ce qu'elle avait raconté était la pure vérité.

— Je te crois, ma chérie. Ce que je veux comprendre, c'est la manière dont tu t'exprimais à ce moment-là. Comment répliquais-tu à ton frère, comment te plaignais-tu à ton père et à ta mère ? À l'époque, tu ne savais pas écrire et tu ne connaissais pas le langage des signes! C'est à l'école de Saint-Jean que tu as appris à écrire!

Élise fronça les sourcils.

«Mais je le disais avec ma bouche!» fit-elle comprendre à Adèle.

— En parlant? insista celle-ci.

L'enfant se troubla. Adèle crut qu'elle était allée trop loin. Elle hésita à poursuivre l'entretien. Mais Élise poursuivit:

«Oui, je crois.»

— Tu crois ou tu en es sûre?

«À Lucien, je le lui disais très fort, en criant, pour qu'il arrête de me frapper.»

Cette fois, Adèle avait la certitude de ce qu'elle avait avancé à François: Élise parlait quand elle vivait chez les Martin. Quelque chose d'incompréhensible, d'inimaginable s'était produit dans sa vie, un fait qui l'avait subitement plongée dans le silence, qui l'avait rendue muette. Comme pour se protéger, se mettre à l'abri. Le mutisme était une armure. Une paroi d'acier derrière laquelle elle s'était murée et qui, maintenant que tout danger était écarté, ne lui servait plus à rien, mais dont elle ne parvenait pas à se défaire.

Adèle se sentait à la fois révoltée et profondément affectée. Comment sortir cette enfant du cercueil qui l'enterrait vivante dans le cimetière de ses souvenirs? songea-t-elle, en la prenant dans ses bras pour la réconforter et lui prouver tout son amour.

— Ta maman n'est au courant de rien, poursuivit-elle. Je ne lui ai rien dit pour respecter ton souhait.

Veux-tu maintenant qu'on aille la voir ensemble et qu'on lui raconte tout cela?

Élise se dégagea de l'étreinte d'Adèle. Pinça ses lèvres. Fronça ses sourcils. Ouvrit la bouche. Mais aucun son ne sortit.

«Pas maintenant, fit-elle avec les mains. Je ne vous ai pas tout dit dans mon cahier. J'ai encore des choses à raconter.»

— Veux-tu le reprendre pour poursuivre?

«Oui», fit l'enfant en inclinant la tête.

## 10

### L'enfant du marais

Une semaine plus tard, Lucie et Élise rentrèrent à Saint-Jean-du-Gard. Les conditions météorologiques s'étaient légèrement améliorées. Le froid, encore intense, s'était néanmoins radouci. Les routes étaient partout dégagées, mais les dégâts se lisaient dans le paysage. Les meurtrissures de cet épouvantable hiver laisseraient des traces indélébiles dans les esprits.

La vie reprenait son cours, lentement, dans l'incertitude du lendemain. Comme si les hommes avaient soudain perdu confiance en l'avenir. Pourtant les affres de la guerre s'éloignaient. Pour beaucoup celle-ci n'était déjà plus qu'un lointain souvenir, certes toujours douloureux, car tout le monde en avait souffert. Mais, dix ans après la fin du conflit, on avait fini de panser les plaies. Le futur était ailleurs. Dans d'autres types d'affrontements, de défis. Ne parlait-on pas de construire l'Europe ? De lutter énergiquement contre le communisme envahissant des pays de l'Est et de la Chine, en dépit du grand mouvement de déstalinisation entrepris en URSS ? L'hebdomadaire *L'Express* ne se présentait-il pas comme le chantre de la libération de la femme par la voix de Françoise Giroud qui, dans son éditorial de février, défendait le droit à l'avortement ?

François suivait l'actualité avec beaucoup d'intérêt. Il s'était inscrit à la SFIO, mais adhérait aux thèses minoritaires qui s'opposaient au leader du parti, le chef du gouvernement, Guy Mollet, à cause de sa politique en Algérie. Il entretenait avec Adèle de longues conversations à propos des événements qui s'y déroulaient. Il ne pouvait demeurer insensible à la violence qui régnait de l'autre côté de la Méditerranée.

Mais Adèle ne l'écoutait que d'une oreille distraite. Son esprit était entièrement préoccupé par ce que la petite Élise lui apprenait dans son cahier journal.

— Au parti, il y a un jeune socialiste aux idées très prometteuses qui finira par faire parler de lui ! avança François, un soir qu'il lisait l'hebdomadaire *France Observateur*[1].

Adèle ne répondit pas, plongée dans ses réflexions.

— Ça ne t'intéresse pas, ce que je dis !
— Pardon ? Peux-tu répéter ?
— Je disais qu'au Parti socialiste, Michel Rocard a un avenir brillant devant lui. Il fait partie de ceux qui veulent moderniser la SFIO et qui prennent le contre-pied de la politique de Guy Mollet dans les colonies. C'est d'ailleurs pourquoi je me suis abonné à *L'Obs*.

---

1. Ancêtre du *Nouvel Observateur*, créé en 1954. *Le Nouvel Observateur*, lui, verra le jour en 1964.

— À quoi ?

— À *France Observateur* ! Tu es sourde ou tu te fiches de ce que je t'explique ?

— Écoute, chéri ; je vais te lire un passage du cahier d'Élise. Ce sera plus édifiant.

— C'est bien ce que je pense ; tu te moques complètement de ce que je te dis !

Adèle n'entendait pas les reproches de François, tellement elle était plongée dans sa lecture. Elle poursuivit :

— Élise écrit qu'elle a vécu seule dans la montagne pendant trois jours. Tu te rends compte !

— Comment est-ce possible ? releva enfin François. Une enfant si jeune !

— Elle devait avoir cinq ou six ans, à l'époque. C'est difficile de savoir. Elle ne le précise pas, pour la bonne raison qu'à son âge tout cela lui paraît très lointain. Ça s'est passé peu de temps après que son père l'a contrainte à accompagner Lucien à l'estive.

Élise avait écrit, en effet, que son frère avait voulu se débarrasser d'elle.

Comme chaque matin, ils s'étaient réveillés avant l'aube et, après un petit déjeuner frugal, ils avaient pris le chemin des crêtes avec les brebis. Ce jour-là, la montagne était enveloppée d'un épais manteau de brume. Le soleil n'était pas encore levé. Seule une lumière blafarde auréolait le vallon humide qu'occupait le mas des Martin. Septembre tirait à sa fin, l'automne avait expulsé l'été sans ménagement et répandait déjà des odeurs de mousse et de champignons. Les arbres prenaient lentement leurs ors, tandis que les sols, détrempés par les premières pluies, se transformaient en éponge.

Le jour mordait à peine la nuit, lorsqu'ils partirent, le havresac sur le dos, rempli de victuailles pour la journée. Les deux chiens de berger qui avaient coutume de les accompagner restaient constamment dans les jambes de la fillette. Celle-ci les avait vite apprivoisés et ils lui faisaient fête chaque matin, quand ils se mettaient en route. Lucien prenait toujours la tête du troupeau et ordonnait à sa sœur de fermer la marche en veillant à ce qu'aucune bête ne traîne à l'arrière ou ne s'égaille sur les bas-côtés. Telles étaient les recommandations de son père. Pour rien au monde il n'aurait désobéi, de crainte qu'en cas de problème ses foudres ne lui tombent dessus.

L'enfant suivait sans effort et accomplissait sa tâche sans rechigner, ce qui faisait dire à Adèle qu'elle devait avoir au moins cinq ans quand l'épisode qu'elle relatait s'était produit. Effectivement, Élise apprenait vite ce que Lucien lui enseignait. Ce dernier se vantait d'être un excellent berger. À quinze ans, le jeune Martin, qui n'avait jamais beaucoup fréquenté l'école, se montrait plus doué pour les travaux de la ferme que pour lire une étiquette dans un magasin du village ou un article de journal que son père, complètement illettré, tentait parfois de lui faire déchiffrer. En outre, il se moquait souvent de sa sœur en lui affirmant que lui savait lire – ce qui, dans l'état de ses capacités, était un mensonge – alors qu'elle n'aurait jamais cette chance vu qu'elle était une fille.

« Les vieux t'enverront jamais à l'école, aimait-il lui répéter pour la diminuer. Tu seras toujours une ignorante, une servante tout juste bonne à préparer la soupe et à nettoyer l'étable des chèvres. Plus tard, moi, j'hériterai de la ferme. Et alors, tu devras déguerpir. »

Élise ne comprenait pas ce qui motivait la virulence des propos de son frère à son égard. Elle lui demandait parfois de lui expliquer le sens des mots qu'il utilisait, sans penser que le fond de son âme perverse était habité par la méchanceté. Car Élise ne percevait le mal nulle part et ne savait pas que les enfants, partout ailleurs, étaient souvent considérés comme des anges.

Lucien avait beau lui témoigner toute son aigreur, sa hargne, ses ressentiments, jamais Élise ne lui répliquait par de la colère et n'éprouvait des envies de vengeance. Elle prenait son frère tel qu'il était : un garçon bourru, pas très gentil avec elle, peu porté à lui venir en aide, à l'image de leur père. Elle se disait, Élise, que les garçons devenaient peu à peu des hommes et que c'était dans la nature des choses.

Lorsqu'ils approchèrent de leur lieu habituel de pâturage, l'aube s'immisçait à travers les crêtes. La brume, stagnante, semblait emprisonner les prairies dans un écrin cotonneux. Les brebis, à l'instinct grégaire, ne s'éloignaient pas les unes des autres. Les deux chiens n'avaient guère de mal à les maintenir groupées. Le troupeau s'étirait sur la draille sans s'écarter du bon chemin. De son poste arrière, Élise entendait les sonnailles, mais ne voyait pas les bêtes de tête. Le son rauque des redons que les meneuses portaient au cou lui parvenait à peine. De ses petits pas, elle tâchait de ne pas se laisser distancer. Mais devant sans cesse surveiller ce qui se passait autour d'elle, elle trébuchait souvent, tombait parfois, s'égratignant les genoux, déchirant sa robe de grosse toile que sa mère lui avait maintes fois raccommodée. Sur son dos, son sac, trop lourd pour ses frêles épaules, la tirait en arrière et la déséquilibrait dans les étroitures les plus délicates, lorsque, dans une descente, la roche glissait et l'obligeait à prendre appui avec les mains. En tête du troupeau, Lucien se doutait que sa sœur éprouvait parfois des difficultés, mais il activait l'allure des meneuses dans l'unique intention de la faire souffrir.

Une fois parvenues sur les hauts, les bêtes se dispersèrent. La brume stagnait dans la vallée comme une langue épaisse et reptilienne. Au-dessus d'eux, le ciel s'ouvrait sous l'effet d'un soleil paresseux. Une brise légère distillait des parfums de résine que répandait la forêt de conifères voisine.

En chemin, Lucien avait jugé la situation propice au plan machiavélique qu'il avait imaginé pour se débarrasser de sa sœur. La fillette, rassurée d'être arrivée à bon port, s'était rapprochée de lui et, selon leur habitude, s'apprêtait à dévorer un peu de pain et de fromage afin de couper sa faim et de se remettre de ses efforts. C'était un moment de détente qu'elle appréciait, car les chiens lui faisaient fête en tournoyant autour d'elle pour lui réclamer leur part de récompense. Leurs aboiements joyeux étaient la seule marque de sympathie qu'elle recevait.

Lucien l'arrêta net.

— Avant toute chose, il faut compter les bêtes. Dans le brouillard, il se peut que nous en ayons perdu quelques-unes. Tu mangeras plus tard ; aide-moi.

La fillette obéit sans sourciller, abandonna son casse-croûte sur le rocher sur lequel elle avait pris place, attendit les ordres de son frère.

Il rassembla le troupeau dans le parc dressé à cette fin sur l'aire de pacage, puis fit sortir les brebis l'une après l'autre en martelant : une, deux, trois, quatre... Chaque fois qu'il atteignait la dizaine, il entaillait un morceau de bois avec son Opinel et annonçait : « Dix », comme pour mieux prouver à sa sœur qu'il connaissait parfaitement les nombres.

— Regarde comment je procède ! lui dit-il d'un ton méprisant. Au lieu de bayer aux corneilles, apprends donc à compter en écoutant. Vas-y, à toi, compte ! Tu peux compter jusqu'à dix, non ! C'est pas sorcier.

Élise savait compter bien au-delà, car elle aidait sa mère à inventorier les fromages de chèvre qu'elle mettait au frais dans la cave.

Effrayée à l'idée de se tromper, elle hésita. Lucien la menaça. Alors elle s'exécuta, mais ne s'arrêta pas à la première dizaine de bêtes qui passa devant elle, elle poursuivit sans marquer de pause :

— ... dix, onze, douze, treize...

— Bougre d'âne! la traita Lucien. À dix, il faut entailler le bâton. Tu comprends rien à ce qu'on te dit! T'es vraiment pas dégourdie!

Quand il eut terminé de dénombrer l'ensemble des brebis, il constata qu'aucune ne manquait. Mais il affirma le contraire.

— C'est bien ce que je craignais, fit-il. Il en manque deux. Il faut les retrouver. Elles ont dû s'éloigner quand nous étions dans la brume. Si on ne les récupère pas, le vieux va nous passer un savon.

Élise entrevoyait déjà la scène. Certes, Lucien ne volerait pas sa part de gifles et de coups de ceinture, comme toujours quand Germain le punissait, mais elle n'échapperait pas non plus à une sévère correction, car Célestine ne parvenait pas à arrêter son mari lorsqu'il devenait violent, notamment après avoir abusé d'eau-de-vie.

— Je vais prendre les chiens et redescendre. Toi, tu iras par là, vers le bois de sapins. Les brebis ne risquent rien dans le parc. Quand tu auras contourné le premier bosquet, tu continueras droit devant toi. Le chemin te ramènera vers moi. Nous nous rejoindrons plus bas. Il faut seulement espérer que les deux manquantes ne se soient pas trop éloignées, sinon, nous ne les retrouverons pas d'ici ce soir. Et ça va barder!

Élise prit peur. Mais elle ne le montra pas. Courageusement, elle hissa son havresac sur son dos, enfila sa pèlerine et, son petit bâton de berger à la main, prit la direction que lui avait indiquée son frère. Les chiens voulurent la suivre, mais

Lucien les rappela à l'ordre en leur sifflant d'aller avec lui.

Quand sa sœur se fut éloignée, il pensa en se délectant : Allez, marche ! Si tu savais qu'il y a un marais là où je t'ai envoyée !

Dans son esprit pervers, il avait songé qu'Élise s'embourberait dans l'eau vaseuse de la tourbière et disparaîtrait à tout jamais de sa vie.

*
* *

Adèle n'aurait jamais imaginé qu'un garçon de quinze ans pût se montrer aussi cruel envers la fillette que ses parents avaient recueillie sous leur toit. Certes, les Martin, par leur éducation et leur nature profonde, n'appartenaient pas à cette catégorie de gens – et Dieu merci, pensait-elle, ils sont majoritaires ! – qui possèdent un fonds de compassion et de générosité et qui n'auraient jamais agi ainsi avec une enfant abandonnée. Mais, venant d'un adolescent qui, lui-même, subissait les violences de son père, cette attitude dépassait son simple entendement.

Elle n'était pas encore au bout de ses surprises.

Élise marcha donc droit devant elle, comme le lui avait ordonné son frère. Le bois de conifères se trouvait à plus de deux kilomètres à vol d'oiseau. Lorsqu'elle y parvint, elle se retourna pour se rendre compte de la distance parcourue et surtout pour se rassurer. N'apercevant plus trace du troupeau, elle comprit qu'elle s'était beaucoup éloignée. Elle se retrouvait seule. Autour d'elle, pas âme qui vive. Pas une maison. Pas de bergerie ni de cabanon. La montagne sauvage. Le vent s'était levé et la décoiffait, cinglant la lande rase comme une faux, ressuyant l'humidité qui stagnait encore après le lever du jour.

Elle faillit rebrousser chemin. Mais elle se souvint que Lucien lui avait indiqué de poursuivre toujours tout droit et que son sentier rencontrerait celui qu'il prendrait de son côté. Elle ne comprenait pas comment, en s'écartant l'un de l'autre, ils pourraient se rejoindre. Elle tenta néanmoins de surmonter son appréhension et continua sa route.

Le chemin rocailleux qu'elle avait emprunté disparut bientôt, remplacé par une sente herbeuse à peine marquée au sol. De part et d'autre, l'humidité laissait apparaître une végétation aquatique qu'elle ne connaissait pas, des plantes aux larges feuilles, d'autres aux longues tiges, tout emmêlées entre elles. De plus en plus denses. Elle progressait sans vraiment savoir où ses pieds devaient se poser.

Parvenue à une sorte de croisée des chemins, elle hésita. Devant elle, trois directions s'ouvraient vers l'inconnu ; aucune dans le prolongement de celle d'où elle venait. Elle regarda derrière elle. S'aperçut qu'elle ne distinguait pas la trace de son passage. Je suis perdue, pensa-t-elle.

Ses pieds s'enfonçaient dans le sol spongieux chaque fois qu'elle amorçait un pas. Ses chaussures furent vite trempées. Elle comprit qu'elle ne devait pas insister et voulut revenir en arrière. Mais elle ne savait pas par où échapper au piège du marais. Autour d'elle, tout lui paraissait identique.

Une vaste étendue verdâtre. Un cloaque de boue et d'herbe, parsemé d'arbrisseaux chétifs qui avaient bien du mal à s'acclimater dans un tel milieu. De leurs branches griffues, des lianes plongeaient dans la surface aqueuse, semblables à des reptiles aux aguets, la tête enfouie dans la vase pour mieux surprendre leurs proies.

La tourbière s'étendait sur plus d'un kilomètre. En réalité, elle n'était pas très large, mais Élise ne savait plus comment fuir le danger. Elle se mit à pleurer en silence, comme pour ne pas réveiller les monstres du marais tapis dans la profondeur du cloaque. Prise de panique à l'idée que ceux-ci puissent l'encercler et la retenir dans leur nasse, elle perdit tout à coup le contrôle d'elle-même. Elle emprunta l'une des trois directions qui s'ouvraient devant elle, la seule où le sol ne s'enfonçait pas dans la vase. Elle marcha sur une centaine de mètres, trouva un petit promontoire sur lequel elle se hissa à la force des poignets. Attendit.

En son for intérieur, elle espérait que Lucien, ne l'apercevant pas au lieu de rendez-vous, finirait par partir à sa recherche et par la retrouver. Pour se réconforter, elle mangea un quignon de pain et un morceau de lard que Célestine avait mis dans son sac.

La matinée s'écoula. Puis l'après-midi. Élise ne vit personne arriver. Elle commença à nouveau à prendre peur. Au loin, elle entendait d'étranges hurlements qu'elle prit pour ceux d'un loup affamé, alors qu'il ne s'agissait que de chiens de berger. Mais, dans son esprit de petite fille, la montagne était encore le domaine de ces fauves d'une autre époque. Célestine ne lui avait-elle pas souvent raconté la terrifiante histoire de la bête du Gévaudan et de tous ces enfants qu'elle dévorait, profitant de leur solitude ? Le soir, des grenouilles se mirent à coasser à tue-tête. Chant sinistre qui se mêlait au bruissement du vent dans les ramures vert sombre des arbres qui entouraient le marais. Elle se recroquevilla sur elle-même, les genoux repliés sur sa poitrine. Tenta de penser à autre chose. Finit par s'endormir, assise, quand la nuit la recouvrit de son manteau de cendre.

Le froid la réveilla bien avant l'aube. Elle resserra sa pelisse. Regarda autour d'elle. Rien n'avait bougé. Elle ne sortait pas d'un mauvais rêve. Elle était bel et bien perdue au milieu d'un marais dont elle ne connaissait pas l'étendue. Comment Lucien avait-il pu expliquer sa disparition à ses parents ? se demanda-t-elle en songeant à la correction magistrale qu'il avait dû recevoir en rentrant sans elle, et peut-être sans les deux brebis manquantes.

Au petit jour, elle aperçut des buses tournoyer dans le ciel, à la recherche de quelque proie abandonnée. Elle les prit pour des aigles. Crut qu'ils allaient fondre sur elle et l'emporter dans leur nid pour la dévorer vivante. Elle sortit de son sac le dernier morceau de lard qui lui restait, afin de le leur donner en pâture au cas où ils viendraient la menacer. Elle déposa l'appât sur le rocher qui lui avait servi de refuge et décida de tenter de se dégager du piège où elle s'était laissé enfermer.

Elle poursuivit le semblant de chemin qui se dessinait devant elle, prenant maintes précautions pour assurer chacun de ses pas et ne pas s'enfoncer dans la vase. Parfois, son pied ne trouvait plus d'appui. Vite elle le retirait, perdant sa chaussure qu'elle devait alors extraire avec un bâton avant d'en ôter la boue.

Exténuée, elle finit par sortir de la zone marécageuse au milieu de la matinée. Devant elle s'étendait à présent un vaste plateau qui lui était totalement inconnu. Elle devina qu'elle n'avait pas pris la bonne direction, la veille, quand elle s'était retrouvée à la croisée des chemins. Mais elle craignit de faire la route inverse. Retraverser le marais ne la tentait pas. À l'envers, le sentier qu'elle avait parcouru ne lui paraîtrait sans doute pas familier. Elle hésiterait encore, se perdrait à nouveau, s'enliserait probablement et disparaîtrait pour de bon !

En réalité, n'était-ce pas ce qu'avait espéré son frère en l'envoyant ainsi à l'aventure, seule, pour rechercher deux malheureuses brebis égarées dont il avait la garde ? Plus elle y songeait, plus elle en était persuadée. Lucien ne se privait pas de lui rappeler qu'elle n'avait pas sa place à la ferme familiale, et qu'il serait heureux le jour où elle « dégagerait » – tel était le mot qu'il utilisait pour lui signifier qu'il souhaitait son départ.

Elle réalisa avec frayeur que ce frère maudit avait tout manigancé pour se débarrasser d'elle, au risque de recevoir en rentrant la correction la plus sévère qu'il eût sans doute jamais encaissée.

Effectivement, quand, le soir, Lucien arriva chez lui sans sa sœur, mais avec la totalité du troupeau, il dut justifier l'absence d'Élise sans se trahir. Il tut son mensonge à propos des deux bêtes manquantes, et expliqua que la fillette lui avait désobéi en s'écartant de l'endroit où il lui avait ordonné de rester.

—Plusieurs brebis s'étaient éloignées dans une zone où l'herbe est mauvaise, mentit-il. J'ai demandé à Élise de demeurer sur place sans bouger et je suis parti les récupérer. Quand je suis revenu, elle n'était plus là. Elle avait même emporté son sac. Je l'ai cherchée partout. Elle s'était volatilisée.

Germain entra dans une terrible colère. Comme chaque fois que Lucien faisait une bêtise, il défit son ceinturon et lui porta plusieurs coups sur les jambes, sur le corps, et vida sa fureur en le frappant au visage, la main bien tendue pour lui faire encore plus mal.

—Tiens! Ça t'apprendra, espèce d'incapable! T'es qu'un bon à rien! criait-il à chacune de ses gifles.

Célestine dut l'arrêter avant que le malheureux garçon ne s'effondre.

—Il ne l'a pas volé! ajouta-t-il.

—Elle reviendra demain, tenta de modérer Célestine. Elle ne doit pas être perdue. À son âge, elle n'a pas pu aller très loin. Elle connaît le chemin du retour. Si elle a été prise par la nuit, elle se sera réfugiée quelque part et, au petit matin, tu la verras se pointer.

—Elle ne perd rien pour attendre, la petite morveuse! s'entêta Germain. Son tour viendra. Elle peut numéroter ses abattis!

Au fond de lui, Lucien espérait que sa sœur ne s'en serait pas sortie, car, dans le cas contraire, elle donnerait sa version des faits et, si elle n'échapperait pas non plus à une bonne correction, lui en recevrait une seconde pour avoir menti.

Comme, le lendemain, Élise ne revenait pas, Germain décida cependant d'attendre jusqu'au soir.

—Si elle n'est pas rentrée en fin d'après-midi, nous aviserons, déclara-t-il.

En réalité, Élise était toujours en train de marcher vers une destination inconnue. La fillette commençait à s'épuiser. Elle avait terminé ses provisions et n'avait pas mangé depuis la veille. Devant elle, le chemin avait repris une allure plus précise. Mais elle s'inquiétait de ne pas en apercevoir le bout. Sûr, songea-t-elle, ce n'est pas la bonne direction. Sur le coup, elle maudit son frère de l'avoir fourvoyée intentionnellement. Mais sa petite âme généreuse oublia vite sa rancœur et ne fut plus habitée, bientôt, que d'une crainte : que son père ait passé ses foudres sur Lucien à cause d'elle. Elle n'aimait pas assister aux corrections qu'il lui administrait, même quand elles étaient justifiées. Germain se montrait si brutal qu'il l'effrayait autant que le loup des histoires de Célestine.

Le soir du deuxième jour, elle trouva refuge dans un cabanon de berger situé non loin du chemin. L'intérieur était rustique mais il y avait de la paille. Elle s'y abrita sans penser que le lieu pût être occupé. Morte de fatigue, elle s'effondra sur la litière et s'endormit. La nuit n'était pas encore totalement tombée, quand un bruit au-dehors la réveilla. Elle prit peur. Se blottit contre son havresac, les yeux grands ouverts en direction de la porte qu'elle avait soigneusement refermée derrière elle.

Dans la pénombre, elle distingua une haute silhouette qui se détachait dans l'embrasure de l'entrée. Retenant sa respiration, elle ne bougea pas. Attendit que l'inconnu l'aperçoive. Mais celui-ci ne fit pas attention à elle. Il ôta ses bottes et l'ample chemise dont il était affublé. Sortit sa pipe de la poche de son pantalon. L'alluma à l'aide d'un briquet. La lueur de la petite flamme éclaira le fond de la pièce et mit Élise en évidence.

Surpris, l'homme s'arrêta net de tirer sur sa bouffarde.

— Mais que fais-tu là ? demanda-t-il. Qui es-tu pour venir ainsi troubler ma tranquillité ? Montre-toi ! Sors de ton trou !

Il amorça quelques pas en direction d'Élise. Celle-ci prit peur.

— Je ne vais pas te manger ! Je ne suis pas un ogre. Je ne dévore pas les petits enfants !

Élise se détendit.

— Je suis perdue, monsieur, expliqua-t-elle alors.

— Perdue ! Mais d'où viens-tu ?

— De la ferme des Martin.

— Les Martin ! Je les connais.

L'inconnu était un braconnier, étranger à la région. Fuyant les gardes champêtres autant que les gendarmes, il vivait de menues rapines et n'avait de toits que ceux que lui offrait le hasard de ses pérégrinations.

— Tu peux rester ici pour la nuit, poursuivit-il. Tu ne me déranges pas. Demain sera un autre jour.

Élise fut aussitôt rassurée. Elle n'osa demander à manger au braconnier. Mais celui-ci devina que son ventre criait famine.

— Tu n'as pas mangé depuis longtemps ?

— Depuis hier soir. Un morceau de pain.

— Alors, tu dois crever de faim. Approche-toi. J'ai du saucisson et du fromage dans ma besace. Ainsi que du bon vin. Ah, mais c'est idiot, tu es trop petite pour boire du vin ! Quel âge as-tu ?

— Je ne sais pas, fit l'enfant. Cinq ou six, je crois.

— Tu crois ou tu en es sûre ? Tu ne sais pas quand tu es née !

— Ma mère ne me l'a jamais dit !

— Tu as de drôles de parents ! Mais, vaï, ce ne sont pas mes affaires. Allez, mange donc !

L'homme dévora son repas en silence, but de nombreuses rasades de vin directement au goulot de sa bouteille. Sa large carrure, ses cheveux longs et sa barbe hirsute effrayaient Élise. Mais la fillette n'en laissait rien paraître.

Quand ils eurent terminé de se restaurer, l'inconnu s'étonna :

— Mais qu'est-ce que tu faisais seule à parcourir la montagne ?

Et Élise de raconter sa mésaventure.

— Tu as donc traversé le marais sans savoir où tu mettais les pieds ! Tu aurais pu t'y enliser. C'est une zone dangereuse. Si demain soir ton père n'est pas venu te rechercher, je te conduirai sur ton chemin de retour.

À la fin du troisième jour, comme Germain n'avait pas encore décidé de partir à la recherche de sa fille, l'inconnu avertit Élise que le lendemain matin, il la ramènerait chez elle.

Ils se levèrent à l'aube.

Quand ils parvinrent à une certaine distance de la ferme des Martin, l'homme la laissa seule.

—Je ne vais pas plus loin, dit-il en pointant du doigt le toit du mas. Tu n'as plus besoin de moi à présent. Rentre vite chez tes parents… En fait, quel est ton nom, petite?

—Élise, monsieur.

## 11

L'enfant du cachot

Ce qu'Adèle comprenait à travers les mots d'Élise dépassait son imagination. Certes, l'enfant ne pouvait pas tout raconter, son vocabulaire n'était pas assez riche, sa mémoire lui faisait parfois défaut. Mais la jeune femme devinait ce qu'elle omettait de narrer ou n'avait pas souhaité écrire.

François était d'avis d'aller voir Lucie sans plus tarder.

— Es-tu sûre que la mère d'Élise n'est au courant de rien de ce qu'elle a dévoilé dans son cahier ? insista-t-il quand, à son tour, il en entama la lecture.

— Certaine. Élise me l'a certifié. Je n'ai aucune raison de mettre sa parole en doute. C'est le comportement de Lucie sur lequel je m'interroge, plus que celui de sa fille. Mais c'est une autre histoire. Pour l'instant, je veux me concentrer sur ce qu'Élise a encore à nous raconter. J'aimerais tout savoir d'elle, jusqu'au moment où elle a retrouvé sa vraie famille.

Élise était revenue à l'école, et elle se montrait plus ouverte qu'auparavant. Moins asociale. Elle osait désormais tenir tête à ses camarades lorsque ceux-ci la bousculaient ou l'invectivaient dans la cour de récréation. Les quolibets, en effet, n'avaient pas cessé dans la bouche des garnements. Adèle dut les menacer de punition et même les convoquer devant le directeur afin qu'ils sachent une bonne fois pour toutes que l'exclusion les attendait s'ils persévéraient dans leur bêtise. Antoine Soboul ne put donner tort à sa jeune collègue et lui demanda de veiller à ce que la petite Rochefort ne soit plus la risée de ses camarades.

Chaque soir après l'étude, avant de rentrer chez elle, Élise restait quelques minutes auprès d'Adèle. Elle répondait aux questions que celle-ci éprouvait le besoin de lui poser, pour éclaircir un détail de sa vie qu'elle estimait invraisemblable ou imprécis.

Élise n'était pas arrivée au bout de son histoire. Chez elle, après avoir terminé ses devoirs et appris ses leçons, elle reprenait la plume et, méthodiquement, poursuivait le cours de ses souvenirs dans le cahier qu'elle remettait le lendemain à sa maîtresse.

Après le récit de sa mésaventure dans le marais, la petite fille laissa passer plusieurs semaines avant de donner à nouveau son journal à l'institutrice. Adèle crut qu'elle ne désirait plus lui ouvrir son cœur et respecta son long silence. Elle ne lui réclama pas la suite du récit, estimant que, si l'enfant ne souhaitait plus se confier à elle, elle ne devait pas l'y contraindre.

—Elle a peut-être changé d'avis, supposa François. Fouiller ainsi dans sa mémoire doit la faire souffrir. Les souvenirs lui paraissent sans doute trop douloureux... À moins qu'elle n'ait plus rien à dire.

—Je ne crois pas. Je suis certaine qu'Élise a enfoui un pan de sa vie au plus profond de son être.
—Un blocage psychologique?
—Sans doute.
—Comme une femme enceinte qui nie sa grossesse par crainte du regard des autres!

Adèle sourit de la comparaison.
—C'est un peu ça, en effet.
—Tu pourrais l'aider à se délivrer, délicatement. Tu es fine psychologue, tu l'as déjà prouvé en aidant sa mère à surmonter certaines de ses craintes. Lucie Rochefort s'est ouverte à toi comme elle ne l'avait jamais fait avec personne d'autre!
—Je préfère qu'Élise revienne vers moi d'elle-même. Si elle ne désire plus se confier, nous en resterons là.

En réalité, la fillette souhaitait poursuivre l'évocation de ses souvenirs. Mais elle n'osait aborder ce qui avait été pour elle le moment le plus douloureux de son existence, ce qui lui procurait encore de terribles cauchemars, plus de quatre ans après les faits.

Lucie ne savait pas ce qui tourmentait les nuits de sa fille. Quand elle l'avait recueillie, Élise était en proie à des visions étranges qui la sortaient de son sommeil tout en transpiration, haletante, complètement terrifiée. Toutefois, jamais l'enfant n'était parvenue à lui expliquer l'objet de ses mauvais rêves. Le médecin était venu l'ausculter pour tenter de comprendre ce qui se passait en elle. Il lui avait seulement administré des calmants qui n'avaient eu aucun effet sur ses angoisses. Avec le temps, les cauchemars s'étaient espacés, revenant par intermittence. Lucie avait fini par s'habituer aux nuits agitées de sa fille. Elle espérait cependant que les plaies que l'enfant gardait dans son cœur étaient cicatrisées.

Elle se trompait.

Élise souffrait toujours du souvenir d'une terrible punition que son père lui avait infligée. Mais elle l'avait refoulé au plus profond de son subconscient, au point de l'avoir superficiellement oublié. Elle refusait de se remémorer l'événement qui était pour elle la vision de l'enfer, de peur de se réveiller dans ce lieu maudit où elle avait supporté un véritable calvaire.

Aussi, maintenant qu'elle était arrivée, dans son récit, au stade où elle devait aborder l'objet de ce cauchemar, elle se bloquait. Sa plume Sergent-Major butait sur les mots que son esprit tentait de lui souffler, comme si son cerveau ne parvenait plus à commander sa main. Elle se penchait au bord d'un gouffre et ressentait une terrifiante peur du vide. Chaque fois qu'elle essayait de poursuivre, elle se figeait dans une posture de refus. C'était plus fort qu'elle. L'odeur de moisi, les sensations qu'elle éprouvait quand elle tâtonnait le long des murs ruisselant d'humidité, les bruits furtifs qu'elle percevait sans pouvoir deviner d'où ils provenaient, tout revenait en elle comme d'étranges images qu'un démon lui aurait imprimées dans la tête en profitant de son sommeil.

Lucie avait conscience que sa fille dissimulait en elle une profonde déchirure. Elle s'en était confiée à ses parents et à son oncle Sébastien. Ceux-ci n'avaient su comment lui venir en aide. Elle avait fini par mettre la souffrance d'Élise sur le compte de ses propres souffrances. Ne cachait-elle pas elle aussi ce qui tourmentait son âme ? Élise partage la blessure que je porte en moi, se disait-elle pour tenter de comprendre. Un jour… oui, un jour, je lui parlerai.

*
* *

Élise finit par écrire la suite de ses souvenirs. Parce qu'elle était en confiance avec Adèle, quelque chose se débloqua en elle sans qu'elle en fût consciente. Un matin, sa main parcourut à nouveau les pages de son cahier et, surmontant ses craintes, elle reprit le cours de son récit…

Lorsqu'elle rentra chez elle, après avoir laissé le braconnier derrière elle, elle s'attendait à une forte réprimande de la part de Célestine et surtout de Germain.

La fillette était couverte de boue de la tête aux pieds. Ses chaussures étaient trempées. Son visage exsangue, car elle était exténuée. Quand elle parvint au bas de l'escalier qui menait à l'habitation, elle hésita. Mais les chiens sentirent sa présence et vinrent aussitôt aboyer autour d'elle pour lui faire la fête.

Le soleil dardait ses rayons du plus haut de sa course. Elle entendit midi sonner à l'horloge de la cuisine. Germain était rentré pour manger. Célestine lui servait le repas sur la grande table en bois massif qui occupait la moitié de la pièce. Lucien était parti seul avec le troupeau.

Elle hésita à grimper les marches. Elle savait qu'une fois la porte franchie, le ciel allait lui tomber sur la tête. Courageusement, elle fit face. Devant l'entrée, elle s'arrêta. Cogna de ses petits poings serrés. Patienta. Personne ne lui répondit. Elle recommença.

À l'intérieur, Célestine n'avait osé bouger. Germain avait entendu frapper et avait aussitôt compris qu'il s'agissait d'Élise. Il cessa d'un coup de manger sa soupe. But un canon de vin pour se rincer le gosier. Se leva de table comme pour aller accueillir un visiteur. Puis il ôta lentement son ceinturon. Le posa à côté de son assiette. Attendit.

Sur le seuil, Élise se demandait pourquoi personne ne lui proposait d'entrer. Elle commençait à perdre tous ses moyens, craignant le pire. Elle remplit ses poumons comme pour se donner du courage. Ouvrit la porte, l'air penaud.

— C'est moi, dit-elle en esquissant un pas en avant.

Derrière la table, Germain, les yeux froids comme de l'acier, ne bougea pas.

Elle posa son sac contre le mur. Ajouta :

— Je suis rentrée. Je m'étais égarée.

Célestine réagit la première.

— Où étais-tu passée ? On s'est fait un sang d'encre, ton père et moi. Pourquoi n'as-tu pas écouté ton frère ? Voilà ce qui arrive quand on désobéit !

— Mère, je n'ai pas désobéi. J'ai fait exactement ce que Lucien m'a ordonné. Mais je me suis perdue dans le marais. Je ne savais plus comment en sortir. J'ai failli m'embourber.

Germain écoutait sans rien dire. Au fond de lui gonflait une sourde colère qu'il avait de plus en plus de mal à contenir.

— Tu n'es qu'une imbécile ! finit-il par vociférer. Une souillon et une menteuse.

— C'est vrai, père ! Il voulait à tout prix retrouver les deux brebis qu'il avait perdues à la montée, dans le brouillard. Il m'a envoyée dans une direction et lui en a pris une autre.

— Qu'est-ce que tu racontes ? Il manque aucune bête dans le troupeau. Tu mens comme tu respires.

— C'est la vérité, père ! protesta Élise. Même qu'il m'a fait compter combien il y en avait.

Germain saisit son ceinturon.

— Puisque tu sais compter, tu vas avoir l'occasion de recommencer. Pour commencer, tu vas compter les coups de ceinture que je vais te donner. Ensuite, je te réserve une petite surprise.

Élise savait qu'elle n'échapperait pas à une sévère correction. Elle se réfugia dans les jupes de sa mère. Mais Célestine ne pouvait s'opposer à son mari lorsqu'il entrait dans l'une de ces colères qui le mettaient hors de lui. Plus jeune, elle avait parfois tenté de l'arrêter quand il se déchaînait sur Lucien. Mal lui en prenait. Germain finissait par la battre à son tour. Aussi, maintenant, quand les enfants avaient mérité une punition, elle laissait son mari se défouler en veillant toutefois à ce qu'il ne dépasse pas une certaine limite. Elle n'avait pas envie, Célestine, de voir les gendarmes débarquer chez elle et emmener Germain pour violence perpétrée sur ses propres enfants. Elle était toujours prête à intervenir, même si elle ignorait comment elle s'y prendrait. Avec le tisonnier! avait-elle pensé, un jour qu'elle cherchait le moyen d'assener un coup sur la tête de son mari.

Elle repoussa Élise. Germain attrapa la fillette par le bras et, la maintenant de toute sa poigne, il se mit à la fouetter avec sa ceinture. Il commençait toujours par les jambes afin de faire fléchir sa pauvre victime. Quand celle-ci tombait agenouillée, il la rossait sur le dos jusqu'à en perdre lui-même haleine. Élise n'opposa aucune résistance. La malheureuse ne faisait pas le poids devant un adulte. Si Lucien donnait parfois du fil à retordre à son père en tentant de se dégager de son emprise, elle était incapable de lui échapper.

— Allez, compte! lui ordonna Germain en commençant à la battre. Compte, sinon je frappe plus fort!

En sanglots, Élise s'exécuta.

— Un, deux, trois…

Elle finit par s'écrouler. Elle n'avait plus assez de larmes pour pleurer sa douleur. Son corps n'était plus que souffrance. La peau de son dos une plaie béante sous sa robe en lambeaux.

— Ça suffit maintenant, intervint Célestine. Elle a eu son compte. La correction lui servira de leçon.

Germain retourna à table. Remplit son verre de vin. Le but d'un trait.

Ses yeux étaient injectés de sang. D'une fureur que Célestine ne lui avait jamais connue depuis qu'il se défoulait sur les enfants. Elle prit peur. Qu'allait-il encore lui faire subir, à cette gamine? pensa-t-elle sans oser le lui demander.

Il repoussa violemment sa chaise derrière lui. Se leva d'un bond.

Recroquevillée sur elle-même pour se prémunir d'une autre volée de coups, Élise ne le vit pas fondre sur elle. Il la saisit par sa robe qui finit par se déchirer complètement, la tira derrière lui. Puis, sans un mot à sa femme, il ouvrit la porte, dévala l'escalier, se dirigea vers la remise, descendit encore quelques marches.

Toute à sa frayeur, Élise sanglotait, les yeux fermés. Elle se doutait de l'endroit où il la conduisait.

— Non, père! Non! Pas ça! Je ne veux pas y aller! Je ne veux pas y aller!

— Ça t'apprendra à désobéir, sale petite merdeuse! Depuis qu'on te nourrit, t'es même pas capable de gagner le pain que tu manges. Eh bien, maintenant, je vais te donner le temps d'y réfléchir.

Il poussa du pied la porte de la cave et jeta l'enfant à l'intérieur sans ménagement. Puis il referma à double tour.

Élise mit quelques minutes à réagir. Comme pour refuser l'irrémédiable, elle avait conservé les yeux clos.

Quand elle les rouvrit, elle ne vit rien autour d'elle. L'obscurité était totale.

Son calvaire commençait.

\*
\* \*

Adèle lisait le récit des malheurs de sa jeune élève, les yeux tout embués. Elle ne pouvait se détacher du texte qui, sous son regard ébahi, était coloré de toute la grisaille du monde. Il lui semblait invraisemblable que la petite Élise ait pu endurer de tels tourments à un âge où les enfants devraient être entourés de toute l'affection de leurs parents. Parfois la feuille, sur laquelle les phrases s'alignaient avec une régularité surprenante, montrait des taches d'encre diluée et gondolait légèrement. Adèle comprenait que la fillette avait versé des larmes en évoquant certains souvenirs plus douloureux que d'autres.

—Tu pleures! remarqua François, tandis qu'Adèle avait cessé sa lecture pour s'essuyer les joues et se remettre de ses émotions.

—Si tu voyais ce qu'elle a écrit, tu ne resterais pas indifférent, je te prie de le croire.

—Mais je ne manquerai pas de lire après toi.

—Écoute, en attendant.

Adèle s'approcha de François, se cala près de lui, lut à voix haute…

À partir du moment où Élise se retrouva enfermée dans le noir, elle perdit ses repères. La cave était dépourvue de toute ouverture sur l'extérieur. La porte ne laissait filtrer aucun rai de lumière. Jetée violemment à terre, l'enfant ne se releva qu'après un long moment, n'osant bouger de peur de se faire mal. Son corps, lacéré de coups de ceinture, lui cuisait. Mais la crainte de se blesser en heurtant un objet abandonné sur la terre battue de la cave effaçait ses douleurs.

Au bout de quelques minutes qui lui parurent une éternité, elle comprit que Germain n'avait pas l'intention de la sortir de sa prison. Elle se redressa sur les genoux et avança à quatre pattes dans l'espoir de trouver un mur pour s'y adosser. Elle tâtonna, une main en avant pour détecter un obstacle éventuel. Finit par trouver refuge sur un lit de paille que Germain utilisait pour garnir ses cageots de fruits et légumes avant de partir au marché.

Puis elle patienta. Ils finiront bien par venir me rechercher, pensa-t-elle, dans l'espoir que sa mère saurait adoucir la colère de son père.

Germain l'avait déjà plusieurs fois enfermée dans cette cave. Lucien lui-même en avait fait l'amère expérience à maintes reprises. La punition durait généralement quelques heures, le temps que Germain se calme et revienne à de meilleurs sentiments. Élise patienta, se séchant les yeux avec le bas de sa robe déchirée. Elle songea que Célestine allait devoir une fois de plus la lui ravauder et que, si ça continuait, elle ne pourrait plus la porter.

Pour chasser sa peur de l'obscurité, elle essaya d'imaginer ce que Lucien lui avait raconté un jour à propos de la mer. Cette vaste étendue d'eau d'un bleu aussi éclatant que l'azur du ciel, dont la surface miroitante ondoyait sous la caresse du vent qui emportait au loin les goélands. Certes, son frère n'avait pas utilisé ces termes, mais, comme dans un rêve, elle sublimait ce qu'il avait tenté de lui décrire avec la pauvreté de son vocabulaire. Dans son esprit, elle n'avait pas idée de la réalité, mais quand elle laissait voguer son imagination, elle parvenait à une vision paradisiaque des paysages marins qui avaient émerveillé Lucien.

Le temps lui paraissait long. Dans le noir absolu, elle n'avait aucune notion des heures écoulées. Depuis qu'elle avait été enfermée, une demi-journée avait passé. Elle commença à avoir faim. Comprit que l'heure du repas du soir était proche. Ils vont me sortir de là, maintenant, songea-t-elle. Je dois aider mère à servir à table.

Mais ce moment n'arriva pas. Elle dut se résigner à attendre encore.

Alors, elle prit peur qu'on l'ait oubliée.

Elle appela.

— Mère! Mère! Ne me laissez pas.

Devant l'absence de réponse, elle se mit à paniquer.

— Je ne recommencerai plus, je vous le promets. Je serai obéissante!

Dans sa cuisine, Célestine n'osait intervenir. D'habitude, lorsqu'il enfermait un enfant au sous-sol, Germain allait lui-même le délivrer et levait la sanction sans que sa femme le lui demande. Ça ne durait jamais très longtemps. Il avait trop besoin de Lucien pour le laisser moisir dans la cave. Quant à Élise, il savait que Célestine comptait sur elle pour l'aider dans sa tâche. Lucien, lui, craignait davantage les coups de ceinture que les séjours au cachot qu'il prenait pour des moments de répit plus que pour une véritable punition. Mais Élise, à son âge, appréhendait d'être seule dans le noir.

Cette fois, Germain était tellement remonté contre elle qu'il avait décidé de l'abandonner à son triste sort.

—Tu lui apporteras du pain et de l'eau! ordonna-t-il à Lucien le soir du premier jour. Régime sec! Elle finira par comprendre quelle place elle tient ici, nom de Dieu!

Célestine n'osa le contredire et n'intervint pas.

Lorsqu'elle entendit Lucien s'approcher de la cave, Élise crut qu'on venait enfin la délivrer. Elle se redressa sur ses jambes affaiblies, s'adossa au mur, s'apprêta à retrouver sa liberté.

Lucien ouvrit la porte et déposa rapidement le morceau de pain et la cruche d'eau à même le sol, sans lui parler. Élise eut à peine le temps d'apercevoir un halo de lumière. La porte se referma aussitôt.

Une fois ressorti, son frère l'avertit:

—Tu n'es pas près de remonter! Alors, un conseil, mange. Le pain se trouve juste derrière la porte, ainsi qu'une cruche d'eau.

Affolée, Élise s'écria:

—Lucien, ouvre-moi! S'il te plaît, ouvre-moi! Ne me laisse pas là.

—T'as que ce que tu mérites, petite merdeuse! Tu vas comprendre qu'ici t'es personne.

Il s'éloigna sans une once de pitié pour sa sœur qu'il savait épouvantée dans le noir absolu.

Ce soir-là, Élise ne put manger. Sa peur annihilait sa faim. Elle resta prostrée dans son coin sans oser bouger. Elle n'eut pas conscience que la nuit était tombée. Elle ne s'endormit qu'au petit matin, quand, morte de fatigue, elle n'eut plus la force de résister à l'angoisse qui l'habitait.

Le lendemain vers midi, Lucien revint pour lui apporter un autre morceau de pain et une autre cruche d'eau. Le rituel se renouvela ainsi chaque jour. Élise allait chercher sa nourriture en tâtonnant. Mais c'était pour elle un vrai supplice, car dans le noir elle n'avait aucun repère et craignait de se heurter aux murs.

Peu à peu, cependant, elle parvint sans difficulté à regagner l'emplacement où elle se réfugiait, dans la paille qui lui servait de couchage. Lorsqu'elle devait satisfaire un besoin naturel, elle se déplaçait sur les mains et les genoux, et allait se soulager dans un autre coin. À force, la puanteur se répandit dans toute la cave. Quand Lucien ouvrait la porte pour lui avancer sa nourriture, il se bouchait le nez et ne pouvait se retenir de vociférer :

— Ah, comme ça chlingue là-dedans ! Pire qu'une porcherie !

Vite, il refermait derrière lui et s'éloignait à toutes jambes.

Les jours succédèrent aux nuits. Élise ne savait pas combien de temps s'était écoulé depuis le début de son incarcération. Ses forces commençaient à s'épuiser. Ses craintes devenaient irraisonnées. Elle redoutait que des animaux malfaisants viennent la menacer. Elle les imaginait monter sur elle pendant son sommeil, lui dévorer les yeux, les oreilles, s'immiscer dans sa bouche. Elle se réveillait en proie à de terribles cauchemars.

Un soir, alors qu'elle rampait en quête de sa nourriture – toujours du pain et de l'eau, parfois un morceau de lard rance ou de fromage sec –, elle avança la main pour saisir l'écuelle qui lui servait de plat. Elle se cabra aussitôt en effleurant du bout des doigts un pelage lisse qui ondoya et s'esquiva. Puis elle sentit filer entre son pouce et son index une sorte de lanière mouvante très fine. Elle sursauta. Comprit qu'il s'agissait d'un rat ou d'une souris. Bondit en arrière, inconsciente de l'endroit où elle se situait dans la pièce aveugle. Tétanisée, le cœur cognant à éclater dans sa poitrine, elle ne put crier sa stupeur tellement elle était effrayée, paralysée, hors du monde. Autour d'elle, les couinements se multipliaient, se rapprochaient, devenaient menaçants. Elle se releva, tenta de leur échapper en courant dans le noir sans savoir où ses jambes la menaient. Elle heurta un mur, la tête la première. À moitié assommée, elle retomba en arrière, ressentit une sorte d'éblouissement, une lumière intérieure qui illumina tout à coup la nuit de son cauchemar. Elle ouvrit la bouche pour crier. Aucun son ne sortit. Elle demeura ainsi, tout à sa frayeur, dans l'impossibilité de faire le moindre geste, de se redresser. La lumière disparut au bout de quelques secondes. Alors, les ténèbres lui parurent encore plus sombres, plus profondes, plus terrifiantes. Elle ne comprit pas ce qui lui était arrivé, mais elle sentit qu'une chose étrange s'était passée, que rien ne serait plus jamais comme avant.

D'autres jours s'écoulèrent. D'autres nuits de cauchemars, d'hallucinations, d'épouvantes. Élise n'était plus que l'ombre d'elle-même. Abattue, l'esprit dans le néant, elle avait à peine la force d'aller chercher sa nourriture, de manger sans faim le pain que Lucien continuait à lui fournir chaque jour. Elle finit par s'habituer à la présence des rongeurs qui venaient lui disputer les reliefs de son maigre repas. Elle s'en était même fait des compagnons de solitude. Quand elle entendait leurs couinements, elle se sentait moins seule. Elle percevait des sons, prenait conscience qu'elle vivait, que le monde existait. Elle s'efforçait parfois de penser à ce qu'elle aimait lorsqu'elle montait dans la montagne avec les brebis. Cela lui redonnait du baume au cœur pendant quelques minutes. Mais, très vite, la peur l'envahissait de nouveau. Car elle s'était mis dans l'idée que plus jamais elle ne sortirait de son cachot. Dans ses moments de découragement, elle pleurait, sans bruit, comme pour ne pas troubler la nuit qui était devenue la complice de ses geôliers.

Au-dessus d'elle, Germain ne se préoccupait pas de savoir si l'enfant résistait à sa terrible punition. Lorsqu'il demandait à Lucien si Élise donnait encore signe de vie, celui-ci lui répondait :

— T'inquiète pas. C'est une dure à cuire ! Elle n'a pas fini de nous en faire voir !

Le fils Martin savourait plus que son père l'horrible sanction infligée à sa sœur. Il tenait sa vengeance et croyait être bientôt débarrassé de celle qu'il haïssait.

Célestine le reprenait afin qu'il modère ses propos, mais le garçon lui tenait tête, maintenant, et continuait ses invectives.

Au bout de deux semaines, Germain décida enfin de mettre fin au calvaire d'Élise. Comme Lucien s'apprêtait à lui apporter sa nourriture, il l'arrêta net :

— Laisse-moi faire. J'y vais moi-même, cette fois.

Lucien savait dans quel état se trouvait sa sœur. Il n'avait pas prévenu son père que ses forces s'amenuisaient dangereusement, lui affirmant sans cesse que la petite avait encore du ressort. Germain pensait donc qu'Élise sortirait de son cachot comme elle y était entrée, la peur d'y retourner en plus.

— Ça devrait lui servir de leçon ! crut-il bon de se justifier. Quinze jours dans le noir, au pain sec et à l'eau, j'espère qu'elle aura compris !

— Cette fois, je trouve que tu as été un peu sévère avec elle ! osa Célestine, la seule qui se fût inquiétée de temps en temps de l'état de l'enfant.

— Vous, les femmes, vous êtes trop indulgentes et trop sensibles ! Dès le départ, je t'ai avertie que cette gamine, on devait l'éduquer comme un garçon. Il faut qu'elle comprenne qu'il y a des limites à ne pas dépasser et qu'elle doit écouter ce qu'on lui dit.

Germain descendit à la cave. Ouvrit la porte sans ménagement. La lumière crue envahit la pièce.

— Pouah ! Quelle infection ! ne put-il s'empêcher de s'écrier.

Au fond de sa geôle, Élise était prostrée. Elle ne réagit pas, resta couchée sur le côté en chien de fusil. À ses pieds, des rats couraient entre les lacets défaits de ses chaussures. D'autres sur ses jambes. Quelques-uns semblaient lécher ses mains devant lesquelles des miettes de pain étaient encore éparpillées. Germain les chassa sans ménagement et ordonna à Élise de se redresser. Mais elle ne broncha pas.

— Bouge-toi, bougre de fainéante! Je lève ta punition. Tu peux sortir, à présent.

Devant l'immobilité de la fillette, il crut qu'elle était endormie.

— Allez, réveille-toi, c'est fini, je te dis!

Élise demeurait figée. Alors Germain prit peur, craignit qu'elle fût morte.

— Bon sang de bon sang! Elle est pas clamsée, au moins!

Il secoua l'enfant avec son pied, puis se pencha pour vérifier qu'elle vivait. Fut soulagé.

— Elle respire! soupira-t-il à voix haute. Ce crétin de Lucien va m'entendre!

Il prit Élise dans ses bras et sortit de la cave.

Dans la cuisine, Célestine patientait. Lucien, lui, s'attendait au pire.

— Qu'est-ce qu'elle a? s'inquiéta aussitôt Célestine.

— Elle a... elle a que cet imbécile de Lucien ne s'est pas aperçu qu'elle n'allait pas bien, répondit Germain en déposant Élise dans son fauteuil d'osier, près de la cheminée.

Il fusilla son fils du regard.

— Tu crois que j'ai de l'argent à jeter par les fenêtres pour appeler le médecin et faire soigner ta sœur! lui reprocha-t-il sans vergogne. T'es qu'un abruti! T'aurais pu me prévenir qu'elle ne réagissait plus!

Cette fois, Lucien répliqua:

— C'est toi-même qui voulais t'en débarrasser! Je pouvais quand même pas aller contre ta volonté.

Germain fondait déjà sur Lucien quand Élise ouvrit les paupières. L'enfant, toute surprise de se réveiller dans la cuisine, porta aussitôt les mains devant ses yeux.

— La lumière l'éblouit, fit Célestine, émue par l'état de la fillette. Lucien, ferme donc cette porte!

Elle s'approcha de l'enfant et lui caressa la joue, comme soudainement prise de remords.

Élise prit peur et se cabra. Dans son regard se lisait toute la détresse du monde.

— C'est fini, petite, poursuivit Célestine. Ton père t'en veut plus. Tu vas manger un peu de soupe et après tu auras un bon morceau de viande, ça te fera le plus grand bien. Dis, il faut te rétablir si tu désires reprendre ta place parmi nous et pouvoir remonter avec Lucien et les brebis dans la montagne.

À l'évocation de cette perspective, Élise sembla terrifiée. Elle pinça ses lèvres pour exprimer sa crainte de repartir avec son frère. Comme dans la cave, aucun son ne sortit de sa bouche.

«Non», fit-elle de la tête en agitant ses bras devant elle.

Puis elle se referma sur elle-même, comme une fleur printanière à peine éclose et qui, faute de lumière, refuse d'offrir son pollen à l'abeille qui vient la butiner.

L'enfant avait perdu l'usage de la parole, comme si elle ne souhaitait plus communiquer avec ceux qui avaient été ses bourreaux.

## 12

### L'enfant du silence

Les premiers jours, les Martin crurent qu'Élise faisait un caprice, qu'elle se vengeait à sa façon de la punition qu'elle venait de recevoir. Célestine demanda à son mari de ne pas sévir davantage, de la laisser se calmer toute seule, pensant que l'enfant finirait par se lasser de se murer ainsi dans le silence.

Mais, au bout de quelques semaines, Germain faillit se fâcher à nouveau. Il brusqua Élise qui, faute de pouvoir expliquer ce qui lui arrivait, ne trouva d'exutoire à sa terrible souffrance qu'en prenant la fuite. Elle partit pour ne plus revenir, afin de ne plus jamais connaître la punition du cachot.

À six ans, elle ne pouvait aller très loin. Sans avoir préparé sa fugue, sans avoir rien emporté avec elle, elle ne sut où se dissimuler pour échapper à la traque qu'entreprendrait bientôt Germain, accompagné de Lucien. Elle se souvint du braconnier qui l'avait recueillie dans la montagne. Elle marcha vers les hauts et, lorsqu'elle aperçut le marais, elle bifurqua dans la direction opposée et poursuivit son chemin, reconnaissant les endroits par où l'homme l'avait reconduite jusque chez elle.

Après plusieurs heures d'efforts, elle parvint au cabanon où elle s'était alors réfugiée. Tout était resté en l'état. Seule une bouteille de vin vidée aux trois quarts montrait que l'occupant des lieux allait sans doute revenir. Elle s'installa sur le lit de paille qui l'avait accueillie lors de son premier séjour et attendit.

Elle finit par s'endormir.

Le soir tombé, le braconnier réapparut sans se douter que l'enfant était de retour. Quand il la découvrit, recroquevillée sur elle-même, il sourit, s'approcha d'elle, la secoua doucement pour la sortir de son sommeil. Murmura, en lui caressant la joue :

— Décidément, tu aimes cet endroit !

Élise écarquilla les yeux. Eut un moment d'hésitation. Sourit à son tour.

— Peux-tu m'expliquer ce que tu fais là ? demanda l'inconnu.

Élise fit non de la tête.

— Tu ne veux pas me dire pourquoi tu es revenue ? Tes parents savent-ils où tu te trouves ?

Élise ne bougeait pas. Demeurait les yeux fixés sur l'homme, d'un air suppliant.

— Qu'est-ce qui ne va pas ? insista celui-ci. Tu n'es pas bien, chez toi ? Ton père te fait des misères ?

Élise acquiesça en baissant les yeux.

— Je m'en doutais. Tu as commis une bêtise et tu crains la punition qui t'attend.

L'enfant fronça les sourcils.

—Parle, voyons! N'aie pas peur, je ne vais pas te frapper. Je ne suis pas ton père, je ne te reproche rien!

Devant son silence, le braconnier commença à s'interroger.

—Je ne comprends pas pourquoi tu ne veux pas me parler! insista-t-il.

Élise détourna le regard.

L'homme s'approcha d'elle. Lui prit le visage dans ses mains.

—Tu pleures! Pourquoi? Je te fais peur?

«Non», fit Élise de la tête.

—Alors, dis-moi quelque chose!

L'enfant se sécha les yeux d'un revers de main. Sa gorge se nouait et l'empêchait d'avaler sa salive. L'homme comprit qu'elle tentait de lui parler, sans y parvenir. Il finit par deviner.

—Les mots ne te viennent pas, c'est ça, n'est-ce pas? Tu souffres trop, là, dans ta petite poitrine, pour pouvoir tout me raconter! Je me trompe?

Élise se referma à nouveau.

L'homme n'insista pas. Il l'invita à partager son maigre repas.

Ils mangèrent dans le silence. Un peu de lard, du pain et du fromage.

Puis, quand Élise lui parut plus détendue, il tenta encore de la faire parler. En vain. Lorsqu'il eut terminé de lui expliquer son point de vue sur sa fugue, elle lui fit de grands signes avec les mains. Comme pour lui livrer le fond de sa pensée. Mais, à l'époque, Élise ne connaissait pas le langage des signes et, devant son incapacité à exprimer avec des gestes ce qu'elle désirait communiquer à son bienfaiteur, elle s'affola et perdit tous ses moyens.

Le braconnier finit par deviner que l'enfant ne parlait plus, qu'il avait devant lui une petite muette.

— Comment est-ce possible ? s'étonna-t-il. Tu ne peux plus prononcer une parole ! Que s'est-il donc passé pendant ces dernières semaines ?

Dans les yeux d'Élise, il lut toute sa frayeur et comprit son désespoir.

— Que puis-je pour toi, petite ? Si seulement je pouvais savoir, je te viendrais en aide ! Veux-tu que je te ramène chez toi ? Je parlerai à tes parents. Ils m'entendront. Ils ne doivent pas se douter du mal qu'ils te font en agissant ainsi avec toi.

Élise se réfugia sur sa paillasse, atterrée à l'idée de rentrer chez elle. Elle enfouit sa tête dans ses bras comme pour mieux échapper à la réalité qui l'attendait.

— Écoute-moi, petite. Je ne peux pas te garder avec moi. Si les gendarmes nous découvrent ensemble, ils penseront que je t'ai enlevée à ta famille. Mon compte sera bon et le tien également. Tu ne voudrais quand même pas finir tes années de jeunesse dans un centre de redressement. As-tu entendu parler de celui d'Aniane[1] ? Moi, j'y ai fait un petit séjour quand j'étais gamin. Je te prie de me croire, ce n'était vraiment pas drôle ! Alors, un bon conseil, ne braque pas tes vieux contre toi et ne te mets pas en tort avec la loi. Un enfant doit écouter ses parents. Il est sous

---

1. Institution corrective pour jeunes délinquants, dans l'Hérault, jusqu'en 1953.

leur responsabilité. Tu dois donc obéir aux tiens, que ça te plaise ou non. C'est comme ça! Dans quelques années, tu pourras leur échapper et vivre comme tu voudras. Mais pas avant.

Les propos du braconnier n'étaient pas pour rassurer la pauvre Élise. Celle-ci savait qu'elle n'éviterait pas de nouveaux séjours dans le cachot dès que Germain aurait encore abusé de sa bouteille d'eau-de-vie ou quand il lui prendrait l'envie de montrer son autorité.

Elle se boucha les oreilles pour ne plus entendre et tenta de s'échapper dans le fond de ses pensées pour y retrouver le néant.

L'homme finit par la laisser tranquille, dans l'espoir que le lendemain elle reviendrait à la raison.

Au petit jour, il se leva le premier. Élise dormait du sommeil du juste. Il la regarda, prit pitié d'elle. Elle doit en voir de toutes les couleurs chez elle, songea-t-il.

Il décida de ne plus la perturber.

Il s'apprêtait à aller relever ses collets quand il entendit aboyer au-dehors. Il sortit du cabanon. Deux silhouettes s'approchaient. Deux hommes, flanqués de leurs chiens, marchaient d'un bon pas dans sa direction.

Germain et Lucien s'étaient mis à la recherche d'Élise et n'avaient pas tardé à deviner où l'enfant avait pu se réfugier. Un voisin des Martin, en effet, avait aperçu la fillette quand celle-ci était rentrée du marais accompagnée du braconnier. Il savait que le cabanon servait d'abri à l'homme.

— Est-ce que ma fille est avec vous ? demanda aussitôt Germain. Elle s'appelle Élise.

L'homme ne put nier. Étrangement, Germain n'avait pas l'air courroucé. Il ajouta sereinement :

— Ma fille ne parle pas. Aussi, elle ne peut pas s'expliquer. Je sais que vous l'avez déjà ramenée jusque chez moi. Ça lui arrive de s'éloigner de la maison et de ne plus retrouver son chemin.

— Votre fille dort dans le cabanon, reconnut le braconnier. Je n'ai pas voulu la réveiller.

— Je suis venu la rechercher.

— Que s'est-il passé ? Quand je me suis occupé d'elle la première fois, elle s'exprimait très bien. Or, depuis hier, je n'ai pas pu lui soutirer un mot. On dirait qu'elle est devenue muette.

— Ce ne sont pas vos oignons ! rétorqua Germain. Cette gosse est une petite dévergondée. Elle nous fait marcher. Elle a le vice dans le sang. Si je n'étais pas son père…

— Que lui feriez-vous ? coupa l'homme à la barbe hirsute.

— Peu importe ce que je lui ferais !

Puis, à l'adresse de Lucien :

— Va réveiller ta sœur. On a perdu assez de temps.

Lucien bouscula sans ménagement l'enfant endormie. Quand celle-ci ouvrit les yeux, elle ne put réprimer un mouvement de panique. Son regard se figea d'effroi. Elle se plaqua contre le mur, se réfugia derrière ses bras qu'elle croisa devant elle comme pour s'en faire une armure.

Le braconnier entra à cet instant précis.

—Arrête! ordonna-t-il à Lucien. Laisse-lui le temps de comprendre, ne la brusque pas. Tu ne vois pas que ce n'est qu'une enfant et qu'elle est complètement terrorisée!

—C'est qu'une petite emmerdeuse! répliqua Lucien. Elle nous crée que des ennuis.

—Est-ce une manière de parler ainsi de sa sœur?

—Ce ne sont pas vos affaires, releva Germain en entrant à son tour dans le cabanon.

—Effectivement. Ce que vous faites endurer à votre fille ne me concerne pas. Mais, prenez garde, si j'apprends que la malheureuse subit des violences, je n'hésiterai pas à venir vous demander des comptes.

—Ah oui! Et comment? Vous irez sans doute alerter les gendarmes! Dans votre situation, ce serait assez cocasse! Ils ne vous croiront pas. Ils vous coffreront plutôt pour vagabondage.

L'homme sourit. Regarda Élise. S'approcha d'elle. Dans ses yeux se lisaient une grande tendresse et une pointe de malice.

—T'en fais pas, petite. Ton père ne portera plus la main sur toi. Il a compris que je ne plaisantais pas.

Germain sentait la colère monter en lui.

—Allez, on s'en va! Sinon, je vais m'énerver.

Il poussa Élise devant lui. Quand il fut sur le pas de la porte, il se retourna et, bizarrement, demanda au braconnier:

—En fait, c'est comment votre nom?

—Mon nom! s'étonna ce dernier. Mon nom… c'est le même que celui de votre fille: Personne.

Germain n'insista pas. Il saisit Élise par le bras, suivi de Lucien et de leurs deux chiens.

—Rentrons! fit-il. Votre mère nous attend.

Contrairement à ce que l'enfant redoutait, Germain ne lui infligea aucune sanction. Élise pensa que la menace du braconnier avait porté ses fruits. Ses craintes ne disparurent pas pour autant. Dès lors, elle vécut dans l'angoisse permanente de voir fondre son père sur elle par excès de fureur. Certes, son frère lui tenait toujours des propos peu amènes et ne se privait pas de l'injurier quand il lui adressait la parole et ne recevait aucune réponse. Il ne croyait pas que sa sœur était devenue muette. Il pensait au contraire que c'était une façon sournoise de sa part d'échapper à ses quolibets, à ses menaces; de se moquer de lui. Ce qui faisait redoubler sa colère.

«Tu peux jouer à la débile! lui disait-il. Tu ne perds rien pour attendre. Débile tu veux paraître, débile tu passeras partout. On verra bien qui rira le dernier!»

*
* *

Les semaines s'écoulèrent. Puis les mois.

Élise gardait le silence. Celui des agneaux qui acceptent leur sort quand ils n'ont plus aucun espoir. Germain ne levait plus la main sur elle. Il l'ignorait complètement. Peu lui importait qu'elle ne parle plus, pourvu qu'elle le serve à table et qu'elle aide Célestine dans sa tâche. Il ne lui en demandait pas davantage!

L'enfant ne lui prodiguait ni marque d'amour filial, ni ressentiment, ni haine. Elle accomplissait ce qu'on exigeait d'elle sans ciller, comme si, au fond d'elle-même, un automate avait pris le relais de son cerveau. Seule Célestine lui témoignait parfois de l'intérêt, mais jamais une once de compassion. Elle avait fini par regretter, comme son mari, de l'avoir recueillie quand elle n'était qu'un bébé. Maintenant, elle faisait contre mauvaise fortune bon cœur et s'acquittait de son rôle sans éprouver ni tendresse ni compréhension.

Élise grandissait dans l'indifférence de tous. Vêtue de nippes rapiécées, jamais coiffée, elle avait été reléguée dans un coin de la grange pour y passer ses nuits. Elle dormait dans la paille et le noir. Mais, sachant qu'au petit jour elle regagnait la cuisine pour se mettre au fourneau, elle n'était plus traumatisée par l'obscurité. Perline, la chatte de la maison, venait se pelotonner à ses pieds et quémandait ses caresses affectueuses. Élise lui offrait tout l'amour qui l'habitait et qu'elle ne pouvait donner à personne.

Dans sa tour de silence, elle se construisait un monde dans lequel les adultes n'avaient plus leur place, où la méchanceté n'existait pas, où les enfants étaient les rois.

Les Martin ne se privaient pas d'affirmer devant elle qu'elle était devenue une gamine anormale. Lucien la traitait de débile. Élise ne réagissait pas à ses injures. Elle savait que sa bouche était emplie de fiel. Certes, elle ne comprenait pas pourquoi ses parents réagissaient ainsi avec elle, pourtant elle ne les condamnait pas, car, dans son esprit de petite fille, elle conservait le secret espoir qu'un jour, peut-être, tout cela changerait et qu'elle serait enfin heureuse, comme devaient l'être les enfants quand ils avaient fini de grandir.

Au retour des beaux jours, Germain renonça à lui faire garder les brebis en compagnie de Lucien. Celui-ci en fut soulagé. À seize ans, il préférait encore garder seul le troupeau plutôt qu'être encombré de sa sœur qui, affirmait-il, n'y entendait rien et était un véritable boulet.

Alors, Germain prit la décision d'envoyer son fils en transhumance et de confier ses moutons à un maître berger qui les conduirait dans les hauts pâturages du mont Lozère. Lucien l'accompagnerait et resterait avec ses bêtes pendant les quatre mois que durait l'estive. Le jeune Martin exulta. S'éloigner de la ferme familiale pendant l'été l'enchantait. Travailler comme un homme, sans demeurer sous la dépendance de son père, lui permettrait de montrer ce dont il était capable.

Élise se vit donc privée des seuls moments où elle avait l'impression de renaître à la vie. Celle-ci lui paraissait de plus en plus terne, sans aucune issue. Aussi se mura-t-elle de plus en plus dans la profondeur du silence qui l'avait submergée quand, au sortir de son cachot, elle n'était plus parvenue à prononcer une simple parole de détresse.

*
* *

La malheureuse traversa encore de longs mois d'hiver. Dans son âme, tout s'engrisaillait, car autour d'elle rien ne lui souriait.

Germain ne lui adressait plus la parole. Son visage restait de marbre. Il se contentait de lui donner quelques ordres, souvent pour la chasser de la cuisine.

Elle s'exécutait sans broncher.

Quant à Célestine, elle ne lui confiait plus aucune tâche importante, ni à la ferme ni à la maison, hormis le ménage et les plus sales corvées. Elle refusait sa présence à ses côtés lors de la traite des chèvres ou pour la préparation des fromages. Elle n'exigeait plus qu'elle aille nourrir les poules et les poussins dans le poulailler ni les lapins dans le clapier.

Élise s'inquiéta de l'étrange attitude de ses parents. Mais dans l'état de prostration dans lequel elle se réfugiait pour mieux échapper à sa souffrance, elle n'était pas capable de leur adresser un quelconque signe d'incompréhension. Aussi passait-elle son temps avec Perline, dont les ronronnements l'apaisaient. Au moment des repas, personne ne lui disait plus de venir à table. Alors, elle prenait elle-même son assiette dans le vaisselier, se servait sous l'œil goguenard de Lucien qui semblait se réjouir de voir sa sœur effrayée. Puis elle allait manger seule dans un coin, sans que personne lui adresse la parole.

Le même rituel se répétait tous les jours.

Les Martin avaient décidé d'ignorer leur fille, de vivre comme si elle n'existait plus. Ils ne refusaient pas de la nourrir, mais ce dédain lui faisait plus mal que tous les coups qu'elle recevait lorsque son père se déchaînait sur elle.

Élise comprit que sa vie n'avait plus d'importance aux yeux de ses parents, qu'ils s'étaient résolus une bonne fois pour toutes à l'oublier. Alors elle se laissa sombrer sans réagir dans le trou béant du silence. Elle finit par ne plus prendre sa nourriture quand tous passaient à table. Elle demeurait cloîtrée dans le fenil d'où elle ne sortait quasiment plus. Son état se dégrada rapidement. Son père ne semblait pas s'en alarmer. Lucien, lui, jubilait d'être enfin débarrassé de cette sœur maudite qu'il vouait aux gémonies depuis maintenant sept longues années. Seule Célestine gardait un œil sur elle, craignant qu'à force la maladie ne l'emporte.

Le printemps succéda à un hiver doux et pluvieux. Le printemps de ses sept ans. Élise ne connaissait pas son âge exact. Jamais, en effet, les Martin ne lui avaient précisé sa date de naissance, comme s'ils craignaient qu'un jour elle ne soit tentée de savoir d'où elle venait et qui étaient ses vrais parents. Ils la tenaient dans l'ignorance pour s'assurer qu'elle ne leur poserait jamais de questions embarrassantes. Auraient-ils pu lui révéler qu'ils l'avaient recueillie uniquement dans le but d'obtenir à bon compte une servante sous leur toit, une fille de ferme soumise qui ne les questionnerait jamais sur ses origines ? Quand elle repensait au passé, Célestine reconnaissait qu'elle s'était trompée. Mais elle évitait de l'avouer devant Germain qui lui reprochait souvent de s'être laissé apitoyer.

« Tu vois où ta sensiblerie nous a menés ! Maintenant qu'elle vit sous notre toit, nous ne pouvons plus la jeter à la rue. Dans le village, on aurait vite fait de colporter n'importe quoi. »

Germain s'était méfié de la menace du braconnier. Certes, il ne craignait pas les hommes de son espèce, mais il ne tenait pas à être soupçonné de maltraitance sur sa fille. Aussi avait-il pris cette terrible décision de ne plus s'occuper d'Élise et de l'abandonner à son triste sort. Célestine n'eut pas son mot à dire et ne put qu'acquiescer devant ses exigences.

« Quand elle sera plus grande, elle finira par se lasser et elle partira d'elle-même, affirmait Germain. Pour l'instant, laissons-la moisir dans son silence puisqu'elle s'entête à ne plus nous parler. »

Les Martin ne croyaient pas que leur fille souffrait d'une aphasie qui l'empêchait de s'exprimer comme avant. Pour eux, elle avait sombré dans une sorte de folie douce d'où elle ne sortirait plus jamais. Ils ne souhaitaient pas que la nouvelle s'ébruite. La rumeur que Célestine avait enfanté sur le tard leur avait déjà porté préjudice, il ne manquerait plus que l'on sache leur fille anormale. Une handicapée mentale ! Germain ne tenait pas à être la risée de ses rares connaissances !

Lucien exerçait donc sur Élise une surveillance discrète. Mais, quand il partait dans les terres ou sur les hauts avec ses bêtes, il l'attachait dans la grange à l'aide d'une corde au barreau d'une échelle fixée au plancher supérieur. Affaiblie par le manque de nourriture – Lucien lui apportait de quoi ne pas mourir de faim depuis qu'elle ne se présentait plus dans la cuisine au moment des repas –, la fillette ne réagissait pas et se laissait priver de ses mouvements.

Le temps s'écoula. Les saisons se succédèrent dans une grisaille monotone. Élise s'enlisait dans son silence comme si, pour elle, plus rien n'avait d'importance, comme si elle avait cessé de vivre.
Un jour, les Martin reçurent la visite de deux gendarmes accompagnés d'un homme qui se prétendait prêtre, alors qu'il portait l'habit civil. Surpris, ils se méfièrent et les accueillirent sur le pas de leur porte.

—Vous êtes Germain et Célestine Martin? leur demanda l'un des deux gendarmes.

—Oui, reconnut Germain. C'est pour quoi?

—Vous hébergez bien une enfant prénommée Élise?

—C'est exact, c'est notre fille. Que lui voulez-vous?

—D'abord la voir, coupa le prêtre. D'après ce qu'on nous savons, cette petite ne mène pas une vie très agréable!

—Qu'est-ce que vous insinuez? Élise est tout à fait heureuse chez nous. Ma femme peut vous le certifier, affirma Germain en se retournant vers Célestine. Qui vous a raconté ces sornettes?

—Monsieur Martin, répondit le plus gradé des deux gendarmes, il semblerait que la fillette qui vit sous votre toit n'est pas votre fille, et que vous avez caché sa présence depuis plus de sept ans. Dans quel but?

— Mais ce sont des âneries ! Élise, pas notre fille ! Demandez donc au docteur Lemoine, il la connaît !

— Il n'exerce plus dans la commune. Mais il nous a expliqué comment il a découvert après coup l'existence de votre fille. Il a été très surpris, à l'époque, de constater que madame Martin avait accouché dans la plus totale discrétion, à un âge où il est plutôt rare que les femmes aient encore des enfants.

— Monsieur Martin, interrompit le prêtre, ne niez plus. Nous savons tout. J'ai procédé à une longue enquête pour rechercher l'enfant que vous séquestrez sous votre toit et que vous maltraitez. La petite Élise va retrouver sa maman à présent. Depuis sept ans, celle-ci est portée par l'immense espoir que sa fille puisse être vivante. Elle l'ignorait jusqu'à maintenant. Mais, aujourd'hui, nous détenons la preuve que cette enfant a été abandonnée sur le seuil de votre porte et que, plutôt que de l'amener aux autorités compétentes, vous avez caché son existence et l'avez exploitée honteusement.

— C'est cette espèce de braconnier qui vous a raconté ces balivernes ?

— Nous l'avons entendu, effectivement, répondit l'adjudant de gendarmerie. Mais pas uniquement. Le père Deleuze s'est livré à une enquête approfondie pour venir en aide à l'une de ses paroissiennes dans la détresse, Mlle Lucie Rochefort, la maman d'Élise. Grâce à lui, nous avons découvert ce qui s'est passé en mars 1945, au moment où l'enfant a été abandonnée devant le portail de votre ferme.

Devant l'évidence, Germain se retourna vers sa femme et, d'un air de reproche, lui déclara :

— Tu vois, je t'avais dit que cette morveuse finirait par nous causer des emmerdes ! On n'aurait jamais dû la garder...

Germain ne put nier longtemps les faits qui s'étaient déroulés sept ans auparavant.

Quand les gendarmes découvrirent la fillette, dans un état de prostration et de faiblesse tel qu'ils eurent peine à croire qu'elle vivait encore, ils la confièrent aussitôt au prêtre en lui demandant de prévenir le médecin du village pour qu'il entre en relation avec les services sociaux.

Les Martin furent transférés à la gendarmerie pour non-assistance à enfant en danger et pour maltraitance. L'adjudant les avertit qu'ils feraient l'objet d'une inculpation et qu'ils devraient rendre des comptes à la justice. Quant à leur fils Lucien, étant mineur, il se verrait placé sous la responsabilité de l'Assistance publique dans l'attente d'une famille d'accueil.

*
* *

Le calvaire de la petite Élise prit fin aussi vite que son sort avait été scellé par un matin de mars 1945, quand trois inconnus s'étaient débarrassés d'elle à la suite d'un événement qui avait profondément marqué l'existence de Lucie Rochefort.

Élise n'avait pas pu narrer dans son cahier les détails de ce dénouement. Réfugiée dans le fenil, elle n'avait pas assisté à l'arrestation de ceux qu'elle avait pris pour ses parents pendant sept années de misère. Quand elle avait vu entrer le père Deleuze dans la grange, elle avait cru que Germain avait décidé de la réprimander une fois de plus. Effrayée, elle s'était blottie dans la paille qui lui servait de lit, s'était mise en boule, avait attendu.

— N'aie pas peur, petite, lui avait alors dit le prêtre. Je suis venu t'aider. Tu ne risques plus rien.

Jean Deleuze avait immédiatement compris que la fillette souffrait d'un terrible traumatisme qui la privait de la parole. Il l'avait prise dans ses bras, l'avait consolée comme on réconforte un enfant d'un chagrin incommensurable, était parvenu à l'apprivoiser.

Alors, Élise s'était abandonnée, s'était réfugiée contre sa poitrine et avait pleuré.

Lorsque Adèle interrogea le prêtre sur les circonstances qui l'avaient amené chez les Martin, Jean Deleuze lui répondit qu'il revenait à Lucie de lui ouvrir son cœur et sa mémoire.

— Je ne suis pas habilité à m'exprimer en son nom, reconnut-il. Certes, elle m'a imploré de tout mettre en œuvre pour savoir si sa fille était encore vivante, mais je dois respecter la promesse que je lui ai faite en acceptant cette tâche, celle de ne parler à personne de ce que je découvrirais. Vous êtes parvenue jusqu'à moi selon le souhait même de Lucie. Ne me demandez pas de vous révéler les circonstances de la naissance d'Élise et de son abandon. Tout cela est le jardin secret de Lucie. Elle seule peut décider de vous l'ouvrir.

Adèle n'en apprit pas davantage sur les taches d'ombre qui obscurcissaient encore la venue au monde d'Élise. Mais elle savait dorénavant pourquoi l'enfant se murait dans le mutisme depuis plus de trois ans.

Il lui appartenait maintenant de convaincre sa mère de se livrer à son tour, afin de donner à sa fille toutes les chances de retrouver le soleil qui lui avait tant manqué pendant ses longues années de silence.

# Troisième partie

## LE SECRET DE LUCIE

## 13

Une jeune fille tranquille

*Printemps 1956*

Adèle avait achevé la lecture du cahier de sa jeune élève. Elle savait tout, à présent, de la vie malheureuse qu'elle avait menée chez les Martin sans jamais se plaindre, sans jamais en vouloir à ceux qui l'avaient honteusement exploitée.

L'enfant, cependant, en gardait les stigmates. Même si elle se défendait de toute animosité, de toute rancœur, le silence derrière lequel elle se claquemurait prouvait que la blessure était toujours présente dans sa chair meurtrie.

À la demande d'Adèle et avec l'accord d'Élise, Lucie lut attentivement le cahier de sa fille. Elle fut atterrée. Certes, elle se doutait qu'elle avait beaucoup souffert chez les Martin, mais jamais elle n'avait imaginé l'enfer qu'elle y avait traversé.

Quand elle eut terminé sa lecture, elle ne put retenir ses pleurs et fut soudain animée d'un violent désir de vengeance. Les Martin avaient écopé trois ans auparavant d'une peine de prison et se trouvaient encore sous les verrous. Lucie estimait qu'ils n'avaient pas été suffisamment punis pour tout ce qu'ils avaient fait endurer à son enfant.

« Cinq ans d'emprisonnement ! s'était-elle indignée devant Adèle. Qu'est-ce que cela représente face aux sept années de calvaire de ma fille ? »

La souffrance de Lucie était à l'aune de celle qu'Élise avait refoulée dans son cœur et qu'elle voulait maintenant oublier. Élise avait retrouvé le goût de la vie, un goût de miel et de fleurs qui ne se referment jamais, comme les roses de l'hiver.

L'aphasie dont elle était victime n'était pas pour elle un handicap, mais une armure derrière laquelle elle se sentait à l'abri du monde impitoyable des méchants. Lucie respectait ses silences et ne tentait jamais de la faire sortir de son refuge. Elle avait consulté plusieurs médecins, spécialistes des traumatismes neurologiques. Ils lui avaient tous confirmé que le mal dont souffrait sa fille était souvent irrémédiable et les chances de rémission extrêmement rares.

« Votre enfant a subi un choc profond à la suite de son enfermement, lui avait expliqué un professeur de la faculté de médecine de Montpellier. Ses centres nerveux ont sans doute été affectés. La plupart des malades atteints de ce problème montrent seulement des incertitudes pour trouver leurs mots. Dans ce cas, on ne parle que d'une aphasie partielle. Chez votre fille, le mal est plus grave, l'aphasie est totale. Voyez-vous, la parole dépend de l'hémisphère gauche du cerveau. Si votre enfant a été maltraitée, il se peut qu'une lésion se soit déclarée à la suite d'un coup, d'un choc ou d'une chute. Le traumatisme psychologique a pu, ensuite, entraîner le trouble dont elle souffre. »

Effondrée à l'idée que sa fille ne retrouverait plus jamais l'usage de la parole, Lucie se comportait avec elle comme si de rien n'était. Elle avait appris le langage des signes pour lui montrer qu'elle ne vivait pas dans un autre univers, que la parole n'était pas le seul moyen d'expression de ceux qui s'aiment, que les gestes que l'on fait avec les mains sont tout aussi empreints de sens et d'amour que les mots qu'on prononce parfois trop rapidement quand ils dépassent la pensée. Ainsi, Élise se sentit rassurée, rassérénée, dans un monde qui aurait pu lui paraître hostile, car peu habitué à la présence des êtres différents. L'enfant trouva peu à peu la sérénité qu'elle n'avait pas connue dans ses jeunes années. Elle grandissait en s'éloignant lentement du spectre de l'horreur.

*
\* \*

Adèle s'interrogeait sur les suites à donner à sa démarche. François se montrait partisan d'arrêter ses investigations, par crainte d'indiscrétion.

— Tu es parvenue à tes fins, lui dit-il quand, à son tour, il eut terminé la lecture des confidences d'Élise. Lucie sait à présent ce qui est arrivé à sa fille. Celle-ci s'est ouverte à sa mère par l'intermédiaire de son cahier. Maintenant, il appartient à Lucie d'aller plus loin dans son passé pour expliquer à son enfant dans quelles circonstances

elle est née et pour lui avouer qui est son père...
À ce propos, crois-tu ce que rapportait l'une des rumeurs qui traînaient dans la commune ?

—Laquelle ?

—Que le père de la petite serait le curé Jean Deleuze !

—Tu accrédites ce genre de sottise !

—Après tout, c'est lui qui a recherché Élise et qui a fini par la découvrir. Pourquoi a-t-il entrepris une telle démarche, si ce n'est peut-être parce que l'enfant est de lui ? Lucie et lui ont pu se rencontrer pendant la guerre. Il n'était pas prêtre à l'époque. Cela reste du domaine du possible, non ? D'ailleurs, leurs relations sont pour le moins cordiales !

—Lucie m'a avoué qu'entre eux il n'y a rien qu'on puisse reprocher à un homme d'Église. Ils s'apprécient beaucoup, certes. Et je peux même affirmer que les sentiments qu'ils éprouvent l'un pour l'autre vont au-delà d'une simple amitié. Mais je crois en la sincérité de Lucie. Auprès de Jean Deleuze, elle a trouvé, elle aussi, la sérénité qui lui manquait. J'ignore s'ils se sont connus pendant la guerre, mais je pense que Lucie cache une autre vérité qui empoisonne sa vie et qui l'empoisonnera encore longtemps si elle ne se résout pas à faire toute la lumière en elle.

—Comme sa fille, si je te comprends bien... Que comptes-tu faire à présent ?

Adèle hésita un moment avant de répondre. Elle réfléchit. Se cala dans un fauteuil. Ouvrit le cahier qu'elle avait récupéré chez Lucie avec son accord. Annonça :

—Je voudrais faire une promesse à Élise.

— Laquelle ?

— Celle de retrouver son père. Qu'il soit mort ou vivant, qu'il soit un honnête homme ou quelqu'un de peu recommandable. Peu importe ! Mais je pense que cette enfant ne recouvrera la paix intérieure que lorsque toute la lumière sera faite sur sa naissance. Et cela passe par sa mère.

— Tu comptes interroger Lucie Rochefort afin qu'elle te livre ce qui obscurcit sa vie et celle d'Élise ?

— Elle seule peut venir en aide à sa fille. Et pour cela, elle ne peut éviter un retour sur son passé.

Adèle rencontra Lucie peu avant Pâques. Tous les parents étaient conviés à l'école afin d'entendre le directeur donner ses conseils pour la fin de l'année scolaire. Élise achevait sa dernière année de primaire. À la prochaine rentrée, elle serait admise en sixième au lycée d'Alès, du moins c'est ce qu'espérait Lucie.

Adèle tenait à savoir quelles étaient les intentions de celle-ci, car la capitale cévenole se trouvait à bonne distance de Saint-Jean-du-Gard. Le transport par autocar prendrait beaucoup de temps à Élise et lui procurerait de la fatigue inutile. De plus, étant donné son handicap, son admission au lycée Jean-Baptiste-Dumas n'était pas assurée. Comment, en effet, pourrait-elle suivre les cours de langue vivante ? Comment pourrait-elle échapper aux oraux lors de ses futurs examens ? Ne fallait-il pas, finalement, lui chercher une institution spécialisée à Nîmes ou à Montpellier ?

Or l'enfant ne semblait pas prête à intégrer un internat. Adèle n'envisageait qu'une solution : que Lucie déménage pour permettre à sa fille de poursuivre ses études sans lui occasionner de nouveaux problèmes. Elle souhaitait en parler avec elle, afin de préparer Élise à toute éventualité et lui éviter un autre traumatisme. L'enfant était encore fragile. La séparation avec sa mère pouvait lui être préjudiciable et accroître son handicap, pensait Adèle.

Lucie consentit à recevoir la jeune institutrice chez elle, après la réunion des parents d'élèves. Élise travaillait dans sa chambre et ne prêtait pas l'oreille à ce que sa mère et sa maîtresse pouvaient avoir à se dire.

En réalité, Lucie n'avait pas pris toute la mesure du problème de l'avenir scolaire d'Élise. Il lui semblait évident qu'après l'école primaire sa fille entamerait ses études secondaires au lycée, comme elle-même à son âge. Mais, quand Adèle finit par évoquer son handicap, elle se referma et refusa, sur le moment, de reconnaître qu'Élise avait sans doute besoin d'un enseignement adapté.

— Ma fille est tout à fait capable de poursuivre ses études comme n'importe quel autre enfant ! objecta-t-elle. Vous êtes la première à pouvoir l'attester.

— Bien sûr, Lucie ! Mais il faut comprendre qu'au lycée d'Alès rien n'est prévu pour accueillir des enfants privés de la parole.

— Des enfants muets ! Pourquoi ne pas prononcer le terme exact ?

— Oui, des enfants muets, sourds ou aveugles, poursuivit Adèle. C'est malheureusement la triste vérité!

— Élise n'est pas handicapée! Elle n'est pas anormale! Elle est seulement différente. Son intelligence est bien supérieure à celle de beaucoup de vos élèves.

Lucie s'indignait toujours quand il lui fallait reconnaître le problème d'Élise. Elle refusait d'affronter les obstacles qui se dressaient sur son chemin, persistant dans une sorte de déni de la réalité.

Adèle comprit ce soir-là qu'elle ne parviendrait pas à la convaincre d'envisager une autre solution à l'avenir scolaire d'Élise. Elle n'insista pas. Revint à l'objet premier de sa visite.

— En vérité, lui avoua-t-elle, je voulais vous voir également pour vous demander si vous accepteriez de me parler de vous.

— De moi! s'étonna Lucie.

Et Adèle d'expliquer ses intentions.

— Élise a tout à gagner à savoir qui est son père. Vous seule le connaissez. Si vous me racontiez votre passé, je suis certaine que vous parviendriez mieux à rompre l'isolement dans lequel votre fille vit encore. Ne vous méfiez pas de moi. Je n'ai qu'un souci: celui de venir en aide à Élise. En me parlant, vous trouverez ensuite le chemin qui ôtera ce qui reste d'obscurité dans sa vie.

— J'ai confiance en vous, Adèle. Mais ce que je pourrais vous apprendre, je me suis juré de ne le révéler à personne. Jamais. Jusqu'à mes derniers jours. Ni à mes proches ni même au père Deleuze.

Celui-ci ignore ce que je garde en moi comme une blessure profonde. Il sait seulement que mon enfant m'a été enlevée dans des circonstances dramatiques et que je l'ai crue perdue à jamais. Cependant j'étais persuadée qu'elle était vivante. Quelque part. J'espérais qu'elle était heureuse dans la famille qui l'avait peut-être recueillie et adoptée… Comme je me suis trompée!

Lucie était au bord de la confidence.

Adèle estima que, pour ce soir-là, elle en avait assez dit.

—Quand vous aurez fait en vous toute la lumière, je reviendrai, lui proposa-t-elle.

Lucie ne fit aucune objection à ouvrir son intimité à son amie. Maintenant qu'elle aussi avait découvert le jardin secret d'Élise, elle ne pouvait plus cacher ce qui la tourmentait depuis plus de dix longues années. Le moment d'accepter son passé était arrivé. Si elle n'était pas parvenue à se confier totalement au père Deleuze, malgré les liens étroits qui les unissaient, elle y parviendrait cette fois avec Adèle, qui, à ses yeux, représentait peut-être la providence.

Un soir, alors que la petite Élise s'était endormie, Lucie ouvrit sa mémoire à Adèle et lui raconta ce qui, treize ans auparavant, avait profondément marqué sa vie.

\*
\* \*

*Tornac, près d'Anduze, 1943*

Son histoire remontait à l'année de ses dix-huit ans. À l'époque, la jeune Lucie Rochefort était étudiante à Montpellier. Comme tous les Français, elle souffrait de la guerre qui durait depuis plus de quatre ans. Néanmoins, elle fréquentait assidûment la faculté des Lettres où elle suivait les cours de littérature étrangère d'un éminent professeur avec lequel elle préparait sa licence.

Elle vivait encore chez ses parents, Vincent Rouvière et Faustine Rochefort, dans leur propriété viticole de Tornac, le Chai de la Fenouillère. Jeune fille très réservée, elle témoignait déjà envers les enfants une tendresse particulière qui laissait présumer qu'après ses études elle s'orienterait vers l'enseignement ; professeur de français ou institutrice. Mais Lucie nourrissait d'autres ambitions.

Toutefois, sa grande sensibilité l'empêchait parfois d'affronter les écueils de la vie. Son oncle Sébastien s'en était rendu compte le premier quelques années plus tôt. À l'époque, il avait aidé un républicain espagnol, Emilio Álvarez, à rentrer dans son pays, pendant la guerre civile contre Franco. À son retour, il avait confié à sa sœur Faustine la garde de l'enfant d'Emilio, la petite Inès, dans l'attente de la libération de son père. Lucie s'était réjouie de pouvoir s'en occuper, alors qu'elle n'avait que quatorze ans.

Lorsque Emilio revint après avoir connu les camps de la Retirade, elle éprouva beaucoup de chagrin à devoir se séparer du bébé. Elle sombra dans une sorte de mélancolie qui fit penser à ses parents qu'elle prenait le chemin douloureux de sa tante, Élodie Rochefort, dont la vie avait failli se terminer par un drame.

Celle-ci, dans sa jeunesse, n'avait jamais accepté la mort tragique de sa demi-sœur, Catherine, dont elle était très proche. La fille d'Anselme Rochefort avait passé de nombreuses années dans un état frôlant la neurasthénie et n'avait connu le salut qu'en quittant les siens par amour pour un Russe qui l'avait emmenée sur les routes périlleuses de la révolution bolchevique. Dans la famille Rochefort, tout le monde connaissait cet épisode dramatique de la vie d'Élodie qui s'était terminé, néanmoins, par un heureux dénouement. Mais on craignait que les gènes de la mélancolie ne se transmettent à l'un de ses membres.

Lucie, en effet, avait le caractère de sa tante. Au reste, elle lui rendait souvent visite à Montpellier où elle résidait avec son mari, Pietr Boroslav, un Russe d'origine polonaise. Les deux femmes s'entendaient à merveille. Très cultivée, Élodie aimait évoquer avec sa nièce les auteurs russes qui avaient marqué le siècle précédent. Elle et son mari lui avaient fait découvrir, à quinze ans, les poèmes de Pouchkine, *Guerre et Paix* de Tolstoï, ainsi que *Crime et Châtiment* et *Les Frères Karamazov* de Dostoïevski. La jeune Lucie montrait un engouement prononcé pour la littérature étrangère et passait des journées entières plongée dans les grands romans.

Quand elle commença ses études de lettres à la faculté, sa tante fut ravie de l'héberger. Son mari travaillait dans une banque d'affaires où il s'occupait des investissements à l'étranger. Pietr n'était pas l'homme qu'elle avait suivi dans les tourbillons de la révolution russe, mais le meilleur ami de son grand amour, Ivan Federovitch, celui qui l'avait sortie de l'enfer après le désaveu, la condamnation et la disparition tragique d'Ivan, mort dans un camp sibérien. Élodie avait failli perdre la vie loin de sa famille, abandonnée dans un pays qui subissait la terrible répression engagée par Staline. Pietr l'avait sauvée *in extremis* d'une mort certaine. Ensemble ils étaient rentrés en France après bien des péripéties, et après s'être mariés. Ils avaient deux enfants nés dans la tourmente de leur épopée, et menaient une existence bien remplie. Pietr n'avait jamais oublié sa terre natale où régnait encore la terreur. Mais il s'était résigné et ne nourrissait plus aucun espoir d'y retourner vivre un jour.

Il aimait parler de son peuple et de sa patrie avec Lucie. Celle-ci l'écoutait avec beaucoup d'attention et percevait en lui un homme blessé, tiraillé entre le berceau de ses ancêtres qu'il avait dû quitter et le pays qui l'avait accueilli et où il rendait son épouse heureuse. Avec son fils Igor et sa fille Natacha, il emmenait souvent sa nièce au théâtre ou à l'Opéra, pour qu'elle découvre et apprécie les œuvres russes jouées par des troupes qui venaient de son pays lointain.

Ainsi, Lucie appréhendait une culture qu'elle ne connaissait pas et qui la faisait rêver.

La guerre pourtant perturbait ses études. Parvenue en deuxième année, elle s'était engagée auprès de son professeur à entreprendre sous sa direction une recherche sur Léon Tolstoï. Sa licence obtenue, elle espérait passer l'agrégation, puis commencer une thèse sur l'auteur d'*Anna Karénine,* ce qui lui permettrait plus tard de briguer un poste dans l'enseignement supérieur.

Malheureusement, depuis que Staline s'était retourné contre Hitler et surtout depuis que les Allemands avaient envahi la totalité du territoire français, il n'était plus de bon ton de s'intéresser à tout ce qui touchait de près ou de loin à la Russie. Lucie se vit contrainte d'abandonner l'étude qu'elle préparait. Son professeur le lui avait demandé avant de se faire arrêter par la Gestapo. Lucie apprit par la suite qu'il faisait partie d'un réseau de résistance et que son arrestation n'était pas en relation avec sa spécialité littéraire. Toutefois, sur l'avis de Pietr Boroslav, elle accepta, à contrecœur, de choisir un autre thème de recherche.

—Il faut éviter d'éveiller l'attention de ceux qui nous surveillent, lui conseilla Pietr. Ta famille doit faire l'objet de soupçons. Prends garde à toi. Ton oncle Sébastien a dû susciter la méfiance des Allemands. Son engagement contre Franco pendant la guerre d'Espagne et ses articles dans son journal ne plaident pas en sa faveur. Lui aussi devrait se méfier.

Lucie ignorait que son oncle était entré en résistance dès la première heure.

Elle ignorait également que son cousin, Pierre, collaborait sans vergogne avec les Allemands. Le fils de Jean-Christophe Rochefort, en effet, fréquentait le milieu peu recommandable de la Milice nîmoise et était partisan du régime de Vichy.

Ses idées extrémistes heurtaient les membres de sa famille, sauf son père qui ne cachait pas sa sympathie pour Pétain tant que ce dernier permettrait à la France de sauver l'honneur de la patrie après le désastre de 1940.

Lucie poursuivait donc ses études sans conviction, déçue d'avoir dû céder à une menace qu'elle ne percevait même pas autour d'elle, mais qui était bien réelle. Elle se consolait en se réfugiant le soir venu, après ses cours, chez Élodie où, dans la confidence de son appartement douillet, place de la Comédie, elle écoutait Pietr parler de la Russie des tsars et des cosaques, de Saint-Pétersbourg et de Moscou, du théâtre Mariinsky et du Bolchoï. Elle rêvait d'y aller un jour, accompagnée de sa tante, de son oncle et de ses cousins, pour découvrir l'âme russe, la culture slave et la musique tsigane.

Elle occultait ce qui se passait autour d'elle, la chape de plomb que l'Occupation faisait régner sur la ville, la pesanteur distillée par la méfiance des gens, la peur de la dénonciation, de la délation, de la trahison. Lucie ne voulait ressentir que ce que sa jeunesse pouvait encore offrir de doux et de suave, le rayon de soleil dans le brouillard de l'aube, la lumière dans les ténèbres, la vie dans le néant.

Lucie était une jeune fille romantique, et ne pouvait accepter la noirceur, la vilenie, la méchanceté. La musique, la poésie, les romans qu'elle dévorait l'aidaient à se construire un monde où la guerre n'existait pas, où les hommes ne se battaient pas, où les enfants pouvaient jouer dans les rues sans craindre la violence des adultes, sans avoir à fuir quand les sirènes appelaient à se cacher dans les caves, à se terrer comme des bêtes affolées qu'on s'apprête à sacrifier.

Lucie se réfugiait dans ses études pour ne pas devoir affronter ce qu'elle détestait le plus, l'hypocrisie et la méchanceté.

Elle ignorait, cependant, que nul n'est maître de son destin.

## 14

## L'engagement

Adèle écoutait avec beaucoup d'attention et d'intérêt le récit de Lucie. Elle découvrait en elle la jeune fille qu'elle avait été, totalement différente de la personnalité qu'elle affichait à présent. Certes, son romantisme transparaissait encore dans son comportement, ses réactions, sa manière d'affronter ses difficultés. Mais elle ne ressemblait plus au portrait qu'elle dressait d'elle-même. Son envie de mordre la vie à pleines dents, de nier les affres du moment avait laissé place à une certaine forme de fatalisme, comme si, depuis l'époque de ses vingt ans, elle avait été confrontée à une réalité qui s'était imposée à elle malgré sa volonté.

En son for intérieur, Adèle se demandait pourquoi elle n'avait pas tenté de rechercher sa fille après l'avoir perdue, pourquoi elle n'avait pas remué ciel et terre pour s'assurer qu'elle était toujours vivante, pourquoi elle avait tant attendu.

Qu'avait-elle fait pendant toutes ces années ? Sa famille n'était-elle pas au courant de ce qui s'était réellement passé ? Son oncle Sébastien, qui paraissait si proche d'elle, ne lui était-il pas venu en aide ?

Lucie lui avoua qu'elle s'était adressée au père Deleuze pour entreprendre son enquête six ans après la disparition d'Élise, en 1951.

— J'ai rencontré Jean lorsque je me suis installée à Saint-Jean-du-Gard, lui expliqua-t-elle, quelques mois après la fin de la guerre. Il venait du Cantal et c'était son premier ministère. Je me sentais abandonnée, un peu perdue, malgré la présence toute proche des miens à Tornac et à Anduze. Le décès de ma grand-mère maternelle, Élisabeth, l'année précédente, m'avait beaucoup affectée. Je l'aimais énormément. Je me réfugiais volontiers auprès d'elle quand je rentrais à Tornac chez mes parents. Elle était la seule de la famille qui avait vraiment compris les tourments de jeunesse de sa fille cadette, ma tante Élodie. Elle me parlait souvent d'elle à l'époque où celle-ci se perdait dans les méandres de ses pensées, à la recherche désespérée de cette demi-sœur mystérieuse, Catherine, qui avait été à l'origine des différends familiaux des Rochefort et qui avait tragiquement disparu à l'âge de dix-huit ans. Je me trouvais beaucoup de ressemblances avec Élodie. C'est pourquoi j'aimais sa cordialité, son hospitalité, son affection.

— Qu'a été Jean Deleuze dans votre vie ?

Adèle espérait par sa question que Lucie lui avoue sans détour s'il était ou non le père d'Élise.

Lucie ne répondit pas immédiatement. Elle n'avait pas envie de s'exprimer à ce sujet. Dans son cœur, les sentiments qu'elle éprouvait pour le prêtre la faisaient autant souffrir qu'ils lui étaient agréables.

— Disons qu'il a été là quand j'avais besoin d'une présence pour me sortir du néant dans lequel je me laissais sombrer.

— Vous vous reprochiez la disparition de votre enfant ?

— Me reprocher ! Non, bien sûr que non ! Je n'étais pas responsable de cette tragédie. Tout est allé si vite !

— Comment est-ce survenu ?

Lucie se referma, parut se réfugier à nouveau dans le déni.

— C'est une longue histoire, avoua-t-elle. Avant d'en arriver à la naissance d'Élise, je dois vous raconter comment j'ai rencontré son père...

*
* *

*1943*

À la faculté des Lettres de Montpellier, Lucie ne s'intéressait guère aux activités de ses camarades. Elle passait pour une étudiante studieuse et douée, dont la réussite ne faisait aucun doute pour ses enseignants.

Lorsque son professeur de littérature étrangère se fit arrêter par la Gestapo, elle fut à la fois surprise et anéantie. Elle ne s'attendait pas à ce que cet homme à l'allure de père de famille, si rangé et discret, pût appartenir à un réseau de résistants. En réalité, Lucie ne connaissait rien de cet univers parallèle qui s'était développé en secret, surtout depuis que la France libre avait été envahie par les troupes allemandes à la fin de 1942. Jusqu'à cette date, elle n'avait pas été beaucoup touchée par la guerre qui sévissait en Europe et dont souffraient les Français vivant dans la partie occupée du territoire. Certes, comme tout le monde, elle voyait dans les rues les miliciens arborer la francisque et pavoiser dans leurs uniformes noirs. Elle connaissait les privations alimentaires et les tickets de rationnement. Mais, à dix-huit ans, la vie lui paraissait encore trop pleine de promesses pour que son esprit se laissât submerger par le défaitisme et le renoncement. Elle souhaitait ardemment poursuivre ses études, reprendre au plus vite la recherche qu'elle avait commencée sur Léon Tolstoï, et, peut-être, quand la guerre serait terminée, partir sur les traces d'Anna Karénine.

L'arrestation de son maître de recherches lui porta un coup fatal. Elle prit alors conscience de la tragédie de la guerre. Elle appréhenda tout à coup le monde qui l'entourait avec plus de lucidité, et découvrit le morne quotidien des Français. Elle se rendit compte qu'elle vivait sur un nuage, que l'histoire de sa tante Élodie – tellement romantique! – n'était pas sortie d'une fiction romanesque, mais d'une réalité autrement plus cruelle. Ses rêves de jeune fille s'évanouirent brutalement à la lueur d'une actualité plus inquiétante.

Quand elle rentrait chez ses parents, elle ne pouvait s'empêcher de s'émouvoir sur le sort de son professeur et se révoltait à l'idée que des Français, des étudiants parmi ses compagnons de promotion ou d'autres enseignants qu'elle côtoyait chaque semaine, aient pu le dénoncer. Jamais elle n'aurait imaginé une telle perfidie, une telle ignominie.

Jamais elle n'aurait soupçonné son cousin Pierre d'être l'ami de ceux qui avaient contribué à la perte de son maître !

Certaines évidences lui sautaient maintenant aux yeux. Elle s'était aperçue par exemple que plusieurs de ses camarades disparaissaient rapidement à la sortie des cours ou s'employaient à des activités qui n'avaient aucune relation avec ce qu'ils venaient d'entendre dans les amphithéâtres. Elle se rapprocha d'eux, mais comprit qu'elle passait pour indiscrète. On lui tournait le dos. Les bouches se fermaient. On se méfiait d'elle.

Elle parlait souvent à son oncle Sébastien de ce qu'elle voyait autour d'elle, à Montpellier. Connaissant ses engagements successifs et ses opinions politiques, elle cherchait auprès de lui les explications à ce qui la troublait.

Un jour de fin juin, elle lui rendit visite dans la maison de sa grand-mère où il avait installé sa famille depuis que Paris était occupé par la Wehrmacht. Elle le surprit dans son bureau en train de téléphoner. Sébastien lui demanda de patienter derrière la porte.

—Un coup de fil de mon éditeur, prétexta-t-il.

À son air mystérieux, Lucie comprit qu'il ne lui disait pas la vérité. Curieuse, elle tendit l'oreille et entendit des bribes d'une étrange conversation.

—D'accord, je me rendrai au rendez-vous, comme prévu... Non, personne n'est au courant... Pas encore... Il ne faut pas ébruiter l'affaire... Le Général sait ce qu'il fait...

Lucie se demanda qui était ce militaire haut gradé. Elle s'étonna que, dans les relations de son oncle, il y eût un général. Dans l'édition, un général!

Elle prêta davantage attention.

—Non, insistait Sébastien. Personne ne sait pour Max... Il va falloir redoubler de prudence... se réorganiser...

Qui est donc ce Max? pensa Lucie.

Plus elle tendait l'oreille, plus elle se piquait au jeu.

Elle n'entendit pas son oncle achever sa conversation. Il la surprit en pleine indiscrétion.

—Tu écoutes aux portes, à présent! lui reprocha-t-il sans animosité. Je ne te croyais pas si curieuse!

Gênée, Lucie ne sut quelle attitude adopter. Elle rougit de confusion, balbutia:

—Je... je ne voulais pas, tonton. Mais c'était plus fort que moi. Tu paraissais tellement mystérieux quand tu m'as demandé d'attendre, que je n'ai pas pu m'empêcher de prêter l'oreille.

—Et qu'as-tu entendu?

—Oh, rien. Des mots. D'ailleurs je n'ai pas compris grand-chose.

Sébastien aimait beaucoup la fille de sa sœur Faustine. Elle était le fruit d'une si belle histoire qu'il s'en était inspiré pour l'un de ses romans, *L'Enfant du péché*, qui avait connu un gros succès de librairie. Faustine et Vincent Rouvière avaient résisté contre vents et marées pour faire triompher leur amour. Ils avaient fini par unir leur destin et avaient donné naissance à deux enfants adorables dont Lucie était l'aînée et Matthieu son cadet de neuf ans.

— Tu sais bien que tu mens très mal, lui dit Sébastien en la prenant dans ses bras. Allez… avoue-moi ce que tu as entendu.

Alors, Lucie lui parla du général et de ce Max qui l'intriguait plus que tout le reste.

— Écoute, ma chérie, lui conseilla Sébastien sur le ton de la confidence. Ce que tu as appris ce soir, je te demande de le garder pour toi. Tu comprendras un jour que c'était d'une extrême importance, mais aussi très dangereux d'avoir surpris ne serait-ce que la moitié de cette conversation.

— Je n'ai rien entendu, tonton! Promis! Je serai muette comme une tombe.

Depuis ce jour, plus rien ne fut comme avant dans l'esprit de Lucie.

Elle se douta que son oncle devait être en relation avec un réseau de résistance. Mais elle ne chercha pas à savoir qui était ce mystérieux Max. Elle ignora longtemps qu'un certain Jean Moulin venait de se faire arrêter à Caluire, sur la rive gauche de la Saône, dénoncé par un traître qui avait prévenu la Gestapo. Elle eût d'ailleurs été en peine de s'adresser à une quelconque connaissance pour obtenir le renseignement! Ses amis de la faculté ne lui paraissaient pas particulièrement liés avec ceux qui agissaient dans l'ombre. Aucun n'avait jamais fait allusion devant elle à une activité clandestine destinée à lutter contre l'occupant. C'était à se demander si les étudiants ne se moquaient pas de ce qui plongeait le pays dans le chaos. De son côté, elle n'osait se renseigner, de crainte de dévoiler des intentions qui n'étaient pas encore claires dans son esprit. Devait-elle demeurer dans l'inaction, comme la majorité des Français ? Attendre que la tempête s'apaise et finisse par passer ? Devait-elle faire semblant d'ignorer que d'autres, dans l'ombre et le danger, risquaient leur vie pour sauver l'honneur de leur patrie mais aussi la liberté de tous ?

Elle se demandait bien pourquoi son oncle ne lui avait pas proposé de se joindre à lui. Car, elle en était maintenant persuadée, de même qu'il avait aidé des républicains espagnols pendant la guerre contre Franco, qu'il s'était engagé en Indochine auprès des indépendantistes, il devait sans aucun doute diriger un réseau clandestin, opérer au péril de sa vie en conformité avec ses idéaux. Plus elle y songeait, plus elle était certaine que Sébastien luttait depuis longtemps contre l'occupant nazi.

Elle décida alors de lui parler sans détour. Et si ce qu'elle croyait était avéré, elle lui demanderait de prendre part à ses côtés à ce combat pour la liberté que d'autres jeunes gens, comme elle, avaient déjà entamé avec courage et dans l'honneur.

*

— Vous êtes donc entrée dans la Résistance par l'intermédiaire de votre oncle Sébastien, alors que vous aviez tout juste dix-huit ans! s'étonna Adèle, sans dissimuler son admiration.

— Je n'étais pas préparée à cette épreuve. Jusqu'alors, je vivais dans mon cocon. Je ne demandais rien d'autre à la vie que de satisfaire mon amour pour la littérature. La présence des miens autour de moi, cette grande famille qui entourait ma grand-mère Élisabeth, suffisait à mon bonheur. J'ignorais que parmi nous se trouvait une brebis galeuse... Mon cousin Pierre. Mais c'est une autre histoire! Depuis ce temps, il a expié sa faute, Dieu merci! Pour lui... et pour l'honneur de la famille.

Lucie évoquait ses souvenirs de cette époque lointaine avec beaucoup de pudeur. Quelque chose pourtant l'empêchait d'aller jusqu'au bout de ses confessions. Quelque chose d'inavouable, qu'elle s'était sans doute juré de garder pour elle afin de se protéger et aussi pour ne pas altérer l'amour que lui portait sa fille si difficilement retrouvée.

Adèle préféra ne pas la contraindre à tout raconter le premier soir. Elle lui proposa de s'arrêter afin de faire le point en elle, de savoir si, vraiment, elle avait envie de poursuivre sur les voies douloureuses de sa mémoire.

— Donnez-moi du temps, lui dit Lucie. Je ne peux vous révéler d'un coup ce que je garde en moi depuis tant d'années.

Les deux femmes laissèrent passer quelques semaines.

Lorsque Lucie se sentit prête à nouveau à poursuivre le long chemin de ses confidences, elle invita Adèle chez elle, et reprit le cours de sa vie d'étudiante, clé de tout ce qui lui était arrivé douze ans auparavant.

*
* *

*1943*

Sébastien hésita longtemps avant d'accéder à la demande de sa nièce d'entrer dans la Résistance. Elle était très jeune, à ses yeux, et n'avait aucune expérience de la vie, en dehors de celle qu'elle menait douillettement entre sa famille et la faculté. Il ne put lui dissimuler son engagement, mais ne lui fournit aucune précision sur son propre rôle. Lucie ignorait donc qu'il était à la tête d'un réseau qui opérait dans tout le Midi, et qu'il faisait partie des cadres du Comité national de la Résistance depuis la disparition de Jean Moulin. À son niveau, il avait endossé de grosses responsabilités et risquerait sa vie s'il tombait par malheur dans les filets de la Gestapo.

Il se contenta de l'avertir qu'elle rencontrerait sous peu un contact à Montpellier, qu'elle ne devrait jamais tenter de le retrouver en dehors des missions qu'elle recevrait de lui.

—Pour l'instant, puisque tu désires aider la cause, tu seras chargée de transmettre certaines informations, de faire le relais entre les différents membres du réseau. Tu devras aller à certains rendez-vous, apporter des documents qu'il te faudra bien dissimuler ou apprendre par cœur. Ton nom sera Lisbeth, la contraction de Lucie et d'Élisabeth, ta grand-mère.

—Ça me convient, répondit Lucie, qui ne semblait pas prendre toute la mesure du danger qu'elle courrait bientôt.

Au fond d'elle-même, elle éprouvait une grande fierté de s'être engagée. Elle suivait les traces de son oncle et n'était plus la jeune fille trop tranquille qu'elle devait paraître aux yeux de ses camarades qui, eux, se trouvaient déjà dans le feu de l'action. Mais devoir demeurer dans l'anonymat la chagrinait. Elle aurait souhaité pouvoir parler avec ceux qu'elle soupçonnait d'appartenir également au mouvement étudiant de résistance. Sébastien lui avait avoué en effet qu'à l'université un groupe déterminé s'était constitué depuis longtemps. Or elle n'y connaissait personne et se sentait complètement isolée.

—Ne t'inquiète pas, la rassura Sébastien, qui, de temps en temps, lorsqu'ils se retrouvaient à Tornac chez ses parents, venait aux nouvelles et lui demandait comment se passait son engagement. Un membre du réseau te contactera bientôt. Tu seras surprise en le voyant, mais tu éviteras de montrer ton étonnement. N'oublie pas: tu dois agir comme si tu ignorais qui sont les gens que tu croises, quelles sont les directives que tu reçois, quels sont tes lieux de rendez-vous.

Lucie commençait à se piquer au jeu de l'ombre. Sa jeunesse lui épargnait la peur que beaucoup auraient ressentie dans les situations où elle se trouva bientôt impliquée.

Un premier contact se mit en rapport avec elle, sous le pseudonyme de Robert. Elle ne savait pas s'il était étudiant ou non. Il demeura dans l'anonymat. Un soir, elle reçut dans sa boîte aux lettres une première directive lui indiquant de se rendre au jardin du Peyrou, de s'asseoir sur un banc et d'attendre, un livre à la main. Quelqu'un la rejoindrait et lui demanderait le mot de passe qu'elle devait retenir et faire aussitôt disparaître.
Elle s'exécuta.
Le lendemain après ses cours, au lieu de rentrer chez sa tante Élodie, elle prit la direction du lieu de rendez-vous, s'assit sur un banc au bord d'une allée. Attendit, le cœur battant à se rompre dans sa poitrine. Elle fit mine de lire le roman qu'elle avait emporté, surveillant discrètement les allées et venues des passants autour d'elle.
Elle ne vit pas arriver son contact. S'approchant par-derrière, celui-ci s'enquit, sans se dévoiler :
— Quel est le titre de votre livre, mademoiselle ?
Lucie sursauta.

Sans se retourner – telle était la consigne –, elle répondit selon le mot de passe qu'on lui avait fourni :
— *Madame Bovary*.
Le mystérieux messager vint s'asseoir à ses côtés et, comme si de rien n'était, déplia un journal sans lui adresser la parole. Au bout de quelques minutes, il se leva, oubliant volontairement son journal sur le banc. Il la salua d'un

signe respectueux en soulevant le bord de son chapeau, s'éloigna en silence.

Le cœur de Lucie s'arrêta de battre.

Elle eut à peine le temps de l'apercevoir, l'homme avait déjà filé droit devant lui. Malgré ses grosses lunettes d'écaille et ses moustaches inhabituelles, elle crut le reconnaître. Pour un peu, elle faillit l'appeler. Mais elle se souvint de la consigne : pas de conversation avec les contacts.

Elle laissa s'éloigner celui qu'elle n'aurait jamais soupçonné d'appartenir à la résistance : son cousin Thibaud Rochefort, le fils cadet de Jean-Christophe et de Louise, l'un des jumeaux que le couple avait eus au début de leur mariage.

Elle ramassa le journal qu'il avait abandonné sur le banc, le glissa dans son livre et partit de son côté comme si de rien n'était.

Une fois rentrée chez sa tante Élodie, elle se réfugia dans sa chambre. Dans le quotidien, elle découvrit une enveloppe cachetée sur laquelle était attachée une petite note. Celle-ci lui enjoignait d'aller discrètement glisser la missive sous la porte d'un immeuble situé au 15, rue de la Loge. Sur le mot épinglé, la consigne de faire disparaître ce dernier aussitôt lu n'était pas signée, mais Lucie reconnut l'écriture de son cousin.

Les jumeaux, Thibaud et Alix Rochefort, frère et sœur de Pierre, avaient trente ans, mais ils étaient très proches de Lucie malgré leur différence d'âge. Après le divorce de leurs parents, ils avaient vécu à Montpellier avec leur mère Louise, qui s'était remariée avec un journaliste parisien, ami de

Sébastien. Aussi, chaque fois que Lucie rendait visite à sa tante Élodie place de la Comédie, elle ne manquait jamais une occasion de se rendre également chez son autre tante et de passer de longues heures en compagnie de ses cousins.

« Les Rochefort forment une grande famille, aimait rappeler leur grand-mère Élisabeth. Ne négligez jamais de vous épauler les uns les autres, surtout dans l'adversité. »

À part Jean-Christophe et son fils Pierre, tous les membres de la lignée d'Anselme Rochefort demeuraient étroitement unis et ne restaient jamais longtemps sans se voir.

Thibaud avait entrepris des études de théologie et était devenu pasteur de l'Église réformée, ce qui, à l'époque, avait choqué sa grand-mère paternelle, fervente catholique. Mais Élisabeth était aussi une grande dame tolérante et avait fini par accepter la vocation de son petit-fils.

Quand Lucie prit conscience que Thibaud s'était engagé, elle comprit mieux la recommandation de Sébastien : ne pas tenter de rencontrer son contact en dehors de ses missions.

Mais elle ne parvenait pas à imaginer Thibaud – l'homme de foi, le pasteur qui, chaque dimanche, prêchait des messages de paix et d'amour du haut de sa chaire – en train de passer des consignes de guerre, d'attentats peut-être ! Car, dans ces enveloppes scellées qu'elle s'apprêtait à distribuer aux quatre coins de la ville, qu'y avait-il d'autre que des mots d'ordre de mort, de sabotages, d'exécutions sommaires ? Si elle acceptait d'être la courroie de transmission de cette violence nécessaire, elle avait peine à comprendre que son cousin puisse y participer.

Comme elle en avait reçu l'instruction, elle n'en parla à personne. Pas même à Sébastien lorsqu'elle le revit à Tornac. Chez ses parents, comme chez sa grand-mère, ils feignaient tous deux de ne pas connaître leurs rôles respectifs. Et, quand elle rencontra Thibaud après leur premier échange, à l'occasion d'une réunion de famille organisée par Élisabeth, elle prit soin de ne faire aucune allusion à leurs mystérieuses rencontres à Montpellier sous le couvert de leurs noms de guerre, Lisbeth et Robert.

## 15

### Mission dangereuse

Depuis le début de cette année 1943, le vent avait tourné. Les alliés reprenaient lentement le dessus. Les troupes du Reich connaissaient leurs premiers revers. Après la disparition de Jean Moulin, les réseaux français s'étaient réorganisés. Le général de Gaulle et le général Giraud avaient établi à Alger au tout début du mois de juin le Comité français de libération nationale, véritable gouvernement né de la fusion de celui d'Alger et de celui de la France libre à Londres. L'espoir de voir arriver le bout du tunnel germait enfin dans les esprits. Toutefois, malgré leur défaite à Stalingrad et le recul de Rommel en Libye, les Allemands régnaient toujours en maîtres incontestés sur l'Europe. Aussi la Résistance redoublait-elle d'activité, car, dans les pays occupés, elle demeurait, sur le terrain, la seule opposition capable de contrer la domination nazie.

Lucie, à son niveau, ne sentait pas le renversement de tendance. Elle poursuivait ses études sans savoir ce que les plénipotentiaires des deux camps fomentaient dans le secret de leurs cabinets. Pour elle, la situation semblait immuable. Elle restait informée, mais elle ignorait que les forces vives de la patrie devaient se tenir prêtes pour une vaste opération de libération.

Elle était de plus en plus sollicitée par son contact. Thibaud ne lui fournissait plus seulement des lettres ou des documents à transmettre. Il lui faisait maintenant parvenir des ordres plus précis lui demandant d'aller prévenir tel ou tel membre du réseau afin d'organiser des rendez-vous en des lieux gardés secrets. Elle ne savait pas où se tenaient ces rencontres. Mais elle était de plus en plus en relation avec de hauts responsables de son secteur d'opération. Parfois elle s'absentait toute une journée, voire plusieurs jours d'affilée, se rendait à Nîmes ou à Marseille.

Elle ne voyait plus aussi souvent Sébastien à Tornac lorsqu'elle rentrait en fin de semaine chez ses parents. Elle comprit qu'il devait être accaparé par ses fonctions. Thibaud lui avait discrètement révélé qu'il agissait au niveau national.

—Il monte fréquemment à Paris, lui avait-il seulement expliqué. Il prend de gros risques.

Lucie ne parlait jamais de ce qu'elle faisait à Montpellier. Ni son père, Vincent, ni sa mère, Faustine, ne se doutaient qu'elle avait rejoint les rangs de la Résistance.

Un soir de novembre, pourtant, Sébastien vint la retrouver à la sortie des cours. C'était la première fois qu'il la contactait sans passer par Thibaud. Il l'invita à déjeuner en ville comme s'il n'avait rien à cacher.

—Personne ne peut reprocher à un oncle de rencontrer sa nièce! lui dit-il aussitôt d'un air amusé, afin qu'elle abandonne toute crainte. Aujourd'hui c'est mon anniversaire. Alors, nous allons le fêter au restaurant.

Lucie se douta que son oncle lui avait donné rendez-vous pour un motif beaucoup plus important. Elle fit mine de le croire, attendit qu'il dévoile ses véritables intentions.

Au moment du dessert, il abattit ses cartes.

Derrière eux, un vieux couple terminait son repas. L'homme sortit un cigare de sa poche et l'alluma sous l'œil réprobateur de sa femme.

—Édouard, tu m'avais pourtant promis d'arrêter de fumer! lui reprocha celle-ci.

—Ce n'est pas tous les jours que je peux me procurer un havane! Par les temps qui courent, c'est plutôt rare. Alors, laisse-moi l'apprécier!

Lucie ne put s'empêcher de sourire en entendant la petite querelle qui se déroulait derrière elle. Elle observa discrètement le vieil homme dans le miroir qui lui faisait face. Son visage se rembrunit tout à coup. À l'autre extrémité de la salle, elle avait aperçu deux Allemands en uniforme. Deux gradés attablés en compagnie de deux jeunes femmes. Celles-ci avaient l'air de s'amuser.

—Les as-tu vus? demanda-t-elle à Sébastien, sur un ton qui trahissait sa crainte. Là-bas, au fond!

—Ne leur prête aucune attention. Ils sont occupés, et en bonne compagnie! Nous ne les intéressons pas.

Lucie avait perdu son sourire.

— Ne t'inquiète pas, la tranquillisa son oncle. Nous ne risquons rien. Fais-moi confiance... Si je t'ai conviée à ce rendez-vous, c'est que j'ai une proposition importante à te faire. Je ne voulais pas que cela passe par Thibaud. Il me faut une réponse de ta part rapidement, sans qu'il y ait l'ombre d'une hésitation. Avant toute chose, je dois t'expliquer les dangers que tu cours si tu acceptes. J'avais donc besoin de te parler sans intermédiaire.

Lucie se demandait à quelle mission périlleuse son oncle faisait allusion. Sa curiosité finit par l'emporter.

— Je t'écoute.
— Voilà. Nous devons envoyer à Paris un contact totalement inconnu de tous les membres de notre réseau. Il sera chargé entre autres de transmettre un document de la plus haute importance que les Allemands devront découvrir. Il s'agit d'un projet de débarquement sur les côtes du Pas-de-Calais[1].
— Mais pourquoi doivent-ils le découvrir ?
— Je ne peux t'en dire davantage. Quand tu auras transmis le document, ton rôle sera terminé. Le reste suivra son cours. As-tu bien compris la mission ?
— Euh, oui... C'est assez vague, mais je crois avoir saisi.
— Te sens-tu prête à partir seule à Paris ? Bien sûr, nous nous chargerons de tout.

---

1. Ce projet portait le nom d'« opération Fortitude », nom de code pour des opérations de désinformation et de diversion menées par les Alliés dans le but de cacher aux Allemands que le lieu du débarquement serait la Normandie, en leur faisant croire qu'il serait effectué ailleurs (Norvège ou Pas-de-Calais).

— C'est-à-dire ?

— Ton voyage en train, ton hôtel, tes rendez-vous… tout ce que tu dois savoir afin de prendre le moins de risques possible.

— Pourquoi envoyer un agent totalement inconnu ?

Sébastien hésita. Il regarda autour de lui, vérifia que les autres clients étaient tous occupés à finir leur repas. Le vieux couple venait de sortir. Les deux officiers allemands étaient toujours affairés avec leurs compagnes.

Personne ne les avait remarqués.

— Nous devons nous assurer que notre réseau n'a pas été infiltré. Par ton intermédiaire, nous répandrons également certaines informations. On ne se méfiera pas de toi, car on ne te connaît pas à Paris. Jusqu'à aujourd'hui, tu n'as agi que dans le cercle des étudiants de Montpellier. Là-bas, tu seras mise en contact avec des membres de mouvements d'obédiences très différentes. Pour atteindre notre objectif, nous devons unifier tous les courants de la Résistance. Mais il nous faut être sûrs de leurs chefs, à tous les niveaux. Ton rôle consistera aussi à leur transmettre des directives venues de Londres.

— Du Général ?

— Tu as compris. Moins tu en sauras, moins tu seras en danger. Si jamais on te questionne, tu affirmeras que tu ignores qui t'a envoyée. Tout cela doit rester dans le plus grand secret.

— Et si je tombe dans les mains des Allemands ?

— Mieux vaut ne pas y penser ! Comme tous ceux qui partent en mission périlleuse, tu auras sur toi une capsule de cyanure. Si tu juges ne pas pouvoir te taire sous la torture, un conseil, avale-la.

Sébastien n'avait jamais parlé sur ce ton à Lucie. En prononçant ces mots, il savait qu'il ne devait pas s'attendrir. Devant lui, ce n'était plus sa nièce qui le fixait dans les yeux, mais une jeune résistante prête à se sacrifier si son devoir l'exigeait.

— Tu n'es pas obligée d'accepter, lui dit-il. Tu es très utile ici, à Montpellier. Et tu as déjà fait beaucoup pour la cause. Si tu refuses, quelqu'un d'autre partira à ta place.

Lucie réfléchit. La décision n'était pas facile à prendre. Jusqu'à présent, elle n'avait jamais saisi la réelle mesure du péril qu'elle courait à chacune de ses missions. Celles-ci lui paraissaient très peu risquées. Cette fois, Sébastien lui demandait d'agir dans une autre dimension. Partir seule pour la capitale, ville tentaculaire qu'elle ne connaissait pas, entièrement soumise aux autorités d'occupation, fourmilière de traîtres et de dénonciateurs en tout genre, lui faisait prendre conscience tout à coup du danger de son engagement. Du vrai danger. Celui que rencontraient chaque jour son oncle et ceux qui, à son niveau, œuvraient dans le secret pour sortir la France de l'enfer où l'avait plongé la politique de collaboration de Pétain et de Laval.

— Je te le répète, c'est une mission risquée. Tu peux refuser. Je ne t'en voudrai pas pour autant.

Le serveur les interrompit, apportant le dessert, une tarte aux pommes décorée d'une gelée bizarre.

— Je suis navré, coupa-t-il. Nous n'avons plus de babas au rhum. C'est tout ce qu'il me reste.

Ah, les restrictions ! Nos clients sont les premiers à en souffrir. Je suis vraiment désolé.

Lucie regarda dans le miroir et aperçut sur la table des officiers allemands quatre babas au rhum dégoulinant de chantilly. Elle sourit, mais ne put s'empêcher de relever :

— Il faut parfois fermer les yeux pour ne pas voir la vérité en face, n'est-ce pas ?

Le serveur ne sembla pas comprendre. Il poursuivit :

— Prendrez-vous un café ? Enfin… un ersatz de café, bien entendu !

— Bien entendu ! répliqua Sébastien. Non merci, je ne voudrais pas en priver vos autres clients. Ça suffira pour aujourd'hui. Vous m'apporterez l'addition, s'il vous plaît.

Lucie arborait un large sourire. Elle aimait la connivence de son oncle. Déjà, toute petite, elle cherchait sa complicité quand, à Tornac, il rendait visite à Faustine. Il était de tous les instants de bonheur qu'elle avait vécus. Elle savait qu'il se dévouait pour les causes les plus justes, souvent au péril de sa vie. Elle ne l'en admirait que plus. Aussi n'hésita-t-elle pas longtemps.

— J'accepte. Tu peux compter sur moi. Je n'ai pas peur. Il ne m'arrivera rien.

Sébastien se leva de table après avoir réglé l'addition.

— Viens, dit-il à Lucie. Allons nous promener sur l'Esplanade. Il fait si beau aujourd'hui. C'est dommage de rester enfermés.

*
* *

Quelques jours plus tard, Lucie reçut son ordre de mission par l'intermédiaire de Thibaud. Comme c'était l'usage depuis le début de son engagement, ils se croisèrent dans un lieu différent de celui des rendez-vous précédents, puis, sans se parler, s'éloignèrent chacun de son côté.

Son départ pour Paris était prévu le lendemain par le premier train de la matinée, avec changement à Lyon. Elle devait se munir d'une valise, car son séjour durerait environ une semaine. Son absence à la faculté ne serait guère remarquée. Les vacances de Noël approchaient; les étudiants allaient bientôt retourner dans leurs familles.

Dans l'enveloppe que lui avait laissée son cousin, elle trouva son billet de train et l'adresse de l'hôtel où elle descendrait à son arrivée. La première consigne était d'y attendre les ordres sans bouger. Si rien ne se passait, elle devait se rendre le lendemain dans un petit restaurant situé sur la Butte aux Cailles. Un agent du réseau la contacterait sur place. Elle n'avait que son mot de passe à ne pas oublier, toujours le même : Madame Bovary.

Le quai de la gare Saint-Roch était déjà noir de monde. La guerre n'empêchait pas les Français de voyager. Les fêtes de fin d'année rapprochaient les familles dispersées. Les passagers se bousculaient sans se préoccuper des Feldgendarmes allemands qui surveillaient les abords des rames et les arrivées en provenance des grandes villes.

Sa valise à la main, Lucie repéra le train à destination de Lyon. La locomotive finissait de s'accrocher au convoi dans un bruyant fracas de métal et de jets de vapeur. Un contrôleur la vit hésiter et lui demanda si elle avait besoin d'aide.

— Est-ce le train pour Lyon? s'enquit-elle pour s'en assurer.

— Exact, mademoiselle. Ne tardez pas à monter, il va partir d'un moment à l'autre.

Lucie n'avait jamais fait de longs voyages en chemin de fer et, dans le brouhaha de la gare, elle se sentait perdue. Elle grimpa dans le premier wagon et chercha son compartiment. Elle dut parcourir trois voitures pour l'atteindre. À l'intérieur, un homme d'une cinquantaine d'années avait déjà pris place. Elle s'assit en face de lui, puis deux jeunes garçons, d'allure désinvolte, entrèrent à leur tour et s'installèrent à côté d'elle. L'un d'eux arborait la francisque au revers de sa veste. L'autre, moins discret, s'exhibait dans une tenue paramilitaire. Des miliciens, pensa Lucie.

Le train n'avait pas franchi la limite de la zone ferroviaire de la gare que la porte du compartiment s'ouvrit sur deux hommes en uniforme. L'un d'eux portait celui de la compagnie des chemins de fer, le second celui de l'armée allemande. Ce dernier parla le premier:

— *Papieren, bitte!*

Puis, derrière lui, le contrôleur exigea les billets des passagers.

Lucie sentit sa poitrine se serrer. Sans oser croiser le regard du soldat allemand, elle s'exécuta. Devant son air apeuré, celui-ci la questionna:

— Vous allez où, mademoiselle?
— À Paris.

— Et d'où venez-vous ?
— De Montpellier.
— Quel est le but de votre voyage ?
— Les vacances de Noël approchent ; je vais rendre visite à un oncle qui habite la capitale.

Le soldat lui rendit ses papiers et s'éloigna.

— N'oubliez pas de descendre à Lyon, ajouta le contrôleur. Ce train va à Strasbourg. Vous avez un changement à dix heures vingt-sept.

Lucie remercia poliment l'agent de la compagnie et rangea ses papiers dans son sac.

À côté d'elle, le jeune homme à la francisque lui adressa alors la parole.

— Vous voyagez seule ! C'est un peu triste, non ?

Lucie ne sut que répondre. Son voisin tentait d'engager la conversation. Mais elle n'éprouvait aucune envie de lui parler.

— La solitude ne me déplaît pas, se contenta-t-elle de relever.

Puis elle fit mine de se plonger dans un livre qu'elle avait emporté.

Le milicien s'adressa ensuite à son camarade.

— Ça sent le Juif, tu ne trouves pas !
— T'as raison. Y a une drôle d'odeur, d'un seul coup.

En prononçant ces paroles empreintes de haine, ils se tournèrent vers le voyageur assis en face de Lucie. L'homme ne broncha pas, demeurant dans le silence. Il feignit de ne pas avoir entendu et continua de regarder par la fenêtre. Lucie l'examina. Elle comprit qu'il était mort de peur.

L'individu qui portait l'uniforme s'adressa directement à lui.

— On vous a déjà dit que vous aviez tout à fait le profil d'un Juif !

L'homme resta de marbre.

— Eh ! Je vous parle !

— ...

— Mais c'est qu'il nous ignore ! À coup sûr, c'est un youpin ! Je l'ai reconnu rien qu'à l'odeur.

Lucie ne savait plus où poser les yeux. Faire semblant de n'avoir rien entendu lui donnerait un sentiment de lâcheté. Intervenir la mettrait en danger.

— Les Boches ne font pas bien leur boulot ! poursuivit l'homme à la francisque. Ils laissent filer les Juifs sans s'en apercevoir.

— Ils sont pas très finauds, nos amis teutons. Heureusement que la milice de Laval sait s'y prendre, sinon on serait submergés de chiens galeux.

Le train fonçait en direction d'Avignon. Tout à coup, un bruit strident envahit les wagons. Un bruit de bielles, de pistons et de roues crissant sur les rails. Les voyageurs furent projetés vers l'avant.

Quelqu'un venait d'actionner le frein de secours.

La panique s'empara aussitôt des voyageurs. Certains s'écrièrent :

— Un attentat ! Un attentat !

— C'est la Résistance !

Tout se déroula très vite. Lucie vit un homme courir sur le ballast, dévaler le talus et se précipiter vers un bois voisin. Derrière lui, deux soldats allemands, prêts à tirer, tentaient de le rattraper. Des salves crépitèrent bientôt. Plusieurs fois. Les deux miliciens sortirent à leur tour hors du wagon pour aller aux nouvelles. Alors, le passager assis en face de Lucie se leva tranquillement et quitta le compartiment.

— Je vous laisse, mademoiselle. J'aurais aimé poursuivre le voyage en votre compagnie, mais je crois préférable de m'éloigner.

— Je vous comprends, monsieur. Profitez de l'absence de ces deux garçons peu recommandables. Je leur dirai que j'ignore où vous êtes parti... Prenez soin de vous.

— Que Dieu vous garde, mademoiselle!

Quand le train redémarra, Lucie ne revit pas les deux acolytes qui avaient menacé son voisin.

Mais, à Lyon, sur le quai, elle aperçut de nouveau le malheureux, encadré par deux agents de la Gestapo qui conversaient avec les jeunes miliciens.

Elle ne s'attarda pas et chercha sa correspondance pour Paris.

\*
\* \*

Une fois arrivée gare de Lyon, Lucie se rendit directement à son hôtel, rue de Tolbiac. Selon l'usage, le tenancier de l'établissement lui fit remplir une fiche de police sur laquelle elle indiqua le nom porté sur les faux papiers qu'on lui avait remis avant son départ: Jeanne Préjean. Ceux-ci avaient déjà fait leur preuve dans le train, le Feldgendarme allemand ne s'étant aperçu de rien.

Comme convenu, elle attendit un signal sans sortir de sa chambre. Un contact devait se mettre en relation avec elle. Sous quelle forme? Elle l'ignorait totalement. Dans le cas contraire, le lendemain aux environs de midi, elle devait se rendre dans un petit restaurant, rue de la Butte-aux-Cailles, non loin de son hôtel, y demander une cuisse de poulet sauce fermière accompagnée de pommes vapeur. Elle devait se munir du roman *Madame Bovary* et faire mine de lire en attendant d'être servie.

Depuis qu'elle était entrée dans la Résistance, Lucie commençait à avoir l'habitude de toutes ces parodies destinées à établir les contacts nécessaires sans risquer de se dévoiler. Chaque fois, pourtant, elle éprouvait la même sensation, un mélange d'inquiétude et d'excitation qui faisait monter sa tension comme après un gros effort physique.

Personne ne l'ayant contactée, le lendemain vers midi, elle quitta son hôtel pour la Butte aux Cailles. Avant-guerre, c'était un endroit à part à Paris. Calme le jour, populaire la nuit, c'était un coin de campagne isolé du reste de la ville. Le quartier avait conservé son charme d'antan, son côté pittoresque, sa physionomie et son atmosphère de village. Il semblait échapper aux affres de l'Occupation. Ses ruelles pavées, bordées de bars, de restaurants, de maisonnettes aux cours arborées et aux portes colorées la transportèrent dans un autre monde. Un monde de paix et de liberté, où les hommes n'éprouveraient que de bons sentiments envers leur prochain, un monde hors du temps.

Elle n'eut aucune difficulté à repérer le restaurant où elle devait se rendre. Quand elle y pénétra, trois clients étaient déjà attablés et mangeaient en silence, sans se parler. Lucie trouva l'ambiance pesante. Un serveur s'avança vers elle et lui demanda si elle désirait déjeuner ou seulement prendre un verre.

— Déjeuner, précisa-t-elle. Je suis seule et je n'attends personne.

Le garçon lui indiqua une place située près des cuisines et lui proposa le menu du jour.

— Je ne désire qu'un plat, si c'est possible.

— Dans ce cas, je peux vous conseiller la côte de porc charcutière et sa farandole de verdure...

Il lui tendit la carte de l'établissement et spécifia qu'étant donné les restrictions, tout n'était pas disponible.

Lucie repéra le plat qu'on lui avait suggéré et annonça :

— Je prendrai plutôt la cuisse de poulet fermière accompagnée de pommes vapeur.

Le serveur lui ôta la carte des mains et la prévint qu'il lui faudrait patienter dix bonnes minutes.

— Souhaitez-vous un apéritif en attendant?

— Non, merci. Je me contenterai d'un peu d'eau.

À l'extrémité de la salle, les trois autres clients, deux hommes et une femme, continuaient leur repas sans se soucier d'elle, et toujours sans se parler.

Lucie sortit son roman de son sac et s'y plongea. Lentement, l'un des deux hommes se leva et, parvenu à ses côtés, s'enquit :

— Que lisez-vous, mademoiselle, si ce n'est pas indiscret ?

Lucie leva les yeux, sans trahir son appréhension, répondit :

— *Madame Bovary*, de Flaubert.

— C'est un très beau roman. Me permettez-vous d'en vérifier l'édition ? Je collectionne les livres anciens, et votre exemplaire me semble tout à fait intéressant.

Elle lui tendit son livre, intriguée.

— C'est bien ce que je pensais. Il s'agit de l'édition originale : Paris, Lévy, 1857, deux tomes en un volume in-12, 490 pages. Comment vous l'êtes-vous procurée, si je peux me permettre ?

— Je l'ai empruntée à la bibliothèque de mon grand-père, précisa Lucie, toute surprise. J'ignorais qu'il s'agissait de la version originale.

— Prenez-en soin, ajouta l'inconnu en lui redonnant l'ouvrage.

Puis, sans ajouter un mot, il se dirigea vers les toilettes.

Quand Lucie rouvrit son livre pour poursuivre sa lecture, elle découvrit un papier glissé à l'intérieur. Avec la plus grande discrétion, elle le déplia. Lut : « Aux toilettes. »

Elle attendit que le garçon lui eût apporté son plat et que son mystérieux voisin fût revenu à sa place. Puis, à son tour, elle se dirigea vers les toilettes. Elle eut beau regarder partout autour d'elle, elle ne vit rien de particulier. Quand elle actionna la chasse d'eau, elle sentit une résistance. Comprit aussitôt. Elle grimpa sur l'abattant de la cuvette, passa la main derrière le réservoir pour décoincer le mécanisme, trouva une enveloppe pliée en deux. Elle l'enfouit dans la poche de sa veste. Sortit aussitôt.

Les trois clients étaient repartis. Elle se retrouvait seule dans la salle de restaurant.

Le garçon vint lui demander si elle désirait un dessert.

— Merci, lui dit-elle. Ça me suffira. Je prendrai un café pour finir.

Quand elle revint à son hôtel, Lucie prit immédiatement connaissance du contenu du message. Celui-ci lui demandait de se rendre deux jours plus tard au jardin du Luxembourg, de s'asseoir sur un banc devant le palais, au pied de la fontaine Médicis, toujours munie de son livre.

À la date fixée, vers onze heures, elle prit le métro à Glacière, direction l'Étoile, puis changea à Denfert-Rochereau, direction la station Saint-Placide.

Lorsqu'elle se retrouva à l'extérieur, elle eut l'impression d'avoir été suivie. Pourtant, personne ne l'avait accostée ni ne lui avait parlé pendant le trajet. Mais elle sentait tous les regards se porter sur elle. Elle se dirigea vers le jardin, se fondant dans la foule.

Puis elle obéit à la consigne. Elle attendit, assise sur son banc, le nez dans son roman dont elle ne parvenait pas à lire la moindre ligne. Les nombreux passants ne lui prêtaient aucune attention. Des enfants jouaient sous l'œil vigilant de leurs mères. Des vieillards les regardaient, amusés, profitant des rayons du soleil. Au bout de l'allée principale, elle aperçut deux hommes habillés comme des ministres, portant chacun une petite sacoche à la main et fumant un gros cigare. Ils entrèrent dans la partie du jardin interdite au public, juste devant le palais. Des sénateurs, pensa-t-elle, qui se rendent à une séance.

Tout à coup, son attention fut attirée par trois soldats allemands, en uniforme de ville, képi sur la tête. L'un d'eux prenait des photos comme un touriste ordinaire. Un deuxième s'adressait aux passants pour leur demander des renseignements. Lucie se tint sur ses gardes. Les trois hommes s'approchaient d'elle. Elle sentait qu'ils allaient lui parler. Elle eut envie de se lever, de s'éloigner. Mais la consigne était stricte. Ne pas bouger. Rester assise sur le banc, et attendre le contact.

Quand ils passèrent devant elle, les soldats de la Wehrmacht la regardèrent d'un air amusé et lui sourirent. Elle demeura de marbre, tétanisée. Alors, l'un d'eux l'accosta et lui dit, avec un fort accent germanique :

— Bonjour, mademoiselle. Excusez mon indiscrétion, mais puis-je savoir ce que vous lisez avec autant d'attention ?

Lucie leva les yeux. Surprise, elle hésita à parler. Se demanda si elle devait donner le mot de passe. Tout s'embrouilla dans son esprit : son interlocuteur était-il au courant ? S'agissait-il réellement d'un ennemi ou d'un membre du réseau déguisé en soldat allemand ? Elle se reprit. Referma son livre par prudence pour en dissimuler le titre. Répondit sans trop réfléchir :

— *Germinal*, d'Émile Zola.

— *Gut, sehr gut!* Vous avez de bonnes lectures, mademoiselle. J'apprécie cet écrivain. À Berlin, je suis professeur de français. J'enseigne la littérature. J'aime beaucoup vos auteurs… comment dites-vous ? Engagés, c'est cela, n'est-ce pas ? Zola était un auteur très engagé ! Il a défendu la cause des Juifs dans le journal *L'Aurore*. Ah ! *J'accuse* est un article que je connais très bien. Je l'ai fait étudier à mes élèves avant la guerre. Il explique beaucoup de choses très intéressantes ! Ne trouvez-vous pas ?

Lucie se demandait si elle devait poursuivre la conversation. Les remarques de l'Allemand devenaient tendancieuses. Ne pas répondre serait lui marquer de l'impolitesse. Mais si elle acquiesçait à sa question, quel sens donnerait-il à son approbation ?

Finalement, elle n'eut pas à se décider. Les deux autres soldats appelèrent leur camarade en éclatant d'un rire braillard.

— Excusez-moi, mademoiselle. Mes amis s'impatientent. J'aurais apprécié de discuter avec vous. J'aurais été très honoré de faire votre connaissance.

Lucie n'insista pas. Elle se contenta d'incliner la tête en guise de salut et feignit aussitôt de se replonger dans sa lecture, dissimulant son livre comme elle pouvait de crainte que, au dernier moment, le soldat n'aperçoive son titre sur la couverture.

Quand celui-ci se fut éloigné, elle soupira d'aise.

Elle regardait autour d'elle depuis un bon moment. Rien ne se passait. Elle commençait à s'inquiéter. Pendant combien de temps devrait-elle ainsi patienter avant d'être contactée ? Qui était ce mystérieux homme de l'ombre qui devait lui donner ses nouvelles directives, au sujet du mystérieux plan de débarquement ?

Une heure s'était écoulée. Bientôt, elle aperçut de troublants individus rôder autour d'elle. Quatre inconnus en ciré noir et chapeau vissé sur le front. Ils avaient l'air d'attendre quelque chose ou quelqu'un, tout comme elle. Mais ils demeuraient debout, à regarder le va-et-vient des passants dans les allées gravillonnées. L'un d'eux s'approcha de la fontaine Médicis et se pencha au-dessus de la surface de l'eau. Lucie eut l'impression d'être espionnée. Ces hommes connaissent-ils mon identité et savent-ils pour quoi je suis là ? se demandait-elle, affolée.

Encore une fois, elle hésita. Quelle attitude adopter ? Rester assise à attendre les ordres sans bouger, ou partir et rentrer à l'hôtel ?

Elle se posait toutes sortes de questions quand, droit devant elle, elle aperçut une silhouette qui l'intrigua. De loin, elle ne parvint pas à reconnaître celui qui semblait se promener comme un badaud, un journal à la main. Mais lorsqu'il ne fut plus qu'à une cinquantaine de mètres d'elle, elle fut saisie de stupeur.

L'homme s'approchait comme si de rien n'était. Il était vêtu d'un manteau gris anthracite et portait autour du cou une écharpe bleue. Il marchait dans sa direction d'un pas régulier. Puis, sans motif apparent, il fit une pause. Alluma une cigarette. Jeta un regard en arrière. Puis autour de lui.

Lucie le reconnut. Oui, pas de doute, c'était lui ! Son contact. L'homme mystérieux qui devait lui donner les consignes.

## 16

L'étau

Les hommes en ciré noir semblaient attendre quelqu'un. Lucie en était persuadée. Ils se montraient trop affairés à guetter pour n'être que des passants ordinaires et ressemblaient à ces agents de la Gestapo qu'elle avait aperçus à la gare de Lyon.

En l'espace de quelques secondes, elle devait prendre une décision. Celui qui se dirigeait vers elle, sans se précipiter, sans avoir l'air de se soucier de la présence des quatre acolytes, allait bientôt l'accoster comme si de rien n'était, lui demander le titre du roman qu'elle était en train de lire. Elle en était persuadée. Sans s'émouvoir, elle lui répondrait par son mot de passe: *Madame Bovary*. Il s'assiérait peut-être à ses côtés ou s'éloignerait, ce qui signifierait qu'elle devrait le suivre. Alors… alors, que feraient les quatre hommes?

Elle serait prise au piège!

Lucie ne savait plus comment agir. Ce contact qui s'avançait vers elle, qu'elle ne connaissait que trop, que faisait-il là? Pourquoi ne l'avait-il pas avertie qu'il viendrait en personne à ce rendez-vous de la plus haute importance? Elle pensa qu'il n'était pas celui qui avait été choisi pour cette mission périlleuse. Qu'un incident de dernière minute avait dû se produire, que le danger rôdait.

Il faut fuir! se dit-elle au moment où l'homme à l'écharpe bleue la fixa des yeux tout en rangeant son journal dans sa poche. Rester serait le dévoiler à ceux qui me surveillent pour mieux l'appréhender, songea-t-elle.

Elle n'attendit pas davantage. Elle jeta un regard discret en direction du messager…

Son oncle! Sébastien!

Celui-ci ne broncha pas.

Alors qu'il ne se trouvait plus qu'à une dizaine de mètres d'elle, elle se leva et fonça droit devant elle. Elle contourna la fontaine Médicis, passa sous les yeux médusés d'un des quatre hommes en noir, pressa le pas.

Sébastien comprit qu'elle avait flairé un danger. Il dévia sa trajectoire et, ressortant son journal de sa poche, s'éloigna de son côté sans donner l'impression d'avoir remarqué sa nièce.

Alors, une altercation entre deux individus éclata dans le dos de Lucie, attirant l'attention des passants. Très vite un petit groupe s'agglutina, faisant barrage derrière elle. Les quatre hommes en ciré noir se retrouvèrent bloqués par l'attroupement et ne purent pourchasser Lucie. Celle-ci en profita pour s'éclipser le plus rapidement possible, persuadée qu'ils n'allaient pas tarder à la poursuivre. Mais la rixe dura suffisamment longtemps pour lui permettre de disparaître sans être inquiétée. Lorsque les gestapistes purent enfin se libérer du guêpier où ils s'étaient laissé piéger, il était trop tard. Lucie était loin et hors de danger.

Quant à Sébastien, il s'était évanoui, comme il était venu. Incognito.

Afin d'échapper à ses limiers, Lucie s'engouffra dans la première bouche de métro. Elle monta dans une rame en direction d'Odéon, prit la ligne 4 vers la Porte de Clignancourt, descendit gare de l'Est pour la Place d'Italie et sortit gare d'Austerlitz, dans l'espoir d'avoir semé d'éventuels poursuivants. Elle rentra enfin à son hôtel à pied, préférant marcher et se fondre dans la foule extérieure plutôt que de se sentir prisonnière dans le ventre de la ville.

À chaque coin de rue, elle se retournait pour vérifier qu'elle n'était pas suivie. Elle haletait, ne pouvant s'empêcher de penser à son oncle. Pourquoi était-il venu en personne au rendez-vous? s'inquiétait-elle. S'était-il fait prendre par les agents de la Gestapo qui la surveillaient? Ceux-ci avaient-ils vraiment perdu sa trace dans la cohue qui s'était formée comme par miracle?

Après réflexion, elle trouva étrange qu'au moment où ils allaient enfin démasquer l'un des plus gros responsables du mouvement, un attroupement lui ait permis d'échapper à leur vigilance. Elle comprit qu'elle devait être protégée par des membres du réseau, au cas où quelque chose d'anormal se produirait. Ce qui avait été le cas lorsqu'elle avait décidé de se lever et de s'esquiver à l'instant précis où Sébastien s'apprêtait à lui parler. Son attitude avait donné l'alerte. Sébastien avait dû remarquer à son tour qu'elle avait flairé le danger avant de disparaître. Il la recontacterait sans aucun doute. Il lui fallait donc attendre sans bouger.

Mais se trouvait-elle encore en sécurité dans son hôtel ? Comment les agents de la Gestapo avaient-ils été informés de sa présence au jardin du Luxembourg ?

Cette question lui taraudait l'esprit. Quelqu'un, en dehors de Sébastien, connaissait leur lieu de rendez-vous et les avait trahis. Son oncle courait aussi un grand danger. Il avait été découvert. La Gestapo était à ses trousses. Elle était celle par qui la délation devait aboutir à son arrestation.

Toutes ces pensées se bousculaient dans sa tête.

Sur le moment, Lucie fut incapable de prendre la moindre décision. Elle s'enferma dans sa chambre, épiant tous les bruits du couloir, ne sachant plus si elle pouvait sortir, ne serait-ce que pour ses repas, l'hôtel n'ayant pas de service de restauration.

Cette nuit-là, morte d'inquiétude, elle ne put trouver le sommeil.

Le lendemain matin, lorsqu'elle descendit vers neuf heures au moment du petit déjeuner, elle demanda à l'hôtelier si quelqu'un lui avait laissé un message.

Personne ne l'avait contactée.

Elle attendit toute la journée, dans l'espoir que son oncle parviendrait à la prévenir pour donner suite au rendez-vous manqué du jardin du Luxembourg. Le piège dans lequel ils étaient tombés tous les deux ne s'était pas refermé sur eux, mais le péril persistait.

Sa mission demeurait en suspens.

Aucun message ne lui ayant été transmis dans les jours qui suivirent, l'inquiétude de Lucie s'accrut. Elle pensa que Sébastien s'était fait arrêter, ainsi, peut-être, que d'autres résistants qui l'avaient aidée à fuir. Elle craignait, si l'un d'eux parlait, d'être à son tour repérée et embarquée à la Kommandantur. Elle ne s'était jamais sentie autant en danger. Or, dans Paris sous la botte de l'occupant, elle ne savait à qui s'adresser. Sébastien avait insisté: «Tu seras contactée par des membres du réseau qui ne sauront pas qui tu es; tu devras leur faire confiance. Quand tu seras sur place, tu n'auras aucun moyen de te mettre en relation avec eux. S'il arrive quelque chose d'anormal, tu devras attendre les nouvelles directives sans t'affoler.»

Elle évita de sortir, prit ses repas dans sa chambre après avoir effectué quelques menus achats dans une épicerie du quartier. L'hôtelier finit par lui demander si elle attendait quelqu'un. Elle s'affola, balbutia:

—Euh... non... je vis seule à Paris... Je suis venue pour voir un oncle qui n'habite pas très loin d'ici. Mais il ne peut pas m'héberger. C'est trop petit chez lui.

La somme que lui avait allouée Sébastien lui permettait d'assurer ses dépenses pour une semaine. Elle risquait de ne pas suffire si son séjour devait durer davantage.

Au bout de quatre jours, l'hôtelier lui demanda de payer sa note et exigea qu'elle acquitte d'avance chaque nuit supplémentaire.

— Vous n'avez pas confiance? s'étonna-t-elle.

— Par les temps qui courent, mademoiselle, je préfère être prudent. On ne sait pas à qui l'on a affaire. Si vous vous faisiez arrêter, qui me rembourserait ce que vous me devez?

— Pourquoi voulez-vous que je me fasse arrêter?

— Oh! Pour rien. Je disais ça pour la forme! J'ignore qui vous êtes. Et vous me paraissez si mystérieuse!

Lucie ne sut que répondre.

Encore une fois, elle perdit un peu de son sang-froid et resta évasive :

— Je... je vous l'ai déjà dit. Je suis à Paris pour m'occuper d'un vieil oncle. D'ailleurs je partirai bientôt. Il n'a plus besoin de mes services.

L'hôtelier n'insista pas.

Un client venait de pénétrer dans le hall d'accueil et attendait devant le comptoir de réception.

— Avez-vous une chambre de libre? demanda-t-il.

— Oh! Ce ne sont pas les chambres qui manquent en ce moment. Mon établissement est quasiment vide. Si ça continue, je vais devoir mettre la clé sous la porte. Heureusement que cette demoiselle est là depuis plusieurs jours, sinon...

L'homme jeta un coup d'œil en direction de Lucie, la salua d'un mouvement de tête sans lui adresser la parole. Puis il remplit sa fiche de police et, sa valise à la main, monta à sa chambre au premier étage.

Lucie en fit autant.

Après ce que l'hôtelier lui avait raconté, elle ne se sentait plus en sécurité. De plus, le client qui était entré quelques instants plus tôt ne lui avait pas inspiré confiance. Son air soupçonneux, son calme apparent, son habillement, qui le faisait ressembler à ces agents de la Gestapo si reconnaissables à leurs imperméables noirs et leurs chapeaux de feutre vissés sur la tête, l'avaient immédiatement mise sur ses gardes.

Sur le moment, elle se demanda si elle ne devait pas prendre les devants et courir se réfugier dans un autre hôtel. Mais, dans ce cas, comment la retrouveraient ceux qui devaient lui donner des directives ?

Pourquoi Sébastien ne la contactait-il pas ? s'interrogeait-elle au point de ne plus avoir les idées claires.

Le soir, au moment d'aller se coucher, elle entendit un frôlement dans le couloir. Un bruit de pas furtifs. D'instinct, elle regarda vers l'entrée de sa chambre. Vit un rai de lumière sous la porte. Puis un papier, une enveloppe plutôt.

Quelqu'un venait de la glisser et s'était éclipsé aussitôt après.

Elle hésita à ouvrir, mais ne put s'en empêcher longtemps. Elle jeta un coup d'œil inquiet dans le couloir. N'aperçut personne.

Elle ramassa le pli sans tarder. Referma derrière elle. Alla s'asseoir sur son lit.

Elle attendit un petit moment avant de décacheter l'enveloppe. Comme si elle se méfiait de son contenu. Le cœur haletant, elle finit par prendre connaissance du message.

« Va-t'en vite. Rentre à Tornac. Tu n'es plus en sécurité à Paris. Il faut abandonner la mission. Quelqu'un d'autre s'en chargera. Plus tard. Ne t'inquiète pas pour moi. Je vais bien. »

La consigne n'était pas signée. Mais Lucie reconnut l'écriture de son oncle. Elle en fut aussitôt rassurée. Toutefois, dès qu'elle prit conscience de ce que ce dernier lui conseillait, elle prit peur. Elle se demanda d'abord qui était le messager. Comment celui-ci s'était-il introduit dans l'hôtel sans éveiller l'attention de l'hôtelier ? Était-ce l'homme qui l'avait saluée à l'accueil quelques heures plus tôt ? Sa chambre se situait effectivement sur le même palier que la sienne. Il lui était donc facile de glisser le pli sous sa porte et de disparaître avant qu'elle ait eu le temps d'ouvrir et de l'apercevoir !

Peu importe ! se dit-elle. Le plus urgent maintenant est de s'éloigner le plus vite possible.

Le lendemain matin, elle avertit le patron de l'établissement qu'elle avait finalement décidé de s'en aller.

— Vous aussi ! s'étonna l'hôtelier. C'est le jour !
— Pourquoi donc ?
— Mon client d'hier soir est déjà reparti. Il ne sera resté qu'une nuit !

Lucie ne releva pas, mais se douta qu'elle avait deviné juste. Elle régla sa note et prit aussitôt congé.

Sans perdre un instant, elle se rendit à la gare de Lyon. Aux guichets, des agents de la Gestapo encadraient les voyageurs en partance. De temps en temps, ils demandaient à l'un d'eux de leur présenter ses papiers d'identité. Sur les quais, des soldats en uniforme de la Wehrmacht patrouillaient, fusil en bandoulière sur l'épaule. Tous les accès aux trains étaient étroitement surveillés. Lucie crut que les Allemands cherchaient à intercepter des résistants. Ne sachant si son signalement leur avait été donné, elle hésita à s'avancer vers le guichet pour prendre son billet. Elle se retourna plusieurs fois dans l'espoir d'apercevoir quelqu'un qui serait venu l'aider.

Elle ne reconnut personne.

Elle consulta les horaires des trains au départ pour Nîmes. Un rapide était prévu à dix heures trente. Elle jeta un regard vers l'horloge de la gare. Huit heures quarante-cinq. Elle avait donc le temps d'aller boire un café au buffet et d'aviser. Si Sébastien a envoyé un de ses hommes pour me transmettre un dernier message, pensa-t-elle, mieux vaut patienter avant de prendre mon billet.

Les aiguilles de l'horloge marquaient neuf heures cinquante. Il lui fallait se décider. Partir à l'instant même ou bien attendre le train suivant. À moins, songea-t-elle, de disparaître, de se fondre dans la foule en empruntant une fois encore le métro pour échapper à la vigilance d'éventuels policiers.

Aux guichets, la surveillance semblait s'être resserrée de plus belle. Visiblement, les Allemands guettaient une proie. Lucie était de plus en plus persuadée qu'il s'agissait d'elle.

Elle finissait sa tasse de café, quand elle sentit une présence derrière son dos.

— Quel est le livre que vous lisez en ce moment, mademoiselle ? entendit-elle.

Surprise, elle ne bougea pas.

Sans se départir de son calme apparent, elle répondit :

— *Madame Bovary*.

— Surtout, ne te retourne pas, poursuivit la voix qu'elle reconnut aussitôt.

Son cœur s'arrêta de battre.

— Suis-moi. Ne perds pas de vue mon écharpe bleue.

Lucie sentit que l'homme dans son dos s'éloignait. Elle se leva sans hâte. Aperçut l'écharpe bleue de son oncle disparaître à la sortie du buffet de la gare.

Se maintenant à une bonne dizaine de mètres, elle suivit Sébastien à travers la foule qui se pressait vers les quais. Il se précipita dans la bouche de métro intérieure de la gare. Prit la ligne 1, direction Étoile.

Elle ne se laissa pas distancer. Monta dans la voiture située derrière la sienne, mais garda un œil sur lui à travers les fenêtres des deux wagons.

Lorsqu'il sortit, il attendit qu'elle descende à son tour.

Elle lui emboîta à nouveau le pas.

Parvenus à l'extérieur, en face de l'Arc de triomphe, ils se regardèrent enfin. Sébastien sourit. Elle lui rendit son sourire. Il l'entraîna sur les Champs-Élysées jusqu'au niveau de la rue de Berri. Là, il s'engouffra dans la rue de Ponthieu. À deux pas de la rue de La Boétie, il disparut par une porte dérobée située à côté d'un magasin d'antiquités.

Elle hésita à y pénétrer. Finit par se décider. Elle ne pouvait plus faire marche arrière. Elle gravit l'escalier étroit et sombre par lequel Sébastien s'était évanoui. Tout en haut, une porte close, dans une demi-obscurité peu engageante.

Elle poussa la porte qui était restée entrebâillée.

—Referme vite derrière toi! entendit-elle.

Assis dans un fauteuil, Sébastien lui tendait les bras.

—Que d'émotions! N'est-ce pas, ma chérie? lui dit-il aussitôt. Mais pas d'inquiétude. Ici nous ne risquons plus rien.

—Il était temps que tu te sortes de ce guêpier! fit une autre voix, dans l'ombre de la pièce.

Surprise, Lucie se retourna.

—Thibaud! s'exclama-t-elle. Mais que fais-tu là? Je te croyais encore à Montpellier! J'ignorais que tu faisais partie du complot!

—Approche-toi! Viens dans mes bras, ma cousine, que je t'embrasse! Je suis tellement heureux qu'il ne te soit rien arrivé de grave.

—Notre coup a foiré, ajouta aussitôt Sébastien. Tout est à revoir. Mais en ce qui te concerne, Lucie, pour aujourd'hui, c'est terminé. Il faut qu'on t'exfiltre le plus vite possible. Tu as dû te rendre compte qu'à la gare tu as failli te faire épingler.

—C'est en effet ce que j'ai craint. J'avoue que je ne savais plus quoi faire.

—Tu as bien réagi en ne te précipitant pas dans la gueule du loup. Un peu plus, j'arrivais trop tard. Je m'en serais voulu toute ma vie.

—Quelqu'un a dû me balancer! suggéra Lucie.

—On le connaît, intervint Thibaud.

— C'est qui ?
— Ton hôtelier de la Butte aux Cailles. Il t'a dénoncée à la police, comme suspecte. Il a cru que tu étais une Juive qui se cachait. Du coup, les flics t'ont pistée. Mais ils t'ont perdue dans le métro.
— À la gare, ce n'était pas toi, mais moi que les Boches attendaient, précisa Sébastien. Ils ont eu vent de la mission dont tu étais chargée. Ils m'ont tendu un piège.
— Dieu merci, nous nous en sommes tirés !
— Dans l'immédiat, il est grand temps que tu rentres tranquillement à Tornac. Tu prendras le train demain matin à la gare d'Austerlitz jusqu'à Clermont-Ferrand. Puis tu emprunteras la ligne qui traverse les Cévennes jusqu'à Alès. C'est plus long, mais ce sera moins risqué. Ils ne t'attendront pas sur ce trajet-là. S'ils te surveillent encore, ils te guetteront plutôt à la gare de Lyon.

Trop heureuse d'avoir retrouvé les siens, Lucie ne songea plus au danger qu'elle venait de courir.

Le lendemain, elle monta dans le premier train en partance pour la capitale auvergnate.

Arrivée à la gare de Clermont-Ferrand, jetant un œil distrait à travers la vitre de son compartiment, juste avant de descendre du wagon, elle blêmit : sur le quai, trois agents de la Gestapo marchaient de long en large, le regard aiguisé comme celui de loups à l'affût.

## 17

Le piège

Lucie hésita à quitter le train. Les policiers allemands étaient-ils là pour elle ou attendaient-ils un autre suspect ? Elle parcourut le couloir de plusieurs wagons, comme pour s'éloigner d'eux, bousculant au passage les voyageurs qui s'apprêtaient à sortir. Quand elle entendit l'annonce indiquant une seconde fois le terminus, elle se résigna à descendre à son tour.

Son changement de train pour Alès lui laissait une bonne heure de battement. Mais il lui fallait accéder à un autre quai, et, pour cela, emprunter un escalier puis un passage souterrain. Les agents de la Gestapo surveillaient étroitement les voyageurs avant qu'ils ne s'éparpillent dans la foule. Il n'y avait aucun moyen de les éviter. S'ils décidaient de l'arrêter et de lui demander ses papiers, elle ne pourrait leur échapper.

Le long de la voie, des soldats allemands patrouillaient avec leurs chiens, comme à Paris. Ceux-ci, menaçants, reniflaient tous les bagages des passagers.

Elle ne pouvait plus revenir en arrière. Si elle montait dans un autre train, en cas de contrôle, sans billet valide, elle ne pourrait justifier sa présence et serait aussitôt suspectée. De plus, là où elle descendrait, le même scénario risquait de se reproduire.

Elle décida de faire front.

Elle se mit dans les pas d'un jeune homme qu'elle avait repéré dans son propre wagon. Comme elle, il portait à la main une simple valise et semblait un peu perturbé. Elle devina qu'il craignait lui aussi la présence des policiers.

Au moment de passer devant ces derniers, elle s'accrocha à son bras et lui chuchota à l'oreille :

— Faites comme si nous étions ensemble. Ne montrez pas votre surprise.

Le voyageur ne réagit pas immédiatement et obéit. Ce qui laissa penser à Lucie qu'elle ne s'était pas trompée à son sujet.

Quand ils arrivèrent au niveau des agents de la Gestapo, elle l'embrassa dans le cou et arbora un sourire radieux. Puis elle lui dit sans baisser la voix :

— Voyons, chéri, pas ce soir, pas chez mes parents ! C'est si petit chez eux qu'ils pourraient nous surprendre. Ce n'est pas assez intime. Tu es si pressé que ça !

Elle osa même regarder dans les yeux le policier qui semblait avoir tout entendu de sa conversation et parfaitement compris. Il se montra complaisant et laissa passer le couple improvisé sans l'arrêter.

— Ah, *diese Franzosen* ! Tous des chauds lapins ! ajouta-t-il à l'adresse de son compagnon en riant grassement.

Le jeune garçon joua parfaitement son rôle. Enlaçant Lucie par la taille, il l'embrassa à son tour sur la bouche.

Quand ils se furent écartés suffisamment pour ne plus être entendus, elle lui dit, en se dégageant de son étreinte :

— N'en profitez pas !

— C'est vous qui avez commencé ! Je reconnais que c'était plutôt agréable et que vous m'avez évité une mauvaise passe. Sans vous, ils m'auraient peut-être arrêté.

Ils s'éloignèrent de la zone de danger et se réfugièrent dans le hall central de la gare.

— Comment vous appelez-vous ? demanda, le premier, le jeune homme.

— Lu… euh… Emma, rectifia Lucie dont la méfiance s'était un peu vite estompée. Et vous ?

— Renaud. Renaud Rivière. Que faisiez-vous dans ce train, si ce n'est pas indiscret ?

— Je reviens de chez un oncle qui habite Paris, mentit Lucie.

— Qu'est-ce que vous craigniez devant les policiers ?

— Je n'aime pas ces gens-là.

— Vous ne feriez pas un peu de marché noir ! Il n'y a rien de honteux à l'avouer. Moi, c'est la raison pour laquelle je vous disais à l'instant que vous m'aviez sauvé la mise. Dans ma valise, je transporte des marchandises prohibées que je revends à la sauvette pour gagner un peu d'argent. Je suis étudiant et je n'ai pas beaucoup de ressources.

— J'avais remarqué votre comportement un peu étrange. C'est pourquoi je vous suis venue en aide. Sans moi, votre compte était bon !

— Pourquoi avez-vous pris autant de risques ? Vous ne me connaissez pas.

— Je n'ai pas réfléchi.

Renaud Rivière se rendait à Aurillac. Il devait prendre une correspondance une demi-heure plus tard. En attendant, il invita Lucie à boire un verre au buffet de la gare pour la remercier.

Quand l'annonce de son train le rappela à la réalité, il lui fit ses adieux avec un peu de regret.

— J'aurais aimé vous connaître davantage, lui dit-il. Ce sera peut-être pour une prochaine fois, dans des circonstances moins troubles, qui sait ?

Il lui tendit la main. Elle lui offrit sa joue. Surpris, il l'embrassa maladroitement.

— C'est vrai que vous m'avez habitué à plus d'intimité. Je regretterais presque qu'il n'y ait plus de policiers autour de nous.

— En fait, ajouta Lucie, c'est quoi vos marchandises prohibées – si ce n'est pas indiscret ?

— Oh, rien de bien méchant !

— Ce ne serait pas de la lecture, par hasard ?

— De la lecture ?

— Tenez, faites disparaître ce tract ! Vous l'avez laissé tomber de votre poche tout à l'heure, en entrant dans le buffet de la gare.

Le jeune homme parut surpris. Il balbutia :

— Vous… vous ne direz rien, n'est-ce pas ?

— Rassurez-vous, Renaud. Moi aussi…

Lucie s'interrompit. Elle avait déjà trop parlé.

— Taisez-vous, l'arrêta-t-il. J'ai compris... Bonne chance, Emma! Prenez soin de vous.

Il s'éloigna et se fondit dans la foule des voyageurs.

Quand Lucie se dirigea vers la voie 3 pour prendre son train à destination d'Alès, les policiers allemands avaient disparu. Le calme était revenu dans la gare. Elle regarda l'horloge située sous la marquise. Les aiguilles marquaient 12 h 52. Son départ était prévu pour 12 h 55.

Elle observa autour d'elle. Elle n'était pas rassurée. Tout pouvait encore arriver.

À peine entrée dans son wagon, par les fenêtres du couloir, elle aperçut sur le quai deux individus qu'elle reconnut immédiatement. Deux des trois agents de la Gestapo qui surveillaient la descente des voyageurs à son arrivée une heure plus tôt. Elle les vit monter dans le train.

Elle s'installa près d'une porte, songeant qu'en cas de danger elle aurait peut-être le courage de tirer sur le frein de secours et de sauter en marche une fois le convoi ralenti.

Elle n'en eut pas l'occasion.

Elle parvint à Alès sans avoir été contrôlée.

En sortant du wagon, elle regarda autour d'elle, de chaque côté du quai. Ne vit personne de louche. Apparemment, les deux individus qu'elle avait aperçus lors de son départ étaient restés dans le train et n'étaient pas montés pour elle.

Elle se dirigea vers la sortie. La petite gare d'Alès semblait endormie. Dans le hall, un clochard était affalé sur un banc, dans l'espoir sans doute de pouvoir y passer la nuit. Il profitait de la chaleur du lieu pour manger un morceau sous l'œil vigilant d'un employé de la compagnie. Les derniers passagers descendus avec Lucie avaient déjà disparu. Il n'était pas conseillé de traîner le soir si l'on ne voulait pas se faire surprendre par le couvre-feu.

Sébastien avait averti le père de Lucie de son arrivée à Alès aux environs de 19 h 15. Vincent Rouvière attendait discrètement sa fille en compagnie de sa femme Faustine, dans leur voiture qu'il avait garée devant le Riche Hôtel, en face de la gare. Quand il vit apparaître Lucie sur le trottoir, il fit un appel de phares. Elle le repéra immédiatement et s'apprêta à le rejoindre.

Tout à coup, sans qu'elle eût le temps de réagir, une Traction Citroën noire débola juste devant elle. Deux individus se précipitèrent sur elle et la saisirent sans ménagement. Dans l'affolement, elle lâcha sa valise. Ils la poussèrent à l'intérieur du véhicule, sous les yeux médusés de ses parents.

Faustine voulut sortir de sa voiture pour tenter l'impossible. Son mari la retint par la manche.

— Non! fit-il. Ce n'est pas la peine. Il est trop tard. Et c'est trop risqué!

Lucie venait de se faire arrêter sous leurs yeux par la Gestapo. Ils comprirent alors que leur fille et Sébastien étaient tous deux en danger

Ils demeurèrent un long moment stupéfaits. Vincent reprit le premier ses esprits.

— Rentrons, proposa-t-il à Faustine. À la maison, nous préviendrons Sébastien par téléphone. Avec ses relations, il pourra peut-être sortir Lucie de ce guêpier. Elle n'a pas dû faire quelque chose de bien grave. Et ils ne doivent avoir aucune preuve contre elle.

Vincent avait beau rassurer sa femme comme il le pouvait, celle-ci était persuadée maintenant que sa fille avait dû s'impliquer auprès de son frère. Elle connaissait bien Sébastien. Elle savait qu'il participait à tous les grands combats pour la défense de la liberté et avait toujours soutenu son engagement. Elle éprouvait une immense fierté d'être sa sœur, car il faisait honneur à la famille Rochefort.

— Si Lucie agit avec mon frère, c'est qu'il l'a entraînée dans une mission périlleuse, objecta-t-elle. Je crains le pire.

La nuit était profonde. Des langues de brume paressaient sur la route et réduisaient la visibilité. Vincent conduisait lentement pour ne pas faire vrombir trop fort son moteur. Il ne possédait pas d'autorisation pour se déplacer après le couvre-feu. Aussi n'avait-il allumé que les feux de stationnement afin de ne pas être repéré par les patrouilles.

— Je n'y vois rien ! se plaignit-il. Il faut que je mette les feux de croisement.

— Si on se fait prendre, nous finirons à la Kommandantur avec Lucie, releva Faustine. Roule moins vite. Peu importe l'heure à laquelle nous arriverons !

— J'avance déjà comme une tortue !

Ils parvinrent à Tornac vers vingt et une heures.

Sans se méfier, Vincent descendit de voiture pour aller ouvrir le portail de sa propriété. Quand, subitement, deux hommes l'abordèrent. Ils avaient dissimulé leur véhicule derrière un bosquet et les attendaient de pied ferme.

— Vous êtes Vincent Rouvière ? demanda l'un d'eux, avec un fort accent germanique.

— Oui, c'est exact, répondit Vincent.

— Vous semblez ignorer qu'il est interdit de rouler à cette heure tardive de la nuit ! Vous ne respectez pas le couvre-feu ! Vous allez nous suivre, vous et votre femme. Nous avons des choses à mettre au point.

— Mais…, tenta de s'opposer Vincent.

— Ne discutez pas, monsieur Rouvière. Vous savez de quoi nous sommes capables. Mademoiselle Lucie Rochefort est bien votre fille, n'est-ce pas ?

— Ne lui faites pas de mal ! s'interposa Faustine. Elle n'a rien fait !

— Alors, vous allez nous expliquer tout cela. Je vous conseille de ne rien omettre et de ne pas nous mentir. Votre fille pourrait le regretter.

Vincent et Faustine s'inclinèrent. Ils n'étaient pas en position de discuter.

Les deux gestapistes les emmenèrent dans leur véhicule jusqu'à Alès, à l'hôtel du Luxembourg où se trouvait le siège de la Kommandantur.

*
\* \*

Après une demi-journée d'interrogatoire, Vincent et Faustine furent relâchés. Ils en furent quittes pour une bonne frayeur. Mais ils n'avaient aucune nouvelle de Lucie qui, de son côté, avait été transférée à la Kommandantur de Nîmes.

Faustine craignait le pire. Seul Vincent espérait encore la voir revenir sous peu.

— Ils vont la libérer comme ils nous ont relâchés. Comme nous, elle n'a rien à se reprocher. Il s'agit sans doute d'un simple contrôle d'identité. Je me demande si Pierre n'en serait pas à l'origine! Il en serait bien capable.

— Pierre est mon neveu. Certes, il a de bien mauvaises fréquentations. Mais de là à dénoncer sa cousine, non, je ne peux pas le croire. C'est un Rochefort. Et les Rochefort sont solidaires. Même si Pierre approuve Vichy et entretient des relations avec la Milice, ça ne fait pas de lui un traître! De plus, je ne vois pas à quoi lui servirait notre arrestation! Uniquement à nous donner une leçon! Une leçon de quoi, je te le demande!

— Peut-être veut-il nous signifier que nous ne devons pas soutenir de près comme de loin ceux qui sont impliqués dans la Résistance. Lui aussi se doute vraisemblablement que Sébastien est engagé.

— Ton explication ne me satisfait pas. Je reste persuadée que Lucie s'est compromise aux côtés de mon frère.

Lucie était incarcérée pour la première fois de sa vie. Son oncle l'avait prévenue. Si elle tombait dans les mains de la Gestapo, tout était à craindre. Elle ignorait si elle aurait le courage de se taire quand ils l'interrogeraient, ou celui d'avaler la capsule de cyanure si elle en doutait. Sur le moment, elle ne comprit pas pourquoi on l'avait transférée à Nîmes. La Gestapo d'Alès emprisonnait ses détenus au fort Vauban. Pourquoi donc avait-elle bénéficié d'un traitement particulier?

L'affaire pour laquelle elle était suspectée tenait de la plus haute importance. Les autorités d'occupation demeuraient très attentives aux mouvements susceptibles de relayer les directives en provenance de Londres. Or, dans la région, Sébastien était l'un des principaux dirigeants de l'Armée secrète, issue du regroupement de Combat, Libération-Sud et Franc-Tireur. Lucie, en tant que membre d'un réseau étudiant, avait été repérée depuis longtemps par des inspecteurs de police à la solde de la Gestapo. Celle-ci attendait qu'elle fût plus introduite pour procéder à son arrestation. À défaut de mettre la main sur les chefs de réseau ou les chefs du mouvement, elle espérait qu'en la prenant à la suite d'une affaire importante elle pourrait lui extorquer des informations capitales.

Aussi Lucie avait-elle été transférée directement à Nîmes où elle appréhendait de devoir s'expliquer.

Les résistants étaient incarcérés dans la prison, située près des arènes. On y fusillait et parfois on y guillotinait les condamnés à mort. La Kommandantur se trouvait à deux pas, de l'autre côté de l'esplanade, installée, comme à Alès, dans le luxueux hôtel du Luxembourg. Elle fut aussitôt enfermée dans une cellule en compagnie d'une détenue qui venait également de se faire arrêter. À peine plus âgée qu'elle, la jeune femme paraissait morte d'inquiétude.

— Je m'appelle Anna, lui dit celle-ci, soulagée d'avoir de la compagnie.

Lucie ne releva pas, encore toute retournée par ce qui lui était arrivé.

La cellule était exiguë et lugubre, plongée dans l'obscurité, les murs ruisselants d'humidité. Seule une petite fenêtre munie de barreaux et donnant sur l'extérieur apportait un peu de clarté.

— Comment t'appelles-tu ? insista la prisonnière, dès que Lucie eut repris ses esprits.

— Moi… c'est Lucie.

— Que te reprochent-ils ?

Méfiante, comme son oncle le lui avait conseillé, elle répondit par un mensonge.

— Je distribuais des tracts à la sortie de la fac. Ils m'ont cueillie alors que j'étais dans le train entre Montpellier et Alès. Je rentrais chez moi, dans ma famille. Et toi ?

La jeune femme s'assombrit.

— Moi, ce n'est pas aussi glorieux ! J'ai… j'ai volé le portefeuille d'un officier allemand dans un bar de la ville où je travaille. J'avais besoin d'argent, tu comprends ! J'ai deux enfants à nourrir. C'était trop tentant. Ils étaient trois Boches attablés, à boire de la bière. Je venais de les servir. L'un d'eux a oublié son portefeuille sur le comptoir en allant au petit coin, alors que les deux autres étaient déjà sortis. Je n'ai pas réfléchi longtemps, j'ai pris le portefeuille et l'ai caché sous mon tablier. Il m'a aperçue au moment où il remontait des toilettes. Je n'ai pas pu m'expliquer. Il m'a embarquée sans me laisser le temps d'enlever mon tablier. Mon patron n'a pas pu intervenir. J'ai ensuite aggravé mon cas en tentant de m'enfuir. Ils m'ont soupçonnée d'appartenir à la Résistance et m'ont traitée de terroriste.

—Ils t'ont interrogée?

—Oui, deux fois.

—Et alors?

—Alors quoi? Tu veux savoir s'ils m'ont torturée pour me faire parler!

—Ils l'ont fait?

—Non. Ils m'ont seulement un peu brutalisée la seconde fois. Faut dire que je n'ai pas été conduite au siège de la Gestapo. Là-bas, paraît-il, ce n'est pas la même musique! Ils m'ont amenée devant un officier allemand à la Kommandantur. C'est lui qui m'a questionnée, mais ce n'est pas lui qui m'a giflée violemment. C'est un autre gradé, quand il m'a laissée seule avec lui dans son bureau.

—En réalité, tu n'as rien commis de grave. Tu ne devrais écoper que d'une petite peine pour vol.

—Les trois Boches qui m'ont arrêtée étaient des SS. Je crains fort qu'ils ne s'en tiennent pas à de simples formalités. Ils ont affirmé devant l'officier de la Kommandantur que j'étais une dangereuse terroriste. En plus, je suis juive. Mais ça, ils l'ignorent.

Lucie finit par se persuader que la malheureuse disait la vérité. Elle abandonna toute méfiance à son égard et trouva dans ses propos un motif d'espérer.

—S'ils ne t'ont pas torturée, c'est qu'ils ne te reprochent pas grand-chose, la consola-t-elle.

En prononçant ces paroles, Lucie voulait se convaincre que les Allemands se comporteraient avec elle comme avec Anna.

Elle était enfermée depuis plus de huit jours. Or elle n'avait pas encore été questionnée sur ses agissements. Sa codétenue, quant à elle, avait été jugée et condamnée à une peine de six mois de prison ferme, puis transférée dans une autre cellule où elle attendait d'être déportée en Allemagne à cause de son origine juive. Depuis, Lucie se retrouvait seule dans son cachot. Midi et soir, un soldat venait lui apporter sa nourriture dans une gamelle de fer-blanc. Des légumes à peine cuits ou de la soupe claire, parfois un morceau de viande bouillie, du pain et de l'eau. Il ne prononçait jamais un mot, la réduisant au silence comme dans un cloître. Allongée toute la journée sur sa paillasse à ruminer de sombres pensées, elle commençait à désespérer. Certes, elle n'avait pas été torturée – pas encore, songeait-elle, terrifiée à l'idée que ce moment viendrait tôt ou tard. L'attente lui devenait insupportable. Ils vont m'avoir à l'usure, se lamentait-elle en son for intérieur. Quand ils me jugeront prête, ils n'auront pas grand-chose à faire pour que je craque!

Elle décida de réagir. Plusieurs fois par jour, elle s'entraîna physiquement dans sa cellule afin de se maintenir en forme. Elle refusa de laisser vagabonder son esprit, chassant les mauvaises pensées, se forgeant un moral d'acier. Je suis la plus forte! se convainquait-elle en faisant face à la porte de son cachot comme devant un miroir. Je ne parlerai pas! Je ne parlerai pas! Je ne parlerai pas! Elle répétait ces quatre mots des centaines de fois jusqu'à l'abrutissement. Quand, épuisée d'efforts et d'autosuggestion, elle s'affalait sur sa paillasse, tout en transpiration, elle avait l'impression qu'elle résisterait comme un roc indestructible à la plus sauvage barbarie humaine, quoi qu'il puisse lui arriver.

Au bout de deux semaines, on l'emmena enfin à la Kommandantur. Elle fut conduite devant un jeune officier de la Wehrmacht qui lui parla dans un français irréprochable, à peine teinté d'un léger accent de l'Est. Il fit ôter ses menottes et demanda au garde qui l'avait fait entrer de les laisser seuls.

Debout, tête baissée, Lucie s'étonna de cette apparente civilité avec une prisonnière. Elle redoubla de méfiance.

— Vous vous appelez bien Lucie Rochefort, mademoiselle, demanda l'officier d'un ton affable.

Sans relever les yeux, elle acquiesça.

— C'est exact.

— Alors pourquoi vous faites-vous appeler Jeanne Préjean?

Lucie s'affola, ne dit mot.

Elle était confondue. Elle ne pouvait nier.

— Je vous parle! insista l'officier allemand. Ah, mais peut-être souhaitez-vous savoir qui je suis avant de me répondre!

Lucie osa un regard en direction de son inquisiteur. Craignit d'apprendre qu'il s'agissait d'un tortionnaire particulièrement renommé. Demeura muette.

Elle découvrit un jeune homme de vingt-cinq à trente ans, châtain clair, au visage gracieux et aux yeux verts. D'une taille moyenne, il portait la tenue des officiers de la Wehrmacht sans ostentation, et ne martelait pas le sol de ses talons comme la plupart de ceux qui marquent leur autorité par un comportement d'une raideur toute militaire.

— Je suis l'Oberleutnant Wilhelm Bresler, officier de la Wehrmacht. J'ai ordre d'interroger tous les suspects arrêtés pour l'affaire dans laquelle vous êtes impliquée. Je vous conseille de collaborer avec moi afin d'aider mes supérieurs à dévoiler le réseau de terroristes qui sévit dans la région de Nîmes et Montpellier, et auquel vous appartenez.

—Vous vous méprenez! s'insurgea Lucie, décidée à faire front. Je ne m'appelle pas Jeanne Préjean. Mon nom est Lucie Rochefort.

— Jeanne Préjean est votre pseudonyme dans la Résistance. De même que *Madame Bovary* est le titre du roman que vous annoncez chaque fois que vous êtes contactée par l'un des vôtres. Vous voyez, nos services de renseignements sont très efficaces. Ils savent tout de vous. Les agents de la Gestapo et leurs collègues français de la Milice n'abandonnent rien au hasard. Quand ils pistent quelqu'un, ils ne le laissent pas filer entre leurs mains très longtemps. Ils vous ont vite rattrapée. Nous n'ignorons pas que vous obéissez à votre oncle Sébastien Rochefort, bien connu de nos agents. C'est un gros poisson, comme vous dites familièrement dans votre langue.

Lucie gardait le silence. Elle s'attendait à ce que l'officier se mette en colère. Mais celui-ci ne perdait pas son calme. Il monologuait sans se priver d'observer sa prisonnière.

—Vous ne dites toujours rien!

—Je n'ai rien à dire! Je ne sais rien de ce que vous insinuez.

—Je n'insinue rien, mademoiselle. Je détiens là un rapport accablant vous concernant.

Wilhelm Bresler exhiba un dossier sous les yeux de Lucie. L'ouvrit. Lui montra un tas de feuilles dactylographiées où son nom apparaissait.

—Voulez-vous que je vous lise ce qui est écrit là-dedans?

—Vous faires erreur. Je m'appelle Lucie Rochefort.

—Si vous persistez à nier votre implication dans cette affaire qui vous a menée à Paris afin d'annoncer la coordination des mouvements de résistance de toute la France, je serai contraint de vous déférer devant mes amis de la Gestapo... Non, en fait, ce ne sont pas mes amis, rectifia aussitôt Wilhelm Bresler. Mais ça ne change rien. Eux sauront vous faire parler. Leurs méthodes ne sont pas les miennes. Néanmoins, j'avoue que, dans certains cas, elles s'avèrent efficaces. Je ne pourrai pas vous soustraire longtemps à leur interrogatoire... comment dites-vous... musclé?

Lucie sentait la peur l'envahir. Elle ne devait pas fléchir. Je suis la plus forte! martela-t-elle dans sa tête. Je suis la plus forte! Je ne parlerai pas!

Elle releva les yeux. Déclara fièrement:

—Agissez selon votre conscience, monsieur l'officier. Si tel est votre devoir, alors abandonnez-moi dans les mains de vos bourreaux! Ils exécuteront la vile besogne à votre place.

Wilhelm Bresler fixa Lucie du regard. Elle le fixa à son tour. Ils s'affrontèrent pendant quelques secondes.

—Je suis vraiment désolé! Vous m'y obligez, mademoiselle.

## 18

## Au secret

De nombreuses semaines s'étaient écoulées depuis les premières confidences de Lucie. La jeune femme ne parlait jamais très longtemps à Adèle. Elle éprouvait beaucoup de difficulté à surmonter l'émotion qui naissait en elle chaque fois qu'elle retournait sur le chemin de sa mémoire. Elle pesait chacun de ses mots, rectifiait souvent une allégation, ajoutait un détail qu'elle avait omis, à la manière des corrections qu'elle effectuait quand elle travaillait sur un manuscrit de son oncle.

Adèle ne regrettait qu'une chose: ne pas pouvoir enregistrer ses propos afin de les conserver et de les faire écouter à Élise le jour où elle aurait atteint l'âge de mieux comprendre. L'histoire de sa mère était aussi la sienne, celle de ses origines. Adèle était persuadée que sa naissance était intimement liée aux événements que Lucie était en train de lui narrer.

Elle patientait parfois de longues heures avant que la jeune femme se décide à s'épancher. Il lui arrivait même de devoir remettre à plus tard leur entretien. Lucie se montrait souvent abattue ou rêveuse quand elle se remémorait certains faits plus douloureux que d'autres. Adèle évitait alors d'insister. Elle détournait la conversation, parlait d'elle, puis prenait congé.

À l'école, Élise suivait sa classe sans lui poser de problèmes. Elle savait maintenant se faire respecter par ses camarades, dont les moqueries avaient cessé. Pour autant, la fillette ne profitait pas des relations privilégiées qu'entretenait sa mère avec sa maîtresse pour se démarquer des autres élèves. D'un naturel discret, comme Lucie, d'une intelligence vive, elle ne laissait personne la bousculer et ne s'effaçait que lorsqu'elle ne pouvait combattre l'indifférence ou la bêtise.

— Si cette enfant pouvait s'exprimer, regrettait Adèle quand elle discutait avec François, je suis certaine que sa maman n'hésiterait pas à lui confier ce qu'elle ne parvient toujours pas à me révéler. Les choses seraient plus claires.

— Tu penses qu'Élise pourrait un jour sortir de son silence ?

— Je ne suis pas médecin. Si Lucie parvient à lui parler sans réticence, alors, oui, une rémission est possible.

— Élise comprendrait, même inconsciemment, que sa mère éprouve une sorte de honte quand elle évoque sa naissance. Ce qui ne l'aiderait pas à renverser le mur qui les sépare encore l'une de l'autre.

— C'est ce que je crois, en effet.

— Lucie a été enfermée dans la prison de Nîmes, si je t'ai bien suivie. Elle a été arrêtée au début de 1944 et son incarcération a duré de nombreux mois. Si elle avait été violée par les Allemands pendant sa détention, cela expliquerait son incapacité à évoquer les circonstances de la naissance de sa fille, non?

— C'est une éventualité. Élise est née au début de l'année suivante, cela, Lucie me l'a confirmé. Les dates correspondraient. Mais rien jusqu'ici ne me permet d'avancer une telle hypothèse. Si tel est le cas, il faudra du temps à Lucie pour avoir le courage de m'en parler.

— Et du côté de son oncle, tu n'as rien appris?

— Sébastien Rochefort semble ne rien savoir. Je le crois sincère quand il m'affirme que sa nièce entretient volontairement toute une zone d'ombre autour de son incarcération. Lui-même, à l'époque, était suspecté et pourchassé par la Gestapo et la milice de Vichy. Lorsque Lucie a été arrêtée, tu peux imaginer qu'il n'est pas resté inactif. Il a tout entrepris pour tenter de la faire évader. La prison de Nîmes était bien gardée. Il aurait pu intervenir lors d'un transfert de détenus entre la prison et la Kommandantur.

— Ou vers le siège de la Gestapo. Celui-ci se situait de l'autre côté de l'écusson, sur le boulevard Gambetta. C'est la belle demeure qui se trouve encore au numéro 13.

— Tu me parais très documenté!

— Avant de devenir instit', j'ai suivi des cours d'histoire à la fac. J'ai rédigé une petite étude sur la ville de Nîmes et ses principales curiosités.

— Tu parles d'une curiosité!

— C'est un lieu de mémoire que nos enfants ne doivent pas oublier, comme le grand hôtel du Luxembourg, le siège de la Kommandantur. Malheureusement, ce dernier a été démoli pour vétusté il y a deux ans. Ils ont construit un immeuble moderne à la place. C'est dommage. C'était le palace le plus huppé de la ville.

Les périodes où Lucie s'absentait entrecoupaient le récit de sa période de résistance de longues parenthèses. Adèle en profitait pour rédiger ce qu'elle lui avait révélé, sans omettre les menus détails, les impressions qu'elle ressentait quand Lucie ne cachait pas son émotion, ses craintes ou les questions qui lui venaient aux lèvres et qu'elle réprimait rapidement, comme si elle redoutait d'avoir déjà trop parlé.

L'été approchait et, avec les beaux jours, la période des vacances.

Lucie avertit Adèle qu'elle passerait, comme tous les ans, les trois mois de vacances scolaires chez ses parents, à Tornac. Élise aimait beaucoup se retrouver chez ses grands-parents. Les Rochefort formaient pour elle la plus belle famille du monde. Après avoir vécu comme une paria, dans la soumission et la maltraitance, l'enfant ne mesurait plus son bonheur d'avoir été accueillie avec amour et tendresse. Elle se montrait si affectueuse avec tous que chacun se la disputait pour l'inviter, la retenir à dormir sous son toit. Elle était leur rayon de soleil.

Adèle dut donc patienter jusqu'à la rentrée pour retrouver Lucie. Elle partit dans sa famille à Gajols. La proximité de l'océan attirait déjà de nombreux touristes. Elle adorait passer de longues journées autour du bassin d'Arcachon, se promener sur la dune du Pilat. L'été, en Gironde, était particulièrement agréable. Elle invita François à l'accompagner.

— Tu y rencontreras mes parents, prétexta-t-elle. Je leur ai parlé de toi. Ils ont hâte de faire ta connaissance.

François accepta.

— Je ne pouvais espérer de plus belles vacances! exulta-t-il.

L'été se déroula comme une parenthèse pour Adèle. La jeune femme en profita pour faire le point sur tout ce qu'elle avait appris sur Lucie et sa fille. Puis elle décida d'abuser du soleil, de la plage, de François, afin d'oublier pendant quelques semaines ce qui l'attendait à la prochaine rentrée scolaire.

Fin septembre, les vacances terminées, un problème épineux vint remettre à plus tard la reprise des confidences de Lucie. Élise devait entrer en sixième. Au lycée Jean-Baptiste-Dumas, on fit remarquer à sa mère que l'enfant éprouverait trop de difficultés, notamment à suivre les cours de langues. Lucie dut se résoudre à trouver un institut spécialisé privé et à l'inscrire à l'internat. Élise se résigna. Elle comprenait très bien que sa mère n'était pas responsable de cette situation. Lorsque vint le jour de la rentrée des classes, elle se montra digne et courageuse.

Adèle tint à l'accompagner avec Lucie jusqu'à son nouvel établissement, dans la périphérie de Montpellier. Les deux femmes semblaient plus affectées que l'enfant. Au moment de la séparation, dans le dortoir, la fillette s'avança vers Adèle et l'étreignit. Une larme coula sur sa joue. Elle ouvrit la bouche, tenta d'amorcer un son, un début de mot. Mais rien ne sortit d'entre ses lèvres.

Adèle essuya les petites perles qui étaient restées accrochées au coin des yeux d'Élise. Elle lui prit la main. La rapprocha de Lucie. Lui dit :

— Quand tu seras prête, c'est à ta maman que tu offriras ta première phrase en cadeau.

Lucie enserra sa fille dans ses bras et lui susurra à l'oreille :

— Sois courageuse, ma chérie ! Je t'aime.

Ensuite elle regarda Adèle avec émotion et ajouta :

— Il est temps de la laisser. Sinon, je ne me sentirai plus la force de partir. Or j'ai encore beaucoup de choses à vous raconter.

Lucie avait promis de reprendre le récit de son histoire après son retour à Saint-Jean-du-Gard. Son oncle Sébastien devait lui remettre un manuscrit à corriger, un roman dont le thème traitait de l'être et du paraître. Il se trouvait chez elle quand Adèle vint au rendez-vous que Lucie lui avait donné, peu après la fin de ses cours à l'école.

Sur le moment, Adèle hésita.

— Je ne veux pas vous déranger, s'excusa-t-elle. Si vous avez du travail, je repasserai.

—J'allais partir, répondit Sébastien. Lucie va être très occupée avec ce que je lui ai remis, mais cela ne doit pas vous priver de lui rendre visite.

—Puis-je connaître le sujet de votre nouveau roman ? osa demander Adèle, curieuse de pénétrer dans l'univers de l'écrivain.

—Si vous savez garder cela pour vous, je peux vous le révéler.

—N'ayez aucune crainte ! Je serai une tombe.

Sébastien expliqua en deux mots le synopsis.

—À travers mes personnages, j'essaie de montrer qu'en chacun d'entre nous se dissimulent en réalité deux êtres totalement différents. Un individu que tout le monde croit connaître et un second, caché, enfoui dans notre moi profond et qui est le reflet de ce que nous refoulons, parce que nous ne sommes pas prêts à nous dévoiler aux autres sans retenue. Nous nous efforçons de paraître parce que nous croyons que les autres vont nous juger, alors que, la plupart du temps, c'est l'indifférence qui les anime…

—Vos personnages me paraissent bien torturés ! releva Adèle.

—Qui ne l'est pas, en définitive ? Nous entretenons tous un jardin secret que nous sommes les seuls à connaître. Il y a ceux qui acceptent leur dualité. Et ceux qui la refusent. Ceux-là sont les plus à plaindre, car ils vivent souvent dans le tourment. Ils ne s'aiment pas eux-mêmes, ils n'aiment que le reflet qu'ils offrent aux autres et qui n'est pas forcément la réalité de leur être.

Adèle comprenait à demi-mot que Sébastien tentait de prouver à sa nièce que le bonheur ne se trouvait qu'à partir du moment où l'on parvenait à assumer son moi intérieur et à le mettre en conformité avec l'image qu'on s'évertuait à montrer de soi. C'était sa façon de lui venir en aide pour qu'elle accepte son passé et rende sa fille totalement heureuse.

*<br>* *

*1944*

Lucie ne put échapper aux interrogatoires musclés. Elle s'arma de courage, sachant que le pire devait encore arriver. Depuis que sa compagne de cellule avait été condamnée et déportée, elle pensait que son tour arriverait bientôt. Toutefois, elle se demandait pour quelle raison elle n'avait pas encore été transférée au siège de la Gestapo où la plupart des prisonniers passaient entre les mains des tortionnaires nazis. Certes, l'Oberleutnant la convoquait dans son bureau, lui posait sans cesse les mêmes questions, la bousculait verbalement, mais il ne la touchait jamais, ne s'approchant d'elle que pour lui signifier que son intérêt était de parler, d'avouer afin d'abréger ces longs et inutiles interrogatoires.
—Comprenez-moi bien, mademoiselle Rochefort, je vais être contraint de vous envoyer au 13 de la rue Gambetta. Vous savez qui réside dans cette belle demeure bourgeoise, n'est-ce pas ? Si je n'obtiens aucun résultat avec vous, je ne pourrai pas longtemps vous maintenir dans votre cellule.

Parfois, Wilhelm Bresler s'absentait. Son second, un certain Leutnant Muller, le remplaçait. Celui-ci ne se montrait pas aussi courtois ni compréhensif que son supérieur. Il n'hésitait pas à gifler et à cingler de sa badine le visage des prisonniers. Sa violence terrorisait Lucie.

Elle n'avait aucune idée de ce qui se passait dans les locaux de la Gestapo. Là-bas, on infligeait aux détenus des sévices par toutes sortes de moyens : le supplice de la baignoire, l'électricité, des brûlures sur le corps, l'arrachage des ongles, des dents. Certains prisonniers persévéraient à nier, y perdaient parfois la vie ; d'autres craquaient, finissaient par parler, par avouer la vérité ou n'importe quoi, pourvu que le supplice cessât.

Lucie continuait à se taire.

Huit jours s'étaient écoulés depuis sa première entrevue avec l'Oberleutnant Bresler. Affamée, épuisée, elle ne trouvait de ressources qu'en songeant à sa famille, à Sébastien dont elle ignorait le sort. Elle se demandait s'il avait été arrêté ou s'il était libre, et s'il cherchait un moyen de la faire évader. Cette pensée lui procurait un peu de réconfort.

Elle devait passer devant le tribunal d'un jour à l'autre. Aussi espérait-elle que son transfert permettrait à son oncle d'organiser son évasion. Elle voulait se tenir prête à cette éventualité. Elle continuait à se maintenir dans une certaine forme physique, mais en raison du régime alimentaire auquel ses geôliers la soumettaient, ses forces diminuaient de jour en jour. Elle ressentait de plus en plus la fatigue l'envahir. Elle avait maigri, ses muscles ne répondaient plus. Épuisée, elle s'affalait sur sa couche et demeurait des heures, sans ressort, à attendre qu'on vienne la chercher pour un énième interrogatoire.

Sa cellule donnait sur une cour intérieure. Parfois elle entendait des cris gutturaux, des ordres aboyés par des gradés à des soldats. Puis une salve de coups de fusils. Elle comprit vite qu'on procédait à des exécutions dans l'enceinte de la prison.

Ayant été placée à l'isolement, elle rencontrait peu de ses semblables. Dans le couloir, au moment de se rendre dans le bureau des officiers pour l'interrogatoire, elle croisait parfois des malheureux qui portaient des marques de violence sur le visage ou sur les mains. Elle se disait alors que son sort était plutôt enviable.

Ils veulent m'avoir au sentiment, pensait-elle. C'est de la torture morale. Ils se doutent que si je parle sous la douleur, je risque d'avouer n'importe quoi, et cela ne leur servirait à rien.

Un jour pourtant, le Leutnant Muller se montra plus coriace que d'habitude. Il perdit son sang-froid et la frappa sans se contenir. Il s'acharna sur elle alors qu'elle était tombée par terre, menottée, contrairement aux consignes données par l'Oberleutnant Bresler. Il vociférait des paroles en allemand que Lucie ne comprenait pas. Elle se trouvait encore allongée sur le sol, recroquevillée sur elle-même, quand Wilhelm Bresler entra dans le bureau. Il s'insurgea aussitôt. S'exprimant en allemand, il enjoignit à son subordonné de sortir sur-le-champ.

— Je vous avais interdit de maltraiter les prisonniers! s'exclama-t-il. Tant que je serai le responsable des interrogatoires dans cette affaire, vous n'avez pas à outrepasser mes ordres, Leutnant Muller! Vos actes sont inadmissibles!

L'officier ne broncha pas, mais jeta un regard d'acier à son supérieur. Il claqua les talons, pivota sur lui-même, prit la direction de la porte. Avant de quitter le bureau, il se retourna et dit d'un ton ironique :

— Vous ne pourrez pas toujours agir ainsi, Oberleutnant Bresler! La Gestapo trouve étrange que vous reteniez des prisonniers aussi longtemps avant de les leur envoyer. Vos méthodes manquent d'efficacité.

Une fois seul avec Lucie, Wilhelm Bresler l'aida à se redresser. La malheureuse avait été tellement battue qu'elle n'avait plus la force de se tenir debout. Il la fit asseoir sur une chaise, ordonna qu'on lui enlève ses menottes, lui offrit de l'eau.

— Pourquoi vous entêtez-vous? lui demanda-t-il en la fixant droit dans les yeux.

— Pourquoi n'agissez-vous pas comme vos collègues? répondit Lucie en soutenant son regard.

— Si vous persistez à nier, je devrai vous transférer à la Gestapo. Ne comptez pas sur une intervention de vos amis pour tenter de vous faire évader pendant le transfert. En pleine ville, ce serait suicidaire de leur part. Vous n'avez donc aucune chance d'échapper à des interrogatoires plus pénibles. Et si, par votre courage, vous parvenez à leur résister, au mieux vous serez déportée dans un camp de concentration, en Allemagne ou en Pologne. C'est ça que vous souhaitez! Ce qui vous attendra là-bas, c'est une mort lente, dans des conditions effroyables. Alors, je vous conseille de réfléchir. Si vous parlez, tout peut encore se passer autrement.

— Je ne sais rien, persista Lucie. J'ignore ce que vous sous-entendez.

L'Oberleutnant paraissait chagriné. Il fixa à nouveau Lucie dans les yeux. Changea de ton. Se montra plus amène.

— Avant la guerre, commença-t-il à raconter, j'enseignais le français à Heidelberg, où j'ai effectué mes études. J'ai toujours été passionné de littérature française et de musique classique. Ah! Victor Hugo, *La Légende des siècles*, Balzac, *La Comédie humaine*! Des chefs-d'œuvre comme on n'en fera plus jamais! Vous avez beaucoup de chance d'avoir de si grands auteurs.

Lucie finissait par se demander quelles étaient les intentions de l'Oberleutnant. Pourquoi lui parlait-il littérature alors qu'elle venait de se faire maltraiter par son subordonné? Il essaie de m'amadouer, pensa-t-elle, méfiante.

Il poursuivit :

— Vos célèbres compositeurs non plus n'ont rien à envier aux nôtres! D'ailleurs je préfère leurs œuvres à celles de nos maîtres germaniques. Aimez-vous Chopin, mademoiselle Rochefort? Quelle volupté! Et Debussy! Ah, *Prélude à l'après-midi d'un faune*, quelle merveille! Quelle légèreté!

L'officier allemand semblait oublier sa mission. Lucie n'osait l'interrompre. La plupart des militaires qu'elle rencontrait à la Kommandantur lui paraissaient avoir été sculptés avec le même moule, dans le même métal dur et glacial. Jamais, en les observant, elle n'avait perçu une once de commisération dans leur regard ou dans leurs gestes à son égard. Ils obéissaient aux ordres comme des automates, vociféraient comme des mécaniques, portaient dans leurs yeux des reflets de marbre. Chez l'Oberleutnant Bresler, elle pouvait deviner l'homme qu'il devait être dans le civil, à travers le militaire dans son uniforme de la Wehrmacht.

Chaque fois qu'il la faisait sortir de son cachot, il reprenait la conversation. Il ne prenait même plus la peine de la questionner. Il attaquait immédiatement sur la musique ou la littérature. Il reconnaissait volontiers avoir été influencé par Goethe et surtout par les œuvres romantiques d'Heinrich Heine, avouait préférer Mozart à Beethoven, ne cessait de lui demander son avis. Il savait qu'elle suivait des études de lettres à la faculté de Montpellier et qu'elle avait commencé un mémoire sur Léon Tolstoï.

— Il est dommage que votre maître se soit fait arrêter pour fait de résistance, déplora-t-il un jour avec une sincérité dans la voix qui étonna Lucie. J'ai mes renseignements. Il s'agissait d'un très bon professeur, spécialiste de la littérature russe. J'espère que vous le reverrez après la guerre. Ah! la guerre. Quelle chose abominable, n'est-ce pas? Quand la paix sera revenue, je compte bien reprendre mes cours au lycée d'Heidelberg. Mes élèves m'appréciaient beaucoup. Nous n'avions pas une grande différence d'âge. J'ai commencé à enseigner à vingt-deux ans. Les plus âgés en avaient dix-huit. Avec eux, j'avais créé un cercle de poètes amateurs. Nous écrivions des poèmes et nous nous les récitions au cours de soirées que nous tenions secrètes. Il n'était pas permis d'exprimer nos passions si celles-ci ne corroboraient pas la doctrine nazie du régime. Certains de mes élèves ne cachaient pas leur préférence pour des auteurs interdits qui ont fait l'objet d'autodafés dans les années noires qui ont précédé la guerre.

Plus Wilhelm Bresler parlait de son passé, plus Lucie avait l'impression qu'il éprouvait le besoin de s'épancher, de livrer à une oreille complaisante ce qu'il avait dû bannir de sa vie à cause d'événements qui s'étaient imposés à lui.

Un soir, dans sa cellule, elle s'en entretint avec une codétenue qui venait d'être arrêtée et avait été enfermée avec elle.

—Méfie-toi, lui conseilla Renée Couturier, il essaie de te mettre en confiance, de te faire croire qu'il n'est pas un bourreau comme ses collègues.

## 19

L'aveu

Les interrogatoires se suivaient à un rythme régulier. Toujours à la prison. Toujours sans témoins.

Lucie était maintenant convaincue que l'Oberleutnant Bresler essayait de se rendre agréable à ses yeux pour mieux l'amener à avouer.

Elle remarqua également que ses repas s'amélioraient. Ils devenaient un peu plus consistants, même s'ils demeuraient de piètre qualité. Aussi reprenait-elle des forces. Au point que sa compagne de cellule se demandait si elle n'avait pas fini par collaborer.

— On dirait qu'ils t'ont à la bonne! Tu ne portes aucune trace de violence sur le corps. Ta gamelle est souvent plus garnie que la mienne. Qu'est-ce que tu leur donnes pour qu'ils agissent ainsi avec toi? Tu couches avec les officiers? C'est ça, hein!

Lucie se méfiait de cette Renée Couturier. Certes, elle avait été interrogée par la Gestapo, comme en témoignaient les marques sur son visage et sur ses mains. Mais elle lui tenait des propos désagréables, très éloignés de ceux qu'elle entendait dans la bouche de ses camarades résistants. Elle en vint à la soupçonner de n'être qu'une prisonnière de droit commun qui tentait de passer auprès d'elle pour une activiste. Dans quel but ? On l'a peut-être enfermée avec moi pour essayer de me faire avouer, supposait-elle. Dans ce cas, elle feint de se plaindre et joue le rôle que les Allemands lui ont assigné.

Wilhelm Bresler ne l'avait pas prévenue qu'on lui adjoindrait une nouvelle codétenue dans sa cellule. Quand Lucie lui en parla la première, il s'étonna.

— J'avais pourtant donné l'instruction qu'on vous laisse seule !

L'Oberleutnant paraissait embarrassé. Depuis quelque temps, il espaçait ses interrogatoires. Il ordonnait à son subordonné, le Leutnant Muller, de s'en charger. Obéissant à ses consignes, celui-ci se montrait moins féroce, mais il maintenait sur Lucie une pression qui l'épuisait. Il la questionnait en lui braquant une lampe dans les yeux, sans lui permettre de souffler. Comme elle s'obstinait à ne pas répondre, il repartait de zéro, reprenait ses invectives comme au premier jour. Cela durait des heures. Il fumait en permanence et l'incommodait intentionnellement, lui refusant le verre d'eau qu'elle réclamait.

— Quand vous vous déciderez à parler, mademoiselle Rochefort, je serai plus indulgent avec vous, comme mon supérieur l'Oberleutnant Bresler ! affirmait-il d'un ton narquois.

Lucie ressortait de ces interrogatoires anéantie, mais sans avoir été brutalisée.

Sa détention durait depuis plusieurs semaines. Un jour, Wilhelm Bresler la convoqua à la Kommandantur. Elle y fut transférée dans un fourgon cellulaire, malgré la très courte distance qui séparait celle-ci de la prison.

Il exigea qu'on le laisse seul en sa présence et qu'on éloigne le planton posté derrière sa porte.

—Je n'ai pas besoin de garde personnelle devant mon bureau, prétexta-t-il. Ici, je ne risque rien.

Quand il fut assuré que personne ne pouvait le déranger, il s'approcha de Lucie et, hésitant à parler, se dressa devant elle.

—Vous devez me trouver bizarre, n'est-ce pas, mademoiselle Rochefort? Je sens, depuis le début, que vous vous méfiez de moi. Pourtant j'ai essayé d'être sinon agréable, du moins compréhensif avec vous.

Lucie se dit que le moment était venu de passer aux choses sérieuses. Après la gentillesse, la violence! Elle s'attendait au pire. La patience de l'Oberleutnant Bresler était parvenue à son terme.

—Vous allez m'envoyer chez vos amis de la Gestapo! répliqua-t-elle sans lui laisser le temps de s'expliquer. Vous ne valez pas mieux que les autres, sous votre air affable! D'ailleurs, je ne vois pas pourquoi vous avez tant louvoyé! Mes camarades de détention n'ont pas bénéficié de la même attention de votre part!

—Je n'étais pas chargé de leur dossier, coupa Wilhelm Bresler d'un ton autoritaire. J'ai essayé de vous faire comprendre que je ne souhaitais pas vous transférer à la Gestapo. Pourtant, là-bas, on aurait su vous faire parler dès le premier jour, et vous auriez avoué. J'ai gagné du temps afin de vous éviter de terribles souffrances. Maintenant, je ne peux plus rien pour vous.

L'officier allemand semblait regretter de ne pouvoir aider sa prisonnière.

Le ton de sa voix était devenu plus doux. Son accent avait même disparu. S'il n'avait pas porté l'uniforme de la Wehrmacht, Lucie n'aurait pas soupçonné qu'il était son ennemi.

— Que me voulez-vous ? Pourquoi ce traitement de faveur ? Si vous êtes persuadé de ma culpabilité, je ne comprends pas pourquoi vous agissez ainsi avec moi. En passant pour un bon Samaritain, vous espériez que je parle ?

— Vous vous méprenez totalement sur mes intentions, mademoiselle Rochefort. Et vous m'en voyez désolé.

Wilhelm Bresler allait appeler la sentinelle qu'il avait éloignée, quand il se ravisa. Il prit place derrière son bureau, sortit une pile de dossiers d'un tiroir fermé à clé.

— Regardez ceci. Ces chemises contiennent tous les cas que j'ai tenté de défendre. Pas toujours avec succès, hélas ! Je fais ce que je peux. Mais il ne m'est pas facile d'extirper des griffes de la Gestapo les prisonniers qu'on défère devant mon autorité. D'autant que le Leutnant Muller se méfie de mes opinions.

Lucie commençait à trouver étranges les propos de l'Oberleutnant.

Celui-ci poursuivit :

— Vous savez, les Allemands ne sont pas tous les mêmes. Il faut éviter les amalgames malheureux.

Lucie gardait le silence. Quand Wilhelm Bresler plongeait le regard dans l'un de ses dossiers qu'il feuilletait comme pour se donner une contenance, elle l'observait discrètement, s'étonnait de son air rêveur, de l'apparence attristée qu'il ne parvenait pas à masquer.

Il joue la comédie, se disait-elle, toujours méfiante. C'est sa dernière botte pour me faire parler.

Elle redoubla d'attention.

Il ajouta :

— Je peux vous avouer que je n'approuve pas du tout la politique que mon pays exerce à l'intérieur de ses frontières et encore moins dans les territoires qu'il occupe. Je regrette infiniment cette guerre injuste et effroyable qui fait couler tant de sang inutilement. La guerre est une chose trop abominable pour qu'on puisse la glorifier.

— Pourtant, vous ne refusez pas de me parler sous le portrait de votre Führer, osa interrompre Lucie. Vous êtes officier de l'armée allemande, non ? Et vous m'avez arrêtée !

— La Gestapo vous a arrêtée ! précisa Wilhelm Bresler. Moi, je ne suis chargé que d'instruire votre dossier. Vous êtes impliquée dans une affaire de la plus haute importance, vous ne l'ignorez pas. Nos services savent que la Résistance s'organise dans toute la France afin de préparer un débarquement général des forces alliées. Votre oncle Sébastien Rochefort est l'un des principaux chefs qui coordonnent de nombreux réseaux à l'intérieur du pays. Et il œuvre au regroupement de tous ces réseaux au sein d'un mouvement unifié qui, le jour venu, appuiera les troupes de libération. Notre état-major sait tout cela. Et il n'a de cesse d'intercepter tous ceux qui, de près ou de loin, participent à ce rassemblement de la résistance de votre nation.

L'Oberleutnant s'interrompit un instant, se servit un verre d'eau, en proposa un à Lucie. Elle hésita à le prendre. Finit par accepter.

— Je comprends très bien qu'un peuple soumis à une occupation étrangère se rebelle par tous les moyens dont il dispose. Voilà pourquoi je ne vous suis pas hostile, mademoiselle Rochefort. Je suis personnellement trop attaché à la liberté et à la démocratie pour condamner vos actions. J'ai conscience qu'aucun fanatisme ne pourra jamais bâillonner la pensée. La plume ou le crayon en sont les meilleurs instruments de transmission. J'ai beaucoup souffert avant-guerre de ne pouvoir m'exprimer comme je le souhaitais. Ceux qui assassinent les écrivains, les dessinateurs, les intellectuels en général, pour leurs idées, ne sont pas mes amis.

— Alors que faites-vous dans cet uniforme ?

— Vous ignorez sans doute la réalité de la vie en Allemagne depuis qu'Hitler a pris le pouvoir. J'étais jeune lorsque mes parents m'ont inscrit dans les Jeunesses hitlériennes. À l'époque, ils ne se sont pas méfiés. Après, le mal était fait. Au moment où la guerre a éclaté, croyez-vous qu'on m'ait donné le choix d'accepter ou de refuser mon affectation militaire ? Beaucoup de mes compatriotes ont été entraînés dans le nazisme sans pouvoir revenir en arrière. Je ne nous disculpe pas. Mais je veux vous expliquer que, dans une telle situation, il est difficile de montrer son opposition sans risquer sa vie et sans mettre celle des siens en danger.

Lucie écoutait avec attention le discours de l'Oberleutnant Bresler. Ses propos la touchaient. Ils ne semblaient pas déguisés, feints, ni même simplement destinés à l'attendrir. Wilhelm Bresler parlait avec sincérité. Lucie le ressentait au ton de sa voix, à l'expression de son visage, à l'éclat de ses yeux.

Elle s'en émut. Changea d'attitude à son égard.

— Vous n'étiez pas fait pour entrer dans l'armée. lui dit-elle. Vous étiez plus à votre place auprès de vos élèves à écrire des poèmes ou à écouter de la musique.

— Vous comprenez pourquoi votre cas m'a très vite touché. Vous me paraissez si jeune pour vous sacrifier, alors que, comme moi, vous me semblez passionnée par la littérature.

— C'est au moins un point qui nous rapproche !

— Vous n'êtes pas la seule que j'ai essayé d'aider à échapper aux tortionnaires de la Gestapo. Quand je le peux, je laisse filtrer des indications afin que vos amis de l'extérieur connaissent les dates de transfert ou celles de leur exécution. Ainsi peuvent-ils tenter ce qui est en leur pouvoir pour les sortir de là.

— Vous voulez dire que vous transmettez à la Résistance des renseignements que vous devriez garder secrets ! s'étonna Lucie.

— Vous êtes la première à qui je le révèle. Même vos camarades ignorent que j'agis dans l'ombre. Les fuites que j'organise demeurent anonymes. S'ils se méfient, je ne peux plus rien pour le prisonnier que j'ai essayé de sauver *in extremis*. La plupart du temps, ça fonctionne. Vos amis tentent le tout pour le tout.

Lucie avait peine à croire les propos de Wilhelm Bresler.

Celui-ci s'en aperçut.

— Vous pensez sans doute, une fois de plus, que je vous leurre par des mensonges, n'est-ce pas ? Je vais vous donner des exemples.

Wilhelm Bresler ouvrit des dossiers sous les yeux de Lucie, lui montra des noms.

— Ça ne vous dit peut-être rien ! ajouta-t-il.

Il s'arrêta sur un cas particulier.

— Tenez, celui-là, Anna Lanzberg, vous la connaissez ! Il n'y a pas longtemps, vous étiez détenues ensemble.

— Elle a été condamnée et déportée, d'après ce que j'ai appris.

— En réalité, elle est saine et sauve. Je peux vous l'affirmer. Grâce à vos amis résistants que je suis parvenu à avertir. Ils ont pu arrêter le fourgon qui la transportait, et ont libéré tous les prisonniers qui se trouvaient avec elle. J'ignore s'il y a eu des victimes dans le commando qui est intervenu, mais cela valait la peine d'essayer, non ?

Lucie doutait encore.

— Qu'attendez-vous de moi exactement ? finit-elle par lui demander. Je suppose que ce ne sont plus mes aveux que vous désirez !

Wilhelm Bresler parut embarrassé. Il hésita. Se leva de sa chaise, fit le tour de son bureau, se planta devant Lucie.

— Je vais vous faire évader, lui dit-il.

*
* *

D'autres semaines s'écoulèrent.

Les interrogatoires avaient cessé. Lucie ne recevait plus que la visite des gardes deux fois par jour. Wilhelm Bresler ne la convoquait plus. Elle crut sur le moment qu'il s'était moqué d'elle et qu'il avait décidé de la laisser réfléchir en l'abandonnant à son sort dans sa geôle, sans autre forme de procès.

Sa codétenue avait été jugée, condamnée et transférée dans une autre prison. Elle fut immédiatement remplacée par une jeune femme de son âge, qui arriva dans un état pitoyable tant elle avait été torturée par les agents de la Gestapo. Lorsque les soldats l'enfermèrent, avec brutalité, elle demeura allongée sur le sol sans pouvoir bouger pendant plus d'une heure. Lucie crut qu'elle était en train d'agoniser. Son visage, boursouflé, était méconnaissable, ses mains n'étaient que des plaies béantes. Son crâne portait les marques de brûlures provoquées par les électrodes. La malheureuse ne parvenait pas à parler. Ouvrant à peine les paupières, elle geignait sans s'apercevoir de la présence de Lucie.

Celle-ci tenta de lui venir en aide, mais accrut involontairement ses souffrances en essayant de la soulever et de la déplacer vers sa paillasse.

Elle arracha un morceau de sa chemise, l'humecta d'un peu d'eau, rinça les lèvres endolories et tuméfiées de la jeune femme.

— Ça va aller, maintenant! lui dit-elle pour la réconforter. C'est fini.

Quand la prisonnière revint à elle, elle s'affola. Ignorant où elle se trouvait, elle prit Lucie pour l'un de ses bourreaux. Elle se pelotonna sur sa couche et se mit à pleurer comme une enfant. Elle appelait sa mère et implorait qu'on cesse de lui faire du mal.

Lucie eut pitié d'elle. Elle ne savait comment la réconforter. Folle de rage, elle tambourina à la porte du cachot, tapant des pieds et des mains.

— Je veux parler à l'Oberleutnant Bresler! s'écria-t-elle. Je veux parler à l'Oberleutnant Bresler!

En vain. Personne ne lui répondit.

L'officier allemand avait-il imaginé cette ultime torture morale, lui mettre sous les yeux l'affligeant spectacle d'une malheureuse suppliciée, pour la faire avouer?

— Vous n'êtes qu'une bande de brutes innommables! hurla-t-elle, des barbares sans foi ni loi, des assassins, des sans-Dieu!

Elle finit par provoquer la réaction des gardes. Deux soldats armés de leurs fusils vinrent la calmer. Ils ouvrirent brutalement la porte de sa cellule, lui assenèrent un coup de crosse dans le dos, la saisirent sous les aisselles et l'emmenèrent sans ménagement dans le bureau des officiers. Elle se débattit bec et ongles, mais ne put échapper à leur poigne d'airain. Ils la jetèrent sauvagement au pied de leur supérieur. Elle tarda à redresser la tête, encore sous le coup de la douleur.

—Alors, mademoiselle Rochefort! Vous désirez voir l'Oberleutnant Bresler!

Lucie reprit lentement ses esprits. Levant les yeux en direction de son interlocuteur, elle allait lui répondre quand elle s'arrêta, surprise.

Devant elle, le Leutnant Muller semblait savourer sa victoire.

—L'Oberleutnant Bresler a été muté dans une autre Kommandantur, mademoiselle Rochefort. En attendant d'être envoyé sur le front russe où il aura l'occasion de réfléchir à la bonté de notre Führer de l'avoir nommé dans votre si beau pays. C'est moi qui le remplace et qui vais spécialement m'occuper de votre cas.

Lucie ne put dissimuler sa déception.

—Vous me semblez contrariée. Qu'espériez-vous de l'Oberleutnant Bresler?

—Vous mentez! C'est lui qui a organisé toute cette mise en scène! Mais vous ne m'atteindrez pas. Vous pouvez m'envoyer chez vos sbires de la Gestapo, je ne leur dirai rien! Rien, vous m'entendez!

—J'admire votre courage, petite demoiselle. Mais vous allez vite déchanter. Vous avez vu l'état de votre nouvelle camarade de cellule? C'est ce qui vous arrivera dans les jours prochains si vous ne vous décidez pas à parler. Je vous laisse jusqu'à demain pour réfléchir. Après, attendez-vous au pire.

Le Leutnant Muller renvoya Lucie dans son cachot, sans tenter de lui extorquer des renseignements.

Sur sa couchette, sa codétenue avait lentement refait surface.

— Je m'appelle Maud Briois, lui apprit-elle sans tarder. J'appartiens au mouvement Combat.

La malheureuse s'effondra aussitôt.

— Moi, je suis Lucie Rochefort. Sois courageuse, ils ne nous auront pas.

Maud ne pouvait réprimer ses larmes.

— Je n'ai pas pu, pleurait-elle, je n'ai pas pu! Ça me faisait trop souffrir! J'ai fini par parler.

Lucie ne sut quoi répondre. Elle était confrontée à une pauvre fille qui n'avait pas eu la force de tenir sous la torture. Était-elle coupable pour autant? Coupable d'avoir trahi et livré ses camarades? Comment se serait-elle comportée si, comme elle, elle avait été transférée à la Gestapo? Aurait-elle eu le courage de se taire?

Elle la prit dans ses bras, la consola.

— Tu n'es pas responsable. Tu as agi comme tu en étais capable. Nous ne sommes pas des héros. Que celui qui te jettera la première pierre soit un jour soumis à ce que tu as enduré!

Maud ne cessait de pleurer.

— J'ai été condamnée, ajouta-t-elle. À la peine capitale. Ils vont me fusiller d'un jour à l'autre.

Lucie était consternée. Elle ne savait plus quoi dire.

— Ils ne l'ont pas fait immédiatement après ton procès, tenta-t-elle encore de la réconforter. Tout n'est pas fini. Ne perds pas courage!

Lucie n'osa avouer qu'elle bénéficiait d'un étrange traitement de faveur depuis qu'elle avait été incarcérée. Certes, à l'inverse de Maud, elle n'avait pas été prise sur le fait, il n'y avait contre elle que des suppositions d'accointances avec la Résistance, même si sa complicité avait dû être prouvée par les services de renseignements allemands.

Elle demeura aux petits soins pour sa compagne, dans l'attente fébrile de son propre sort.

Le surlendemain à l'aube, à l'heure où, d'habitude, les condamnés à mort étaient sortis de leurs cellules pour rejoindre le peloton d'exécution, elle fut tirée de son sommeil par des bruits de bottes dans le couloir. Elle crut aussitôt qu'on venait chercher la malheureuse, que son heure était arrivée. Maud, épuisée, dormait encore. Elle ne broncha pas quand la porte s'ouvrit brutalement. Deux gardes armés vociférèrent des paroles en allemand. Elle se réveilla en sursaut. S'affola. Se blottit contre le mur, comme pour refuser l'inévitable. Elle s'agrippa à Lucie avec désespoir. Ne put réprimer sa terreur.

— Non! s'écria-t-elle. Je ne veux pas mourir! Je ne veux pas mourir!

Les soldats allemands se regardèrent d'un air dubitatif.

Lucie prit Maud dans ses bras. Lui caressa les cheveux. Ses larmes se mêlèrent aux siennes.

— Là où ils t'emmènent, lui murmura-t-elle, aucun fusil ne pourra plus jamais te faire taire. Tu seras heureuse, car tu pourras rire et chanter sans que personne t'interdise de crier ta joie d'être enfin libre. N'aie pas peur. Tous ceux qui t'aiment t'entourent et t'accompagnent. Pense à eux.

L'un des deux gardes les tira de leurs effusions.

—Lucie Rochefort, cria-t-il. *Raus!*

Lucie demeura éberluée. Elle hésita quelques secondes avant de réagir.

Le soldat s'écria à nouveau:

—*Raus! Kommen sie mit uns*![1]

Maud ne bougeait plus. Elle fixait son amie d'un regard terrifié.

—Non! Pas toi, pas toi!

Lucie pensa que son heure était arrivée d'être enfin confrontée aux tortionnaires de la Gestapo. Elle s'éloigna de Maud, lui dit:

—Je suis sûre qu'on se reverra bientôt. Sois courageuse. Ils ne nous vaincront pas. La barbarie ne tuera pas la liberté.

—*Raus, Raus!* répétaient les deux soldats en agrippant Lucie par les épaules.

Lucie était persuadée qu'elle n'échapperait plus au sort de ceux qui refusaient de parler. Elle reconnut amèrement au fond d'elle-même que l'Oberleutnant Bresler l'avait trompée en lui assurant qu'il allait la faire évader. Un officier allemand ne pouvait pas se trouver du côté de ses amis, se disait-elle alors qu'elle était conduite de couloir en couloir dans l'enceinte de la prison, sans savoir exactement où ses geôliers l'emmenaient.

---

1. «Sortez! Accompagnez-nous!»

Elle fut enfermée dans un bureau qu'elle ne connaissait pas.

Elle patientait depuis plus d'une demi-heure, seule, sans avoir été menottée, quand les gardes revinrent la chercher. À ce moment précis, l'un d'eux lui passa les menottes aux poignets et la poussa avec le canon de son fusil dans une autre pièce. Puis il ouvrit une porte qui donnait sur l'extérieur. C'était la première fois que Lucie sentait l'air frais et voyait la lumière du jour depuis son incarcération. Elle cligna des yeux. Respira à pleins poumons.

Dehors, à quelques pas devant elle, un fourgon bâché l'attendait. Ainsi, elle allait être conduite vers un lieu éloigné et serait exécutée sans avoir été questionnée ni jugée, pensa-t-elle.

Les mains derrière le dos, elle se retourna au moment de monter dans le véhicule, regarda en direction des fenêtres grillagées. Elle eut une dernière pensée pour Maud. Puis elle grimpa à l'arrière du fourgon.

À sa grande surprise, les deux soldats ne montèrent pas derrière elle pour l'encadrer jusqu'à son lieu d'exécution. Une fois qu'elle fut assise sur la banquette, ils refermèrent solidement la bâche. Elle se retrouva seule à l'intérieur.

Elle entendit le moteur vrombir, puis un ordre donné en allemand au conducteur. Le fourgon démarra lentement et prit une destination qui lui était inconnue.

20

Fugitive

Lucie devenait presque fébrile en évoquant les événements qui avaient marqué la fin de sa détention. Adèle comprit qu'elle atteignait un point crucial de son récit. Elle n'osa pas lui demander de poursuivre.

Qu'était-il arrivé lorsque le fourgon était parvenu à destination ? s'interrogeait-elle.

Elle craignait d'apprendre le fait terrifiant qui avait plongé son amie dans l'état où elle se trouvait depuis plus de douze ans. Le secret qu'elle dissimulait depuis tant d'années, même à sa famille, résidait sans doute dans ce qui s'était passé après sa sortie de prison.

Elle proposa à Lucie de surseoir à ses confidences. Celle-ci s'interrompit volontiers, et annonça qu'elle devait mettre de l'ordre dans sa mémoire afin de ne rien omettre et de ne rien déformer de la réalité.

Adèle espaça donc ses visites. Comme Élise ne faisait plus partie de ses élèves, elles se rencontraient moins souvent.

Elle décida d'aller voir le père Deleuze, qui devait avoir sa version des faits. Il connaissait

Lucie depuis longtemps. La rumeur ne lui avait-elle pas fait endosser la paternité de la fillette ? Certes, les langues s'étaient tues. Plus personne dans la commune n'accréditait ce qui avait failli devenir un scandale dans la communauté catholique. Mais il devait être présent au moment de la naissance d'Élise, supposait Adèle, pour avoir été soupçonné d'être le père de l'enfant. À tout le moins, ils s'étaient rencontrés à l'époque. Lucie avait dû lui raconter ce qui lui était arrivé. Il était sans doute le seul informé de l'acte horrible dont elle avait été victime.

Le prêtre ne l'attendait pas et fut très étonné de sa visite.

— Je souhaiterais vous parler de Lucie et de sa fille, lui déclara-t-elle sans détour.

Jean Deleuze parut surpris d'une telle requête. Il convia néanmoins Adèle à le suivre dans son salon et demanda à sa gouvernante de bien vouloir les laisser seuls. Ce que fit en maugréant la vieille Berthe Roussel.

— Que puis-je pour vous ? s'enquit-il aussitôt d'un ton affable. Je suppose que vous ne venez pas m'interroger sur les rumeurs qui ont couru à propos de notre relation.

— Je n'ai jamais cru à ces insinuations. D'ailleurs, elles n'ont pas perduré. Quand bien même elles seraient fondées, je ne vous ferais aucun reproche. Je ne suis pas habilitée à juger qui que ce soit, surtout pas vous, un homme d'Église.

— Alors, que voulez-vous apprendre de moi que vous ne sachiez déjà concernant Lucie Rochefort ? Je n'ignore pas que vous êtes sa confidente. Elle m'a tenu au courant de vos conversations. Et je l'ai engagée à se livrer à vous sans retenue afin de recouvrer la paix en son âme meurtrie.

Adèle temporisa quelques secondes, puis se lança :

— Quelle était la nature de vos relations avec Lucie à l'époque des faits ?

— Vous voulez dire au moment où je l'ai aidée à retrouver sa fille ?

— Non, avant. Lorsque Lucie a été arrêtée, puis libérée. Car elle a été libérée, n'est-ce pas ? Vous vous connaissiez déjà à ce moment-là ?

Jean Deleuze hésita. Il se leva, alla chercher deux verres dans le buffet de sa cuisine et une bouteille de brandy.

— C'est mon péché mignon, avoua-t-il en souriant. Je vous le fais partager ?

Adèle accepta. Attendit sa réponse sans mot dire.

— Vous devez imaginer que j'ai pu croiser Lucie lorsqu'elle était incarcérée. Que j'étais peut-être l'aumônier affecté aux prisons et que je l'ai visitée comme les autres détenus avant leur exécution.

— Je l'ai envisagé, en effet.

— Eh bien, vous vous trompez ! À l'époque, je n'étais pas dans les ordres, mais un laïc particulièrement attaché à la liberté.

— Comment vous êtes-vous connus, si ce n'est pas indiscret ?

— Lucie ne vous l'a pas raconté ? Il n'y a aucun secret dans cette histoire banale.

Le père Deleuze se resservit un verre de brandy.

— Pas pour moi, merci, l'arrêta Adèle.

—En réalité, reprit le prêtre, quand j'ai rencontré Lucie la première fois, je me suis présenté à elle sous un faux nom. Je lui ai dit que je m'appelais Renaud Rivière.

—Renaud Rivière! l'interrompit Adèle, incrédule. Vous êtes le jeune...

—Oui, le jeune résistant que Lucie a accosté à sa descente du train à Clermont-Ferrand. Nous nous sommes connus par un baiser volé dont je me souviens encore. Ah, quel baiser! Je n'ai regretté qu'une chose après l'avoir quittée sur le quai de la gare une heure plus tard: de ne pas l'avoir embrassée une seconde fois.

—Vous ne vous êtes pas perdus de vue après cet épisode fortuit?

—Si, bien sûr! À vrai dire, mis à part ce fameux baiser, j'avais presque oublié l'existence de Lucie. Après la guerre, j'ai entrepris mes études de théologie. J'avais décidé de devenir prêtre.

—Vous n'y songiez pas auparavant?

—Non. En tout cas, pas quand j'ai rencontré Lucie. Je reconnais d'ailleurs que les filles, à l'époque, ne me laissaient pas indifférent.

—D'où vos regrets à propos de Lucie, plaisanta Adèle.

—Vous ne pensez pas si bien dire! Sur le moment, j'ai regretté qu'elle ne m'ait pas donné ses coordonnées, car, m'ayant avoué à demi-mot qu'elle aussi faisait de la résistance, elle n'avait pas pu me fournir son vrai nom.

—Vous vous êtes retrouvés bien plus tard. Dans quelles circonstances?

Jean Deleuze sourit.

— Décidément, vous me paraissez très habile pour faire parler les gens ! Vous feriez une bonne enquêtrice pour la police ou la justice. Vous avez manqué votre vocation. Lucie m'a expliqué comment vous procédiez avec elle.

— Elle trouve mon comportement étrange ? Si c'est le cas, pourquoi accepte-t-elle de s'épancher ?

— Je n'ai rien dit de tel. Lucie apprécie beaucoup votre façon de lui parler, de la mettre en confiance. Avec vous, elle est rassurée. Elle sait que vous ne la jugerez pas.

Adèle se sentait près du but. Le prêtre venait de lui avouer indirectement que Lucie cachait au plus profond de son âme un acte dont elle s'estimait coupable. Un acte qui expliquait sans doute la naissance d'Élise.

Cette vérité, Jean Deleuze allait peut-être la lui révéler le premier.

Il reprit :

— Nous nous sommes retrouvés, Lucie et moi, dans des circonstances peu banales. Après le séminaire, j'ai été nommé curé de la paroisse de Saint-Jean-du-Gard. C'est là que j'ai revu Lucie pour la première fois, quand elle est venue s'y installer elle-même peu après mon affectation. C'était un pur hasard. J'ignorais qu'elle avait eu un enfant. Elle ne me l'a révélé que des années plus tard. Nous avons noué très vite des relations très…

Jean Deleuze hésitait à prononcer le terme exact.

— … très amicales, poursuivit-il. Même si nos sentiments étaient d'une autre nature, je peux l'avouer sans honte devant vous.

—Lucie m'a parlé de ce qui vous lie. Personnellement je n'y vois aucun mal. Mais revenons-en à Élise.

—Vous êtes tenace!

—Non, curieuse de savoir comment vous pouvez m'expliquer votre rôle dans ce qui vous unit à elle et à sa mère.

—Alors vous allez être déçue, Adèle. Vous permettez que je vous appelle Adèle, n'est-ce pas?

—Je vous en prie, mon père.

—Ah, non! Si vous m'appelez «mon père», je vous appellerai «ma fille»! Ce sont les termes de notre Sainte Mère l'Église! Appelez-moi donc «Jean», je préfère. Comme Lucie.

Adèle pensait que, décidément, le père Deleuze n'était pas un prêtre comme les autres. Elle attendait impatiemment qu'il lui révélât enfin ce qu'elle était venue chercher auprès de lui.

—Je vous écoute, poursuivit-elle.

—Eh bien, je vous disais à l'instant que Lucie m'avait caché qu'elle avait eu un enfant. Jusqu'au jour où elle m'a prié de l'aider à retrouver Élise. Vous imaginez mon étonnement! «De qui est cet enfant?» lui ai-je demandé aussitôt. Elle n'a pas souhaité m'avouer dans quelles circonstances elle l'avait conçu. Elle m'a seulement dévoilé qu'elle ne supportait plus de ne pas savoir ce qui était arrivé au bébé qu'elle avait perdu dans des conditions dramatiques, peu avant la fin de la guerre. J'ai accepté de l'aider en toute discrétion. Vous connaissez la suite, je suppose. Lucie vous a raconté l'intervention de la gendarmerie chez les Martin, consécutive à mes recherches pendant plusieurs mois. Il n'a pas été facile de retrouver la trace de ces gens. Les témoins de l'époque avaient disparu. De plus, Lucie ne m'aidait pas beaucoup. À force de persévérance, j'ai fini par découvrir où ils vivaient. En réalité, pas très loin d'ici.

—Mais comment Lucie vous a-t-elle expliqué l'existence de cet enfant? Quelles raisons vous a-t-elle données pour vous avouer qu'elle l'avait perdu? À moins qu'elle ne l'ait abandonné!

—Je ne vous mentirai pas, Adèle. J'ignore encore dans quelles circonstances a été conçue Élise et comment, ou pourquoi, Lucie a été séparée de son enfant. J'ai toujours respecté son silence à ce propos. Même sa famille l'ignore. Il n'y a que Lucie qui pourra vous l'expliquer. C'est ce qu'elle essaie de vous dire, je crois. Il faut lui laisser le temps.

Adèle n'en apprit pas davantage du père Deleuze. Celui-ci était navré de ne pouvoir éclaircir les zones d'ombre qui planaient encore autour de la naissance d'Élise et de sa disparition.

—Patientez! lui conseilla-t-il. Lucie est sur le point de faire toute la lumière en elle. Elle vous livrera bientôt son lourd secret. J'en suis persuadé.

*
* *

*1944*

Lucie était plongée dans l'obscurité totale. La bâche du fourgon était hermétiquement fermée de l'extérieur. Les gardes ne lui avaient pas ôté les menottes. Ce qui lui faisait craindre qu'on ne l'emmenât devant un peloton d'exécution. La plupart des résistants étaient fusillés dans la cour même de la prison. De sa cellule, elle avait entendu plusieurs fois le bruit terrifiant des fusils et le coup de grâce donné par l'officier commandant le peloton. Toutefois, dans certains cas, les condamnés étaient convoyés hors de la ville et étaient abattus dans la plus grande discrétion. Serait-ce son cas?

Aurait-elle le courage de regarder les douze canons pointés sur elle sans détourner les yeux, de ne pas pleurer de frayeur au dernier moment, comme Maud dont elle ignorait le sort?

Après être sorti de Nîmes, le fourgon s'éloigna vers l'ouest. Le parcours lui semblait rectiligne. Elle eut la vague impression qu'il se dirigeait vers Alès. Mais rien ne pouvait le lui confirmer.

Le temps lui parut interminable. Au bout d'une heure, la route commença à devenir sinueuse. Les virages se succédèrent à un rythme soutenu. Elle ignorait combien il y avait de passagers dans la cabine, mais elle s'étonnait que personne ne l'encadre à l'arrière.

Plus les minutes s'écoulaient, plus elle se demandait pourquoi on la conduisait si loin pour être exécutée.

Le fourgon roulait depuis deux bonnes heures. Au bruit ronronnant de son moteur et à la vitesse lente à laquelle il progressait, Lucie finit par comprendre qu'on l'emmenait dans la montagne.

Ses craintes redoublèrent.

C'est certain, pensa-t-elle, ils vont me fusiller dans la forêt, en pleines Cévennes, là où ils sont assurés qu'on ne retrouvera pas mon corps.

Elle n'avait pas été condamnée par le tribunal, son arrêt de mort avait dû être décidé par le Leutnant Muller, sans en référer aux autorités judiciaires. Certes, celles-ci étaient inféodées aux forces d'occupation, mais elle trouvait étrange, néanmoins, de ne pas avoir été traduite en justice.

Le fourgon s'arrêta en effet en pleine forêt, dans la montagne cévenole.

Lucie crut son heure arrivée. Elle s'arma de courage, mais ne put réprimer son angoisse. Le conducteur sortit de sa cabine et alla ouvrir la bâche à l'arrière du véhicule.

Lucie fut surprise de voir apparaître devant elle un civil et non un militaire en uniforme.

—*Raus!* lui dit l'homme plusieurs fois, sans animosité. *Raus!*

Elle obtempéra, éberluée. Elle se leva. Il l'aida à s'extraire du fourgon, lui enleva ses menottes. Il était seul. Puis, sans lui fournir d'explications, il lui indiqua de la main le chemin à prendre, remonta à son volant, redémarra, fit demi-tour et repartit par où il était venu, abandonnant sa passagère au milieu de la forêt.

Lucie ne comprit pas immédiatement ce qui lui arrivait. Elle ignorait où elle se trouvait. Rien ne lui permettait de le deviner. À travers le feuillage des arbres, elle regarda la hauteur du soleil. Elle estima qu'il pouvait être entre neuf et dix heures. Le paysage autour d'elle lui confirma sa première impression : on l'avait déposée dans les Cévennes. Le schiste affleurait sur la pente qui dévalait à ses pieds et les châtaigniers dominaient parmi les arbres de la forêt.

Elle s'étonna d'avoir été abandonnée en ce lieu réputé pour être un nid de résistants. Elle songea à Wilhelm Bresler. Et s'il avait dit la vérité? se demanda-t-elle.

Elle prit soudain conscience qu'elle avait été libérée d'une manière très étrange. Le conducteur du camion n'était pas un soldat, mais un civil. Certes allemand, mais un civil! Était-il de connivence avec l'Oberleutnant? Celui-ci avait-il donc organisé son évasion, comme il le lui avait promis?

Elle avait peine à y croire.

Elle marcha dans la forêt pendant plusieurs kilomètres. Avoir si étrangement retrouvé sa liberté lui laissait une impression bizarre. Elle se sentait épiée, encore prisonnière, comme en sursis. Elle avait beau regarder autour d'elle, examiner les moindres détails du paysage qui l'enveloppait comme un filet retient sa proie, elle ne parvenait pas à comprendre ce qui lui arrivait.

Peu à peu la forêt s'éclaircit. Les hêtres et les bouleaux disparurent. De chaque côté du chemin se dressaient des murs en pierre sèche, parfois éboulés, parfois bien entretenus, mais sans aucune culture sur les terrasses. La route de terre finit par s'arrêter, relayée par un sentier muletier. Elle hésita. Au-dessus d'elle, le soleil atteignait son zénith. Jusqu'où aller? commençait-elle à s'inquiéter.

Elle n'avait rencontré aucune maison. L'endroit lui paraissait inhabité, presque désert. Elle n'avait ni vêtements chauds pour se couvrir, ni bagages, ni nourriture pour parer au plus pressé. Elle avançait sans trop réfléchir, mue par une sorte d'instinct qui lui dictait sa conduite, par-delà sa propre volonté.

Elle fut bientôt arrêtée par un gué, qu'elle franchit d'un pas mal assuré. Peu après, une clairière s'ouvrit devant elle. Elle distingua à l'autre extrémité un cabanon en rondins de bois. Une cabane de forestier. Épuisée, elle décida de s'y réfugier pour la nuit.

Parvenue à une cinquantaine de mètres de l'abri, elle écarquilla les yeux, le regard attiré par l'image un peu floue d'une silhouette qui venait à sa rencontre. Sur le coup, elle crut qu'il s'agissait d'un bûcheron ou…

Son cœur ne fit qu'un bond. Les partisans ! se dit-elle. Des résistants !

Mais très vite, elle fut surprise d'apercevoir un homme sans arme, marcher tranquillement dans sa direction, comme s'il l'attendait. Elle ne distinguait pas encore ses traits.

Elle s'arrêta.

Elle savait que la montagne recelait des individus peu recommandables, d'anciens repris de justice en cavale ou des déserteurs de la première heure qui n'avaient pas osé refaire surface.

Elle ne pouvait plus rebrousser chemin.

L'homme approchait, vêtu d'une tenue civile : un blouson de cuir marron, sur un pantalon de velours côtelé, une écharpe autour du cou.

Elle reprit son pas, lentement, évitant de regarder dans sa direction.

Quand elle ne fut plus qu'à quelques mètres de lui, elle leva enfin la tête et, morte d'émotion, reconnut le jeune officier de la Wehrmacht, Wilhelm Bresler.

Celui-ci lui tendit la main, comme pour la rassurer, lui sourit, et dit :

— Je vous attendais, Lucie.

Stupéfaite, Lucie resta muette plusieurs secondes, ne sachant comment interpréter ce qui lui arrivait. Wilhelm la convia alors à venir se mettre à l'abri dans le cabanon.

Elle le suivit sans lui résister.

À l'intérieur, une bonne odeur de soupe chaude chassait les miasmes d'une humidité résiduelle. L'endroit avait été abandonné depuis longtemps et ne présentait aucun confort. Mais il était pourvu d'une cheminée et de quelques ustensiles de cuisine qui devaient servir aux bûcherons avant la guerre, quand ils attaquaient la campagne d'abattage des arbres.

— Vous devez être morte de faim, lui dit-il. Je vous ai préparé un repas chaud pour vous réconforter.

Devant l'étonnement de Lucie et son silence interrogateur, il poursuivit :

— Je ne vous mentais pas quand je vous affirmais que j'aidais parfois mes prisonniers à s'évader. Dans votre cas, cela n'a pas été facile. Je n'ai pas pu prévenir vos amis résistants. J'ai été muté à la Kommandantur d'Aix-en-Provence et je vais bientôt partir sur le front de l'Est, en Russie.

Le Leutnant Muller a signalé à mes supérieurs que j'avais un comportement étrange avec les détenus. Je crains de faire l'objet d'une mesure disciplinaire. Peu en réchappent sur le front russe.

Lucie écoutait Wilhelm Bresler avec attention. Elle avait beau s'y efforcer, elle ne parvenait plus à l'imaginer dans son uniforme de la Wehrmacht.

— Pourquoi avez-vous agi ainsi avec moi? finit-elle par demander. Vous avez pris le risque d'être considéré comme un traître. La sanction que vos supérieurs ont arrêtée contre vous aurait dû vous inciter à ne pas mettre davantage votre vie en péril.

— Quand je promets quelque chose, je tiens toujours parole. Je vous avais promis de vous faire évader; je l'ai fait. Maintenant, adviendra ce qu'il adviendra! Mais je n'ai pas l'intention de me laisser écraser par la machine de répression de mon propre pays. En attendant, vous resterez ici quelques jours, le temps que je prenne mes dispositions. Ensuite, je reviendrai m'occuper de vous.

Lucie ne savait que penser. Son esprit était en pleine confusion.

Qu'allait-il se produire maintenant qu'elle était devenue une fugitive? Que devait-elle décider?

Se retrouver en présence d'un Allemand, fût-ce un Allemand qui avait trahi les siens, ne pouvait que lui attirer des ennuis!

# 21

## Dans la forêt

Lucie avait repris ses confidences auprès d'Adèle. Le dénouement approchait.

À Noël, Élise rentra chez sa mère. Depuis son admission en sixième, elles ne s'étaient revues qu'à la Toussaint. L'internat ne permettant pas les sorties hebdomadaires, les élèves devaient attendre les vacances scolaires ou les longs week-ends pour retourner dans leurs familles.

Élise ne semblait pas souffrir de sa nouvelle situation. Dans son école spécialisée, la majorité de ses camarades se trouvaient dans son cas. Les externes y étaient peu nombreux. Aussi y avait-elle rencontré une communauté chaleureuse où elle s'était rapidement liée d'amitié avec des filles et des garçons qui enduraient les mêmes difficultés et qui partageaient le même espoir de réussir leur vie.

Lorsqu'elle revit Adèle à l'occasion d'une de ses visites chez sa mère, elle lui sauta au cou. Leurs retrouvailles émurent la jeune institutrice, au point qu'elle ne put, ce jour-là, poursuivre sa conversation avec Lucie.

— Nous allons remettre notre récit à plus tard, proposa-t-elle. Rien ne presse. Je vous laisse profiter pleinement de la présence de votre fille.

— Que faites-vous de tout ce que je vous apprends ? s'enquit Lucie pour la première fois depuis qu'elle se confiait à Adèle.

L'enseignante se demanda si elle devait lui avouer qu'elle rédigeait le soir même, dans un cahier, les menus détails des souvenirs de son amie.

— Je le note soigneusement pour ne rien oublier. Ma seule intention est de vous fournir un jour le récit complet des années qui ont marqué votre jeunesse, afin que vous puissiez tirer définitivement un trait sur ce passé qui empoisonne votre vie d'aujourd'hui et ne vous permet pas de redevenir cette Lucie Rochefort que vous étiez avant la guerre.

— On ne revient jamais en arrière. C'est un leurre. Les années se succèdent sans qu'on puisse ralentir le temps. On est le produit de son passé, qu'on le veuille ou non. Ce qu'on a vécu est à jamais gravé dans le marbre. C'est un caractère inexorable de l'existence : ce qui est fait est fait !

— Mais on peut toujours infléchir sa vie présente en fonction de ce que l'on a connu. Nul n'est tenu au fatalisme.

Adèle sentait une pointe d'amertume dans les remarques de Lucie. Celle-ci lui semblait résignée. Être partie à la recherche de sa fille prouvait qu'elle avait refusé l'inflexible trajectoire du destin. Mais, en même temps, elle donnait l'impression que rien ne serait plus jamais comme avant, alors qu'Adèle, elle, était persuadée du contraire.

— Quand les brumes de l'esprit se dissipent, lui signifia celle-ci, la vie reprend un goût de miel, comme au premier jour.

Élise avait mûri. L'internat l'avait éloignée de sa mère et placée devant de nouvelles responsabilités. En quelques mois, l'enfant était devenue une adolescente plus réfléchie, plus soucieuse de tout ce qui touchait son entourage. Elle prenait des initiatives qui étonnèrent Lucie, comme rechercher dans son encyclopédie des détails sur les événements marquants de la dernière guerre. Elle s'enfermait de longues heures à lire et à relire tout ce qui avait rapport avec l'Occupation, la collaboration, le nazisme. Au point que Lucie finit par se demander si sa fille ne commençait pas à s'intéresser, elle aussi, à sa naissance mystérieuse.

Lorsqu'elle rentra à l'internat, début janvier, les vacances terminées, Lucie s'en ouvrit à Adèle, inquiète.

— Je crois qu'Élise se pose des questions sur sa venue au monde. Elle ne s'en est jamais souciée jusqu'à présent. Qu'est-ce qui a pu changer dans son esprit ?

— Elle va sur ses douze ans. Élise n'est plus une enfant. L'absence d'un père finit souvent par poser problème. C'est tout à fait légitime. Vous ne pourrez pas toujours lui cacher la vérité.

Lucie se rembrunit. Adèle n'avait pas mesuré la portée de sa remarque.

— Nous allons poursuivre nos entretiens. Je souhaite arriver au terme de mon récit avant qu'Élise ne devienne trop curieuse.

Adèle comprit que sa confidente ressentait enfin le besoin de révéler son secret.

— Pourquoi n'avez-vous pas choisi d'ouvrir totalement votre cœur au père Deleuze? osa-t-elle lui demander avant qu'elle reprenne le cours de son histoire. C'est un prêtre. Il a l'habitude des confessions. De plus, il est votre ami depuis longtemps.

— Jean est plus qu'un ami pour moi. Vous ne l'ignorez pas. Mais j'ai trop de pudeur pour lui parler de ce que je tente de vous révéler. J'ai besoin d'une oreille... comment vous dire... neutre et impartiale. Vous vous êtes trouvée sur mon chemin. Après bien des hésitations, je vous ai accordé toute mon estime, car vous avez ouvert le cœur de ma fille comme moi-même je n'y étais pas parvenue. Vous êtes devenue mon amie, ma confidente. Vous me procurez beaucoup de bien, Adèle. Jean ne saurait m'écouter et me parler comme vous, sans éprouver à mon égard cette tendresse qui rend un homme vis-à-vis d'une femme incapable de ne pas s'apitoyer par amour. Jean m'aime, je le sais. Mais je ne peux lui laisser croire que, lorsque j'aurai balayé tous les miasmes de mon passé, je pourrai répondre à ses sentiments. Je suis persuadée qu'il est prêt à abandonner sa vocation pour me suivre. Je ne veux pas lui demander cela. Je ne le peux pas.

Adèle ne savait comment interpréter cet aveu. Elle n'aurait jamais imaginé que Jean Deleuze pût renoncer à la prêtrise pour l'amour d'une femme, fût-elle celle dont il s'était épris plusieurs années auparavant.

— Qu'entendez-vous par « je ne le peux pas » ? insista Adèle qui commençait à douter que Lucie pût encore donner son cœur à un homme.

Aurait-elle à ce point honte de ce qui lui est arrivé ? se demandait-elle en attendant la réponse à sa question.

— Laissez-moi poursuivre, coupa Lucie. J'étais en train de vous expliquer, lors de notre dernière entrevue, que j'avais retrouvé l'Oberleutnant Bresler dans la forêt cévenole. J'ignorais totalement où nous étions. J'éprouvais une grande frayeur. J'étais seule avec lui, dépourvue de tout. Entièrement à sa merci. La situation paraissait tellement étrange ! Après une heure ou deux, il m'a quittée. Je suis restée cloîtrée dans ce cabanon…

Lucie reprit son récit avec une intonation dans la voix qui trahissait son émotion, voire la crainte qu'elle avait ressentie au moment où Wilhelm Bresler lui avait demandé de l'attendre sans bouger, sans sortir de l'abri afin de ne pas se faire repérer.

Adèle l'écouta sans l'interrompre.

*
\* \*

*1944*

Wilhelm Bresler resta absent plusieurs jours pendant lesquels Lucie s'abstint de s'éloigner du cabanon, comme il le lui avait recommandé. Il lui avait conseillé d'éteindre le feu afin de ne pas donner l'alerte aux éventuels braconniers ou partisans. Il lui avait laissé suffisamment de vivres pour attendre son retour.

«Vous ne risquez rien si vous ne commettez pas d'imprudences», lui avait-il déclaré avant de la quitter.

Lucie ignorait l'endroit exact où elle se trouvait. Si elle avait pu observer les reliefs environnants, elle aurait pu mettre un nom sur les sommets qu'elle aurait aperçus et se situer avec plus de précision: le mont Aigoual, le col de l'Asclier, le mont Lozère, le pic Cassini. Mais, isolée en pleine forêt, elle ne pouvait deviner dans quelle partie des Cévennes le fourgon l'avait déposée.

Après réflexion, elle se demanda pourquoi Wilhelm Bresler ne le lui avait pas dit dès son arrivée. Il veut sans doute me laisser dans l'ignorance afin que je ne sois pas tentée de m'échapper, songeait-elle.

Trois jours après, Wilhelm Bresler revint, à pied, comme il était parti, un sac sur le dos, rempli de victuailles et de vêtements. Il avait changé de tenue. Il portait ses bottes de militaire, une vareuse de cuir noir, et dissimulait mal, dessous, son uniforme d'officier de la Wehrmacht.

— Je dois agir vite, lui dit-il sans lui laisser le temps de le questionner. Mes hommes patrouillent dans les parages. Ils suivent la piste d'un groupe de résistants qui opère près du mont Aigoual. Toutes nos forces sont sur le qui-vive.

— Vous n'avez pas été muté à Aix-en-Provence ? s'étonna Lucie.

— Si. Mais j'ai été réquisitionné pour cette mission importante et dangereuse. Je suis persuadé qu'il s'agit d'une mesure de rétorsion contre moi. Comme j'étais dans le coin, j'en ai profité pour m'éclipser et vous apporter quelques effets et de la nourriture. Je ne peux pas rester très longtemps. Mais je reviendrai.

Lucie ne posa pas d'autres questions. Elle venait d'apprendre qu'elle se trouvait dans la région du mont Aigoual. Dans la forêt d'Aire-de-Côte, peut-être, pensa-t-elle.

— Dès que j'aurai les mains libres, je vous mettrai en sécurité, ajouta l'Oberleutnant. Pour l'instant, ne bougez pas d'ici. Encore un peu de patience.

Wilhelm Bresler disparut à nouveau.

Lucie se demandait si elle ne ferait pas mieux de lui désobéir et de se lancer sur les chemins de la forêt, maintenant qu'elle était seule. Que risquait-elle ? De rencontrer des résistants ? Elle leur expliquerait ce qui venait de lui arriver. Ils la mettraient en relation avec son oncle. Elle serait enfin hors de danger. Au pire, elle tomberait sur des réfractaires au STO. Ils ne lui feraient aucun mal. N'était-elle pas, elle aussi, menacée par les Allemands ?

Elle réfléchit longuement avant de prendre une décision. Certes, Wilhelm Bresler semblait sincère, mais il était allemand ! Pouvait-elle lui faire totalement confiance ? Elle ne parvenait pas à imaginer un officier de la Wehrmacht trahir les siens pour sauver la vie de Juifs ou de résistants.

Perdue dans ses supputations, Lucie laissa passer la nuit avant de prendre une décision.

Le lendemain, elle remplit un sac de provisions et de vêtements chauds et, à la première heure du jour, quitta le cabanon, dans l'espoir de tomber sur des partisans.

Elle marcha dans la forêt pendant des heures avant de se repérer. Dans le lointain, elle aperçut le profil du mont Aigoual se détacher sur un ciel embrasé. Elle en fut immédiatement soulagée. Dorénavant elle pourrait se diriger en toute connaissance. Dès qu'elle s'approcherait d'un village, elle redoublerait de prudence. Des soldats allemands patrouillaient dans de nombreux secteurs où la Résistance avait été particulièrement active depuis l'année précédente. Sébastien lui avait parlé d'actes héroïques tentés dans la région de Saint-Étienne-Vallée-Française, à l'automne 1943, par une trentaine de réfractaires au STO commandés par un certain André Toussaint. Le petit groupe de maquisards s'était installé à la Picharlerie, une ferme isolée désaffectée, qui avait abrité en 1940 un chantier de jeunesse. Depuis, il ne cessait de harceler les Allemands. Mais des éléments de la gendarmerie et la milice de Vichy prêtaient souvent main-forte aux troupes d'occupation. Le secteur était donc particulièrement risqué.

Aussi se demandait-elle pourquoi Wilhelm Bresler l'avait amenée dans cet endroit réputé dangereux.

Le soir venu, elle trouva refuge dans une capitelle, une petite construction de pierres sèches qui, à des époques reculées, servait d'abri pour les bergers. Il en existait de nombreuses dans toutes les Cévennes, témoins de l'ère des grandes transhumances. Le confort y était encore plus rustique que celui du cabanon de bûcheron, dans la forêt. Elle dut se contenter de dormir à même le sol, sur un lit de gravillon, sans couverture ni éclairage.

Au beau milieu de la nuit, elle fut réveillée par des bruits étranges. Des grognements sourds, de plus en plus menaçants. Des sangliers rôdaient autour de la capitelle, à la recherche de nourriture. Une fois sa frayeur dissipée, elle tenta de se rendormir, mais n'y parvint pas. Elle patienta jusqu'à l'aube, pelotonnée contre la paroi de l'abri circulaire, puis décida de reprendre sa route. Elle croyait s'approcher de Saint-Étienne-Vallée-Française, commune qu'elle ne connaissait pas, mais qu'elle savait située en amont de Saint-Jean-du-Gard. En réalité, elle avait tourné en rond et ne se trouvait pas très loin de l'endroit qu'elle avait quitté la veille.

Il lui semblait que ses pas ne la conduisaient nulle part. Elle errait de clairière en zone boisée, de serres en valats, à travers la montagne cévenole qui commençait à lui paraître hostile.

Je comprends pourquoi la Résistance est si difficile à dénicher! se disait-elle.

Au milieu de l'après-midi, elle entendit des bruits de moteurs. De gros véhicules grimpaient une côte que lui cachait un bosquet de châtaigniers.

Elle redoubla de prudence, demeurant dissimulée derrière les arbres. Une route bitumée serpentait à quelques dizaines de mètres devant elle.

Bientôt un convoi de half-tracks allemands escorté de motos et de side-cars passa sous ses yeux ébahis. Son cœur cognait à se rompre. Un camion bâché s'arrêta à son niveau. Cinq soldats lourdement armés en sortirent, prêts à tirer. Visiblement, ils cherchaient quelqu'un.

Lucie vit sa dernière heure arrivée. Cachée derrière son arbre, elle ne bougeait plus, retenait sa respiration. Devant elle, deux Feldgendarmes firent descendre des chiens. Ceux-ci reniflèrent aussitôt autour d'eux, tirant sur leurs laisses. Elle entendit des ordres donnés par un officier. Les molosses ne cessaient d'aboyer et attiraient leurs maîtres dans sa direction.

Tout à coup, elle fut happée vers l'arrière. Une poigne de fer l'écrasa au sol. Une main se plaqua sur sa bouche. Elle ne pouvait voir qui s'en prenait à elle si violemment, au point de lui faire mal. Les cris lui parvenaient étouffés, toujours plus menaçants. Elle se sentit comme anéantie sous un corps immobile, dont elle entendait le cœur battre et percevait la chaleur.

Les soldats hésitèrent à s'engager dans le taillis, se méfiant d'un possible traquenard. Ils finirent par renoncer.

— Il n'y a personne, releva l'un d'eux en allemand. Les chiens ont dû renifler un animal.

— Des sangliers, répondit un de ses camarades. Dans le secteur, il n'y a que des cochons sauvages et des cochons de résistants ! C'est la même engeance !

Ils regagnèrent leur véhicule, firent grimper leurs bergers allemands, montèrent à leur tour à l'arrière de la cabine.

Une fois le danger éloigné, Lucie sentit la pression exercée sur elle se relâcher. Encore tremblante de peur, elle n'osait affronter du regard celui qui venait de la sauver d'une mort certaine.

— Je vous avais pourtant demandé de ne pas bouger! lui dit alors Wilhelm Bresler. Si je n'étais pas arrivé à temps, ils vous auraient arrêtée.

Lucie fut soulagée. Mais elle ne sut comment expliquer sa fuite.

— Quand je me suis aperçu que vous n'étiez plus dans le cabanon, j'ai compris que vous vous étiez enfuie. Je suis aussitôt parti à votre recherche. J'ai vite entendu les bruits de moteur du convoi. J'ai accouru, persuadé que vous vous étiez fait prendre.

— Je... je... je ne voulais pas, balbutia-t-elle.

— Inutile de vous excuser. Vous vous méfiiez encore de moi, n'est-ce pas?

— Pardonnez-moi... J'ai eu peur de me tromper, en effet. C'est tellement... anormal ce qui m'arrive. Admettez-le!

— Lucie, il va falloir me faire confiance. Sinon, je ne pourrais plus rien pour vous. Un peu plus et nous étions pris tous les deux dans la souricière. La région est truffée de soldats et de miliciens. Et de résistants!

— Nous n'avons qu'à nous rendre à eux.

— Non, je ne le peux pas. Ils me suspecteront immédiatement, et vous également. Ils vous accuseront de collaborer.

—Vous saviez que les Cévennes étaient un nid de maquisards. Pourquoi m'y avez-vous emmenée ?

—On n'est jamais aussi bien caché qu'au beau milieu de ses ennemis ! Le Leutnant Muller ne viendra jamais nous dénicher ici. L'endroit est beaucoup trop dangereux pour moi. C'est donc le lieu idéal pour demeurer hors de sa portée.

Encore sous le coup de l'émotion, Lucie s'en remit une fois de plus à l'Oberleutnant Bresler.

—Vous allez me ramener dans le cabanon de bûcheron, au milieu de la forêt ?

—Non. J'ai trouvé mieux pour vous cacher pendant quelque temps. Je connais une vieille maison abandonnée, plus confortable que cette cabane. Je viendrai vous voir régulièrement. Vous ne manquerez de rien. J'y ai déposé de la nourriture avant de partir à votre recherche. Vous ne risquerez pas de faire de mauvaises rencontres... si vous évitez de vous éloigner.

—Pourquoi ne pas me renvoyer chez moi ? Maintenant que je suis libre, je pourrais rentrer à Tornac.

—Pour vous y faire immédiatement reprendre ! C'est cela que vous souhaitez ? Vous ignorez que votre maison doit être étroitement surveillée, ainsi que tous les membres de votre famille. Votre oncle Sébastien, lui, ne le sait que trop. Il n'est pas réapparu depuis votre arrestation. On ne l'a revu nulle part. Il faut l'imiter, Lucie. Dans votre intérêt. Disparaître est votre seul salut.

—Et vous vous proposez de m'aider une fois encore ?

— Serais-je ici dans le cas contraire ? Si je vous ai fait évader, ce n'est pas pour vous abandonner maintenant. Seule, vous n'irez pas loin.

Lucie dut se rendre à la raison. Wilhelm Bresler parlait avec tant de bon sens et de conviction qu'elle décida enfin de l'écouter.

À la tombée de la nuit, ils se remirent en route.

Lucie ne voulait plus se poser de questions. Elle semblait résignée à affronter ce que le destin lui infligerait.

## 22

Recluse

Lucie n'avait plus le choix. Le danger de tomber dans les mains des allemands ou dans celles des maquisards ne lui permettait plus d'hésiter ou de mettre la parole de son protecteur en doute. Dans les deux cas, elle serait suspectée, arrêtée, traduite devant des autorités qui la jugeraient et la condamneraient.
Le sort semblait s'acharner sur elle.
Sa vie dépendait de l'Oberleutnant Bresler. N'était-ce pas ce que celui-ci avait souhaité? N'avait-il pas manigancé ce scénario machiavélique dans le seul but de la faire parler?
Qui était Wilhelm Bresler?

Après trois bonnes heures de marche à travers la montagne, ils atteignirent enfin la limite d'une petite commune que Lucie ne connaissait pas. En chemin, ils n'avaient rencontré personne. Wilhelm avait choisi de ne prendre aucun risque inutile.
— J'ai déniché une vieille maison abandonnée, lui dit-il. Nous y parviendrons bientôt. Le village se situe un peu plus loin, suffisamment à l'écart pour qu'on n'y soupçonne pas votre présence.

Je me suis renseigné, il y a des années que cette maisonnette n'est plus ni habitée ni visitée par son propriétaire. Personne ne viendra vous y déranger. Vous pourrez même faire du feu dans la cheminée. À l'intérieur vous trouverez ce dont vous aurez besoin pour vivre.

— Où sommes-nous ? demanda Lucie, pas encore très rassurée.

— Sur la commune de Saint-Roman.

— Que comptez-vous faire à présent ? Et moi, qu'est-ce qui m'attend ?

Wilhelm parut embarrassé.

— Pour l'instant, le plus urgent est de vous faire oublier. Pas question de rentrer chez vous, je vous l'ai dit. Ce serait vous jeter dans la gueule du loup.

— Vous allez me laisser seule longtemps ? Vous ne pourrez pas vous occuper de moi éternellement ! Vos supérieurs finiront par découvrir ce que vous leur dissimulez. Comment saurai-je si vous êtes toujours vivant ou si l'on ne vous a pas envoyé en Russie, comme vous le craigniez ?

— Faites-moi confiance, Lucie. Je vous tiendrai au courant dans le cas où je serais empêché de venir vous voir en personne. Je vous contacterai d'une façon ou d'une autre

— Le conducteur du fourgon, qui m'a sortie de prison, est-il l'un de vos amis ?

— Il n'est pas mon ennemi. C'est un Allemand qui vit en France depuis plus de dix ans. Je ne peux vous en dire plus. Pour sa sécurité.

Lucie comprit que Wilhelm Bresler devait avoir recours à des compatriotes hostiles au régime nazi et entrés dans la Résistance auprès des Français. Certains maquis recueillaient en leur sein des éléments étrangers, des Espagnols, des Polonais, des Belges, mais aussi des Allemands. Wilhelm Bresler avait dû en contacter certains, pensa-t-elle.

Cette éventualité lui redonna confiance.

—De toute façon, ajouta-t-elle, je n'ai pas le choix! Je suis obligée de m'en remettre à vous.

Wilhelm Bresler la laissa à nouveau seule. Il partit sans lui préciser où il allait.

La maison se trouvait loin du village. Entourée d'un petit jardin en friche, gagné par les ronces et les clématites, elle se composait d'un rez-de-chaussée comprenant une cuisine, une grande chambre et un débarras. Deux pièces supplémentaires se partageaient l'étage et avaient servi jadis de magnanerie où l'on élevait des vers à soie. Une cave et un grenier complétaient l'ensemble.

Lucie s'installa au rez-de-chaussée pour se sentir plus en sécurité. Sans aucun moyen de se défendre au cas où des inconnus viendraient à rôder autour de la maison, elle voulait se tenir prête à s'enfuir dans la forêt le plus vite possible. Celle-ci commençait au-delà des terrasses qui surplombaient l'habitation. On y accédait par des escaliers aménagés par les anciens dans les murs en pierres sèches pour le travail des terres cultivées. Puis un sentier de chasseur embroussaillé s'enfonçait à travers bois. Visiblement l'endroit avait été abandonné par les villageois. Quant au propriétaire, il devait être mort sans héritier ou parti vivre dans une autre commune... Lucie se raisonnait comme elle le pouvait afin d'évacuer les craintes qui l'habitaient.

Quand elle ouvrit l'armoire de la cuisine, elle découvrit les provisions apportées par Wilhelm.

Je ne mourrai pas de faim! se dit-elle en souriant. J'ai de quoi tenir un siège.

Wilhelm Bresler avait pensé à tout. Il y avait des boîtes de conserve, du lait en poudre, de la farine, des œufs frais, et même – luxe suprême – du vrai café, du chocolat et quelques bouteilles de vin. Alors que, dans tout le pays, les Français devaient se priver et ingurgiter des ersatz s'ils ne voulaient pas recourir au marché noir, pendant plusieurs semaines elle pourrait vivre comme si la guerre n'existait pas, comme si elle passait du bon temps dans un petit mas au cœur de la montagne. Pour un peu, elle se serait crue en villégiature! Cette idée la fit sourire.

Elle commença par faire un peu de ménage au rez-de-chaussée. La maison était particulièrement sale. La poussière recouvrait les meubles, le lit, le sol, le rebord des fenêtres. Elle ouvrit en grand la porte d'entrée afin de laisser le soleil assainir l'atmosphère, sortit les vieux tapis, les oreillers, les couvertures dont certaines sentaient le moisi. Puis elle décida d'allumer la cheminée avec le bois que Wilhelm avait entassé à l'extérieur, dans une remise attenante. Sur ses conseils, elle ne brûla qu'une bûche à la fois pour éviter qu'on ne voie de loin de la fumée s'échapper dans le ciel.

Quand elle eut terminé son grand nettoyage, contente d'elle-même, elle s'affala sur le lit qu'elle avait recouvert de draps propres et s'endormit.

*
* *

Le temps s'écoulait lentement. Ne pouvant s'éloigner de son refuge, Lucie demeurait cloîtrée à l'intérieur. Wilhelm Bresler lui avait laissé trois livres qu'il transportait dans ses affaires d'officier depuis le début de la guerre. Une traduction en français de *Guerre et Paix* de Tolstoï, et deux volumes de *La Comédie humaine* de Balzac. Aussi passait-elle de longues heures plongée dans la lecture à fuir ses appréhensions.

Peu à peu, elle finit par s'accoutumer à son existence de recluse et s'efforça de vivre au jour le jour sans penser au lendemain. Ses craintes se dissipaient. Elle ne voyait personne, hormis Wilhelm Bresler une ou deux fois par semaine.

Celui-ci avait été envoyé en poste à Mende après son passage à Aix-en-Provence, trop heureux d'avoir échappé de justesse à son exil sur le front de l'Est grâce à des relations qu'il avait nouées dans l'état-major allemand au début de la guerre. Il parvenait assez facilement à se dégager de ses obligations et se rendait à Saint-Roman dès qu'il le pouvait pour tranquilliser Lucie et s'assurer qu'elle ne manquait de rien. Personne ne le soupçonnait de mener un double jeu. Il agissait en toute discrétion et trompait à la fois la vigilance de ses subordonnés, de ses supérieurs, de la Gestapo, toujours sur le qui-vive, et des partisans qui épiaient de près le moindre mouvement des troupes ennemies.

Lucie ne se posait plus de questions à propos de ses intentions. À chacune de ses visites, Wilhelm Bresler lui montrait beaucoup de sollicitude. Il prenait de gros risques, car la région était truffée de maquisards et les Allemands surveillaient étroitement toutes les routes qui s'enfonçaient dans la montagne. Les heurts sanglants se multipliaient aux quatre coins des Cévennes, se soldant chaque fois par de nombreuses victimes et une terrible répression.

Wilhelm donnait à Lucie toutes les informations qu'il détenait et tentait de la rassurer sur le sort de Sébastien et de son cousin Thibaud dont elle n'avait plus de nouvelles depuis longtemps. Il affirmait se renseigner auprès de sources sûres.

—Votre famille va bien, la réconfortait-il à chacune de ses visites. Mais j'avoue ne pas savoir ce qu'est devenu votre oncle. En tout cas, il n'a pas été arrêté, ni votre cousin. Ils doivent se cacher. C'est leur intérêt.

Au fil des semaines, cependant, Wilhelm Bresler parut de plus en plus soucieux. Les forces d'occupation étaient violemment harcelées par les résistants. Wilhelm ressentait une grande fébrilité au sein de l'état-major. Les Soviétiques malmenaient les armées de l'Est et commençaient à repousser la ligne de front en leur faveur. Sébastopol venait d'être libérée. Depuis l'Afrique du Nord, les Alliés progressaient en Méditerranée. L'Allemagne elle-même était écrasée sous les bombes.

—Je crains pour mes parents, reconnut Wilhelm un jour où Lucie osa lui demander les raisons de son inquiétude. Ma ville a été bombardée. Il y a eu beaucoup de victimes dans la population civile. Les miens courent un grand danger.

—Vous êtes issu d'une famille nombreuse?

— J'ai un frère et deux sœurs. Je suis l'aîné. Le plus jeune, Hans, a quinze ans. Mes sœurs, Greta et Anna, ont dix-huit et vingt ans. Tous sont musiciens. Ils tiennent cela de mon père qui était violoniste dans un orchestre symphonique, avant la guerre.

— Il ne l'est plus ?

— Non, hélas ! Son orchestre a été dissous !

— De quel instrument jouent votre frère et vos deux sœurs ?

— Hans joue du piano, et mes sœurs du violon, comme mon père, et comme moi.

Wilhelm se confiait de plus en plus à Lucie. Avec elle, il évoquait souvent sa jeunesse, le temps où, avant que l'Allemagne ne tombe sous la botte nazie, il était encore possible de rêver à des lendemains enchanteurs.

— J'ai bien peur que mon pays ne doive payer un lourd tribut au monde à cause des erreurs fatales qu'il a commises en se jetant dans les bras d'Adolf Hitler, avoua-t-il alors qu'il venait d'annoncer à Lucie qu'il devrait, dorénavant, espacer ses visites.

Celle-ci faillit s'attrister de cette décision. Elle se retint de le montrer, repoussant toute sentimentalité vis-à-vis de l'officier allemand.

Quand elle se retrouvait seule, après son départ, elle ne pouvait s'empêcher de réfléchir à ce qui lui était arrivé au cours de ces dernières semaines passées en sa compagnie. Elle s'était beaucoup méfiée de l'Oberleutnant Bresler. Au fond, elle ignorait tout de ses agissements dans l'armée allemande et ne pouvait être assurée qu'il n'avait pas lui-même maltraité ses prisonniers. Mais, au fur et à mesure qu'elle le découvrait et qu'il se livrait à elle sans donner l'impression de lui dissimuler la vérité sur ses antécédents, elle voyait de plus en plus en lui un homme ordinaire, un ami à la recherche d'une oreille complaisante, d'une écoute attentionnée. Entre elle et l'Oberleutnant se nouait une étrange relation, pleine de sous-entendus, de non-dits, d'aveux à peine dévoilés, mais qui trahissaient une compréhension réciproque.

Lucie ne savait plus ce qu'elle devait espérer. Si les Allemands étaient malmenés, soit ils deviendraient plus menaçants et accroîtraient leurs mesures de répression, soit ils commenceraient à battre en retraite. Dans tous les cas, Wilhelm Bresler se trouverait prisonnier de son propre stratagème, car il ne pourrait prolonger davantage l'aventure qu'il avait entreprise avec elle. Il serait sans doute contraint de l'abandonner. Son unité serait peut-être appelée en renfort ailleurs, sur un autre front. Il devrait partir. Elle serait alors livrée à elle-même, compromise devant les siens, et en grand danger devant des forces d'occupation en déroute.

Elle envisagea à nouveau de rentrer à Tornac.

En redoublant de prudence, se disait-elle, je devrais m'en sortir. Une fois à la Fenouillère, mes parents me cacheront. J'attendrai la fin de la guerre sans me montrer. Personne ne saura que je suis revenue.

Toutefois, en concevant ce projet, elle réalisa qu'elle quitterait Wilhelm Bresler à tout jamais, qu'il serait peut-être en péril de son côté. Elle éprouva des scrupules qui la firent hésiter.

Plus elle réfléchissait aux raisons qui poussaient Wilhelm Bresler à agir en bienfaiteur avec elle, plus elle était persuadée que sa soif de justice n'était pas le seul moteur de son comportement. N'avait-elle pas surpris, à plusieurs reprises, ses regards appuyés pétris de tendresse, remarqué ses silences éloquents qui trahissaient son émotion, voire…? Nourrissait-il donc des sentiments à son égard?

Ces pensées la troublaient au point qu'elle était incapable de se décider à partir sans éprouver un relent de trahison.

\*
\* \*

Le mois de mai se terminait dans toute sa splendeur. L'été approchait. La montagne s'ornait de ses plus beaux atours. L'or des genêts se découpait sur le vert tendre des arbres en pleine feuillaison. Malgré le danger omniprésent, les troupeaux commençaient à reprendre le chemin de l'estive, s'égrenant, tels de longs fleuves de laine, le long des drailles ancestrales. Certains bergers n'hésitaient pas à transmettre des journaux clandestins ou des tracts de la Résistance tout au long de leur parcours de transhumance. Aussi étaient-ils étroitement surveillés par les Allemands et les miliciens.

Lucie s'inquiétait. Wilhelm tardait à revenir. Son unité, stationnée à Mende, avait été appelée sur le Causse Méjean où un groupe de résistants appartenant au maquis Bir-Hakeim s'était retranché.

Il rentra à Saint-Roman dans un état déplorable, visiblement abattu par les événements qu'il venait de vivre.

— Les combats ont été terribles, avoua-t-il. Les partisans se sont battus comme des diables. Les premiers maquisards sont arrivés dans le hameau de La Parade, après être passés par Meyrueis le 27 mai. Notre état-major a été alerté qu'un convoi de camions avait traversé cette commune au petit matin.

— Par qui ? s'étonna Lucie.

— Quelqu'un a prévenu la gendarmerie locale qui en a informé le préfet, lequel, à son tour, a transmis immédiatement le renseignement à notre état-major à Mende. Celui-ci a décidé d'attaquer dès le lendemain, jour de la Pentecôte, avec la Légion arménienne. Les guetteurs du groupe de résistants ont été surpris et abattus sans pouvoir alerter leurs camarades. Puis nous avons donné l'assaut. La bataille a été acharnée et sanglante. Les membres du maquis Bir-Hakeim se sont défendus avec beaucoup de bravoure, mais ont été acculés par nos hommes et vite débordés. Beaucoup ont été tués, dont la plupart des chefs. Certains ont pu prendre la fuite. Un moment, je me suis retrouvé devant trois hommes armés. L'un d'eux parlait espagnol. Je me souviens qu'il demandait de l'aide à ses compagnons. Ceux-ci lui ont indiqué ma position : « Álvarez, Emilio, Emilio !

s'écriaient-ils pour l'avertir du danger. Derrière toi!» Il s'est retourné. Il m'a fait face. Nous nous sommes regardés. Son arme s'est enrayée. Je l'ai menacé. Il a cru que j'allais l'abattre. Il a crié: «*Viva la muerte!*» Alors, je l'ai laissé s'enfuir. Dans ses yeux j'ai lu ses pensées. Je crois qu'au fond de lui il m'a remercié. En tout, nous avons fait vingt-sept prisonniers...

Wilhelm Bresler s'arrêta, effondré.

—Álvarez! releva Lucie. Emilio Álvarez? Vous êtes sûr?

—Oui, je me souviens très bien. Pourquoi?

—Oh, pour rien. J'ai connu un Emilio Álvarez jadis. J'avais treize ou quatorze ans... Mais ce doit être quelqu'un d'autre.

Lucie ne savait que penser de ce tragique événement. Dans d'autres circonstances, elle aurait crié sa haine contre toute cette violence, son écœurement contre la barbarie. Mais devant Wilhelm Bresler, qui lui parlait avec sincérité de ce qu'il avait vécu, obéissant aux ordres, elle ne trouvait pas ses mots pour condamner de tels actes.

Il poursuivit:

—Ils les ont tous fusillés... le lendemain. J'ai essayé d'intervenir..., je n'ai rien pu faire.

Wilhelm avait les yeux embués. Lucie s'en aperçut, mais ne put le consoler. C'était encore trop lui demander de s'apitoyer sur un Allemand.

Quelques jours plus tard, il revint, plus fébrile encore. Les Américains et les Britanniques venaient de débarquer. Dans toutes les unités, la consigne d'organiser la contre-offensive avait été donnée par l'état-major allemand. Les troupes devaient converger vers le nord et l'ouest afin d'arrêter les alliés fraîchement arrivés sur les côtes de Normandie. Un vent de panique soufflait sur les forces d'occupation. La Résistance redoublait d'activité. Les réseaux se mobilisaient pour prêter main-forte aux armées de libération dès que celles-ci seraient parvenues à briser la ligne de défense dressée par les Allemands le long des côtes de la Manche et de l'Atlantique.

La division de Wilhelm Bresler avait reçu l'ordre de se replier vers le centre de la France, afin de grossir les troupes aux prises avec les forces alliées. Déjà dans le Sud-Ouest et dans le Sud, de nombreux régiments de la Wehrmacht et des unités de la Waffen SS faisaient route vers les points stratégiques. Des combats sanglants, voire des exactions envers la population civile avaient été enregistrés. Les SS venaient de massacrer le village d'Oradour-sur-Glane[1].

Lucie ne put contenir sa joie à l'annonce de la grande nouvelle. Comme beaucoup de Français, elle attendait le débarquement avec impatience.

— La guerre va bientôt finir ! Les alliés vont repousser les Allemands...

Elle n'acheva pas sa phrase, consciente que son emportement pouvait blesser Wilhelm Bresler.

Le visage de ce dernier se rembrunit.

— Je ne peux plus supporter les ordres que l'on me donne, déplora-t-il. J'ignore ce qui se passe,

---

1. 10 juin 1944.

mais j'ai le sentiment que la fin de notre hégémonie approche.

—Vous le regrettez!

Wilhelm regarda Lucie avec étonnement.

—Vous le pensez vraiment! Vous n'avez donc pas compris?

—Que dois-je comprendre?

Wilhelm hésitait. Se tut un long moment.

Lucie se sentit mal à l'aise.

—Je ne suis pas votre ennemi, Lucie. Comment le pourrais-je, alors que…

Il ne termina pas sa phrase, évita de la regarder de face, comme s'il avait un secret à lui dissimuler.

—Alors que quoi? demanda-t-elle, troublée.

Il se retourna. S'approcha d'elle. Lui prit les mains dans les siennes. La fixa droit dans les yeux.

—Alors que je vous aime! finit-il par avouer.

## 23

Liaison dangereuse

*1957*

Adèle ne fut pas surprise lorsque Lucie lui annonça l'aveu de Wilhelm Bresler. Certes, elle s'attendait plutôt à entendre de sa bouche qu'il avait abusé de sa confiance à des fins peu glorieuses, voire qu'il avait fini par la livrer à la Gestapo. Mais, peu à peu, elle avait deviné que l'Oberleutnant avait agi depuis le début par amour pour sa prisonnière.

Lucie prenait maintenant sa défense sans se voiler la face.

—J'ai compris, un peu tard, je l'avoue, que Wilhelm n'était pas un Allemand comme je me les représentais tous, implacables, froids comme l'acier, sans une once de pitié pour les malheureux qu'ils envoyaient à la mort. Parfois je doutais de mes propres réactions. Mais je finissais toujours par voir en lui un ennemi, un représentant du mal. Au fond de moi, je lui reprochais de tenir des discours en contradiction avec ses actes. Jamais il ne m'a dit qu'il refusait les ordres qu'on lui donnait.

—Selon ce que vous me racontiez, il a participé au terrible épisode de la Parade qui a décimé le maquis Bir-Hakeim. Ce fut une véritable tragédie!

—Il n'a pas pu désobéir aux ordres. À sa place, il lui était difficile de s'opposer à son état-major. À moins de risquer les arrêts de rigueur pour refus d'obéissance. C'eût été pour lui l'assurance d'être traduit devant la cour martiale de son pays et d'être fusillé.

—Il a quand même participé à cette tuerie qui s'est soldée, si ma mémoire est bonne, par trente-quatre morts et vingt-sept prisonniers tués. Sans compter les menaces que les habitants du hameau ont subies et qui auraient été mises à exécution si leur curé n'était pas parvenu à parlementer avec l'officier qui commandait l'opération.

—Je connais les détails de cette tragédie. Mais Wilhelm n'y était pour rien, je vous l'assure. Il me l'a affirmé.

—Et vous l'avez cru! s'étonna Adèle. Uniquement parce qu'il vous a avoué vous aimer depuis le début!

—Non, pas tout à fait. J'ai continué à me méfier. Mais sa sincérité devenait de plus en plus évidente. Je le ressentais au fond de moi. Quelque chose me disait que j'avais tort de mettre sa parole en doute. Et puis, je n'étais pas sa prisonnière, contrairement à ce que vous pouvez croire. En tout cas, il ne me considérait pas comme telle. Moi oui. Lui ne voyait en moi que celle dont il s'était épris dès notre première rencontre.

—Pensez-vous que l'amour qu'il éprouvait pour vous a été la source de son changement d'attitude au regard des devoirs qui le liaient à son pays en guerre contre le vôtre ?

Lucie ne comprenait pas où Adèle voulait en venir. Elle sentait en elle de la désapprobation, une forme déguisée de condamnation.

— Vous me jugez comme si j'étais coupable d'avoir suscité des sentiments chez Wilhelm Bresler. Je n'ai rien fait pour cela, je vous l'affirme !

— Vous n'y avez pas été insensible !

Lucie se referma, chagrinée.

— Je crois préférable d'interrompre notre entretien, lui dit-elle d'un ton qui trahissait son émotion. Je pense que vous ne me comprenez plus, Adèle. Je le regrette sincèrement. Je vous avais accordé toute ma confiance. Je m'aperçois que vous non plus n'êtes pas prête à accepter ce que d'autres à l'époque ont refusé d'entendre. Vous m'en voyez désolée, mais je désire qu'on s'en tienne là.

Ce soir-là, Adèle éprouva le besoin de s'épancher auprès de François.

À peine rentrée chez elle, elle se blottit dans ses bras et se serra très fort contre lui.

— Que se passe-t-il ? s'étonna-t-il. Tu t'es disputée avec Lucie ? Elle ne veut plus te parler ?

— Comment as-tu deviné ?

— Oh, je te connais ! Tu es allée trop loin dans tes questions au lieu de laisser Lucie venir à toi… Je me trompe ?

Adèle reconnut qu'elle avait mal agi avec son amie en la mettant en porte-à-faux.

François poursuivit :

—Sans vouloir la vexer, tu lui as donné l'impression de la juger et de lui faire la morale. Tu n'as pas pu t'empêcher de dévoiler tes propres sentiments. Quelque chose t'a chagrinée et tu le lui as fait comprendre alors que, de son côté, elle tentait de t'expliquer son point de vue.

—Comment devines-tu tout cela?

—Tu agis de la même façon avec moi! Mais je ne t'ai jamais rien dit parce que je t'aime. Je ne voulais pas t'imposer ma façon de voir les choses.

Adèle se sentit soulagée.

—Tu veux bien entendre le récit de Lucie?

—Je t'écoute. Reprends depuis sa sortie de prison. Nous en étions restés à cet instant crucial. J'ai hâte de connaître la suite.

Et Adèle de raconter les péripéties de sa confidente jusqu'à l'aveu inattendu de Wilhelm Bresler.

—Moi, je pense que son Allemand était sincère, reconnut François. Tel que tu me le décris, c'était un homme qui n'avait rien à faire dans l'armée. Mais tu le sais aussi bien que moi, on n'échappe pas à son destin. Son pays était entré en guerre contre le monde entier, il lui était donc difficile de se soustraire à ses obligations, à moins de trahir sa patrie. Peu l'ont fait en Allemagne. Tu ne peux pas reprocher à l'Oberleutnant Bresler d'avoir accompli son devoir.

—Certains Allemands ont désobéi aux ordres et sont passés dans la clandestinité.

—Nous ne sommes pas tous des héros! Es-tu sûre que, à la place de Lucie, tu aurais fait ce qu'elle-même a osé entreprendre pendant la guerre? Aurais-tu eu le courage de t'engager dans la Résistance au péril de ta vie et de celle de ta famille ? Dans son cas, moi, je ne sais pas comment j'aurais agi. Mais Wilhelm Bresler, d'après ce que tu m'as raconté, a toujours tenté d'aider les prisonniers qu'on lui amenait. Il en a fait évader certains, dont Lucie.

— C'est ce qu'elle m'affirme. Mais elle en a douté pendant longtemps.

— Son changement d'opinion au sujet de Wilhelm Bresler est dû à la déclaration qu'il lui a faite. C'est ce que tu crois ?

— Je pense, oui. Pour en être sûre, je souhaiterais que Lucie reprenne ses confidences. Je ne sais pas comment lui faire comprendre que je regrette ce qui s'est passé entre nous. Je ne voulais pas la vexer.

— Alors, va la voir. Excuse-toi. Mets-la à nouveau en confiance. Elle a besoin de s'épancher. Elle te rouvrira sa porte, j'en suis certain.

Adèle écouta les conseils de François. Elle laissa s'écouler plusieurs semaines, évitant de rencontrer Lucie dans le village, afin de lui donner le temps d'apaiser son esprit. Elle était persuadée que son amie elle aussi déplorait leur mésentente.

En mars, alors que la grande nouvelle de la signature du traité de Rome était dans toutes les bouches, elle prit prétexte de cet événement pour la recontacter. Ne désirant pas donner l'impression de forcer sa porte, elle lui téléphona.

— Ce traité marque définitivement la réconciliation entre la France et l'Allemagne, lui dit-elle dans la conversation. J'aimerais tant que nous en parlions ensemble.

Lucie n'hésita pas un instant et ne cacha pas son bonheur de renouer avec son amie.

— J'attendais depuis longtemps votre appel, lui avoua-t-elle. Mais je n'osais faire le premier pas. Je craignais que vous n'ayez renoncé à nos rencontres. Je suis ravie que vous me rappeliez, Adèle. Passez à la maison quand vous voudrez.

Adèle ne se fit pas attendre.

Elles se retrouvèrent avec une joie réciproque qu'elles continrent difficilement.

— Que vous inspire ce traité de Rome? s'enquit Adèle pour amorcer la conversation.

— Je suis heureuse que les nations européennes s'entendent sur leur avenir commun. Mon oncle Sébastien affirme que ce traité est une garantie pour la paix entre nos pays. Puisse-t-il ne pas se tromper! Le chemin à parcourir est si long quand deux peuples désirent se réconcilier après s'être déchirés! Les antagonismes sont très difficiles à effacer dans l'esprit des gens. Vous savez, Adèle, aujourd'hui encore, beaucoup de Français considèrent les Allemands comme leurs ennemis. On les appelle toujours les «Boches»!

— Avec le temps, tout cela s'estompera.

À dessein, Adèle orientait la conversation sur l'Allemagne et sur les Allemands. Elle attendait que Lucie en arrive à évoquer Wilhelm Bresler. Peut-être avait-elle reçu de ses nouvelles depuis l'époque lointaine où il lui avait déclaré son amour?

Elle hésita à le lui demander sans ambages.

Cela ne lui fut pas nécessaire. Lucie lui proposa d'elle-même de reprendre le cours de son histoire.

— Nous en étions restées au Débarquement et au départ précipité de l'unité de Wilhelm Bresler, n'est-ce pas?

Adèle n'osa lui rappeler qu'à cet instant précis il lui avait révélé ses sentiments.

— Je m'attendais à sa déclaration, finit par avouer Lucie. Son attitude ne me laissait plus de doutes.

— Et vous, Lucie, osa Adèle, qu'éprouviez-vous pour lui à ce moment-là? Au moment où il vous a déclaré son amour.

Lucie détacha son regard d'Adèle. Son visage s'auréola d'une expression qui trahit ses pensées.

— Je ne suis pas restée insensible à ce qu'il venait de me confesser. Je dois le reconnaître. Mais je ne lui ai pas répondu. Je l'ai laissé face à lui-même. Je ne pouvais lui rendre ce qu'il tentait de me donner.

— Vous refusiez cette forme de collusion avec votre ennemi?

— Il n'était pas mon ennemi!

— Pardon, avec l'homme qui vous avait sortie de prison, aurais-je dû dire.

— Après m'avoir appris que son unité allait faire route pour le centre de la France, il m'a fait une déclaration qui ne m'a plus permis de douter de sa parole et de sa sincérité…

*

*1944*

Les événements se précipitaient. Wilhelm Bresler devait prendre rapidement une décision. Sa déclaration avait laissé Lucie sans voix. Celle-ci ne pouvait plus se voiler la face. Elle sentait que cet homme qui lui avait avoué son amour ne lui était pas indifférent.

Après lui avoir confessé ses sentiments, il la laissa seule dans la maisonnette, face à elle-même.

Lucie ne comprenait pas ce qui lui arrivait. C'était si soudain, si bouleversant. Elle refusait ce que sa raison lui dictait : partir, s'éloigner de cet officier allemand qui incarnait à ses yeux l'ennemi juré, la soumission, l'affront fait à son pays. Son cœur lui dictait le contraire, éclairait devant elle un chemin jalonné de générosité, de compassion, d'humanité. Wilhelm Bresler n'était pas à l'image de tous ces Allemands qu'elle avait croisés. Il n'y avait pas d'un côté les bons, ceux qui résistaient et qui luttaient contre l'oppression, et de l'autre les mauvais, les Allemands et tous ceux qui collaboraient avec eux. La réalité venait s'inscrire en faux sur cette représentation du monde. Ce dernier ne pouvait être aussi manichéen.

Partagée entre son devoir de combattante et ce qu'elle éprouvait maintenant pour Wilhelm Bresler, elle se sentait comme impuissante.

Elle sortit à son tour de la maison. Wilhelm était en train de fendre de grosses bûches de chêne devant la remise. Torse nu, les bretelles de son pantalon tombant le long de ses jambes, il tentait d'oublier ce qui lui déchirait le cœur en épuisant ses dernières forces. Ruisselant de transpiration, il ahanait à chaque coup de hache.

Lucie s'approcha de lui sans bruit, l'observa sans l'interrompre. Il sentit sa présence derrière lui, s'arrêta de cogner.

—Vous me regardiez! lui dit-il.

Intimidée, Lucie ne répondit pas tout de suite. Elle rougit, comme prise en faute, amorça un pas en arrière.

—Vous vous méfiez encore de moi! poursuivit Wilhelm. À vos yeux, je ne suis qu'un Allemand, un ennemi de votre pays.

—Non! protesta Lucie. Ce n'est plus ce que je pense. Je... je...

Elle n'osait avouer ce qu'elle ressentait à cet instant.

Wilhelm se maintenait à distance. Elle fit un pas vers lui. Il la prit par la main. Elle ne résista pas.

—Je suis sincère, Lucie, quand je vous dis que je vous aime. Si la guerre ne nous séparait pas, je serais plus à l'aise pour vous le déclarer autrement. Je comprends que, pour vous, ça ne doit pas être facile d'entendre ce que je vous avoue. Mon uniforme représente tellement de choses abjectes à vos yeux!

—Wilhelm, ne vous méprenez pas sur mes sentiments à votre égard.

C'était la première fois que Lucie appelait Wilhelm Bresler par son prénom. Il s'en rendit compte immédiatement, mais s'abstint de le lui faire remarquer.

Il approcha son visage du sien, lui effleura les lèvres.

Elle ne broncha pas.
Alors, il l'embrassa.
Elle lui passa les bras autour de la taille, remonta ses mains le long de son corps, le caressa tendrement et laissa les digues de son cœur déverser ce qui la submergeait de l'intérieur.

Wilhelm n'abusa pas de la situation. Il se rhabilla et conseilla à Lucie de rentrer dans la maison.

L'après-midi touchait à sa fin. Lucie savait qu'il repartirait avant qu'il ne soit trop tard. Comme d'habitude, il profiterait de la nuit pour se remettre en route. Il abandonnait toujours sa voiture à une croisée de chemins, dissimulée au milieu d'un bois. Il devait éviter les patrouilles, mais si, par malchance, il en rencontrait une, les galons qu'il portait sur l'épaule et sur sa casquette d'officier seraient son meilleur sauf-conduit.

Ce soir-là, il ne semblait pas pressé de quitter Lucie. Celle-ci s'en inquiéta :

— Vos hommes ne vont-ils pas vous chercher ? demanda-t-elle. Vous ne serez pas rentré à Mende avant minuit !

Wilhelm sourit. Il garnit la cheminée, puis il prit des assiettes dans le buffet, prépara la table.

— Vous avez l'intention de manger avec moi ? s'étonna Lucie.

Wilhelm sortit de la cuisine. En revint quelques minutes plus tard, vêtu en civil, son uniforme dans les mains. Il s'approcha de l'âtre et jeta ses habits de militaire dans les flammes.

— Mais que faites-vous ? demanda Lucie, interloquée.

— Il y a longtemps que j'y songe, Lucie. Je ne peux plus m'adonner à ce double jeu. J'ai décidé de déserter.

Lucie ne dit mot. Elle s'assit sur la première chaise qui s'offrit à elle. Finit par s'exprimer :

— Déserter ! Vous abandonnez…

— Oui, vous m'avez bien entendu. Je ne retourne plus à Mende. Je ne veux plus être l'Oberleutnant Bresler de la Wehrmacht. Je veux rester avec vous et vous protéger… Si vous m'acceptez, Lucie.

— …

— Vous ne dites rien ! Vous refusez que je vous aide davantage ; c'est cela, n'est-ce pas ? Vous préférez que je vous ramène discrètement vers vos amis !

— Non ! s'écria Lucie. Ils vous arrêteraient immédiatement ! Je ne le veux pas.

— Vous tenez donc un peu à moi ?

— Wilhelm, tout s'embrouille dans mon esprit. Je ne sais ce que je dois penser. Mais…

Elle se leva, s'approcha de lui et, cette fois, l'embrassa la première.

— Moi aussi, je vous aime, Wilhelm. J'ai pourtant lutté contre mes sentiments ! Mais, à présent, je ne peux plus endurer un tel supplice. Aidez-moi, je vous en supplie.

Wilhelm enveloppa Lucie de ses bras, la serra contre sa poitrine, la consola comme on console un enfant qui a peur de la nuit.

— Ne crains rien, lui dit-il en la tutoyant pour la première fois. Je vais prendre soin de toi.

L'absence de l'Oberleutnant Bresler intrigua son état-major, mais jamais il ne fut soupçonné d'avoir déserté. Dans son unité, Wilhelm passait pour quelqu'un de volage. À dessein, il avait fait courir le bruit qu'il aimait retrouver à Mende des femmes vivant de leurs charmes. Ses hommes pensaient donc que ses sorties nocturnes n'avaient pour explication que son penchant pour les filles de joie. Comme sa division s'apprêtait à partir en toute hâte, dans la confusion personne ne se soucia de son absence, ses subordonnés étant persuadés qu'il réapparaîtrait très vite. Quand ils prirent conscience qu'il avait disparu, ils crurent qu'il était tombé dans un traquenard tendu par des résistants. Mais, comme personne n'avait retrouvé son corps, aucune suite ne fut donnée. Son unité leva le camp sans lui, ses supérieurs espérant seulement qu'il referait surface s'il était encore vivant.

Deux mois s'écoulèrent.

Wilhelm et Lucie ne se posaient plus de questions. Éloignés de tout, ils vivaient hors du temps, comme si la guerre avait cessé d'être une réalité, comme si le temps s'était arrêté, ouvrant une parenthèse sans fin sur leur idylle impossible. Lucie était libérée. Elle n'éprouvait plus aucun remords. L'amour la sublimait. Elle ne voyait plus en Wilhelm que l'homme qui l'aimait et lui apportait la paix intérieure dans un monde en ébullition. Elle ne songeait pas à sa famille, qui devait s'inquiéter de son absence, ni à ses amis appartenant à son réseau de résistance. De même que Wilhelm Bresler s'était débarrassé de son uniforme militaire et de son passé d'officier de la Wehrmacht, elle avait étouffé ses scrupules et décidé de vivre son amour sans honte et sans barrières. Elle aimait Wilhelm, elle aimait l'être qui s'était dévoilé à elle avec beaucoup de pudeur. Elle ne souhaitait pas détruire cet amour à cause de la barbarie des hommes.

Fin août, Wilhelm, qui allait de temps en temps aux renseignements à Saint-Roman en prenant soin de ne pas se trahir, lui apporta une grande nouvelle.

—Les Alliés commencent à libérer toutes les villes de la région: Nîmes et Montpellier sont sur le point de céder aux forces de la Résistance. L'armée de libération les soutient. Toulon et Avignon sont déjà tombées.

Lucie s'étonna que Wilhelm lui apprenne ces événements avec autant de liesse.

—Tu n'as pas peur! lui demanda-t-elle.
—Peur de quoi?
—Voyons, tu es allemand. S'ils nous prennent ensemble, j'ai conscience que nous passerons un mauvais moment. J'aurai beau expliquer qui je suis, je crains que cela ne soit pas suffisant.
—Ce n'est pas une raison pour redouter la victoire des Alliés. J'ai fait un choix, Lucie. Un peu tardivement, je le conçois. Trop tardivement. J'aurais pu agir autrement dès le début de la guerre, et même avant. Je n'en ai pas eu le courage. C'est toi qui me l'as donné, ce courage. Je t'aime, Lucie. Dussé-je y laisser la vie, je n'aurais aucun regret. Je préfère mourir en homme libre plutôt que vivre au service d'un dictateur.

—Nous nous en sortirons, n'est-ce pas?

Lucie avait besoin de réconfort. Ce qu'elle traversait depuis plusieurs mois paraissait tellement hors du commun, hors du bon sens, qu'il lui arrivait parfois de craindre l'avenir.

Elle se rapprocha de Wilhelm. Lui murmura dans le creux de l'oreille:

—Moi aussi, j'ai une grande nouvelle à t'annoncer.

Wilhelm s'étonna.

—Que peux-tu m'apprendre que je ne sache déjà? Il se passe si peu de choses dans notre petit refuge de montagne.

—Tu vas être papa. Je suis enceinte.

## 24

### Élisa

*1957*

Adèle se sentait à la fois émue et bouleversée.
— Ainsi s'explique la naissance d'Élise! s'étonna-t-elle sans pouvoir se retenir. Wilhelm est le père d'Élise!

Lucie semblait soulagée. Depuis le temps qu'elle gardait en elle ce lourd secret, elle finissait parfois par en douter. Tous ces événements qui s'étaient succédé au cours de ces mois de fuite avec Wilhelm Bresler lui paraissaient si lointains et tellement incroyables qu'elle se demandait s'ils n'étaient pas sortis d'un mauvais rêve. Pendant les sept années au cours desquelles elle avait cru Élise perdue à tout jamais, elle s'était efforcée d'oublier cette tragédie. Wilhelm disparu à son tour, elle n'avait plus aucune preuve de ce qui s'était passé. Elle n'avait jamais osé retourner sur les lieux de son idylle interdite et de la naissance de son enfant. Elle n'avait jamais osé en parler aux siens, ni à ses parents ni à son oncle Sébastien qui avaient respecté ses silences sans jamais rien lui demander.

— Vous êtes la première à qui je révèle mon secret, avoua-t-elle à Adèle. Promettez-moi de ne pas le dévoiler à votre tour à qui que ce soit. J'accepterai peut-être, un jour, de me confier à d'autres. Quand je me sentirai prête.

Adèle prit Lucie par la main, les yeux remplis de larmes.

— Je saurai me taire, Lucie. Comptez sur moi. Ce que vous m'avez appris aujourd'hui ne sortira pas d'ici tant que vous ne l'aurez pas décidé... Je suis heureuse que vous soyez parvenue à prononcer le nom du père de votre fille. Je comprends que cela n'a pas dû être aisé. Et que vous vous êtes culpabilisée pendant toutes ces années. Mais votre amour était sincère et, d'après ce que vous m'avez expliqué, Wilhelm était un homme bon, plein de qualités. Vous n'avez rien à vous reprocher.

— Pensez-vous qu'on m'absoudrait aussi facilement si j'avouais avoir aimé un Allemand pendant la guerre? Que dirait-on si l'on savait que j'ai eu un enfant avec lui? Après avoir sous-entendu que Jean Deleuze était le père d'Élise, certains ont répandu le bruit qu'il s'agissait d'un ancien collabo, souvenez-vous-en! Je ne peux faire souffrir ma fille avec une vérité qui serait pire encore que cette rumeur.

— Je comprends vos craintes, Lucie. Mais vous ne croyez pas qu'Élise a le droit de savoir? Plus vous attendrez pour lui parler, plus elle risque de vous reprocher de lui avoir dissimulé les origines de sa naissance.

— J'estime qu'il est trop tôt. Elle est trop jeune. Un jour... oui, je lui parlerai. Quand elle aura l'âge de comprendre. Peut-être alors me jugera-t-elle ! Je passerai à ses yeux pour une mauvaise femme. Sans doute aura-t-elle honte de moi et de son père. Qui sait ? Mais je ne souhaite pas, pour l'instant, précipiter une révélation qu'elle n'est pas capable de bien appréhender. Je ne veux pas la faire souffrir inutilement.

— Je respecte votre décision, Lucie. Sachez que, en ce qui me concerne, moi je ne vous juge pas. Vous n'avez trahi personne et Élise n'aura pas honte de son père quand vous lui apprendrez qui il est. Elle vous comprendra et elle sera même fière de vous.

Lucie se sentait rassérénée par les paroles de bienveillance de son amie. Jamais elle n'avait pensé auparavant que quelqu'un pourrait la soutenir comme Adèle venait de le faire, et lui témoigner autant de compréhension et de compassion.

Ce soir-là, elle s'abstint de toute autre révélation.

Adèle ne divulgua pas à François le lourd secret de Lucie. Quand il lui demanda ce qu'elle lui avait appris de plus, elle demeura évasive et changea très vite de sujet de conversation.

— Que comptes-tu faire pendant les vacances de Pâques ?

— Il y a de la neige dans les plus hautes stations des Alpes. Si nous allions skier ?

— Mais je n'ai jamais chaussé des skis de ma vie !

— Eh bien, c'est une bonne occasion pour commencer !

Ils partirent à Chamonix retrouver la foule des vacanciers de printemps. Sur les cimes encore enneigées, Adèle oublia un temps les idées qui occupaient son esprit. L'air vivifiant de la montagne, le soleil, l'apprentissage hasardeux d'une pratique qu'elle eut beaucoup de peine à maîtriser suffirent à l'éloigner de son quotidien. Son intimité avec François se renforça.

Une fois rentrée, les vacances de Pâques terminées, elle se précipita chez Lucie sans tarder, afin d'entendre la fin de son aventure avec Wilhelm. Elle se doutait que celle-ci avait dû se solder par des difficultés. La guerre n'était pas encore achevée. Lucie et Wilhelm se trouvaient isolés dans leur maison forestière et ne pouvaient se montrer au grand jour.

Comment s'était donc déroulée la naissance de l'enfant que Lucie attendait ?

Celle-ci reprit son récit sans réticences. Adèle avait hâte d'arriver au terme de son épopée, car, à ses yeux, il s'agissait bien d'une véritable épopée.

*
* *

*1944-1945*

Wilhelm et Lucie vécurent encore cachés pendant des mois. Jamais personne ne venait les déranger. Certes, il n'était pas aisé pour Lucie d'endurer cette nouvelle forme de réclusion, mais la présence de Wilhelm à ses côtés lui donnait la patience nécessaire pour attendre la naissance de son enfant. Celle-ci – d'après ses propres calculs – devait avoir lieu en mars de l'année suivante. Elle acceptait bien cet heureux événement, contrairement à ce que Wilhelm avait craint quand elle le lui avait annoncé. Avoir un enfant d'un Allemand n'allait pas faciliter son avenir, il en était conscient.

Il se rendait régulièrement aux renseignements dans un village voisin, préférant éviter Saint-Roman afin de ne pas éveiller les suspicions sur leur présence. Il se faisait passer pour un voyageur de commerce sillonnant les routes des Cévennes en dépit du danger qui persistait sur les grands itinéraires contrôlés par les Allemands. Comme il parlait pratiquement sans accent, personne ne soupçonnait son origine. Il revenait toujours informé des dernières nouvelles des hostilités. La fin de la guerre approchait. Le territoire national était presque entièrement reconquis. Dans de nombreuses villes, le drapeau français avait déjà remplacé l'étendard à la croix gammée. En septembre, les Alliés avaient repris Liège et Bruxelles, en octobre, les Russes étaient entrés en Prusse, le mois suivant c'était au tour de Strasbourg d'être enfin libérée. L'Allemagne était envahie par l'est et par l'ouest. Les deux fronts se resserraient. Hitler et son état-major étaient pris dans un étau.

Wilhelm se réjouissait, au grand étonnement de Lucie. Toutefois il déplorait que la Wehrmacht et surtout les unités SS poursuivent leurs massacres sur leur passage.

—C'est indigne d'une armée en déroute! s'insurgeait-il. Je suis persuadé qu'ils continuent à s'acharner sur les Juifs. Ils ne cesseront que lorsqu'ils seront acculés dans leurs derniers retranchements. À quoi sert une telle hargne ? Nous avons perdu la guerre. Et personnellement, je m'en réjouis.

Lucie se demandait parfois comment Wilhelm pouvait réagir de cette manière en évoquant son propre pays. Elle avait du mal à se mettre à sa place et se disait qu'il était vraiment un homme hors du commun.

Sa grossesse se déroulait sans problèmes. Parfois l'enfant lui rappelait sa présence. Elle percevait alors de violentes douleurs dans le ventre. Mais elle se sentait transformée, comme si son état la rendait plus forte que jamais. Elle aimait déjà ce petit être qui grandissait en elle. N'était-il pas le fruit d'un amour interdit mais ô combien porteur d'espoirs ?

Certes, les privations auxquelles elle n'échappait pas lui provoquaient souvent des moments de faiblesse passagère. Elle manquait surtout de viande et de nourriture consistante. Wilhelm tâchait de lui apporter ce dont une femme enceinte a le plus besoin, mais, parfois, il revenait avec seulement quelques légumes frais et des œufs qu'il avait obtenus auprès de paysans qui les lui avaient vendus au marché noir pour un prix exorbitant.

« Ils gardent le meilleur pour eux, se plaignait-il. Il est rare qu'ils acceptent de me céder leurs poulets ou leurs lapins. »

L'hiver traînait en longueur. Le froid et la neige paralysaient la montagne, toute tapissée d'un blanc manteau. Pourtant l'espoir galvanisait les cœurs, car l'on sentait la fin de la guerre toute proche. C'était l'affaire de quelques semaines, quelques mois tout au plus, ne cessait de répéter Wilhelm pour encourager Lucie.

Celle-ci se sentait de plus en plus anéantie par la fatigue. Elle demeurait de longues heures allongée sur son lit, craignant d'accoucher avant terme. Wilhelm évitait de la laisser seule trop longtemps. Il sortait toutefois régulièrement autour de la maison pour s'assurer que personne ne s'en approchât. Les maquisards traquaient non plus les Allemands, qui avaient quitté la région, mais les collaborateurs qui, pour certains, se dissimulaient dans la montagne, quand ils ne s'étaient pas déclarés résistants de la dernière heure. Ceux-ci étaient les plus à craindre car les plus acharnés.

Un jour, Wilhelm décida d'aller chasser du gibier.

—La forêt est pleine de sangliers et de chevreuils, dit-il à Lucie qui ne se sentait pas bien. Il faudrait que tu manges de la viande rouge. Je vais t'en rapporter.

Lucie savait qu'il lui restait trois ou quatre semaines environ avant d'accoucher. Elle évitait les efforts inutiles pour ne pas risquer de perdre les eaux avant l'heure.

—Ménage-toi, lui conseilla Wilhelm avant de se mettre en chemin. Ce soir, tu mangeras un bon cuissot de chevreuil ou une bonne daube de sanglier.

Il la laissa seule toute la journée, profitant d'un beau ciel ensoleillé. Le mois de mars venait de commencer. Le froid ne s'était pas encore dissipé et un vent glacial s'était levé, balayant la neige des sommets vers les vallées.

Quand il partait au ravitaillement, Lucie ne se sentait pas tranquille. Elle craignait toujours l'arrivée de partisans. Comment Wilhelm pourrait-il la retrouver s'ils l'arrêtaient et l'emmenaient ? Que ferait-il dans ce cas ? Aussi, après son départ, elle se barricadait. Elle refermait très vite la porte derrière lui, tirait tous les volets, éteignait la cheminée afin de ne laisser aucune preuve de sa présence visible de l'extérieur.

Ce jour-là, Wilhelm à peine parti, elle commença à ressentir des contractions plus fortes que d'habitude. Elle demeura au lit, bien au chaud, les mains posées sur son ventre. Parfois le bébé poussait avec ses pieds. La douleur se transmettait dans ses reins comme de véritables coups de sabre. Son corps se crispait. Son front ruisselait de sueur. Elle avait beau se retenir de crier, la souffrance devenait de plus en plus intense. Elle ignorait comment agir au cas où l'enfant arriverait plus tôt que prévu.

Au milieu de l'après-midi, les contractions se rapprochèrent de plus en plus. Pas de doute, se dit-elle, c'est pour aujourd'hui. Elle compta les mois, les semaines. Il en manquait au moins trois, voire quatre, pour atteindre son terme. Elle s'inquiéta, craignant pour son enfant.

Wilhelm tardait à rentrer. La nuit tombait.

Elle se tordait de douleur, mais tenait bon.

Elle sentit tout à coup sa chemise de nuit se mouiller sous elle. Elle perdait les eaux.

Affolée, elle posa les mains sur son bas-ventre comme pour retenir l'enfant, quand elle entendit des bruits autour de la maison. Sur le moment, elle eut peur qu'il ne s'agisse de maquisards. Quelqu'un rôdait, traînant les pieds. Elle ne reconnut pas le pas de Wilhelm. Elle éteignit sa chandelle. Demeura dans l'obscurité, haletante.

La porte de la cuisine s'ouvrit. L'homme tapa ses chaussures sur le seuil, dans un soupir de fatigue.

— Lucie! C'est moi, ma chérie. Je suis rentré. Et devine ce que je rapporte!

Soulagée, elle voulut crier sa joie, mais n'en éprouva pas la force.

— J'ai tué un beau chevreuil! Tu vas te régaler ce soir.

Quand Wilhelm ouvrit la porte de la chambre, il comprit aussitôt que Lucie n'allait pas bien.

— Pourquoi restes-tu dans le noir? s'enquit-il. Ça ne va pas?

— J'ai perdu les eaux.

Wilhelm réagit aussitôt.

— Reste ici, au chaud, lui conseilla-t-il. Je vais chercher de l'aide. Tout se passera bien. J'avais prévu ce moment. Mais j'avoue que je ne m'y attendais pas pour maintenant. Si j'avais su, je ne t'aurais pas laissée seule ce matin.

Il partit au village.

La nuit enveloppait les crêtes. Une nuit de cristal, tant le froid intense purifiait l'air. Toute vie avait brusquement disparu. Pas âme qui vive. Un silence sépulcral. Seule l'ombre des grands arbres et du clocher de l'église se dessinait sur le sol gelé, comme à l'encre de Chine.

La petite commune cévenole s'endormait comme chaque soir, une fois le soleil éteint. L'obscurité semblait la plonger dans un monde irréel. Un monde où les pas feutrés glissent subrepticement d'une pièce à l'autre, où les voix deviennent murmures, où les cris sont étouffés pour que personne ne sache ce qui se passe chez le voisin.

Dans les ruelles étroites, le vent s'engouffrait comme une hydre assoiffée, guettant sa proie de ses têtes hideuses.

Sans prévenir Lucie, Wilhelm s'était renseigné et avait obtenu le nom d'une vieille femme, accoucheuse de son état, d'après ce qu'on lui avait dit.

Chaudement emmitouflé, rasant les murs, regardant sans cesse derrière lui comme s'il craignait qu'on ne l'aperçoive, il passa devant le parvis de l'église. Il ne rencontra que des chats faméliques et des chiens errants cherchant un abri. Puis il prit la rue principale, se dirigea vers la mairie, tourna sur sa droite, parvint enfin à l'adresse qu'on lui avait indiquée.

Il sortit de sa poche une petite lampe, pointa le faisceau lumineux sur la porte pour déchiffrer le nom de l'occupant, frappa discrètement.

Personne ne broncha à l'intérieur.

Il tambourina plus énergiquement. En vain. Percevant de la lumière à travers les fentes des volets clos, il insista une troisième fois. Alors, une femme finit par lui répondre :

— Qu'est-ce que c'est ? Qui est là ?

Il hésita. Chuchota à travers la serrure.

— Ouvrez-moi, s'il vous plaît.

La femme se méfiait.

Il insista encore.

— Je sais que vous êtes sage-femme. Vous êtes Augustine Laporte, n'est-ce pas ? Ouvrez-moi ! C'est urgent.

La femme entrebâilla sa porte, laissant la chaîne accrochée à l'huisserie, et jeta un regard furtif à l'extérieur.

— Qui êtes-vous donc pour me déranger à cette heure ? Y a pas idée !

— J'ai besoin de vos services.

— Je ne suis pas sage-femme, mais guérisseuse.

Wilhelm insista de nouveau.

— On m'a affirmé que vous pouviez aider une future maman à mettre au monde son bébé. Je vous supplie de bien vouloir me suivre. Mon amie est au plus mal.

La vieille femme finit par se laisser convaincre. Elle n'avait pas l'habitude de refuser son soutien à ceux et celles qui lui faisaient confiance. Mais elle savait mieux soulager, voire guérir, qu'aider à accoucher. Mettre les enfants au monde n'était pas tout à fait dans ses compétences. Elle préférait abandonner ce travail au médecin ou à la vieille Ernestine, connue dans la commune comme une matrone sans pareille.

Elle referma sa porte. Demanda à son visiteur de patienter un instant, le temps de se préparer et de prendre quelques affaires utiles.

Quand elle rouvrit, Wilhelm fut emporté par une odeur pestilentielle échappée de l'intérieur. Il retint son souffle et emboîta aussitôt le pas d'Augustine.

— Où allez-vous ? s'enquit-il, surpris de la voir détaler devant lui sans lui demander où elle devait se rendre.

— À l'église.

— À l'église ! À cette heure-ci ! Vous ne voulez donc pas m'accompagner ?

— Je n'ai pas dit cela. Mais avant, je dois faire mes prières à la Sainte Vierge. Sinon, je ne risque pas de pouvoir vous être utile. C'est comme ça !

Wilhelm la suivit sans la contredire. Augustine Laporte entra dans la maison de Dieu et, sans sourciller, se signa plusieurs fois le front avec l'eau du bénitier, puis alla s'agenouiller sur un prie-Dieu juste devant l'autel et se mit à déclamer ses prières.

L'église était sombre et glaciale. Un puissant parfum d'encens prenait à la gorge, tandis que, d'une chapelle ardente située à l'extrémité du transept, des cierges finissaient de se consumer.

La guérisseuse n'en terminait pas avec ses litanies. Wilhelm s'approcha et entendit qu'elle ne récitait pas les strophes du *Je vous salue Marie*, mais qu'elle baragouinait des paroles inaudibles dans un drôle de langage. Il s'en étonna et commença à craindre de s'être trompé d'adresse.

Une fois ses dévotions terminées, la vieille femme lui fit signe de la suivre et, sur le parvis de l'église, lui dit :

— C'est bon, je suis à vous. Où habitez-vous ? Je ne vous ai jamais vu dans la commune ! Comment vous appelez-vous ?

Il hésita.

— Mon nom importe peu.

— Dans ce cas, je rentre chez moi ! Si vous avez quelque chose à cacher, ne comptez plus sur moi.

— Je m'appelle Charles, mentit-il. Charles Meunier. Je suis installé dans une petite maison à l'écart du village.

— Conduisez-moi sans traîner. Il ne fait pas un temps à mettre son chat dehors !

Quand ils arrivèrent à l'orée du bois, Augustine s'étonna.

— Ne me dites pas que vous logez dans cette maison, là-bas au bout du chemin, celle qui est enfouie dans les châtaigniers !

Wilhelm n'osait pas lui avouer la vérité.

— Il n'y en a pas d'autres, poursuivit-elle.

— Si, c'est là.

— Mais ce mazet m'appartient ! Il y a longtemps que je ne l'habite plus. Vous l'occupez sans mon autorisation ! De quel droit ?

Il hésita à entrer dans les détails.

— La maison était ouverte, se justifia-t-il. Je vous promets de nous en aller dès que mon amie aura mis au monde son enfant.

Augustine sembla se raviser.

— Vous n'avez pas l'accent de chez nous ! releva-t-elle. D'où êtes-vous donc ?

— De... de Normandie, mentit une seconde fois Wilhelm.

—Ah, je me disais bien! Cet accent un peu lourd…
— De Lisieux.
— Et votre amie?
— Elle est d'ici. Enfin… de la région d'Anduze.
— Quand ce sera fini, je vous laisserai quelques jours pour vous retourner. Par un froid pareil, je ne vais pas mettre à la rue une jeune maman avec son bébé! Mais faites attention que le toit ne s'écroule pas sur votre tête! La maison n'est plus entretenue depuis des lustres. Elle tombe en ruine.

Rassuré, Wilhelm conduisit Augustine au chevet de Lucie.

Celle-ci était étendue sur son lit, la mine défaite, visiblement épuisée. Quand elle le vit réapparaître, elle poussa un soupir de soulagement.

— Je croyais que tu ne reviendrais plus! Je n'en peux plus. D'ici peu, j'aurais mis l'enfant au monde toute seule.

Augustine s'approcha de la parturiente, lui épongea le front avec un mouchoir qu'elle sortit de sa poche.

— Ne t'agite pas, petite! Je vais m'occuper de toi.

Lucie était inquiète. Elle avait compris que la femme que Wilhelm avait amenée jusqu'à elle n'avait rien d'une accoucheuse.

— Comment t'appelles-tu? demanda Augustine.
— Euh…
Elle hésita, consulta Wilhelm du regard.
— Anne! répondit celui-ci à sa place.
— Anne comment? Si ce n'est pas indiscret.

— Anne Robiac. Ça vous va?
— Ne soyez pas agressif, cher monsieur! J'ai bien le droit de savoir qui sont les locataires de ma maison!

Lucie ne cessait de gémir. Ses contractions se rapprochaient à un rythme accéléré. Pourtant, Augustine ne s'affolait pas. Derrière la porte de la chambre, Wilhelm s'impatientait en faisant les cent pas, l'oreille aux aguets. Il se méfiait de cette femme qu'un paysan du village lui avait recommandée lorsqu'il s'était mis en quête d'une accoucheuse.

Augustine se trouvait auprès de Lucie depuis plus d'une demi-heure lorsque, soudain, elle l'appela à grands cris :

— Venez m'aider! Allez, entrez, au lieu de rester bêtement à ne rien faire derrière cette porte.

Il hésita.

— Vous voulez que je rentre?
— Ben oui! Y a personne d'autre que vous dans cette maison, que je sache! Et c'est vous le père! Alors, prenez vos responsabilités.

Wilhelm obtempéra.

— Que se passe-t-il?
— Y a que ça se présente mal. L'enfant ne veut pas descendre. Et je crois qu'il a le cordon autour du cou. Il risque l'asphyxie.

— Que puis-je faire? Je ne suis pas médecin.
— Sûr qu'il aurait mieux valu! Mais c'est de votre consentement que j'ai besoin.

— Mon consentement!
— C'est bien vous le père, non?
— ...

N'obtenant pas de réponse, elle poursuivit :

—Je dois aller chercher le bébé avec les fers. Ça peut le blesser, et je ne suis pas certaine de ne pas provoquer une hémorragie à votre amie.

—Vous voulez dire…

—Vous m'avez bien entendue. Le bébé risque d'être estropié et la maman d'y laisser la vie.

Wilhelm tergiversait. Il n'avait pas imaginé une telle situation.

—Il n'y a rien d'autre à faire ?

—Si, je peux sacrifier l'enfant si je n'utilise pas les fers. Je le sors avec les mains, mais il y restera. Alors, décidez-vous ! Qu'est-ce que je fais ?

—Je ne peux pas trancher aussi rapidement. Il faut demander son avis à…

—Dans son état, je doute fort qu'elle soit en état de vous répondre.

Wilhelm était désemparé, déchiré. Jamais Lucie n'accepterait de sacrifier son enfant, pensait-il.

—Le temps presse ! Il faut agir, sinon il sera trop tard et je ne pourrai plus rien faire, ni pour l'un ni pour l'autre.

Il consulta Lucie du regard. Celle-ci était au bord de l'évanouissement et ne le voyait pas.

—Alors ?

—Sauvez la maman ! finit-il par ordonner. Qu'il ne lui arrive rien !

La vieille Augustine sortit d'étranges instruments de sa mallette, les essuya avec un torchon aux taches douteuses, et s'apprêta à intervenir.

—Vous m'aviez dit que vous n'utiliseriez pas les fers ! l'interrompit Wilhelm.

—C'est juste pour écarter un peu le col, pour que le passage soit plus large et que je puisse mieux attraper le bébé. Je vais devoir tirer sur sa tête. Ça ne lui fera pas du bien. Avec le cordon qu'il a autour du cou, je risque de l'étrangler pour de bon. Mais votre amie sera délivrée avec moins de casse !

Wilhelm n'en croyait pas ses oreilles ni ses yeux. La vieille femme parlait avec tant de désinvolture, comme s'il s'agissait d'un objet coincé quelque part qu'il fallait extraire par tous les moyens !

— Bon, je commence, dit-elle. Vous allez m'aider à tenir les fers écartés pendant que je m'occuperai du bébé. Ce serait un miracle si j'y parvenais du premier coup ! Pourvu que la tête ne s'arrache pas quand je tirerai dessus ! Ça peut arriver. Après on serait dans de beaux draps pour faire sortir le reste !

Wilhelm, qui en avait pourtant vu d'autres pendant la guerre, sentit la nausée l'envahir. La mort, il l'avait côtoyée de près. Il savait ce que c'était. Même celle des enfants. La guerre n'épargne personne ! Mais se trouver confronté à une telle scène d'horreur lui ôtait soudain tout son sang-froid.

Il essuya le front de Lucie. Souffla sur son visage pour la rafraîchir, lui présenta un peu d'eau. Elle n'avait plus la force de réagir. Elle se laissait partir petit à petit dans les limbes.

Augustine posa délicatement les fers, écarta doucement jusqu'à ce qu'elle aperçût le crâne du bébé.

— Regardez, il est là ! dit-elle. Il est encore trop haut. Et le cordon, vous le voyez ? C'est plutôt mieux que je le craignais. Il n'est pas très serré autour du cou.

Wilhelm relâcha son attention. Il évitait d'observer la scène ahurissante qui se déroulait sous ses yeux. Jamais il n'aurait cru qu'il dût un jour mettre les mains dans le sang d'une femme en souffrance.

—Vous allez tenir les fers bien écartés! ordonna l'accoucheuse. Qu'est-ce qui vous prend, nom d'une pipe? Vous tournez de l'œil! Ah! les hommes. Vous êtes tous les mêmes, vous êtes bons à faire la guerre; pour le reste, vous n'êtes que des petites natures!

Tandis qu'elle parlait, Augustine s'évertuait à amener le bébé plus près de la sortie. Lentement, très lentement, elle parvint à le bouger sans heurts.

Tout à coup, Lucie fut prise d'une violente contraction. Sans hésiter, Augustine lui cria:

—Allez, poussez! Poussez de toutes vos forces!

Comme par miracle, l'enfant se tourna, présenta sa tête, puis une épaule. Augustine l'aida à passer l'autre épaule et lui enleva le cordon du cou sans tarder.

—On est sauvés! Il est sorti.

Wilhelm demeurait stupéfait. Sur le coup, il ne sut que faire. Il avait gardé les fers dans les mains et attendait qu'Augustine lui dise quelque chose.

Il se reprit. S'occupa aussitôt de Lucie qui gisait sur son lit, complètement épuisée.

—Tout va bien, la rassura-t-il. C'est terminé. Tu n'as plus rien à craindre.

Augustine essuya le bébé avec le linge qu'elle avait utilisé au commencement de l'opération, coupa le cordon ombilical et lui tapa sur les fesses. L'enfant se mit à crier.

— Dieu soit loué! Il est bien vivant! C'est une magnifique petite fille.

Alors elle déposa le nouveau-né sur le ventre de sa mère.

À ses côtés, Wilhelm ne pouvait cacher son émotion.

— On a eu beaucoup de chance! dit l'accoucheuse. Je n'aurais jamais cru qu'on s'en sorte à si bon compte. Vous voyez que mes prières n'ont pas été inutiles!

Après avoir prodigué ses derniers soins à la maman et au bébé, la vieille Augustine remballa toutes ses affaires, se rhabilla et s'apprêta à s'en retourner chez elle comme elle était venue, sans rien exiger.

— Qu'est-ce que je vous dois? demanda Wilhelm en l'arrêtant sur le seuil de la porte.

— Ce que vous me devez?... On verra plus tard. Je sais où vous trouver. Occupez-vous de votre femme... enfin de votre amie. Et de son bébé. Il lui faudra un peu de temps pour se rétablir. La mauvaise saison est loin d'être terminée. Prenez garde que ni l'une ni l'autre ne prennent froid. Je sais mettre les enfants au monde et je suis guérisseuse, mais je ne peux pas multiplier les miracles!

Augustine laissa ses locataires à leur joie et disparut dans la nuit glaciale d'un soir d'hiver.

Après une bonne nuit, Lucie se réveilla soulagée, mais affaiblie. Elle réclama aussitôt son bébé.

— Il faut lui donner un nom! dit-elle la première.

Ils n'avaient jamais discuté du prénom de leur enfant. Quand Lucie abordait le sujet, Wilhelm semblait mal à l'aise. Elle n'insistait pas, croyant qu'il ne souhaitait pas se décider trop tôt.

—Il y a quelque chose dont je ne t'ai jamais parlé, lui révéla-t-il en s'asseyant sur le bord du lit.

Lucie ne cacha pas son étonnement.

—Que m'as-tu dissimulé? Tu m'as menti à propos de ton passé!

Wilhelm hésita. Reprit:

—Non, je ne t'ai pas menti.

Il sortit de sa poche un petit étui en argent. Le tendit à Lucie.

—Qu'est-ce que c'est?

—Ouvre-le.

Lucie s'exécuta, intriguée.

—Une gourmette en or! s'exclama-t-elle. Une gourmette de bébé!

Wilhelm sourit d'un air attristé.

—C'est la gourmette que nous destinions à notre bébé, poursuivit-il. Nous l'avions appelé Elisa.

Lucie ne comprenait pas. Elle examina le bijou dans tous les sens, déchiffra l'inscription.

—Elle est gravée au nom d'Elisa, en effet. Mais le «a» a disparu, comme s'il avait été effacé.

—C'est à cause de l'usure, releva Wilhelm. Je l'ai longtemps laissée dans ma poche, avant de la protéger dans cet étui... As-tu bien entendu ce que je t'ai dit juste avant? insista-t-il.

Lucie le fixa du regard, incrédule.

—Je ne comprends pas. Peux-tu m'expliquer?

Wilhelm s'assombrit.

—C'est une triste histoire... C'est très loin maintenant! Il y a quelques années, j'étais fiancé à une jeune fille qui s'appelait Angela. Elle fut mon premier amour. Nous étions très jeunes à l'époque. Nous voulions pourtant nous marier. Mais elle est tombée enceinte avant qu'on aille à la mairie. Puis la guerre a éclaté. J'ai été mobilisé pour servir mon pays. J'ai dû abandonner Angela. J'avais espoir de rentrer très vite chez moi et de l'épouser avant qu'elle mette notre enfant au monde. J'ai été pris dans le tourbillon de la guerre, envoyé en Pologne dès les premières heures du conflit. Angela a accouché seule; elle n'avait pas de famille. Ça s'est mal passé. Elle est morte des suites de l'accouchement. Quant au bébé, lui non plus n'a pas survécu. Il est mort un mois après sa naissance. Je ne l'ai jamais connu. Quand j'ai obtenu ma première permission, il était trop tard. Comme rien ne nous unissait officiellement, on ne m'a pas prévenu à temps.

—Pourquoi ne m'as-tu jamais parlé de tout cela?

—Je ne désirais pas noircir ce que nous vivons ensemble par ce qui appartient au passé.

—Alors, dans quel but me montres-tu cette gourmette aujourd'hui?

—Pour te demander une faveur. Si tu refuses, je ne t'en voudrai pas.

—Je t'écoute.

—Accepterais-tu que nous appelions notre enfant Elisa? En souvenir, pour moi, de celui que j'ai perdu à cause de la guerre.

Lucie sourit. Attira Wilhelm tout près d'elle. L'embrassa tendrement.

— Élise, ça te va ? C'est le prénom français pour Elisa.

— Alors, ce sera Élise.

Elle demanda à prendre son bébé dans ses bras, puis passa la gourmette autour de son petit poignet.

Wilhelm ne put retenir une larme de joie.

— Je savais que j'avais retrouvé en toi celle que j'avais perdue ! lui confessa-t-il.

## 25

## Le drame

Les événements se précipitaient. Les forces alliées progressaient en terre ennemie à une vitesse incroyable. La première armée française, conduite par le général de Lattre de Tassigny, avait franchi le Rhin à Karlsruhe. Les Soviétiques venaient de prendre Dantzig et avaient atteint la frontière autrichienne. Sur le territoire français, les dernières poches de la résistance allemande sautaient les unes après les autres. L'heure de panser les plaies avait sonné et l'on attendait avec impatience la fin des hostilités.

— Celle-ci n'arrivera que lorsque Hitler sera éliminé d'une manière ou d'une autre, expliquait Wilhelm qui semblait de plus en plus nerveux à l'approche de l'échéance.

Il évitait de parler à Lucie du danger qu'ils couraient. Les membres des FFI, les Forces françaises de l'intérieur, pourchassaient les collaborateurs ainsi que les Allemands qui se cachaient dans la population, espions ou simplement soldats en errance ayant abandonné leur poste devant l'assaut des troupes du débarquement.

Pour le moment, ils étaient bien trop occupés à prendre soin de leur bébé pour penser au lendemain. Ils continuaient à vivre dans leur refuge de montagne comme si, autour d'eux, rien ne changeait. Wilhelm se rendait toujours au ravitaillement en prenant toutes les précautions utiles. Lucie sortait peu du mas et s'y calfeutrait dès qu'elle entendait un bruit suspect au-dehors.

Elle allaitait son enfant, ce qui leur ôtait un gros souci. Dans le cas où elle n'aurait pas été capable de le nourrir elle-même, Wilhelm aurait dû aller chercher du lait à l'extérieur, au risque d'attirer l'attention.

Le beau temps revenait plus tôt que prévu. Les jours s'allongeaient. Le soleil resplendissait dans le ciel et illuminait la montagne parée de sa robe printanière. Sans s'éloigner, Lucie allait prendre le bon air aux heures les plus propices, tandis que Wilhelm coupait du bois. Tous deux vivaient dans le secret espoir que leur prison de verdure allait bientôt s'ouvrir sur d'autres horizons, que leur isolement s'achèverait vite. Certes, la guerre dans le Pacifique risquait de durer plus longtemps qu'en Europe. Wilhelm avait appris que les Américains peinaient dans les îles du Sud-Est asiatique contre les forces nipponnes. Mais il faisait confiance aux grandes nations démocratiques pour trouver le moyen de ne pas laisser ce conflit s'enliser.

Parfois il devenait taciturne. Lucie s'en apercevait, mais n'osait lui demander la raison de ses silences. Elle croyait qu'il se souciait de leur avenir et ne tenait pas à alimenter son inquiétude par des questions auxquelles, de toute façon, il n'aurait pu lui répondre avec précision.

Un matin, il sortit du mas et s'éloigna jusqu'à l'orée du bois de châtaigniers. Elle le suivit des yeux par la fenêtre de la cuisine. Il s'arrêta dès qu'il atteignit les premiers arbres. Elle le vit hésiter, faire demi-tour, puis se reprendre. Son attitude commença à l'intriguer. Il ne lui avait pas dit son intention de s'absenter. Au reste, il était parti sans sa veste; or l'air était encore frais.

Elle prêta l'oreille. L'entendit parler. Elle se demanda à qui il pouvait bien s'adresser, car jamais personne n'était venu leur rendre visite dans leur refuge. Personne ne savait qu'ils y habitaient depuis maintenant plus de neuf mois, hormis la vieille Augustine qui ne s'était plus manifestée.

Elle prit peur. Quelqu'un les avait donc débusqués!

Wilhelm semblait en grande discussion, mais gardait son calme.

De là où elle l'observait, elle ne voyait que lui. Pourtant, elle en était persuadée, il s'entretenait avec un individu dissimulé dans le taillis, comme pour mieux rester invisible.

Elle entendit des bribes de conversation:

— *Gut... Aber ich bin allein... Niemals werden sie meine Freunde sein!*[1]

Lucie blêmit. Elle ne comprenait pas le sens de ses paroles, mais il n'y avait aucun doute possible: Wilhelm parlait avec un Allemand! Un Allemand

---

1. «Bien... Mais je suis seul... Jamais ils ne seront mes amis!»

avec qui il était en relation depuis le début ! pensa-t-elle. Qu'est-ce que cela signifiait ?

Elle réfléchit, envahie soudain par le doute.

Se pouvait-il qu'il lui ait menti depuis le premier jour ? L'aurait-il trompée en lui affirmant qu'il avait déserté et qu'il s'était rangé du côté des Alliés ? Il lui avait fait un enfant alors qu'il savait pertinemment qu'il les abandonnerait après avoir rejoint les siens !

Sur le moment, elle imagina qu'il était resté en arrière-poste, bravant le danger d'être démasqué par la Résistance, pour couvrir le repli des derniers bataillons allemands et, maintenant, des derniers ressortissants de son pays pris au piège de la retraite.

Non, c'est impossible ! se dit-elle. C'est insensé.

Puis, après quelques secondes de flottement, elle réagit et l'attendit pour lui parler sans détour.

Wilhelm tardait à revenir. Il avait l'air très affairé et ne se préoccupait pas de savoir si Lucie le voyait discuter.

Quand il mit fin à sa conversation, il demeura un instant seul à fumer une cigarette, apparemment plongé dans ses pensées. Puis il se retourna, regarda en direction de la maison, entra dans la remise, se saisit d'une arme automatique qu'il y avait dissimulée à l'insu de Lucie.

Celle-ci s'était assise sur son lit, son enfant dans les bras, prête à l'affronter.

Ne la trouvant pas dans la cuisine, il l'appela, le pistolet à la main :

— Où es-tu ma chérie ? Tu te reposes ?

Lucie ne dit mot. Elle avait vu par l'entrebâillement de la porte qu'il s'était muni d'une arme. Elle osait à peine respirer. Attendait qu'il pénètre dans la chambre, morte de peur.

—Que fais-tu là? lui demanda-t-il. Pourquoi ne réponds-tu pas quand je t'appelle?

S'apercevant de sa pâleur, il poursuivit:

—Tu ne vas pas bien? Parle, voyons!

Lucie ne trouvait pas ses mots. Elle se lança:

—Je t'ai entendu discuter dehors. Avec qui étais-tu?

Wilhelm s'approcha d'elle.

—Reste où tu es! Ne me touche pas!

Elle mit son enfant hors de sa portée, comme pour le protéger.

—Je vais t'expliquer, ce n'est pas ce que tu penses.

—J'ai tout compris. Je croyais que nous étions seuls ici. En réalité, tes amis sont au courant! Ce sont des Allemands, tu leur parlais dans ta langue. Ne le nie pas, je t'ai entendu.

—Lucie, je ne pouvais pas te dire la vérité. Dans notre intérêt et dans celui de mes amis.

—Je ne comprends pas! Qui sont tes fameux amis? Des Allemands qui n'ont pas pu partir à temps et que tu aides à rentrer en Allemagne!

—Tu te trompes complètement. Tu ignores certaines réalités. Je ne t'en veux pas. Les consignes nous obligent à garder le silence, même avec nos proches. D'ailleurs, toi qui fais partie d'un réseau de résistance, tu dois bien le comprendre!

—Sois plus clair, je t'en prie. Tu me dois la vérité, et à ta fille aussi!

—Quand j'ai été envoyé en poste à la Kommandantur de Nîmes, je me suis mis en rapport avec un maquis d'antifascistes allemands. C'étaient surtout des communistes qui avaient quitté le Reich avant la guerre. Ils agissaient en haute Lozère et dans les Cévennes[1], en soutien à la Résistance française. Je communiquais directement mes renseignements à leur chef, Otto Kühne[2], plus connu sous son nom de combattant, Robert. C'est un ancien député du Reichstag.

Lucie avait peine à croire tout ce que Wilhelm lui dévoilait.

S'en apercevant, il précisa:

—C'est ainsi que j'ai pu fournir des détails importants pour les opérations qui ont eu lieu en avril dernier à Saint-Étienne-Vallée-Française[3], puis en juin à La Rivière[4].

Wilhelm poursuivait ses explications quand, soudain, un bruit de moteur l'interrompit. Il ne s'attendait pas à recevoir une autre visite.

Il n'eut pas le temps d'armer son pistolet, trois individus firent irruption dans la maison et se précipitèrent dans la chambre, les menaçant de leurs mitraillettes. Trois FFI arborant leurs brassards sur la manche de leurs vestes.

---

1. Maquis de Bonnecombe et de Marvejols, puis maquis Montaigne.
2. 1893-1955, militant communiste, dirigea un maquis d'antifascistes allemand en Lozère en 1943-1944.
3. 7-8 avril 1944, violents combats contre une patrouille de la Feldgendarmerie.
4. 5 juin 1944, embuscade tendue contre une unité de Waffen SS.

—Ne bougez pas, ordonna l'un d'eux. Toi le Boche, allonge-toi par terre sur le ventre. Laisse tomber ton arme. Au moindre geste, je tire.

Wilhelm s'exécuta sans s'opposer.

Épouvantée, Lucie ne réagit pas. Elle regardait Wilhelm, incrédule. Elle voulut lui demander des explications, mais le résistant qui la tenait en joue la fit taire immédiatement.

—Toi, la collabo, ferme-la! Tu parleras quand on te questionnera. Allez, lève-toi de ce plumard, prends ton gosse et suis-nous.

—Qu'avez-vous l'intention de faire de nous? s'opposa Wilhelm.

L'homme armé ne lui répondit pas. Il se saisit de son pistolet automatique et l'obligea à se relever.

—Laissez-la! tenta de s'interposer Wilhelm. Cette jeune femme est une résistante, comme vous. Vous vous méprenez.

—Bien sûr! se moqua celui qui semblait diriger les deux autres. Et toi aussi peut-être! Ne dis plus rien. On sait qui tu es, Oberleutnant Bresler! Et ta poule n'est qu'une sale collabo. Elle mérite qu'on la tonde en place publique avant de l'exécuter pour haute trahison. D'ailleurs, c'est ce qui l'attend!

—Non! s'insurgea Wilhelm. Vous n'avez pas le droit.

—Qui es-tu pour nous donner des ordres? Allez, ton compte est bon! Tu n'as pas eu l'intelligence de partir avec tes petits copains pendant qu'il était encore temps. Tu vas regretter de t'être attardé... Vous allez nous suivre sans faire d'histoires.

Lucie et Wilhelm ne purent opposer aucune résistance. Les trois FFI étaient déterminés. Ils écumaient la région à la recherche des éléments suspects qu'on leur signalait de temps en temps.

Augustine Laporte, la propriétaire de la maison qu'ils occupaient depuis des mois, avait vendu la mèche à des résistants de la dernière heure, quand elle avait été certaine de la victoire des Alliés.

*
* *

Les trois hommes les firent monter dans leur voiture, les menaçant de leurs armes. Craignant pour son enfant, Lucie tenait Élise serrée contre sa poitrine. À ses côtés, Wilhelm ne disait mot.

— Je te crois, lui glissa-t-elle dans l'oreille. Pardonne-moi.

Ils prirent la direction de la forêt, s'éloignant du village. Les trois hommes savaient visiblement ce qu'ils devaient faire de leurs prisonniers.

— Il ne faut pas perdre de temps avec ces lascars, dit le conducteur. Cette intervention n'était pas prévue au programme. Les camarades ont besoin de nous à Florac.

— Dès qu'on les aura remis en de bonnes mains, ce ne sera plus notre affaire, répondit celui qui menaçait Wilhelm avec son arme.

Celui-ci osa une parole :

— Je suis effectivement l'Oberleutnant Bresler. Vos renseignements à mon sujet sont exacts. Mais cette jeune femme n'est pas une collabo, comme vous le prétendez. C'est moi qui la retenais dans cette maison. Croyez-moi, elle n'y est pour rien.

Demandez-lui ce que j'ai exigé d'elle pour la faire sortir de la prison où elle se trouvait.

Les trois hommes demeuraient incrédules.

— Ton histoire ne tient pas debout, l'interrompit le passager avant. Dans quel but aurais-tu emmené une détenue dans cette forêt ?

— Je suis tombé amoureux d'elle, et je ne voulais pas qu'on lui fasse du mal. C'est aussi simple que ça ! Elle, elle ne voulait pas. Mais j'ai su la convaincre de me faire confiance. Entre la torture à la Gestapo et une escapade en montagne en ma compagnie, elle n'avait pas le choix, si elle tenait à sauver sa peau.

— On ne nous a pas donné la même version, Oberleutnant Bresler ! En réalité, vous vous cachez, vous avez déserté quand votre unité a mis les voiles, et cette traînée est votre maîtresse. D'ailleurs, vous lui avez fait un gosse ! Comment s'appelle une femme qui couche avec un Allemand ? Pour nous, c'est une collabo ! Et elle n'aura que ce qu'elle mérite.

Wilhelm avait beau parlementer, ses arguments n'atteignaient pas les trois hommes.

Lucie commençait à craindre le pire.

— Où nous conduisez-vous ? Je vous demande d'avertir mon oncle, Sébastien Rochefort. Vous devez avoir entendu parler de lui ! Il fait partie de la Résistance. C'est un haut responsable. Il vous confirmera que j'appartiens à un réseau et que l'Oberleutnant Bresler n'est pas celui que vous croyez.

—Et tu penses qu'on va avaler ces couleuvres ! Sébastien Rochefort ! Connais pas, fit le conducteur du véhicule. Et vous, les gars ?

—Inconnu au bataillon ! répondirent les deux autres.

La Traction avant roulait depuis un bon quart d'heure. Elle sortit de la zone forestière et s'engagea sur une route qui serpentait dans la montagne, bordée d'un précipice. Au loin, les crêtes cévenoles resplendissaient de majesté.

Lucie avait beau observer avec attention le paysage qui défilait sous ses yeux à travers la fenêtre, elle ne reconnaissait pas l'endroit où ils s'enfonçaient. Ce dont elle était sûre, c'est qu'ils ne prenaient pas la direction d'Alès.

—J'ai envie de pisser, fit le conducteur. Il faut que je m'arrête.

—Avance-toi encore un peu. Regarde là-bas, le hameau abandonné. Il n'y a plus que des ruines. Les habitants l'ont déserté après un affrontement sanglant entre les maquisards et une unité de SS. On va y faire une petite pause, le temps de s'en fumer une.

Wilhelm ne broncha pas. Il ne pouvait espérer profiter de ce moment pour tenter de s'échapper. Contrairement à Lucie, il avait les mains menottées et sentait le canon du pistolet de son voisin dans ses côtes. De plus, il n'était pas question de laisser Lucie seule avec leur bébé aux mains des trois résistants.

La voiture ralentit, se gara sur le bord de la route. Le chauffeur descendit le premier, vint ouvrir la portière du côté de Wilhelm et lui ordonna de sortir.

Autour d'eux, le spectacle était désolant. Des murs éventrés, écroulés ou criblés d'impacts de balles; des amas de pierres sur la chaussée; des portes de maisons grandes ouvertes; des fenêtres aux vitres brisées, brinquebalant sur leurs gonds à moitié arrachés… Les habitants avaient dû fuir en toute hâte, dans l'espoir de pouvoir rentrer chez eux une fois l'affrontement terminé. Malheureusement, celui-ci avait été tellement violent qu'il ne subsistait plus qu'un champ de ruines. Tous étaient partis, abandonnant leurs biens aux pilleurs et rapaces de toutes sortes.

Élise se mit à pleurer.

— Qu'est-ce qu'elle a, ta môme? demanda l'un des trois hommes.

— C'est l'heure de la tétée. Elle a faim.

Les résistants se consultèrent du regard.

— Bon, descends! fit l'un d'eux en pointant son arme dans son dos, et surtout pas d'embrouilles, sinon, on n'hésitera pas à tirer. Viens avec moi, tu seras plus tranquille par là. Pendant ce temps, vous deux, occupez-vous de monsieur.

Lucie blêmit.

Que voulaient-ils faire de Wilhelm?

Menaçant ce dernier avec le canon de leurs mitraillettes, les deux autres le poussèrent devant eux, le long d'un mur à moitié éboulé. Lucie vit Wilhelm s'éloigner sans se retourner, les mains prisonnières de ses menottes, puis disparaître derrière une maison éventrée.

— Rentre dans cette grange, lui ordonna son garde. Tu peux nourrir ton gosse. Je ne regarde pas. Je reste devant la porte. Pendant ce temps, je m'en fume une.

Lucie s'assit sur une botte de paille, dégrafa son corsage et commença à allaiter Élise qui, affamée, se précipita sur son sein.

De son côté, Wilhelm tenta une diversion.

— J'ai envie d'uriner, dit-il à ses gardes.

Ceux-ci se consultèrent du regard, hésitèrent.

— Bon, fit l'un des deux. Je vais t'enlever tes menottes. Mais fais gaffe! À la moindre entourloupe, je te tire dessus. Remarque, de toute façon...

Il ne termina pas sa phrase.

Tout à coup, une salve de fusil automatique retentit.

Wilhelm se retourna, mort d'inquiétude.

— Non! s'écria-t-il. Pourquoi avez-vous fait cela? Bande d'assassins!

Les deux hommes qui le maintenaient en joue, intrigués, relâchèrent leur attention, regardèrent en direction de la grange.

— Après tout, elle n'a eu que ce qu'elle méritait! fit l'un d'eux.

Wilhelm profita de l'occasion pour sauter dans le ravin en bordure de la route, déboula la pente en roulant sur lui-même, se cala contre un buisson une dizaine de mètres plus bas.

Les deux résistants réagirent aussitôt et tirèrent sur lui à trois reprises.

Constatant que leur prisonnier ne bougeait plus et qu'il baignait dans une flaque de sang, ils n'insistèrent pas et rebroussèrent chemin.

— C'est bon, il a eu son compte! releva l'un des deux. Pour lui, ça s'est terminé plus vite que prévu.

Dans la grange, Lucie avait entendu les salves de mitraillette. Elle s'arrêta de donner le sein. Élise se mit à pleurer.

— Que se passe-t-il? s'écria-t-elle, affolée.

L'homme posté devant la porte entra pour la rassurer.

— J'ai tiré sans le faire exprès, en voulant ramasser mon briquet, lui dit-il. Mais je ne sais pas pourquoi mes camarades en ont fait autant. J'espère que votre Allemand n'a pas essayé de se faire la malle!

Les deux autres ne tardèrent pas à revenir.

— Allez, il faut déguerpir d'ici! annonça le conducteur de la Traction. On a perdu assez de temps.

— Et le Boche? s'étonna le troisième homme.

— On lui a réglé son compte. Il a tenté de s'enfuir quand tu as tiré. D'ailleurs, qu'est-ce qui t'a pris d'utiliser ton arme? On croyait que la fille avait essayé de s'échapper et que tu lui avais tiré dessus!

— J'ai pas fait attention, le coup est parti tout seul!

— Allez, on se casse!

Lucie, tétanisée par ce qu'elle venait d'entendre, ne bougeait plus.

— Remue-toi! lui dit l'un des trois hommes en la poussant devant lui. On ne va pas moisir ici!

Prise de panique, Lucie tenta de s'échapper, trébucha, faillit laisser tomber Élise.

— Je veux voir Wilhelm... Vous n'êtes qu'une bande d'assassins... Vous l'avez tué! Sans raison! Sans le juger! Sans lui donner une chance de s'expliquer! Vous êtes pires que les Allemands!

— Arrête de crier! De la part d'une collabo, tes paroles ne nous touchent pas. Mais ton heure arrivera aussi, ne t'inquiète pas... Allez, monte, on t'emmène en lieu sûr.

Ils passèrent un bandeau autour des yeux de leur prisonnière, puis la menottèrent.

— Comme ça, déclara l'un d'eux, tu ne seras pas tentée de nous échapper comme ton Allemand! Nous voulons te ramener vivante.

Ils prirent la direction de Nîmes par des routes détournées.

En chemin, ils firent une nouvelle halte. Dans le noir complet, morte de peur, Lucie serrait son enfant dans ses bras, malgré les menottes. Élise, elle, dormait comme un ange.

— Tu te souviens de l'adresse qu'on nous a donnée? fit l'un des trois FFI.

— On y arrive, répondit le conducteur. C'est à l'écart du village.

— Ralentis. On ne doit pas nous entendre. Tu connais la consigne. De la discrétion!

Lucie se demandait ce qu'ils manigançaient encore. S'ils avaient voulu se débarrasser d'elle, se dit-elle pour se rassurer, ils l'auraient fait en même temps que Wilhelm, dans ce hameau délaissé. Pourquoi s'approcher d'un lieu habité?

La voiture s'arrêta lentement. Le chauffeur coupa le moteur. Attendit quelques minutes en silence. Puis son voisin descendit, sans refermer sa portière.

— Sois prêt à redémarrer! ordonna-t-il.

Il ouvrit du côté de Lucie et, sans lui permettre de réagir, lui arracha son enfant des bras.

— Que faites-vous? s'écria celle-ci. Laissez-moi mon bébé! Vous n'avez pas le droit. Rendez-le-moi! Je vous en supplie... non, je vous en supplie!

Elle eut beau implorer, les trois hommes demeurèrent de marbre.

— Les ordres sont les ordres! fit l'un d'eux. Pas de marmots. De toute façon, là où on t'emmène, il n'y a pas de place pour un gosse.

Une fois à Nîmes, Lucie fut emprisonnée en compagnie d'autres détenues, toutes accusées de collusion avec l'ennemi en temps de guerre. Elle risquait une lourde condamnation.

Comme de nombreuses femmes prises dans les mailles des FFI, elle fut immédiatement tondue en place publique. Sous les quolibets de curieux en mal de spectacle, elle ne comprenait pas ce qui lui arrivait. En elle se mêlaient un étrange sentiment de honte et une envie de révolte. Elle avait l'impression d'être devenue une paria aux yeux des siens. Qu'avait-elle fait de si horrible pour mériter un tel châtiment? Pour être ainsi exposée à la vindicte publique. Pourquoi tant de haine sur le visage de tous ces gens venus la vouer aux gémonies?

Depuis la fin de l'occupation allemande, les Nîmois réglaient leurs comptes avec la Collaboration. Une justice expéditive guidée par un sentiment de vengeance avait été pratiquée dès les premières heures de la Libération. À la fin août 1944, les habitants de la cité d'Auguste, médusés, avaient pu assister à l'exécution sommaire de neuf anciens miliciens. Depuis la libération de la ville, la délation régnait dans tous les milieux. Les personnes soupçonnées d'avoir collaboré avec les nazis étaient systématiquement arrêtées et fusillées. Les femmes poursuivies pour avoir fraternisé avec l'ennemi étaient tondues en public. C'était l'Épuration. Pour éviter toute vengeance, certains s'inventaient un passé de résistant.

Face à ces excès, le comité départemental de la Libération avait apporté un semblant de légalité. Une cour de justice avait été officiellement installée pour instruire les procès. Parmi ceux-ci, le plus notoire avait été celui de l'ancien préfet du Gard, Angelo Chiappe, qui avait duré trois jours. Accusé d'intelligence avec l'ennemi, il avait été jugé coupable[1] et exécuté devant les arènes au mois de janvier. Au total, plus de neuf cents Gardois furent déférés devant cette cour de justice exceptionnelle, et trois cent quarante-trois condamnés à la peine capitale.

Lucie était effondrée.

Depuis plusieurs jours, elle attendait son procès dans une anxiété qui l'empêchait de réagir. Elle se revoyait un an auparavant, enfermée dans les geôles de la Kommandantur, dans la hantise d'être

---
1. Le 23 décembre 1944.

bientôt transférée à la Gestapo, torturée, puis déportée ou fusillée.

Qu'avaient-ils fait de son enfant ? se demandait-elle avec effroi. Le retrouverait-elle un jour ? Les trois hommes qui l'avaient arrêtée ne s'étaient plus manifestés. Ils s'étaient emparés de son bébé puis s'en étaient sans doute débarrassés sans laisser de traces !

Plus elle réfléchissait à ce drame, plus elle se considérait fautive de tout ce qui lui était arrivé. Elle en vint même à éprouver de la honte. Que dirait-on d'elle si la naissance d'Élise était dévoilée ? Qu'elle avait eu un enfant avec un Allemand, pendant que d'autres se battaient pour défendre la liberté des Français ! L'opprobre rejaillirait également sur sa famille. Elle ne pourrait plus jamais regarder les siens en face, sans risquer de se heurter à leur désapprobation, à leur condamnation. Jamais ils ne comprendraient que Wilhelm n'était pas un Allemand comme les autres.

Alors, elle décida de ne jamais parler de l'existence d'Élise, ni à ses parents ni à son oncle Sébastien. Ce serait son secret, la croix qu'elle porterait jusqu'à la fin de ses jours. Maintenant que Wilhelm avait tragiquement disparu, que sa fille lui avait été enlevée sans espoir pour elle de pouvoir la retrouver au risque de révéler ce terrible secret, sa vie ne serait plus jamais comme avant, même si elle recouvrait la liberté au sortir du procès qui l'attendait.

Placée à l'isolement, elle ne pouvait communiquer avec l'extérieur.

Lorsqu'elle reçut enfin la visite de son avocat commis d'office, elle put s'expliquer. Mais l'homme de loi ne prit pas ses affirmations au sérieux et lui conseilla de changer de stratégie de défense.

—Vous feriez mieux de plaider coupable! Le juge se montrera plus clément. Vous n'êtes pas simplement une femme qui a fréquenté un Allemand. Hélas, il y en a beaucoup d'autres dans ce cas! Vous étiez la maîtresse d'un officier de la Wehrmacht.

—J'insiste, maître. Et je vous demande de me croire : je suis la nièce de Sébastien Rochefort. Mon oncle était au courant de mon activité dans la Résistance. C'est lui qui m'a envoyée à Paris au début de 1944 pour une mission de la plus haute importance. Contactez-le, je vous en supplie. Il témoignera en ma faveur et prouvera mes propos.

—Il ne pourra lever l'accusation d'avoir entretenu une liaison amoureuse avec un officier allemand.

—Je vous l'affirme, Wilhelm Bresler n'était pas un nazi ni un ennemi de notre pays. Il m'a certifié qu'il informait la Résistance. D'ailleurs, les individus avec qui il s'entretenait peu avant notre arrestation par les FFI en étaient. Il ne pouvait m'en dire plus. Pour une question de sécurité, m'a-t-il expliqué. Mais vous devriez pouvoir le vérifier.

Lucie raconta sans rien omettre le peu que Wilhelm lui avait dévoilé.

L'avocat lui promit de tout mettre en œuvre pour contacter son oncle.

—Ça prendra du temps, mais je vais faire le nécessaire.

Une fois averti, Sébastien accourut à Nîmes. Il n'avait pas eu de nouvelles de sa nièce depuis qu'elle avait disparu seize mois auparavant. Wilhelm Bresler avait effacé toute trace de son existence. Persuadé qu'elle avait été déportée sans autre forme de procès, il ne s'était pourtant pas résigné à la considérer définitivement perdue. Il gardait l'espoir.

Quand il découvrit Lucie au parloir, affaiblie, le crâne rasé, les yeux hagards, il eut peine à la reconnaître.

— Mon Dieu! ne put-il se retenir. Que t'ont-ils fait?

Puis, se reprenant, il ajouta:

— Je te croyais dans un camp, quelque part en Allemagne.

Lucie s'effondra dans les bras de son oncle. L'émotion l'empêchait de prononcer la moindre parole.

— Je te défendrai, lui promit-il. Ne t'inquiète pas. Je te sortirai de là. Je peux prouver que tu travaillais pour la Résistance. Le juge ne pourra pas douter longtemps de ma parole. Thibaud témoignera également en ta faveur, ainsi que tous ceux qui étaient au courant de ta mission. Certains ont été pris et déportés. Mais ils sont suffisamment nombreux à pouvoir venir à la barre pour te disculper.

Sébastien ignorait les véritables relations de sa nièce avec l'Oberleutnant Bresler. Mais il lui fit confiance quand elle lui certifia qu'elle n'avait jamais trahi la cause de la France libre.

— Il m'a fait évader comme d'autres prisonniers qu'il avait sous son contrôle, se contenta-t-elle de lui expliquer. Puis il m'a mise en sécurité loin de Nîmes, pour m'assurer la vie sauve et pour ne pas nuire à ma famille.

Sébastien se satisfit de ses déclarations. Il sentait que sa nièce ne lui disait pas tout, mais il n'insista pas pour lui faire avouer ce qu'elle ne désirait pas révéler.

Après un procès qui dura deux jours, Lucie fut lavée de tout soupçon. Sébastien put prouver en effet qu'un jeune officier de la Wehrmacht, dont il ignorait le nom à l'époque des faits, transmettait des renseignements sur les détenus de la prison de Nîmes. Il connaissait des ressortissants allemands, membres d'un réseau de résistance, qui avaient été en contact avec lui. Ce qui tendait à confirmer ce que Lucie avait expliqué à son avocat à propos de la fameuse conversation qu'elle avait surprise peu avant leur arrestation.

— Monsieur le juge, plaida Sébastien, je demande votre clémence pour ma nièce Lucie Rochefort. Elle a beaucoup donné pour la liberté de notre pays. Malgré son âge, elle n'a pas hésité à se sacrifier et, personnellement, je dois la vie à son acte de bravoure. Quand nous étions à Paris...

Et Sébastien de raconter, devant la cour de justice, l'action héroïque de la jeune résistante.

Deux jours plus tard, le 8 mai, à Berlin, le maréchal allemand Keitel signait l'acte de capitulation de son pays. Les forces alliées avaient enfin triomphé de la barbarie.

*
* *

*1957*

Lucie était arrivée au terme de son récit.

Pendant un long moment, elle garda le silence. Adèle n'osait reprendre la parole. Elle se sentait trop émue et trop attristée pour demander à son amie de poursuivre.

Elle connaissait les circonstances de la réapparition d'Élise, sept ans après qu'elle avait été enlevée à sa mère. Elle savait ce que l'enfant avait enduré chez les Martin pendant cette terrible période de sa vie. Lucie lui avait appris maintenant comment la tragédie qu'elle avait vécue s'était dramatiquement achevée et comment elle avait été innocentée.

Pourtant Adèle estimait que son rôle n'était pas terminé.

Ce soir-là, elle s'abstint d'aller plus loin, de demander à Lucie de surmonter ses craintes et de renouer plus encore avec son passé. Elle ne la sentait pas prête à assumer d'autres révélations qui pourraient bouleverser à nouveau son existence, sa tranquillité, ses rapports avec sa fille et sa famille.

François, qui la trouvait soucieuse, comprit qu'elle ne se contenterait pas de cette fin, à la fois heureuse et malheureuse, qu'elle se remettrait un jour à s'intéresser à la vie de Lucie pour éclaircir une affaire qu'il jugeait bien ténébreuse. Adèle s'en défendit, mais lui rappela ce qu'elle s'était promis pour Élise.

— Maintenant, il me reste à tenir parole, lui avoua-t-elle. Rappelle-toi, je t'avais dit un soir que je retrouverais la trace de son père, qu'il soit mort ou vivant, un honnête homme ou un être peu recommandable.

— Tu connais déjà deux réalités : son père est mort et il était plutôt quelqu'un de bien. Que te reste-t-il encore à prouver aux yeux d'Élise ?

— Lui prouver, rien. Seulement lui apporter la preuve de ces vérités. Mais il est beaucoup trop tôt. Il faut savoir donner du temps au temps !

# Quatrième partie

## LA QUÊTE D'ÉLISE

26

Le secret d'Adèle

*1961, quatre ans plus tard*

Adèle tint parole. Depuis les dernières confidences de Lucie, elle n'avait plus tenté de percer ce qui restait mystérieux à ses yeux. Son amie semblait en avoir terminé avec ce qu'elle portait sur le cœur depuis tant d'années. En outre, Lucie avait repris une existence beaucoup plus sereine et moins asociale. Elle se sentait allégée d'un lourd fardeau qui, elle le reconnaissait, avait pesé sur sa conscience et provoqué ses états d'âme.

Certes, hormis Adèle – et, en partie, le père Deleuze –, personne ne connaissait son histoire. Et elle ne souhaitait pas la divulguer davantage. Elle éprouvait toujours une forme enfouie de honte, pensait la jeune enseignante. Honte d'avoir aimé un Allemand pendant la guerre, même si Wilhelm s'était révélé, finalement, un être d'exception. Honte d'avoir eu un enfant de lui. C'était sans doute cette dernière réalité qui la torturait le plus ; elle ne sentait pas ses proches prêts à l'admettre. Les enfants nés d'une union jugée contre nature faisaient eux-mêmes l'objet d'une sévère discrimination, d'une mise à l'écart injuste qui les reléguait au ban de la société.

Lucie s'était-elle égarée ? Ses sentiments pour Wilhelm Bresler avaient éclos petit à petit et s'étaient renforcés avec le temps. La confiance qu'il avait su installer dans son esprit et dans son cœur avait fini de la convaincre.

Néanmoins, Lucie ne pouvait encore vivre comme si rien ne s'était passé. Elle n'avait pas parlé à Élise. L'adolescente n'avait pas l'âge d'entendre certaines vérités.

« Je le ferai le jour où elle pourra admettre les faits sans juger à priori, avait-elle déclaré à Adèle. Il faut lui laisser le temps de mûrir, d'acquérir les outils de la réflexion, afin qu'elle soit impartiale dans la réaction que suscitera en elle la découverte de ses origines. »

Adèle acquiesçait, mais semblait dubitative. Elle plongeait dans ses propres souvenirs et cela lui donnait des états d'âme que Lucie commençait à percevoir.

« Je vous ennuie avec mes histoires, lui disait-elle parfois. Maintenant que vous connaissez tout mon passé, nous devrions clore ce long chapitre de ma vie. Il incombe à moi seule de parler à ma fille. Ce jour est proche. Je n'en doute pas. »

Quand Adèle rencontrait Lucie dans la commune, elle ne manquait pas de la convier à un goûter entre femmes ou à une promenade dans la montagne en compagnie de François, le dimanche suivant. Tous les trois aimaient se retrouver sur les chemins de randonnée et sur les drailles de grande transhumance où, pendant la saison, ils croisaient des troupeaux guidés par leurs bergers. Parfois, Lucie reconnaissait des endroits qui lui rappelaient les lieux où elle avait vécu cachée avec Wilhelm. Elle se taisait, ne souhaitant plus évoquer cette période douloureuse.

La disparition tragique de Wilhelm, en effet, était restée en elle une profonde déchirure. Face à son souvenir, elle éprouvait toujours un grand vide, comme si elle ne parvenait pas à faire son deuil de l'être qu'elle avait aimé et qui était le père de son enfant.

Adèle et François s'étaient mariés au cours de l'année 1958, peu après Pâques. Pour cette occasion, Adèle avait demandé à Lucie d'être son témoin et, à Sébastien, celui de François. Tous s'étaient retrouvés à Gajols pour la cérémonie et le repas de noces. Lucie avait fait la connaissance des parents d'Adèle, mais pas de ceux de François, la mère de ce dernier n'ayant pas pu se déplacer en raison de son infirmité.

Le lendemain du grand jour, Lucie avait longuement parlé avec la mère d'Adèle. Louise Gensac était un petit bout de femme qui passait inaperçu, tant elle se montrait discrète, dans sa tenue comme dans les rapports qu'elle entretenait avec les autres. Elle ne prenait jamais la parole la première et s'excusait très souvent quand elle perdait le fil de la conversation ou demandait qu'on lui explique avec plus de précisions certains propos. Son mari, René, n'était guère plus bavard et témoignait d'une extrême gentillesse.

Adèle étant leur fille unique, ils n'avaient d'yeux que pour elle et ne cessaient de se soucier de son avenir.

Il émanait de leur couple quelque chose d'émouvant qui ne laissait pas Lucie indifférente. Très vite, elle s'était rapprochée d'eux pendant son court séjour en Gironde, en se gardant d'évoquer en leur présence des souvenirs que leur fille n'avait pas hésité à dévoiler devant elle. Par exemple, cette période pendant laquelle René avait été prisonnier en Allemagne durant la guerre.

Adèle aussi cultivait un jardin secret, Lucie s'en était aperçue au cours de leurs entretiens. Mais, contrairement à son amie, celle-ci n'avait jamais insisté pour qu'elle lui ouvre son cœur.

Adèle et François avaient aujourd'hui un petit garçon de deux ans. Jérémie était né un an après leur mariage, et avait aussitôt fait la conquête d'Élise, qui s'occupait de lui chaque fois qu'elle était libérée de ses obligations scolaires. Elle aimait les enfants et ceux-ci le lui rendaient bien. Elle savait se faire comprendre d'eux par des gestes et des mimiques qui suscitaient toujours leurs éclats de rire. Elle gardait souvent le petit Thomas, le fils de son oncle Matthieu, du même âge que Jérémie. Les deux garçonnets mettaient dans la maison de Lucie une joie qui n'y avait pas régné depuis longtemps.

Élise avait fêté ses seize ans au mois de mars. Elle était devenue une jeune fille épanouie, curieuse du monde qui l'entourait. Elle avait un goût particulier pour les arts, la peinture, la musique, et pour l'histoire. Dans son institut spécialisé, elle pratiquait la danse classique et envisageait de suivre les cours du conservatoire d'Avignon. Son handicap ne semblait pas la gêner. Elle n'y faisait allusion que pour en rire, quand les autres s'étonnaient de la voir parler avec les mains en même temps qu'elle bougeait les lèvres. En outre, elle n'évoquait jamais la période de sa prime jeunesse au cours de laquelle elle avait perdu l'usage de la parole, comme si elle avait décidé de l'effacer de sa mémoire. Dans sa famille, tous l'adoraient. Ses grands-parents, Faustine et Vincent, l'invitaient toujours pendant les vacances scolaires à passer une ou deux semaines en leur compagnie, dans leur mas du Chai de la Fenouillère, où elle retrouvait ce qui avait bercé l'enfance de sa mère. Elle s'y sentait comme chez elle, dans les vignes de son grand-père dont les origines mystérieuses l'avaient beaucoup intriguée. Elle savait que Rouvière n'était pas le patronyme qu'il aurait dû porter et que lui non plus n'avait jamais connu son père. Cela les rapprochait et créait entre eux une profonde intimité. Ils n'avaient pas besoin de paroles; d'un unique regard, ils comprenaient ce qu'ils ne pouvaient exprimer par les mots.

Lucie lui avait appris la date de sa venue au monde mais avait toujours évité de lui en préciser les circonstances. Quand Élise lui demandait ce qu'était devenu son père, elle restait évasive, lui affirmant qu'il était mort peu après sa naissance et qu'il s'agissait d'un homme aux grandes qualités. Mais elle ne lui avait jamais avoué ni son nom ni d'où il venait. Jusqu'à présent, Élise s'était contentée de ces seules explications et n'avait jamais cherché à en savoir davantage, toutes les rumeurs qui avaient couru quelques années plus tôt ayant été balayées.

Toutefois, depuis qu'elle était entrée en classe de première, comme elle l'avait entrepris au moment de ses douze ans, elle s'était remise à se documenter sur la guerre, les Allemands, le régime nazi, la Collaboration, l'Holocauste... Cette terrible période l'intéressait. Elle en parlait souvent avec sa mère quand elle rentrait de Montpellier en fin de semaine, et faisait parfois des remarques qui mettaient Lucie mal à l'aise.

L'Europe connaissait la paix depuis plus de quinze ans. On commençait à enseigner la Seconde Guerre mondiale dans les manuels d'histoire des lycées. Ce qui passionnait Élise, avide d'apprendre ce que les siens avaient vécu pendant cette terrible période. Elle-même était née peu avant la fin du conflit. Elle ne pouvait donc rester indifférente à des événements qui s'étaient parfois déroulés non loin de chez elle. D'autant qu'elle savait que Sébastien avait été une figure notoire de la Résistance. Toute sa famille en éprouvait d'ailleurs une grande fierté.

Lucie avait demandé à son oncle de ne jamais lui parler de cette période douloureuse de sa vie. Elle maintenait une profonde zone d'ombre sur ce passé qu'elle tâchait d'oublier, pour son bien, mais aussi pour celui de sa fille, affirmait-elle à Adèle quand elle lui avouait que l'attitude d'Élise commençait à l'intriguer.

— J'ai peur qu'elle ne soupçonne quelque chose, lui dit-elle un jour. Elle cherche trop à savoir ce qui s'est passé dans notre région pendant les années d'occupation. Son intérêt pour la Résistance et la Collaboration me paraît démesuré pour une jeune fille de son âge.

— Vous ne pourrez pas éternellement lui mentir par omission, lui répétait Adèle. Maintenant qu'elle a seize ans, vous devriez lui parler.

Lucie promit d'y réfléchir.

— Vous savez bien que vous pouvez toujours compter sur moi, lui répondit Adèle.

*
\* \*

L'intérêt qu'Adèle continuait à lui porter finissait par intriguer Lucie. Tout bien considéré, maintenant qu'elle lui avait révélé les moindres détails de son aventure avec Wilhelm Bresler, maintenant qu'elle savait qu'il était mort et qu'Élise était sa fille, elle se demandait pour quelles raisons elle tenait encore à l'aider.

Qu'est-ce qui motivait chez elle une telle attitude?

À ces questions, Lucie ne trouvait aucune explication.

C'est Élise qui lui apporta une réponse, un jour qu'Adèle l'avait emmenée flâner dans les magasins de Nîmes un samedi après-midi, comme elles en avaient pris l'habitude à chaque congé scolaire. Elles s'étaient attablées à la terrasse d'un café, dans la vieille ville, sur la place de l'Horloge. La jeune fille, radieuse, avait décidé ce jour-là de rompre le silence. Cette expression, dans son cas, paraissait inappropriée, mais elle savait se faire comprendre et ce n'était pas son aphasie qui la perturbait lorsqu'elle voulait percer un mystère qui l'intriguait.

Munie du carnet dans lequel elle rédigeait ses questions, elle n'avait pas honte devant les autres d'exprimer par les signes et par écrit ce qu'elle avait dans la tête.

« Pourquoi t'intéresses-tu autant à nous depuis des années ? » demanda-t-elle sans ambages à Adèle.

Surprise, la jeune femme ne put, sur le moment, que lui répéter ce qu'elle lui affirmait depuis des années :

— Je me suis d'abord intéressée à toi car tu étais mon élève et que tu me paraissais malheureuse. Ensuite, j'ai appris à connaître ta maman et j'ai lié avec elle une relation profonde. Entre amies, il est normal de s'entraider quand l'une ou l'autre éprouve des difficultés dans sa vie.

« Ma mère rencontre quel genre de difficultés, d'après toi ? »

Adèle ne pouvait dire la vérité à Élise, dévoiler ce qu'il revenait à sa mère de lui révéler sur une tranche de son existence qu'elle tenait encore secrète.

« Toutes les deux, vous me cachez quelque chose. Je ne suis pas idiote ! J'ai compris depuis longtemps que vous ne teniez pas à ce que je connaisse les détails de ma naissance. Je me trompe ? »

Adèle ne pouvait dissimuler son embarras, mais elle éluda la question :

— Je crois que ta maman ne va pas tarder à te parler. Laisse-lui le temps de se préparer. Je ne peux pas t'en dire davantage.

Devant l'insistance d'Élise, Adèle finit par lui concéder une partie de ce qu'elle-même gardait profondément enfoui dans son cœur et sur quoi elle ne s'ouvrait jamais.

— Rien n'est simple dans la vie, commença-t-elle, surtout quand on se trouve dans des situations exceptionnelles et qu'on est un enfant. C'était ton cas après ta naissance, ta maman te le racontera elle-même. C'était mon cas également lorsque mon père a été fait prisonnier pendant la guerre…

*
* *

Adèle n'aimait pas évoquer cette période de son enfance qui, pour elle aussi, demeurait douloureuse, même si les événements qu'elle avait vécus n'avaient aucune commune mesure avec ceux de la vie de Lucie.

Née l'année du Front populaire, elle avait à peine trois ans quand son père, René, fut mobilisé en septembre 1939. Dans sa famille, comme dans beaucoup d'autres, ce départ précipité fut ressenti comme une tragédie. René était seul à travailler et à assurer les besoins de sa jeune épouse et de leur fille unique. Louise fut contrainte de chercher un emploi. À l'époque, les Gensac habitaient une vaste maison dans le village de Gajols, que René avait héritée de ses parents, tous deux décédés. N'étant pas originaire de la même commune que son mari, Louise ne pouvait compter sur ses parents pour s'occuper de la petite Adèle. Elle plaça donc sa fille chez une nourrice pendant ses absences, ce qui occasionnait des dépenses dont elle se serait bien passée.

Le régiment de René se trouvait en position en Alsace, non loin du Rhin, et attendait l'ennemi avec fébrilité. La drôle de guerre engendrait chez les appelés de faux espoirs. René écrivait à Louise qu'il rentrerait bientôt à la maison, Hitler n'ayant pas l'intention d'attaquer la France, car trop occupé à l'Est avec la Pologne et les pays scandinaves.

Quand les Panzers et l'aviation allemande envahirent la Belgique et les Pays-Bas par surprise, et menacèrent la ligne Maginot réputée infranchissable, la panique s'empara des unités françaises. René se retrouva devant Sedan et fut fait prisonnier lors de la percée des blindés de Guderian.

Louise resta sans nouvelles de lui pendant plus de trois semaines. Lorsqu'elle reçut enfin une lettre officielle du ministère de la Défense nationale et de la Guerre lui signifiant que son mari se trouvait en Allemagne, dans un stalag, quelque part en Bavière, elle perdit tout espoir de le revoir vivant. René, en effet, avait une santé fragile. Ayant contracté la tuberculose dans sa jeunesse, il s'essoufflait rapidement et faisait des crises d'asthme qui l'épuisaient au moindre effort.

Elle s'abstint de montrer son désarroi à son enfant qui, trop petite pour comprendre le drame de sa mère, souffrait néanmoins de l'absence de son père.

Adèle se souvenait parfaitement de ces années terribles pendant lesquelles elle avait vécu dans l'attente de celui qui ne revenait pas. Les mois passant, puis les années, sa mère finit par s'habituer à ne plus compter sur l'homme de la maison. Louise s'occupait de tout, comme si rien n'avait changé depuis le début de la guerre. Pourtant les privations étaient quotidiennes. Il fallait s'adapter à un genre de vie que les Français ne connaissaient plus depuis plus de vingt ans.

Gajols se trouvait dans la zone occupée depuis la reddition du gouvernement en juin 1940. La pression exercée par les vainqueurs était éprouvante. La maison des Gensac fut immédiatement réquisitionnée par l'armée du Reich. Comme deux chambres sur quatre demeuraient vacantes, un officier de la Wehrmacht et son aide de camp furent logés sous leur toit, au grand désespoir de Louise qui craignait pour sa fille plus que pour elle-même. Si seulement René rentrait! se disait-elle pour se donner du courage.

Se savoir seule en compagnie de deux soldats étrangers l'effrayait.

Elle décida de partager la maison en deux. L'étage pour les occupants, le rez-de-chaussée pour elle et sa fille. Elle dormirait sur le canapé du séjour, Adèle à ses côtés dans son petit lit. Ainsi, elle ne serait pas obligée de croiser l'officier allemand quand elle irait se coucher; l'escalier qui montait aux chambres se trouvait dans le couloir et donnait directement accès à la porte d'entrée.

Lorsque l'officier allemand se présenta chez elle pour la première fois, en compagnie de son aide de camp, Louise s'apprêtait à partir au travail. Elle avait habillé Adèle chaudement, car le froid sévissait depuis plusieurs jours. Surprise, elle ne sut comment réagir à ce qu'elle prit pour une véritable intrusion. Sur le moment, l'Hauptmann n'insista pas et lui proposa de revenir s'installer le soir, quand elle serait de retour.

Louise s'étonna de la courtoisie de l'officier allemand et lui promit de rentrer dès sa journée terminée.

—Je tiens le bureau de poste, indiqua-t-elle. Je ferme le guichet à dix-huit heures. Mais, auparavant, je dois aller chercher ma fille chez une amie. Elle la garde après l'école, le temps que je finisse.

La maison de Louise se trouvait dans le village. Elle n'avait que la place à traverser pour se rendre sur son lieu de travail. Personne ne pouvait ignorer l'arrivée des deux Allemands chez elle. Toute la journée, chaque fois qu'un administré entrait dans son bureau de poste, la même ritournelle recommençait : «Alors, tu as un Boche sous ton toit! Ma pauvre Louise, si ton malheureux René savait ça! Pour sûr, il en ferait une maladie. Lui dont le père a été tué à Verdun!»

Les premières semaines, Louise évita le plus possible de croiser ses deux locataires. Elle s'enfermait dans sa cuisine dès qu'elle rentrait avec Adèle et demandait à sa fille de ne pas faire de bruit afin de ne pas déranger «les deux messieurs qui vivaient à l'étage». L'enfant ne comprenait pas pourquoi, en l'absence de son père, deux inconnus occupaient la chambre de ses parents et la sienne. À quatre ans, elle posait parfois des questions qui embarrassaient sa mère. Celle-ci ne tenait pas à lui expliquer que ces hommes étaient ceux qui avaient envoyé son papa dans un stalag, de crainte de l'effrayer.

La fillette finit par s'habituer à leur présence. Au reste, l'Hauptmann et son aide de camp se montraient d'une extrême discrétion. Ils partaient tôt le matin, souvent avant Louise et Adèle, et ne rentraient qu'à la nuit tombée. Louise les entendait discuter en allemand dans l'escalier et cessait sur-le-champ son travail, comme si elle craignait qu'ils ne viennent la déranger.

Il arrivait parfois qu'ils se croisent dans le couloir. Adèle se réfugiait dans les jupes de sa mère, plus apeurée par les uniformes que portaient les deux militaires que par leur présence elle-même. Louise ne s'éternisait pas devant eux, mais ne pouvait éviter leurs salutations respectueuses.

Par un jour de pluie battante, son locataire lui proposa de la conduire jusqu'à l'école d'Adèle. L'établissement se trouvait à dix minutes à pied.

— Votre enfant va être trempée toute la journée, releva-t-il. Montez à l'arrière de ma voiture, mon aide de camp déposera votre fille à son école et vous ramènera sur votre lieu de travail.

Louise se sentit très gênée. Elle refusa, prétextant devoir prendre au passage une amie d'Adèle.

Comprenant l'embarras de Louise, l'Hauptmann n'insista pas.

—Si un jour vous avez besoin d'aide, lui dit-il cependant, n'hésitez pas à me demander. Je me ferai un devoir de vous satisfaire.

La politesse et la gentillesse du capitaine allemand étonnaient Louise. Car, on l'avait prévenue, les Allemands étaient des rustres, sans manières et sans scrupules. Ils pillaient le bien des Français et se comportaient partout comme chez eux.

Louise ignorait le rôle de l'occupant de sa maison, mais elle se doutait qu'il devait diriger des opérations de la plus haute importance et qu'il était donc amené à organiser la répression contre la résistance qui sévissait dans la région. C'était un ennemi de son pays et il incarnait à lui seul la cause de ses propres malheurs.

Un soir, il frappa à la porte de sa cuisine. Louise préparait le souper tandis qu'Adèle dessinait.

—Excusez mon intrusion, madame Gensac, mais ça sent si bon dans l'escalier que je n'ai pas pu m'empêcher de venir voir ce que vous mijotez. Vous devez me trouver indiscret.

Louise s'arrêta aussitôt, n'osa lui répondre.

—Ne vous méprenez pas, je n'ai nullement l'intention de vous demander de m'inviter à votre table. Mais, avant la Grande Guerre, mes grands-parents tenaient un célèbre restaurant à Berlin. Mon grand-père était un excellent cuisinier. J'aime beaucoup la cuisine française. Aussi, quand j'ai été affecté dans votre pays, je me suis dit que j'aurais sans doute l'occasion de découvrir des plats que je ne connaissais pas… Je me doute qu'avec les restrictions vous ne devez pas pouvoir accomplir des miracles, mais vous possédez un don pour accommoder l'ordinaire qui a éveillé mes papilles. L'odeur qui émane de votre cuisine en témoigne. Je vous assure, vous me mettez l'eau à la bouche ! C'est comme ça que vous dites, n'est-ce pas ?

Ce soir-là, Louise osa parler au capitaine. Elle lui expliqua ce qu'elle était en train de préparer, avec des rutabagas et de la poitrine fumée qu'elle s'était procurée avec ses tickets de rationnement.

— Je fais revenir des oignons dans de la graisse de canard ; je fais griller des lardons ; je déglace avec un peu de vin blanc ; je dispose mes rutabagas coupés en fines lamelles ; je saisis mes tranches de poitrine et je les place sur les rutabagas ; puis je recouvre d'eau, avec un petit bouquet garni, et je laisse mijoter pendant deux heures. C'est une recette de guerre, ne put-elle se retenir d'ajouter en souriant.

— Je suis persuadé qu'un jour on remettra le rutabaga et le topinambour à l'honneur. Après avoir été délaissés, ils redeviendront à la mode.

Louise ne put refuser au capitaine allemand de partager son repas. Il accepta volontiers et la félicita d'avoir su transformer un produit boudé en un mets délicieux.

— Si j'osais, ajouta-t-il avant de prendre congé, je reprendrais rendez-vous pour un autre soir. Votre cuisine me change tellement de ce que je mange au mess des officiers. La simplicité me convient beaucoup mieux que les artifices d'une cuisine trop riche et trop lourde.

Louise ne répondit pas, mais elle reçut le capitaine de temps en temps à sa table lorsqu'elle préparait des plats qui, à ses yeux, sortaient de l'ordinaire.

Peu à peu, elle trouva chez lui beaucoup de civilité. Il ne lui parut plus antipathique comme au premier jour. Adèle, de son côté, commença à s'habituer à le voir partager leur repas dans la cuisine de sa maman. L'officier s'amusait avec elle et la faisait rire en lui racontant des histoires drôles de son pays, de celles que tous les pères racontent à leurs enfants, le soir, avant de les accompagner au lit.

La fillette trouvait dans « le monsieur du premier », comme elle l'appelait, un substitut à celui qui lui manquait et qui s'éloignait petit à petit de sa mémoire à force d'être absent.

René donnait régulièrement de ses nouvelles, mais celles-ci parvenaient à Louise avec beaucoup de retard. De son côté, elle lui envoyait des colis qu'elle remettait en main propre à son locataire – sur sa proposition – afin qu'ils soient acheminés en Allemagne sans problèmes.

Le capitaine s'occupait beaucoup d'Adèle quand il rentrait le soir. Il prit bientôt l'habitude de rester discuter avec Louise avant de remonter dans sa chambre. Son aide de camp lui faisait part des dernières recommandations de son état-major pour le lendemain, puis s'éclipsait discrètement, laissant son supérieur seul avec sa logeuse.

Adèle appelait parfois l'Hauptmann par son prénom sans se soucier de ce que pourraient dire les méchantes langues à l'extérieur. Louise n'osait la reprendre devant lui, mais ne manquait pas de lui faire la leçon dès qu'il était parti. L'enfant promettait à sa mère de faire attention la prochaine fois, mais ne saisissait pas ces subtilités d'adulte. Elle ne comprenait pas que la guerre puisse opposer les grandes personnes et faire d'elles des ennemis.

Louise craignait que sa fille ne parle trop quand elles allaient ensemble faire des courses. Ses amies lui demandaient souvent comment se passait sa cohabitation avec les deux Allemands. Elle ne pouvait leur avouer qu'elle n'avait pas trop à s'en plaindre, étant donné la courtoisie et la gentillesse de l'officier. Elle ne souhaitait pas qu'on puisse affirmer qu'en l'absence de son mari elle s'accommodait bien de cette situation. On aurait vite fait de colporter des médisances à son propos. Le temps était à la délation comme à la résistance.

À l'approche de Noël 1941, Louise prépara un colis plus important pour son mari. Pendant des mois, elle avait économisé et mis de côté des victuailles rares qu'on se procurait sous le manteau. Elle avait trouvé du chocolat, deux saucissons, des biscuits, du pain d'épices et, luxe suprême, une boîte de bonbons à la sève de pin que René affectionnait particulièrement quand il toussait. Elle proposa à Adèle de lui faire un joli dessin afin qu'il soit heureux de savoir qu'elle était devenue une grande fille et qu'elle pensait à son papa.

L'enfant s'appliqua et, quand elle eut terminé, dit à sa mère :

— Je peux faire un autre dessin pour le monsieur du dessus ? Lui aussi, il est loin de sa famille. Ça lui ferait plaisir.

Confuse, Louise n'osa s'opposer à la demande de sa fille. Celle-ci dessina une sorte de chalet avec un balcon fleuri et des enfants aux fenêtres. Devant la porte, elle croqua la silhouette d'une femme, les bras levés vers le ciel, dans une posture d'accueil. Au-dessus du toit, elle laissa tomber des rayons de soleil qui rendaient la scène idyllique. Un chien s'amusait avec un chat sous l'œil étonné d'un cheval entouré de moutons broutant dans une prairie.

Lorsque Adèle offrit son dessin à l'Hauptmann, celui-ci, visiblement ému, lui demanda :

— Qu'est-ce que ça représente pour toi ce que tu as dessiné ?

— C'est ta maison, avec ta femme et tes enfants qui t'attendent. Quand tu vas rentrer chez toi, ils seront tellement contents qu'ils te sauteront au cou.

Le capitaine sourit. Il lui caressa tendrement la joue et lui tendit, à son tour, un petit présent :

— Tiens, c'est pour toi. Moi non plus, je n'ai pas oublié que c'était Noël.

Surprise, Louise ne bougea pas. Elle laissa sa fille prendre le paquet joliment emballé dans du papier coloré.

— C'est quoi ? demanda Adèle.

— Ouvre, tu sauras.

— Oh, une poupée! Regarde, maman, comme elle est jolie!

— Je... je vous remercie pour elle, monsieur. Mais il ne fallait pas! Adèle, dis merci à monsieur.

L'enfant obéit à sa mère, émerveillée par le cadeau qu'elle venait de recevoir.

— Je ne vous ai pas oubliée, madame Gensac, poursuivit l'officier allemand. Tenez, ceci est pour vous. En remerciement pour les bons petits plats que vous me faites savourer.

— Je ne peux pas accepter, fit Louise, confuse. Non, je ne peux pas. Qu'est-ce qu'on dira de moi si...

Elle s'arrêta au milieu de sa phrase, consciente qu'elle allait vexer son hôte.

— Ce n'est pas grand-chose, poursuivit celui-ci. Personne ne saura que je vous ai donné un peu de miel et du nougat. Le nougat, c'est pour vous, et le miel pour votre mari. Vous lui enverrez dans un prochain colis. C'est bon pour les bronches. Ça ne pourra que lui faire du bien.

Louise ne toucha pas aux présents de l'officier allemand. Mais celui-ci les lui laissa sur la table avant de prendre congé.

Jamais personne n'apprit que l'Hauptmann avait fait des cadeaux aux Gensac pour Noël. Il demeura discret pendant tout son séjour afin de ne pas placer Louise en position délicate devant ses amies et collègues de travail. Adèle sut tenir sa langue et ne parla à personne de la poupée qu'il lui avait offerte. Tous les soirs, elle s'endormait en la serrant dans ses bras et s'envolait au pays des songes, avec l'innocence des anges...

*<br>* *

Adèle demeurait songeuse. L'évocation de ces événements l'avait soudainement attristée, car elle ne parvenait pas à oublier ce qui s'était passé peu après le retour de captivité de son père. Malgré les précautions qu'elle avait prises, sa mère ne put empêcher les mauvaises langues de médire à son propos. Certains affirmèrent qu'elle avait vite oublié son pauvre mari et qu'elle n'était pas restée insensible aux avances de l'officier allemand qui logeait sous son toit.

«C'était la vérité?» demanda Élise.

— Non, bien sûr! s'insurgea Adèle. Ce n'étaient que des mensonges de gens malintentionnés, qui étaient prêts à dénoncer leurs propres parents pour obtenir les faveurs de ceux qui avaient remplacé les Allemands après la Libération. Dieu merci, mon père n'a jamais mis en doute la parole de ma mère! Ils s'aimaient trop pour se mentir. D'ailleurs, ma mère n'a jamais envoyé le miel du capitaine à mon père et n'a pas touché au nougat qu'il lui avait offert.

«Mais ça partait d'un bon sentiment de la part de l'officier allemand! Il n'a pas tenté de dévergonder ta mère. Il était honnête.»

— Oui, mais, aux yeux de ma mère, il demeurait un Allemand. Et elle voyait en lui le responsable de la captivité de son mari.

« Qu'est-il arrivé à cet officier de la Wehrmacht ? »

— Il est resté chez nous jusqu'au début de 1942. Puis son régiment est parti. Ma mère n'a jamais plus entendu parler de lui. Quand mon père est rentré de captivité, il ne pesait plus que cinquante kilos. Mais il était vivant. Nous étions les plus heureux du monde. Ma mère lui a raconté comment l'officier allemand s'était comporté avec nous. Mon père ne lui a rien reproché et a reconnu qu'il ne devait pas être un mauvais bougre ; c'est le terme qu'il a prononcé.

« C'est ce que tu penses aussi ? »

— Oui, je l'ai pensé quand j'ai été capable de réfléchir en toute conscience à cette période qui nous a beaucoup marquées, ma mère et moi. Je me suis dit qu'il ne fallait pas mettre tous les gens dans le même panier. Qu'il n'y avait pas d'un côté les bons, de l'autre les méchants. Cet Allemand a peut-être commis des actes condamnables aux yeux de ses ennemis, mais en tant qu'homme il s'est comporté avec nous comme quelqu'un de bien et de compréhensif.

« Tu parles comme si tu regrettais de ne plus jamais l'avoir revu. »

— Tu n'as pas tort. Dans d'autres circonstances, j'aurais aimé le retrouver pour savoir ce qu'il était devenu, pour connaître sa famille.

« Qu'as-tu fait de la poupée qu'il t'a offerte ? »

Adèle hésita. Sourit en regardant Élise dans les yeux.

— C'est un secret ! Mais, à toi, je peux le dévoiler : je l'ai conservée. Elle est toujours dans le placard de la chambre que j'occupais dans la maison de mes parents, à Gajols. Et j'y tiens. Elle représente pour moi... comment te dire... le pardon. Oui, c'est ça, le pardon. Tu comprends?

Élise sentit qu'au-delà de sa confession, Adèle tentait de lui signifier une vérité qu'elle ne parvenait pas à lui communiquer.

« C'est pour moi que tu dis cela, n'est-ce pas? Pour me demander de pardonner quand je découvrirai un jour l'identité de mon père. »

Adèle éluda une nouvelle fois la question, prit Élise par la main. Lui affirma :

— Il n'est rien qu'un être humain ne puisse entendre, ma chérie.

« Puis-je parler de tout cela à ma mère? C'est ton jardin secret. »

Adèle réfléchit.

Elle allait refuser la requête d'Élise. Elle n'avait accepté de lui parler d'elle que pour qu'elle accepte, le jour venu, d'entendre la vérité sur sa naissance.

Elle se ravisa :

— Je n'ai rien à lui cacher. Elle m'a ouvert son cœur sans se méfier de moi. Je peux bien lui ouvrir le mien. Et, puisque tu me le demandes, tu peux le faire à ma place.

\*
\* \*

« Maman, connais-tu le secret d'Adèle? » demanda Élise à sa mère, le soir même des confessions de son amie.

—Adèle a un secret! Tiens donc! Et elle te l'a dévoilé?

«Oui. Elle m'a même permis de t'en parler.»

Élise commença à raconter l'histoire d'Adèle sans rien omettre.

Quand elle eut terminé, Lucie s'étonna:

—Elle t'a affirmé qu'elle aurait aimé retrouver cet Allemand qui a vécu chez elle pendant l'Occupation.

«Oui, car, à ses yeux, cet homme n'était pas forcément mauvais... Moi, je n'ai rien dit pour ne pas la froisser, mais j'estime qu'elle se trompe. Les Allemands étaient nos ennemis pendant la guerre. Même si certains étaient honnêtes.»

Lucie comprit alors l'intérêt que son amie continuait à lui porter. Ne s'était-elle pas mis dans la tête l'idée de retrouver la trace de Wilhelm Bresler, songea-t-elle, afin de faire toute la lumière sur sa disparition? Comme elle aurait aimé, sans doute, retrouver celle de l'officier allemand qui avait croisé son chemin.

Ces deux hommes présentaient bien des points communs, songeait Lucie en regardant Élise, dont le sourire lui rappelait tant celui de son père.

Sur le moment, elle demeura dans l'expectative. La réaction d'Élise, plus que celle d'Adèle, l'interpellait.

Élise n'était pas prête à accepter d'apprendre la vérité sur sa naissance.

27

La vérité

Noël approchait. Élise était rentrée de Montpellier pour deux semaines de vacances. Comme tous les ans, Lucie s'apprêtait à se rendre chez ses parents, à Tornac. Toute la famille se trouverait bientôt rassemblée au Clos du Tournel, la maison d'Anduze des Rochefort. Les fêtes de fin d'année étaient pour eux un moment sacré et incontournable. Depuis que leurs différends familiaux s'étaient effacés grâce à l'intervention de Sébastien et de sa sœur Faustine, personne ne boudait plus cette réunion rituelle autour de celui qui passait maintenant pour le patriarche, Jean-Christophe, âgé de soixante-seize ans et, qui, malgré la paralysie qui l'avait cloué dans un fauteuil roulant plus de trente ans auparavant, n'avait pas perdu sa verve et rappelait à chacun qu'il était le digne fils et successeur de son père, Anselme Rochefort.

Tous avaient oublié les égarements de Jean-Christophe et de son fils Pierre pendant la guerre. Ce n'était plus un sujet dont on parlait. Depuis, l'eau était passée sous le pont, aimait affirmer Sébastien. On ne forge pas l'avenir en ressuscitant les vieux démons! ajoutait-il quand quelqu'un faisait la moindre allusion à l'adhésion de son frère aîné et de son neveu aux thèses d'extrême droite des années sombres de l'État français.

Trois générations de Rochefort entouraient donc Jean-Christophe et son épouse, Thérèse. Certes, celle-ci ne s'était jamais bien intégrée à la famille, étant toujours passée pour une intrigante. Mais chacun lui savait gré d'avoir aidé son mari et son beau-fils à revenir dans le giron familial et de leur avoir fait comprendre leurs erreurs.

Jean-Christophe aimait évoquer le début du siècle, en compagnie de Sébastien et de ses sœurs Faustine et Élodie dont le mari, Pietr Boroslav, avait conquis Lucie à l'époque où elle était étudiante à Montpellier. Tous avaient plus de soixante ans et appartenaient à cette génération qui avait connu la Grande Guerre. Ils reconnaissaient que l'époque présente, même si la guerre froide faisait peser sur le monde de réels dangers, n'avait rien de comparable avec celle qu'ils avaient traversée dans la première moitié du siècle. Élise les écoutait parler avec beaucoup d'intérêt, toujours éprise d'histoire, fière aussi d'appartenir à une famille qui, elle en était intimement persuadée, avait marqué son époque. Son aïeul, Anselme Rochefort, n'avait-il pas contribué à la naissance et à l'essor de ce nouveau pantalon que tous les jeunes commençaient à porter, le jean? Certes, les usines Rochefort n'étaient plus aussi florissantes, mais Jean-Christophe, après son père, et maintenant Pierre avaient réussi leur reconversion dans la confection et avaient lancé leur propre marque de vêtements dont un jean estampillé *denim*.

De tous ses cousins et cousines, Lucie se trouvait le plus d'empathie avec Ruben et sa sœur Rose. Les enfants de Sébastien et de son épouse Pauline étaient d'une gentillesse sans égale envers Élise qui cherchait auprès d'eux la clé du mystère que leur père affectionnait de laisser planer sur sa propre personnalité. Élise savait, en effet, que son grand-oncle Sébastien avait toujours été considéré comme le trublion de la famille, celui qui avait osé s'opposer à Anselme Rochefort et qui avait mené une existence hors du commun, comme en témoignaient les origines asiatiques de Rose, l'enfant qu'il avait eue avec une jeune Tonkinoise au cours de son périple en Indochine dans les années 1920. Aussi se sentait-elle proche d'eux, surtout de Rose qui avait sensiblement le même âge que sa mère. Ils lui parlaient de leur père comme d'un être exceptionnel, un écrivain célèbre mais aussi un grand reporter qui avait mis ses convictions au service de la liberté de son pays et des hommes.

Un soir, dans la conversation, ils évoquèrent en sa présence le passé de résistant de Sébastien. Ils savaient que Lucie avait demandé de taire sa propre participation à ces événements. Aussi, même s'ils ne connaissaient pas les raisons qui motivaient leur cousine, se montraient-ils particulièrement prudents afin de ne pas la trahir.

Mais une remarque échappa à Ruben, quand ils parlèrent du rôle de Sébastien au sein du Conseil national de la Résistance.

— Heureusement que ta mère a eu le réflexe de se lever et de partir comme si de rien n'était, dit-il en faisant allusion au moment crucial où Sébastien et Lucie devaient se retrouver dans le jardin du Luxembourg.

Élise releva aussitôt le détail. Sur son carnet, elle griffonna :

« Ma mère ! Que faisait-elle à Paris à ce moment-là, avec oncle Sébastien ? »

Pris de court, Ruben ne sut comment s'extraire de l'impasse dans laquelle il s'était fourvoyé.

— Euh… ce n'est pas facile à t'expliquer. Ta mère faisait un peu de résistance pendant la guerre. Rien de très engagé. Elle était étudiante et distribuait des tracts et des journaux à la sortie de la fac.

« Tu ne me dis pas la vérité, Ruben ! Si c'était le cas, maman ne serait pas allée à Paris pour rencontrer ton père. Elle faisait partie d'un réseau de résistance, oui ou non ? »

Élise n'aimait pas qu'on lui mente. Pendant des années, elle avait avalé les moqueries et les sous-entendus de ses camarades, à l'école. Elle avait ressenti les tourments de sa mère au sujet de l'existence de son père. Elle ne s'était jamais rebellée devant tant de silences et de non-dits. Maintenant, elle avait soif de vérité. Elle voulait qu'on lui révèle enfin ce que tous, d'après elle, hésitaient à lui avouer.

De qui était-elle la fille ?

« Pourquoi toute la famille entretient-elle un mystère autour de ma naissance ? » demanda-t-elle d'un air courroucé en écrivant sa question avec rage et détermination, jusqu'à en casser la pointe de son crayon.

Ruben ne put dissimuler son étonnement. Il ignorait ce qui avait motivé sa cousine Lucie à ne jamais parler du père de sa fille. Il avait respecté son souhait comme tous les autres membres de la famille Rochefort, comme les propres parents de sa mère, Vincent et Faustine.

« Pour quelles raisons ne m'a-t-on jamais dit que maman avait fait de la résistance pendant la guerre ? Y a-t-il une raison que je ne dois pas connaître ? »

— Écoute, Élise, je ne peux pas te parler sans trahir la promesse que j'ai faite, ainsi que tous les autres, à la demande de mon père. Quand celui-ci a retrouvé ta mère après plusieurs mois pendant lesquels personne n'avait plus de ses nouvelles, il lui a promis de ne jamais évoquer son engagement dans la Résistance. Je crois que ce fut pour elle un moment de sa vie particulièrement douloureux et qu'elle n'a jamais souhaité en reparler avec quiconque. Pas même avec mon père.

« Alors que c'est par lui qu'elle s'était engagée, si je comprends bien ! »

— Je te conseille d'en discuter calmement avec ta mère. Elle seule pourra t'expliquer, si elle le souhaite.

À côté de son frère, Rose ne disait mot. Elle plaignait Élise. Elle savait ce qu'était l'absence d'un parent. Elle n'avait pas connu sa mère, morte à Tahiti, peu après sa naissance, des suites d'une maladie tropicale.

Rose avait en elle la douceur des femmes de son pays natal. Sa voix ne portait pas loin, mais elle parvenait à calmer les âmes troublées et à apaiser les angoisses.

—Suis-moi, proposa-t-elle à Élise. Nous allons parler à Lucie. Je suis certaine qu'elle ne refusera pas de t'ouvrir son cœur afin de t'apporter la sérénité.

Élise écouta ses conseils.

Alors que toute la famille s'était regroupée autour de l'arbre de Noël, elle s'approcha de Lucie et, l'air sombre, lui dit avec les mains :

« Ce soir, je veux savoir qui est mon père. »

*
* *

Lucie ne fut pas surprise de la réaction de sa fille. Elle s'attendait à ce qu'elle lui demande bientôt des explications plus précises. L'intérêt qu'elle portait à l'histoire de la Seconde Guerre mondiale, ses remarques à propos de sujets graves, telles les notions de devoir, d'honnêteté, de sincérité, de pouvoir de résilience des déportés face à leurs bourreaux, lui prouvaient qu'elle cherchait à percer les arcanes de sa naissance. Élise mettait de plus en plus sa mère en porte-à-faux, comme si elle se doutait qu'elle lui cachait la vérité depuis toujours.

Lucie décida donc de se délester du dernier poids qu'elle supportait depuis maintenant plus de quinze ans. Elle emmena Élise à l'écart.

—Tu as le droit de savoir, ma chérie. Mais avant tout je veux te dire que si j'ai gardé le silence jusqu'à maintenant, c'est que moi-même je n'étais pas prête à cette confession.

«N'en as-tu pas parlé à Adèle?»

—Si, à elle uniquement. Et je lui ai promis de faire avec toi toute la lumière sur les circonstances de ta naissance, sans rien omettre, sans rien te cacher. Tu seras seule juge, après cela, de penser ce que tu voudras, de me condamner ou pas.

«Te condamner! s'étonna Élise. Pourquoi aurais-je à te condamner? Aurais-tu quelque chose à te reprocher?»

Lucie ne temporisa pas davantage.

—Voilà, commença-t-elle. Ton père s'appelle Wilhelm Bresler. Nous nous sommes connus en 1944, pendant la guerre.

«Wilhelm Bresler! C'est un nom allemand! Mon père est un Allemand!»

—Était, rectifia Lucie. Il est mort un an après notre rencontre.

Élise parut subitement désappointée.

«C'est donc la raison pour laquelle tu m'as tenue si longtemps dans l'ignorance! Tu avais honte de ce que tu avais fait pendant l'Occupation!»

—Non! Pas honte. Quand j'ai compris qui était vraiment Wilhelm Bresler, je n'ai éprouvé aucun remords. Il n'était pas celui que tu pourrais imaginer. Certes, il était officier dans l'armée allemande, mais il renseignait la Résistance et a aidé des détenus à s'évader de prison. C'est grâce à lui que j'ai pu échapper aux pires tortures qui m'attendaient à la Gestapo.

«Qu'a-t-il exigé de toi pour cela? Que tu sois à lui, c'est cela?»

Lucie sentait qu'il serait difficile de convaincre sa fille de l'honnêteté et des bons sentiments de Wilhelm Bresler. Elle poursuivit :

— Je me doutais que tu refuserais cette vérité. Je te demande de ne pas juger sur des a priori. Laisse-moi aller jusqu'au bout de ce que j'ai à t'expliquer.

Les mains d'Élise s'agitaient de plus en plus vite.

«À l'école, on a d'abord répandu le bruit que j'étais la fille du curé de la paroisse, puis celle d'un collabo. Je n'ai jamais cru à de tels ragots. En réalité, j'aurais finalement préféré cette vérité-là à celle que tu m'apprends aujourd'hui. Être la fille d'un officier allemand qui a joué de ses charmes pour t'attendrir et pour te faire un enfant dans le dos, je trouve ça dégradant. Je n'oserai jamais plus me regarder dans la glace sans voir dans son reflet l'image d'un SS méprisant et triomphateur.»

— Wilhelm n'était pas SS, mais lieutenant de la Wehrmacht.

«Certains officiers de la Wehrmacht ne valaient pas mieux que les SS! Tu n'aurais jamais dû te laisser bercer par ses belles paroles. Je te croyais plus forte... et plus courageuse. Maintenant, je comprends mieux pourquoi j'ai les cheveux blonds et les yeux bleus! Ton Allemand était un aryen de pure race, n'est-ce pas? Je suis sûre que je lui ressemble!»

Lucie était désespérée. Elle ne disait plus un mot, tant la réaction de sa fille l'atterrait. Elle s'était attendue à quelques remarques de sa part, mais pas à autant de véhémence.

« Tu ne dis rien ! insista Élise qui ne contrôlait plus sa déception. C'est que tu te sens coupable ! Et moi… tu penses à moi ! Comment vais-je pouvoir vivre maintenant avec cette vérité qui va me pourrir l'existence ? Je serai toute ma vie la fille d'un Boche ! Et la fille d'une félonne ! »

— Non, Élise ! Tu n'as pas le droit. Je suis ta mère, et si je t'affirme que ton père était quelqu'un de bien, tu dois me croire. J'admets que tu puisses être secouée par la vérité que je viens de te révéler. Mais tu pourrais au moins attendre d'avoir la tête reposée et les idées claires pour juger en toute impartialité. Tu sais pourquoi, à présent, je ne souhaitais pas t'en parler plus tôt ! Tu es encore bien jeune pour comprendre que la vie n'est pas aussi simple qu'on le croit. Il est des circonstances qu'on ne maîtrise pas toujours. Quand j'avais dix-huit ans – deux ans à peine de plus que toi –, j'étais animée de grands principes. Jamais je n'aurais pensé que je serais confrontée un jour à un tel dilemme. Car j'étais comme toi, entière, pure, idéaliste. Je n'aurais pas compris que l'un de mes proches puisse déroger à la sacro-sainte règle de l'honneur. Mais, vois-tu, la réalité est tout autre. Ce qui nous arrive de fortuit nous surprend souvent là où l'on ne s'attend pas à être atteint. Reconnaître ses erreurs, c'est faire preuve d'humilité. Mon erreur à moi n'était pas d'avoir fait confiance à ton père, mais d'avoir péché par orgueil et par prétention quand j'étais sûre de moi et de mes idées. C'est un péché de jeunesse ! C'est pourquoi je ne t'en veux pas de me juger si sévèrement ni du mal que tu me fais. Je te demande seulement de me laisser un peu de temps pour que tu puisses mieux me comprendre. Quand, à ton tour, tu auras retrouvé le calme dans ton esprit, tu reviendras me faire part de tes sentiments. Pas avant. Et je respecterai alors ton point de vue.

Élise se reprocha de s'être emportée. Elle n'avait nullement l'intention de condamner sa mère. Elle qui avait été la risée de ses camarades, elle ne savait que trop ce qu'était la souffrance d'endurer le jugement des autres. Elle ne pouvait maintenant lui faire subir sa propre vindicte, uniquement parce qu'elle avait été sous l'emprise d'un homme qui, pensait-elle néanmoins, avait dû exercer sur elle un ascendant dont elle n'avait pas pu se départir.

«Je te demande pardon, maman. Je me suis emportée. Mais je suis tellement surprise et déçue! Laisse-moi le temps de comprendre ce qui m'arrive. Si, à toi, ces événements doivent paraître bien lointains, ils viennent chambouler brutalement ma vie. Pour m'aider à voir clair en moi, j'aimerais parler de tout cela avec Adèle. Elle sera capable, j'en suis sûre, de répondre aux questions qui me taraudent l'esprit.»

— Adèle est une excellente confidente. Parle-lui, comme tu l'as déjà fait. Ouvre-lui ton cœur et apaise tes tourments. Reviens quand ton esprit aura recouvré la paix.

Élise suivit les conseils de sa mère. Auparavant, elle alla voir son grand-oncle Sébastien afin qu'il lui donne sa version des faits. Elle trouvait étrange, en effet, qu'il n'ait pas été informé de la liaison de Lucie et de Wilhelm Bresler.

Sébastien lui apprit que sa nièce lui avait parlé, et qu'il était au courant à présent de toute son histoire.

— J'ignorais, en effet, ce qui était arrivé à ta mère après son arrestation par la Gestapo, lui affirma-t-il. Personne dans la famille n'a jamais su qu'elle avait eu un enfant avec un officier allemand. Mais Lucie dit la vérité. Ne doute pas de sa parole. Elle a beaucoup souffert à la Libération de ce que les Français lui ont infligé. Il ne faut pas raviver des plaies qu'elle a mis tant de temps à apaiser. Si elle a agi comme elle l'a fait avec toi, crois-moi, c'était pour ton bien.

« Explique-moi ce qui s'est passé après son arrestation par les résistants, en 1945. »

— Elle a dû te raconter qu'elle a entendu les trois FFI tirer sur Wilhelm Bresler. Ils ont abandonné son corps sur place. Puis ils t'ont confiée à des paysans du coin. Ceux qui t'ont élevée jusqu'à ce que le père Deleuze te retrouve chez eux. Quant à ta mère, ils l'ont conduite à Nîmes pour qu'elle y soit jugée pour haute trahison. Elle a subi l'affront d'être tondue comme les femmes qui fréquentaient les Allemands. Ce fut terrible pour elle, tu dois t'en douter. Elle eut beau clamer son innocence et qu'elle faisait partie de la Résistance, que Wilhelm Bresler était en réalité un opposant au régime nazi, il fut difficile pour ses juges de la croire sur parole. Heureusement son avocat est parvenu à me joindre. À l'époque, j'étais très occupé dans la capitale. Nous étions en plein débat à propos des mesures économiques et sociales à appliquer dans l'urgence. Entre les partis politiques et le général de Gaulle, il n'y avait pas l'unanimité. Le gouvernement provisoire devait prendre une série d'ordonnances allant dans le sens du programme du CNR. Quand j'ai appris que Lucie avait été retrouvée et qu'elle était emprisonnée, prête à passer en jugement pour fait de collaboration, j'ai quitté immédiatement mon poste et j'ai accouru à Nîmes. Comme toute la famille, je craignais qu'elle n'ait été déportée en Allemagne dans un camp de concentration. Nous n'avions plus aucune nouvelle d'elle depuis son arrestation en 1944. Tu peux me croire, tes grands-parents se sont fait un sang d'encre.

« Mais pourquoi n'a-t-elle pas cherché à les rassurer ? Je ne comprends pas ! »

— Pour ne pas les mettre en danger, tout simplement. Tu peux te douter qu'ils étaient étroitement surveillés. D'ailleurs, ils ont été arrêtés peu après ta mère, puis relâchés. Mais ils n'étaient plus en sécurité... Tu connais la suite. Lucie te l'a racontée. Avec Wilhelm Bresler, elle croyait la victoire proche. Ils l'ont attendue ensemble dans l'espoir de pouvoir vivre enfin au grand jour. Puis Lucie est tombée enceinte. Cela a tout changé...

Élise commençait à rassembler toutes les pièces du puzzle qui aboutissait à sa naissance. L'éclairage de Sébastien lui permettait de mieux comprendre, à présent, les agissements de sa mère.

Il finit par lui demander :

— Qu'aurais-tu fait à la place de ta maman ? Imagine bien la situation : tu es en prison, prête à être déférée à la Gestapo. Tu sais ce qui t'attend. Celui qui est responsable de toi, un officier allemand, que tu considères comme ton ennemi, semble te venir en aide et le prouve en te faisant évader. Il te cache. Il te rend régulièrement visite pour t'approvisionner et te rassurer, te donner des nouvelles de l'extérieur. Puis, un jour, il t'annonce qu'il va déserter, car il est hostile au régime de son propre pays. Il ne t'a jamais manqué de respect et il se montre aux petits soins pour toi. Quand il te déclare sa flamme, tu doutes de ses sentiments, mais peu à peu tu tombes sous son charme. L'amour naît entre vous. Tu attends bientôt un enfant. Quelques semaines après sa naissance, c'est le drame : le père de ton bébé est tué presque sous tes yeux, on t'enlève ce qui te reste de plus cher au monde et tu es confrontée, seule, à des juges qui te vouent aux gémonies. La honte risque de rejaillir sur ta famille. Alors, tu te tais. Tu ne dis à personne que tu as eu un enfant, surtout pas avec un Allemand, fût-il un homme d'honneur, car, en réalité, personne ne le sait ! Aussi, quand, après sept longues années de séparation, tu retrouves enfin ta petite fille, vas-tu lui avouer cette vérité si difficile à comprendre pour qui n'a pas connu un tel drame ? Vas-tu encombrer sa vie avec ce lourd fardeau, alors qu'elle a traversé l'enfer dans sa famille d'adoption ? Réfléchis bien au dilemme auquel ta maman a été confrontée, et au déchirement qu'elle a vécu, d'abord seule puis avec toi. Tu as été pour elle un ange tombé du ciel. Tu lui as apporté enfin une raison de reprendre goût à la vie, de reprendre le cours de celle-ci à l'endroit où elle l'avait perdu par un dramatique jour de mai 1945, quand elle s'est retrouvée devant ses juges. Certes, elle a été innocentée, mais ce qu'elle a vécu est resté marqué dans sa chair. Personne, tu me comprends, personne n'a le droit de la condamner pour l'amour qu'elle a éprouvé envers celui qui est ton père, Wilhelm Bresler.

Élise ne pouvait retenir ses larmes. Les arguments de son grand-oncle sonnaient comme un réquisitoire de défense en faveur d'un innocent accusé à tort par la justice de son pays.

Elle promit de parler à sa maman, de lui dire combien elle l'aimait et qu'elle regrettait d'avoir douté d'elle.

Quelques jours plus tard, elle demanda à Adèle de bien vouloir venir l'écouter...

*
* *

Adèle accepta son invitation et se rendit à Tornac en compagnie de François et de leur fils Jérémie. Ils furent accueillis avec beaucoup de gentillesse par toute la famille. Tous connaissaient le rôle qu'elle avait joué dans la reconstruction de Lucie, même Jean-Christophe, le plus imperméable des Rochefort à ce type de relation. Avec l'âge, il s'étonnait lui-même de s'attendrir et remisait au grenier des souvenirs empoussiérés tout ce qui n'était pas très glorieux dans son passé et ce qui avait créé entre lui et les autres membres de sa famille des tensions, voire des animosités. Il n'évoquait en leur présence que ce qui magnifiait, d'après ses propres mots, l'âme des Rochefort, et souhaitait enterrer à jamais ce qui avait terni leur grandeur. Lui aussi reprenait à son compte l'expression favorite de son père et aimait déclarer à la cantonade: «Nous sommes une grande famille et devons tout faire pour le rester!»

Toutefois, Adèle ne se sentait pas très à l'aise devant lui. À ses yeux, il demeurait un patriarche d'une époque révolue, un grand patron qui, sans aucun doute, savait se faire respecter et était craint par ses employés. Si elle avait fait partie de son personnel, elle se serait heurtée à son autorité, pensait-elle, et aurait pris la défense de ceux et celles qui travaillaient dans ses usines pour un salaire dérisoire. Son frère Sébastien ne lui ressemblait pas. Il montrait au contraire beaucoup de simplicité dans sa relation aux autres.

Aussi fut-elle soulagée quand Lucie, à la demande d'Élise, l'invita dans la maison de ses parents à Tornac, au Chai de la Fenouillère. Vincent et Faustine lui paraissaient beaucoup plus sympathiques. Ils savaient se montrer discrets, et il émanait de leur personne une grande humilité.

Dès son arrivée, Élise lui parut embarrassée. La jeune fille ne parvenait pas à dissimuler ce qui la chagrinait.

—Qu'est-ce qui ne va pas? s'enquit aussitôt Adèle. Te serais-tu disputée avec ta mère après une discussion trop mouvementée?

« Maman m'a enfin révélé les circonstances de ma naissance. Cela m'a bouleversée et j'ai eu d'abord une mauvaise réaction. Je l'ai mal jugée. »

— C'était à prévoir. J'avais averti Lucie. Mais je suis certaine qu'elle ne t'en veut pas.

« Après avoir parlé à mon grand-oncle Sébastien, je suis allée la revoir et lui ai dit combien je regrettais. »

— Alors tout est rentré dans l'ordre! Où est le problème? Je crois que nous en avons terminé avec cette sombre histoire qui empoisonnait l'existence de ta maman et qui te maintenait dans l'ignorance. Tu sais à présent qui est ton père. Et qu'il était quelqu'un de bien.

Élise ne semblait pas satisfaite des paroles réconfortantes de son amie.

Elle finit par avouer:

« Je ne peux pas comprendre pourquoi maman n'a pas cherché à savoir ce qu'il est advenu de mon père. Si elle l'aimait vraiment, elle aurait dû remuer ciel et terre pour savoir ce qui s'était passé au moment de leur séparation, quand elle a entendu le bruit de la fusillade. Moi, j'aurais recherché ces hommes qui ont tué le père de mon enfant sans lui donner une chance de se disculper. »

Adèle hésitait. Elle pensait comme Élise depuis l'instant même où Lucie lui avait raconté la fin tragique de Wilhelm Bresler. Mais elle s'était bien gardée de le lui dire.

— Ton père est mort, ma chérie! Ce qu'a vécu ta mère explique qu'elle n'ait plus éprouvé l'envie de revenir sur ce drame.

Élise n'était pas convaincue.

Alors, Adèle se souvint de l'engagement qu'elle avait pris devant elle, quelques années auparavant. Elle ajouta :

— Je t'avais promis de faire toute la lumière sur ton père, n'est-ce pas ? Qu'il soit mort ou vivant, quelqu'un de bien ou un homme peu recommandable. Eh bien, si tu le souhaites à présent, je vais entreprendre des recherches sur lui, afin que tu saches qui il était vraiment, de qui tu es la fille.

Le visage d'Élise s'illumina.

« Je n'osais te le demander, griffonna-t-elle sur son carnet. Mais dis-moi, qu'est-ce qui te motive ainsi depuis si longtemps ? »

— Je me suis toujours dit que si j'étais née pendant la guerre, je me serais peut-être posé quelques questions. L'officier allemand qui occupait notre maison aurait pu être mon père ! Non ? Alors, j'en suis certaine, je serais partie à sa recherche, quel que fût l'homme que j'aurais découvert.

## 28

Premières recherches

*Été 1962*

Avant de tenir la promesse faite à Élise, Adèle demanda l'autorisation à Lucie de poursuivre ses investigations sur Wilhelm Bresler. Celle-ci ne fit aucune objection. Le bonheur de sa fille passait avant toute autre considération.

—J'ignore ce que vous pourrez découvrir de plus, mais je vous donne carte blanche. Menez vos recherches comme bon vous semble et jusqu'où vous voudrez. Mon oncle Sébastien vous aidera, j'en suis sûre.

Adèle préféra attendre les grandes vacances scolaires. Ses démarches risquaient d'être longues et difficiles. Cela lui laissait du temps pour établir son plan d'action.

Quand arriva le mois de juillet, elle avertit Élise et Lucie qu'elle allait se mettre à l'œuvre. Elle prit alors la décision de rester dans les Cévennes pendant quelques semaines, renonçant à rentrer immédiatement chez elle en Gironde, comme elle en avait l'habitude chaque été. François emmènerait seul leur petit Jérémie chez ses beaux-parents.

—Je vous y rejoindrai dès que je saurai quelque chose de plus précis, lui dit-elle, pleine de reconnaissance.

François ne releva pas, mais estimait à nouveau que sa femme en faisait trop. Néanmoins il la laissa libre de son choix.

Adèle ne souhaitait pas mêler Élise à sa démarche. Elle préféra tenir la jeune fille à distance afin de pouvoir se raviser si, par malchance, elle soulevait une vérité susceptible de la troubler, voire de la faire souffrir. Que pouvait-elle bien apprendre de plus à propos de Wilhelm Bresler qui pût contrarier Élise et sa mère ? se demanda-t-elle afin de s'attendre à toute éventualité. Qu'ils s'étaient tous trompés et que Wilhelm n'était en réalité qu'un officier allemand au service de son pays, au service des nazis ? Dans ce cas, il aurait joué avec les sentiments de Lucie ! Mais dans quel but ? Ou bien qu'il n'avait jamais eu l'intention de rester avec Lucie et qu'il lui avait menti après lui avoir fait un enfant.

—Et s'il était encore vivant ? lui suggéra François avant de prendre la route des vacances.

—Vivant ! Mais c'est impossible, voyons. Il a été abattu par des FFI, tandis qu'il tentait de s'échapper.

—C'est ce que croit Lucie. Mais qu'est-ce qui le prouve ? Elle ne s'appuie que sur les affirmations de ceux qui l'ont arrêtée.

—Pourquoi lui auraient-ils menti ?

—Pour ne pas avoir à avouer qu'ils l'avaient laissé s'échapper, pardi !

Adèle demeurait dubitative.
— Je n'avais pas imaginé une telle éventualité, reconnut-elle.
Elle réfléchit, visiblement perturbée.
— Je m'en veux de ne pas avoir pensé à cela plus tôt, soupira-t-elle. De toute façon, je me serais bien gardée de soulever cette hypothèse devant Lucie. Je crois qu'elle-même n'y a jamais songé. Elle est persuadée que Wilhelm Bresler est mort. Elle a entendu une fusillade, puis les trois hommes lui ont raconté ce qu'ils avaient fait et constaté. À sa place, moi non plus, je n'aurais eu aucun doute. De plus, si Wilhelm Bresler s'en était sorti, blessé ou non, pourquoi n'aurait-il pas tenté de revoir Lucie et son enfant, une fois le calme revenu ?
— Il n'en avait pas forcément envie ! Il a peut-être préféré disparaître, rentrer en Allemagne et retrouver une vie plus sereine et rangée auprès de celle qui l'attendait. Tu sais, la guerre a perturbé beaucoup d'hommes, même les plus intègres.
— Il a avoué à Lucie que sa fiancée était morte avant la guerre en donnant naissance à son bébé, et que ce dernier n'avait pas survécu.
— C'est ce qu'il prétendait. Rien ne le prouvait.
François eut beau imaginer tous les cas de figure, il ne parvint pas à convaincre Adèle de la malhonnêteté de Wilhelm Bresler.
— Tant que je n'établirai pas la vérité, je n'affirmerai rien de pareil ! l'interrompit-elle, agacée par tant de suspicions de la part de son mari. Pourquoi t'évertuer à détruire une si belle histoire ? Moi, je n'ai qu'une intention : apprendre à Élise que son père est mort en héros. En découvrant qui il était

vraiment, je veux lui offrir une belle image de lui afin qu'elle n'ait jamais à rougir de sa mère.

François n'insista pas. Il laissa sa femme à ses espoirs, craignant au fond de lui-même qu'elle ne se trompe et ne soit profondément déçue de devoir révéler à sa protégée et sa mère une cruelle vérité. Il partit avec son fils prendre l'air de l'océan, dès le premier jour des vacances.

Juillet commençait dans la chaleur estivale. Le flot des touristes encombrait déjà les routes du Midi, tandis que, depuis plus de trois mois, la France affrontait un autre type d'exode, plus massif encore, celui des pieds-noirs affluant des rivages étincelants de l'Algérie, leur paradis perdu.

*
\* \*


Le père Deleuze ayant été celui qui avait retrouvé Élise, Adèle pensa qu'il pourrait lui expliquer à présent comment il avait été mis sur la piste de l'enfant.

Lors de leur premier entretien, cinq ans plus tôt, il n'en avait pas précisé les circonstances. À présent, elle était persuadée qu'il ne lui avait pas dit toute la vérité, afin de ne pas trahir Lucie. Celle-ci lui avait-elle vraiment caché les détails de son arrestation ? Ne lui avait-elle pas parlé des trois résistants et dépeint les lieux du drame ? Ignorait-il réellement à l'époque qu'elle avait été surprise en compagnie d'un Allemand ? Comment avait-il donc pu retrouver la trace d'Élise ?

Ces questions lui taraudaient l'esprit.

Maintenant que Lucie avait tout avoué aux siens et à sa fille, Jean Deleuze n'avait plus aucune raison de se taire. Il n'était pas non plus tenu par le secret de la confession, puisque Lucie, étant protestante, n'aurait jamais recouru à ce type de confidences.

Adèle se rendit à Saint-Jean-du-Gard sans tarder. Elle trouva le père Deleuze dans son église en train de terminer la messe du matin, en compagnie de sa vieille gouvernante qui ne manquait jamais un service. Étonné de voir entrer une fidèle alors que, d'ordinaire, jamais personne n'assistait aux offices de la semaine, il s'approcha d'elle.

— Que puis-je pour vous ? s'enquit-il.

Puis, la reconnaissant, il se reprit :

— Oh, mais je suis honoré qu'une représentante de l'école laïque pénètre de si bonne heure dans la maison de Dieu !

— Ne vous méprenez pas, mon père.

— Je croyais vous avoir demandé de m'appeler Jean. Je m'en souviens, même si c'était il y a longtemps !

— Je ne suis pas venue pour assister à la messe. Seulement pour vous reparler de Lucie Rochefort et de sa fille Élise.

— En fait, je vous attendais ! Lucie m'a prévenu de votre visite. Suivez-moi, nous allons bavarder chez moi. Vous connaissez la maison. (Puis à sa gouvernante :) Berthe, vous voudrez bien mettre en ordre la sacristie pendant que je m'occupe de mademoiselle.

— Madame, rectifia Adèle. Je suis mariée.

— Pardonnez-moi, je l'ignorais. Mariée à l'église ?

— Tout à fait. Nous ne sommes pas très pratiquants dans nos familles, mais mon mari et moi tenions à faire un mariage religieux.

Jean Deleuze sourit.

— Bien sûr, bien sûr! Comme tout le monde!

À peine entré chez lui, il convia Adèle à lui exposer sa requête. Celle-ci commença sans tergiverser:

— Je sais tout ce qui est arrivé à Lucie Rochefort pendant la guerre. Toute la vérité.

— Alors que puis-je encore vous apprendre?

— Je sais à présent qui est le père d'Élise. Celle-ci le sait également. Ce fut un long chemin, parsemé d'embûches, pour y parvenir. Lucie a fini par accepter de dévoiler cet ultime secret qui pesait sur son âme comme un trop lourd fardeau.

Jean Deleuze parut surpris.

— Elle vous a parlé du père d'Élise! Alors, qu'attendez-vous donc de moi?

— Vous l'ignoriez, m'aviez-vous affirmé quand je suis venue vous voir la première fois.

— Je ne vous ai pas menti. Je l'ignore encore.

— Il s'agit d'un Allemand. Lucie m'a autorisée à vous le révéler. Il s'appelait Wilhelm Bresler, un officier de la Wehrmacht.

Le prêtre ne put cacher son émotion.

— Mon Dieu! Qu'elle a dû souffrir de devoir dissimuler une telle réalité!

— Ne vous méprenez pas, Jean. Lucie a aimé cet Allemand. C'est la raison pour laquelle elle ne pouvait pas parler. Elle étouffait de honte et ne voulait surtout pas que sa fille l'apprenne trop tôt, afin de la préserver. Vous comprenez?

—Oui, je comprends tout à présent. Tout s'explique.

Adèle raconta au père Deleuze la longue épopée de Lucie jusqu'à sa relaxe par la cour de justice.

—Vous connaissez la suite, ajouta-t-elle quand elle eut terminé.

Jean Deleuze était visiblement touché par les événements qu'Adèle venait de lui dévoiler et dont il ignorait la teneur.

—Je vous le redemande, que puis-je faire de plus pour vous ? Vous en savez plus que moi, finalement ! Je ne vois pas ce qu'il y a à ajouter.

—J'aimerais que vous m'expliquiez comment vous êtes parvenu à retrouver la trace d'Élise. Ce serait la première étape pour mieux connaître son père et comprendre exactement dans quelles circonstances il est mort. S'il est mort !

—S'il est mort ? s'étonna Jean Deleuze.

—C'est presque certain, mais, après tout, personne n'a pu en témoigner. Seule Lucie l'affirme.

—Vous doutez de sa parole ?

—Non, bien sûr ! Mais j'envisage toutes les hypothèses.

Le prêtre se cala dans un fauteuil et commença :

—Lucie m'a seulement avoué qu'elle avait eu un enfant à la fin de la guerre. Quand elle m'a sollicité pour chercher à savoir ce qu'il était devenu, je lui ai demandé de me fournir quelques précisions. Elle n'a jamais voulu me dire qui était le père ni comment on lui avait retiré sa petite fille. Je ne disposais d'aucun indice. À la réflexion, j'ai pensé qu'un bébé avait besoin de soins. Que ceux qui l'avaient accueilli sous leur toit avaient peut-être appelé un jour un médecin pour le soigner d'une maladie infantile. J'ai fait le tour des cabinets médicaux. J'ai demandé aux médecins s'ils connaissaient une petite fille dénommée Élise, âgée de sept ans. J'espérais seulement que ses parents adoptifs auraient conservé le même prénom – Lucie m'avait dit que l'enfant portait une gourmette au poignet, avec son nom gravé dessus. J'ai écumé toute la région. En vain. Aucun ne se souvenait. Si Lucie avait pu me préciser l'endroit où s'était passé l'enlèvement de son enfant, cela m'aurait aidé, mais elle m'affirmait ne pas savoir. Elle m'a caché qu'elle avait été arrêtée par des FFI. Elle me dissimulait quelque chose, je le devinais bien. Je respectais néanmoins ses silences. Puis, un jour où j'avais besoin de consulter pour moi-même, je suis allé voir le médecin de Saint-Jean-du-Gard, le docteur Ferlan. Il était nouveau dans la commune. Il avait remplacé le docteur Lemoine quelques années auparavant. C'est alors que j'ai compris : le médecin de l'époque avait sans doute pris sa retraite. Ce détail m'avait échappé. Je n'ai pas mis longtemps à le retrouver. Il coulait des jours heureux sous le soleil de la Côte d'Azur. Il s'est souvenu d'un bébé, une petite fille prénommée Élise, et des circonstances particulières qui l'avaient amené à s'occuper d'elle. Un jour, m'a-t-il raconté, il avait été appelé par le fils d'une famille qui faisait partie de ses patients, un certain Lucien Martin, afin de venir soigner sa jeune sœur. Il a été très étonné de constater que la mère, Célestine Martin, avait eu un bébé quelques mois plus tôt sans l'avoir contacté pour l'accouchement. Il m'a fourni leur adresse.

Je m'y suis rendu avec l'oncle de Lucie, Sébastien Rochefort. Et nous avons découvert l'horreur : les conditions épouvantables dans lesquelles les Martin élevaient Élise.

— Que s'est-il passé ensuite ?

— Nous avons fait intervenir la gendarmerie. Une plainte a été déposée ainsi qu'un recours de la part de Lucie. Personne n'a mis en doute qu'Élise était sa fille. Les Martin ont expliqué qu'ils avaient trouvé le bébé devant leur porte au mois de mars ou avril 1945 – ils ne savaient plus trop –, et qu'ils l'avaient gardé chez eux, le considérant comme leur propre enfant. Ils ont été condamnés pour maltraitance. Le tribunal a restitué à Lucie tous ses droits parentaux... La suite, vous la connaissez.

— Finalement, votre démarche n'a pas été très compliquée. Lucie aurait pu retrouver sa fille bien avant, si elle avait sollicité votre aide plus tôt.

— Encore eût-il fallu qu'elle veuille rompre le silence derrière lequel elle se murait depuis le drame. N'oubliez pas qu'elle ne souhaitait pas révéler qu'elle avait eu un enfant. Cela, personne ne le soupçonnait.

Adèle savait maintenant comment Élise avait été découverte. Sa première démarche avait abouti. Mais elle n'était pas beaucoup plus avancée dans l'objectif qu'elle s'était fixé : faire parler les protagonistes de l'arrestation de Lucie, de la mort de Wilhelm Bresler et de l'abandon d'Élise.

— À ce jour, personne ne connaît les hommes qui ont déposé Élise sur le seuil des Martin, reconnut-elle devant le père Deleuze. Or Lucie ne se souvient plus de leur visage. J'espérais que vous auriez pu m'aider à les retrouver.

—Hélas, j'ignorais leur existence jusqu'à aujourd'hui. Sinon, vous pensez bien que j'aurais moi-même entrepris leur recherche.

*
* *

Adèle était convaincue qu'elle parviendrait à obtenir plus de détails sur la mort tragique de Wilhelm Bresler en rencontrant les trois FFI qui l'avaient abattu. Eux seuls pourraient lui révéler ce qui s'était réellement passé ce jour-là. Après cela, il lui resterait à découvrir avec précision où il avait vécu avant la guerre, s'il avait encore de la famille et qui il était vraiment. Ainsi, toute la lumière serait faite. Élise détiendrait tous les éléments pour retrouver ses racines.

Peut-être souhaitera-t-elle alors connaître le pays de son père et partir sur ses traces, se dit Adèle, non sans émotion.

Lucie avait mentionné que Wilhelm avait été professeur de français. Il lui avait parlé d'une ville universitaire, Heidelberg. Elle ne se souvenait plus très bien. Sa mémoire lui faisait parfois défaut, et il lui était difficile de se rappeler tout ce qui s'était passé pendant ses longs mois de réclusion dans la forêt cévenole.

Adèle s'adressa à Sébastien. L'oncle de Lucie pourrait l'aider à rechercher les trois FFI qui avaient livré sa nièce aux autorités de la Libération.

— Je ne vous promets rien, lui déclara-t-il, mais je vais user de mes relations dans les différents ministères concernés. S'ils étaient officiellement des résistants, nous retrouverons leur trace. Morts ou vivants.

Huit jours plus tard, Sébastien contacta Adèle et la fit venir à Anduze, au Clos du Tournel. Il avait reçu une réponse du ministère des Anciens Combattants.

— Je connais bien Raymond Triboulet[1], c'est un ami, un ancien journaliste que j'ai rencontré dans les années 30. Il n'a pas hésité à accéder à ma demande.

— Et alors ? s'enquit Adèle. On sait qui a arrêté Lucie ?

— Oui. On possède leurs noms. En réalité, c'est bien ce que je craignais : il s'agissait de résistants de la dernière heure, comme on en a dénombré beaucoup trop après la Libération. Ils se sont engagés dans l'Armée française de la Libération juste après l'arrestation de Lucie et de Wilhelm Bresler. Ils ont participé aux ultimes combats de la campagne d'Allemagne, au mois de mai. C'est grâce à cela que le ministère a pu retrouver leurs noms. Sur les trois, deux sont morts. Ils ont manqué de chance, ils ont été tués peu avant la reddition des Allemands.

— Comment se fait-il que vous ne les connaissiez pas ? insista Adèle. Vous avez aidé votre nièce lors

---

1. Ministre des Anciens Combattants dans le gouvernement Michel Debré du 8 janvier 1959 au 14 avril 1962, puis dans le gouvernement Georges Pompidou du 14 avril au 28 novembre 1962.

de son procès! Ils n'ont pas comparu devant le juge?

—Non. Personne à l'époque n'a cité ces trois individus. Lucie a été livrée à la police dans des circonstances un peu particulières. Vous n'ignorez pas que, pendant cette période très trouble de notre histoire, il y a eu de nombreux règlements de comptes. Beaucoup ne tenaient pas à ce qu'on les reconnaisse. C'est sans doute pourquoi nos trois prétendus résistants se sont rapidement volatilisés avant l'ouverture du procès. Ils devaient avoir des choses sur la conscience qui auraient pu leur être préjudiciables, si l'avocat de Lucie avait mis son nez dans leurs affaires. Ils ont dû trouver préférable de disparaître en s'engageant dans l'Armée de la Libération.

—Il en reste un. Sait-on où il habite?
—Pas très loin d'ici. À Lasalle.
—Alors, partons à Lasalle!

Sébastien s'apprêtait à accompagner Adèle, quand Pauline, son épouse, entra dans le salon à ce moment précis de la conversation.

—Mon chéri, lui dit-elle aussitôt, j'espère que tu ne vas pas te remettre en tête de jouer au grand reporter. Tu as passé l'âge. À soixante-huit ans, tu pourrais envisager de prendre ta retraite, non? Tu as assez bourlingué toute ta vie. Depuis que je te connais, tu ne t'es jamais arrêté. Si Adèle a des démarches à entreprendre, Ruben pourrait aisément te remplacer.

Sébastien demeura sans voix. C'était la première fois que sa femme le raisonnait de cette manière.

Adèle ne sut quelle attitude adopter. Elle intervint avant que Sébastien ne réponde à Pauline.

— C'est ce que j'allais lui proposer. Si votre fils est disponible, il me serait d'une aide précieuse.

— Il se fera un plaisir de vous accompagner, Adèle, ajouta Sébastien. Pauline a raison : à mon âge, je dois me ménager. D'ailleurs, j'ai un roman à terminer. Lucie attend que je lui livre mon prochain chapitre pour le corriger. Il vaut mieux en effet que je consacre toute mon énergie à l'écriture. Je vais prévenir immédiatement Ruben.

Le fils de Sébastien avait déjà suivi son père dans les grandes enquêtes qu'il avait menées pour sa carrière journalistique. La première fois qu'il s'était engagé auprès de lui, c'était pendant la guerre d'Espagne. Ils avaient participé ensemble à la terrible bataille de Teruel, puis à celle de l'Èbre, en compagnie d'Emilio Álvarez, le gendre de Louis Lansac. Depuis, Ruben s'était marié avec l'une des deux filles de ce dernier, Irène, qui, comme Lucie, avait eu des démêlés avec les autorités de la Libération, à la fin de la guerre. Comme son père, il avait épousé la carrière de journaliste et travaillait à la télévision pour la RTF. Chaque fois qu'il en avait la possibilité, il revenait se ressourcer à Anduze, dans la maison familiale, où sa femme Irène avait pris ses quartiers aux côtés de ses beaux-parents. En l'absence de son mari, celle-ci s'absentait souvent pour rentrer dans sa propre famille, à Saint-Hippolyte-du-Fort, en compagnie de leurs trois enfants, Renaud, Philippe et Hélène.

Ruben était en congé depuis le début du mois.

— Ça tombe bien, dit-il aussitôt à Adèle quand celle-ci lui demanda son aide. Je commençais à m'ennuyer. Cette petite enquête me remettra le pied à l'étrier. Et si elle s'avère intéressante, qui sait si je ne pourrais pas en faire le sujet de mon prochain reportage?

— Expliquez-moi! s'étonna Adèle.

— Je suppose que nous n'allons pas en demeurer là, à la simple découverte de cet homme responsable de l'arrestation de ma cousine. Quand il nous aura livré sa version des faits, il nous restera à suivre les traces de Wilhelm Bresler. Il faudra sans doute nous rendre en Allemagne pour obtenir de plus amples renseignements. Ça me paraît inévitable.

Adèle sourit. Hésita à lui livrer le fond de sa pensée.

Ruben insista:

— Vous m'accompagnerez en Allemagne, si je vous le demande?

Elle éluda la question:

— Allons d'abord rencontrer notre fameux résistant.

Ils se rendirent à Lasalle dans l'après-midi. Sébastien leur avait fourni l'adresse d'un certain Eugène Gignac, habitant une petite maison située dans la rue principale de la commune. Il était en train de bêcher son jardin. Sa femme alla le chercher, après les avoir introduits dans sa cuisine. Le visage buriné par le soleil, les paupières boursouflées, le regard fuyant, l'homme s'étonna de cette visite inattendue.

— Que me voulez-vous ?

— Si vous êtes Eugène Gignac, commença Ruben, vous apparteniez donc aux Forces françaises de l'intérieur en 1944 ?

— Euh… oui, c'est exact. Mais c'est de l'histoire ancienne. Pourquoi me demandez-vous cela ?

— Nous avons besoin de quelques renseignements concernant une affaire à laquelle vous avez participé.

L'homme se referma.

— Je n'ai rien à raconter. Je viens de vous le dire. Tout cela appartient au passé.

— Nous ne vous voulons aucun mal, monsieur Gignac. Nous avons seulement besoin de quelques précisions à propos d'une arrestation que vous avez opérée avec deux de vos amis à la fin de la guerre.

L'homme souleva sa casquette, s'épongea le front d'un revers de main, s'approcha du buffet et en sortit trois verres et une bouteille de vin.

— D'abord on va boire un canon. Ça me remettra les idées en place !

— Pas pour moi, l'interrompit Adèle.

— Vous préférez de la cartagène ? C'est plus doux… (Puis, à sa femme :) Paulette, apporte la bouteille pour la dame !

Il reprit :

— Alors, vous disiez… une arrestation à la fin de la guerre. Oh, vous savez, on en a fait quelques-unes, avec mes camarades ! Ils sont morts, ces deux-là. Tombés au champ d'honneur, comme on dit. En Allemagne. Juste avant le 8 mai. C'est dire qu'ils n'ont pas eu de chance !

—Une jeune femme avec un enfant, en compagnie d'un officier allemand, ça doit vous revenir, insista Ruben. Ils se cachaient dans une maisonnette perdue dans la montagne.

—Ah, pour sûr que je m'en souviens! On les surveillait depuis des semaines. Ils étaient planqués dans un mazet en ruine à Saint-Roman. C'est la propriétaire qui nous a avertis de leur présence. Ils occupaient sa maison sans autorisation et ils avaient un bébé.

—C'est faux! s'insurgea Adèle. La propriétaire leur avait permis de demeurer dans les lieux. C'est elle-même qui a aidé la jeune femme à accoucher.

—Vous connaissez donc l'affaire! s'étonna Eugène Gignac. Qu'est-ce que vous me voulez, alors?

Il commençait à se méfier.

—Si vous êtes venus pour me créer des ennuis, je ne vous retiens pas.

—Aucunement, intervint Ruben, soucieux de ne pas envenimer la discussion. Nous aimerions seulement savoir comment l'officier allemand est parvenu à s'enfuir.

Ruben pensa *in extremis* qu'il fallait savoir mentir pour obtenir la confiance du résistant. Il ajouta aussitôt:

—Nous faisons partie d'une organisation qui traque les anciens nazis. Nous sommes à la recherche d'un certain Wilhelm Bresler. D'après nos dernières informations, il aurait été entre vos mains et vous aurait échappé après avoir été arrêté en compagnie de sa complice et de leur bébé.

—Échappé ! Pas du tout. On l'a abattu avant. Il a bien tenté de se faire la malle, mais on l'a eu. Il s'est jeté dans le ravin, en contrebas de la route. Il a fait un roulé-boulé sur plus de dix mètres. Avec le copain, on lui a tiré dessus. Il ne s'est pas relevé.

—Vous êtes allés voir s'il était mort ?

—C'était pas la peine. Il baignait dans son sang et il ne bougeait plus.

—Qu'avez-vous fait après ?

—Après ? On est retournés auprès de notre collègue qui surveillait la fille et son bébé. Elle était en train de lui donner le sein dans une remise abandonnée. Même que, je me souviens, il lui a pris la mauvaise idée de tirer avec sa mitraillette. Il ne l'avait pas fait exprès, nous a-t-il expliqué. Le coup était parti tout seul. Quel imbécile, celui-là ! C'est à cause de lui que le Boche a tenté de nous filer entre les pattes. Il a profité d'une seconde d'inattention de notre part pour sauter en bas de la route. Mais, vaï, ça ne lui a pas réussi !

Tout ce que l'homme relatait corroborait ce que Lucie avait raconté à Adèle.

Mais celle-ci, pas plus que Ruben, ne pouvait affirmer, à la différence du résistant, auteur des faits, que Wilhelm Bresler était mort sur le coup.

—Donc, vous avez laissé le corps de l'officier allemand sur place et vous vous êtes occupé de la fille et de son bébé, poursuivit Ruben.

—Exact. Le môme, on s'en est débarrassés en cours de route. On ne pouvait pas s'encombrer d'un marmot. On était pressés.

—Qu'avez-vous fait de lui ? interrogea Adèle, ulcérée.

Eugène réfléchit. Il hésitait à avouer son acte peu glorieux.

— Oh, après tout, je peux vous le dire. À présent, y a prescription. Et puis, on ne l'a pas abandonné. On lui a trouvé une famille d'accueil. De toute façon, sa mère allait passer en jugement pour collaboration avec l'ennemi. Donc il valait mieux pour lui qu'il soit placé sans tarder chez des paysans qui s'en occuperaient. C'était préférable à l'Assistance publique, non ?

— Vous connaissiez les gens à qui vous avez confié le bébé ? demanda Ruben, qui, contrairement à Adèle, gardait son calme.

L'homme hésita encore. Il avoua :

— À vrai dire, non. On est passés près d'une ferme et on a déposé le couffin devant le portail.

— Vous vous souvenez de l'endroit ?

— C'était pas loin de Saint-Jean-du-Gard, un vallon transversal au Gardon... Mais en quoi cela vous aide-t-il à retrouver cet Allemand ? De plus, je vous l'ai dit, il est mort sous nos balles. C'est plus la peine de le rechercher. Vous perdez votre temps.

Adèle s'apprêtait à intervenir, atterrée par le cynisme que montrait l'ancien FFI à l'évocation de ces faits dramatiques. Ruben l'arrêta en passant une main sur son bras.

— Nous vous remercions, monsieur Gignac. Nous avons appris de votre bouche ce que nous désirions savoir. Nous allons vous laisser cultiver tranquillement votre jardin.

Il invita Adèle à prendre congé puis, se ravisant, poursuivit :

— La femme que vous avez livrée à la justice a été innocentée et son bébé est devenu une belle jeune fille.

Interloqué, l'homme ne dit mot.

— De plus, ne put se retenir d'ajouter Adèle, l'officier allemand que vous avez abattu était un agent de liaison en relation avec la Résistance.

Sur ces dernières remarques, ils laissèrent Eugène Gignac à ses réflexions.

Une fois de retour à Anduze, Ruben mit aussitôt son père au courant de leurs investigations. Sébastien comprit comme son fils que, s'ils voulaient donner du sens à l'entreprise d'Adèle, il leur fallait à présent envisager le voyage en Allemagne afin de permettre à Élise d'accomplir la fin du chemin.

— Que faisons-nous, maintenant ? s'enquit Ruben en interrogeant Adèle du regard. Heidelberg, ça vous tente ?

La jeune femme s'assit calmement dans un fauteuil, sortit de son sac le cahier qu'Élise lui avait demandé de conserver tant que sa démarche commencée sept années plus tôt n'aurait pas abouti. Puis elle annonça :

— En ce qui me concerne, j'ai terminé. J'ai tenu mes engagements envers Élise. Je lui avais promis de faire toute la lumière sur l'homme qui est son père. Je n'ai pas à aller plus loin. Je vous remets le cahier qui lui appartient. Rendez-le-lui.

— Vous ne pouvez pas abandonner maintenant ! s'étonna Ruben. Pas après tout ce que vous avez fait.

— Je n'abandonne pas. Je passe le relais à Élise. Lucie est d'accord avec moi pour qu'elle finisse ce que j'ai entrepris pour elle. Elle a dix-sept ans. Elle en est tout à fait capable. C'est à elle seule qu'il revient de partir sur les traces de son père. Pour faire définitivement son deuil d'un passé qui l'a beaucoup perturbée. Quoi qu'elle découvre, elle en ressortira plus forte. Elle en ressortira adulte. Et, qui sait…?

Adèle ne termina pas sa phrase. Personne ne devina le fond de sa pensée.

À l'entrée du salon, Élise se manifesta soudain. «Si Ruben veut bien m'accompagner, nous pouvons partir pour Heidelberg le mois prochain!» fit-elle à grand renfort de gestes des mains, alors que tous la regardaient avec étonnement.

# 29

## Heidelberg

*Août 1962*

Lucie laissa sans aucune objection partir sa fille en compagnie de son cousin Ruben. Elle savait qu'il lui serait salutaire d'aller au-devant de ce qui avait inhibé une grande partie de sa vie jusqu'à présent. Marcher sur les traces – même posthumes – de son père lui permettrait de mettre un terme définitif à ses doutes sur ses origines et à toutes ses interrogations.

« Mieux vaut avoir la certitude du décès de son père, affirmait-elle devant ses parents, que d'imaginer celui-ci encore vivant et ignorant de sa propre existence. »

L'Allemagne de l'Ouest était un pays ouvert sur le reste de l'Europe. Ruben y avait déjà fait de courts séjours et avait conservé quelques relations dans le monde du journalisme et de la télévision. En outre, il connaissait bien l'ancien rédacteur en chef de la *Süddeutsche Zeitung*, l'un des trois plus grands quotidiens allemands, créés après la guerre. Kurt Liebermann avait été l'un des piliers du journal à ses débuts. Ruben pensait qu'il pourrait lui être utile dans ses recherches. Il le contacta sans tarder, avant même son départ.

Liebermann l'invita à le rejoindre dans sa maison de campagne à Ambach, en Bavière, sur les bords du lac de Starnberg, aux environs du 15 août. Il n'était plus à la rédaction du quotidien et cela lui laissait maintenant plus de temps libre à consacrer à sa famille.

Ruben et Élise se mirent donc en route sans attendre.

— Tu verras, annonça Ruben à Élise quand ils s'approchèrent de la petite ville où résidait Liebermann, c'est un homme des plus serviables. Il a beaucoup de connaissances. S'il peut nous venir en aide, il le fera sans hésiter.

« Tu parles allemand ? » s'inquiéta Élise.

— Un peu, mais lui parle bien français. Et c'est un puits de renseignements.

*
* *

Kurt Liebermann les reçut avec beaucoup d'hospitalité. Il se trouvait en vacances avec sa femme et ses petits-enfants et paraissait particulièrement détendu.

— Que puis-je pour toi ? demanda-t-il aussitôt ses hôtes arrivés sous son toit.

Ruben ne s'était pas attardé au téléphone quand il l'avait contacté.

— Je vais être franc. Nous recherchons un ancien officier de la Wehrmacht qui a opéré à

Nîmes et dans sa région pendant la guerre. Il est le père d'Élise.

Liebermann s'étonna.

— Sa mère a subi des sévices ?

— Non, au contraire. Wilhelm Bresler aidait la Résistance française. Il la renseignait et facilitait l'évasion des détenus quand il le pouvait. La mère d'Élise et lui se sont rencontrés dans des circonstances très particulières... Enfin, pour faire court, Élise est née de leur union, mais leur aventure s'est mal terminée. Bresler aurait été abattu par des résistants en 1945, peu avant la fin des hostilités. Voilà pourquoi, maintenant, Élise aimerait savoir qui était vraiment son père.

Liebermann réfléchit. Il se leva, sortit trois bouteilles de bière de son bar.

— D'abord, nous allons boire à nos retrouvailles. Ça fait combien de temps que nous ne nous sommes pas vus, Ruben ?

— Un an. C'était au moment de la construction du mur de Berlin[1]. Tu te souviens, je faisais un reportage pour la RTF, et toi tu étais avec ton équipe à vouloir à tout prix passer de l'autre côté pour constater comment réagissaient les Berlinois de l'Est.

— Oui, je m'en souviens. C'était en août. Ils posaient les premières barrières de fil barbelé. Depuis, ils ont érigé un mur solide avec tout un système de miradors et d'obstacles infranchissables. Quand le mur bétonné sera achevé,

---

1. Érigé à partir de la nuit du 12 au 13 août 1961.

Berlin-Ouest sera complètement enfermée et séparée de la partie est.

— Je crains que les Allemands de l'Est ne s'en tiennent pas là! La tension monte entre les deux camps.

— Si tu veux mon avis, on va à la guerre. Les Soviétiques n'attendent qu'une chose: que les Occidentaux les poussent à intervenir. Alors, ce sera l'affrontement inévitable. Ils se sont déjà nargués en octobre 1961. Le poste-frontière de Friedrichstrasse, Checkpoint Charlie, a été le théâtre d'une dangereuse confrontation. Les chars d'assaut russes et américains étaient face à face de part et d'autre de la borne frontalière. Il s'en est fallu de peu qu'un incident majeur n'éclate!

— J'ai suivi cela de près. À la télévision, je suis bien placé. Heureusement, nous n'en sommes pas encore là, Dieu merci! Et, par chance, l'homme que nous recherchons se trouvait du bon côté du rideau de fer. D'après ce que ma cousine Lucie, la maman d'Élise, se rappelle, il aurait été professeur de français à Heidelberg. C'est un peu maigre, j'en conviens, mais c'est un début encourageant.

— Et tu comptes sur moi pour savoir si ton Bresler a refait surface après la guerre. Ne m'as-tu pas dit qu'il avait été abattu par des résistants?

— Oui, c'est exact. Mais personne n'a réellement constaté son décès. Son corps a été laissé sans vie dans un ravin. Le FFI qui l'a mitraillé, et que nous avons rencontré, affirme qu'il était mort, baignant dans son sang, au moment où lui et ses collègues ont quitté les lieux du drame. Élise a besoin d'avoir la certitude de la mort de son père et désire connaître son passé. Ne serait-ce qu'en retrouvant des membres de sa famille. Certains doivent encore être vivants ! C'est pour cela que nous sommes là.

Liebermann avala sa chope de bière et convia ses invités à l'imiter. Puis il servit trois verres de schnaps.

— Pour faire descendre la bière, ajouta-t-il. C'est la coutume !

« Merci, pas pour moi », refusa Élise d'un signe des mains.

— Qu'est-il arrivé à Élise, si ce n'est pas indiscret ? demanda Kurt.

— Oh, ce serait trop long à expliquer ! Un traumatisme quand elle avait quatre ou cinq ans. Mais prends garde, elle entend parfaitement et sait se faire comprendre !

— Je m'en suis aperçu.

Les deux hommes avalèrent leur verre d'alcool. Liebermann resservit une deuxième bière, s'affala dans son fauteuil.

— Bien, passons aux choses sérieuses… Heidelberg, tu disais ! Oui, je connais le maire actuel de la ville, Robert Weber. C'est un ami de longue date. Il pourra t'arranger un rendez-vous. Avec lui, tu auras accès aux archives municipales. Si ton Bresler a enseigné dans sa commune, nul doute qu'il aura des renseignements à te communiquer. Je vais lui téléphoner et tu te présenteras de ma part. Et si, par la suite, tu as encore besoin de mes services, n'hésite pas, je connais pas mal de gens dans les ministères à Bonn, qui pourraient t'ouvrir des dossiers confidentiels sur la Wehrmacht pendant la guerre. Tout le monde n'y a pas accès.

Ruben et Élise profitèrent de l'hospitalité de Kurt Liebermann pendant deux jours. Celui-ci leur fit découvrir la région, son lac où fut retrouvé mort Louis II de Bavière en 1886, ses forêts et les premiers contreforts des Alpes bavaroises. Puis ils prirent la route du nord-ouest en direction du Bade-Wurtemberg.

*
* *

Heidelberg somnolait sous un pâle soleil de fin d'après-midi. La cité médiévale, étendue sur les deux rives du Neckar, était très jolie. Le samedi après 15 heures, en Allemagne, les magasins étaient déjà fermés. Les habitants vaquaient à d'autres occupations ou demeuraient davantage chez eux qu'en France, où les rues s'animaient en fin de semaine.

Ruben et Élise descendirent à l'hôtel Regina au cœur de la ville, et prirent immédiatement le pouls de la cité historique. Heidelberg était un centre universitaire renommé dans toute l'Allemagne. Ses facultés de droit et de sciences humaines étaient hébergées dans d'anciens bâtiments situés dans la vieille ville, tandis qu'un campus plus récent avait été construit dans les quartiers extérieurs dans les années 1950.

—Sais-tu que Heidelberg est jumelée avec Montpellier? demanda Ruben en prenant Élise par le bras. C'est un drôle de hasard, non?

Élise sourit.

« En d'autres circonstances, j'aurais pu rencontrer mon père à l'occasion d'un échange entre nos deux communes. S'il était vivant et s'il enseignait encore ici. »

Ruben ne releva pas la remarque désabusée de sa cousine. Il la trouvait pessimiste sur les chances qu'ils avaient de retrouver Wilhelm Bresler vivant.

Ils visitèrent les quartiers culturels, l'église du Saint-Esprit, le Pont Vieux datant de 1788, le château en partie détruit et qui abritait néanmoins le musée de la Pharmacie. Puis ils parcoururent la promenade du « chemin des Philosophes » qui, de l'autre côté du Neckar, en face du château, longeait la cité et offrait aux touristes un panorama de carte postale. Avec Ratisbonne, Heidelberg était l'une des rares villes allemandes épargnées par les bombardements massifs des alliés pendant la guerre. Elle conservait ses constructions anciennes et la plupart de ses joyaux architecturaux.

— Voilà une ville comme je les apprécie, avoua Ruben. Il en émane une atmosphère de tranquillité et d'humanité, un peu comme à Cambridge. J'adore ces ambiances studieuses. Je comprends ton père qui aimait enseigner ici.

Ils se rapprochèrent du quartier des facultés et aperçurent un attroupement. Des étudiants discutaient entre eux, d'un air révolté.

« Que se passe-t-il ? » s'étonna Élise qui ne connaissait pas l'allemand.

— Je ne sais pas, mais ils semblent débattre de quelque chose qui les chagrine.

Il partit aux renseignements et, abordant l'un des étudiants, lui demanda dans un allemand hésitant:

— *Können Sie mir den Betreff Ihrer Unzufriedenheit zu erklären, bitte ? Wir sind Französisch, und wir wissen was passiert möchten*[1].

Le jeune homme regarda Ruben d'un air surpris.

— Vous êtes français! répondit-il. Je parle votre langue. Nous sommes révoltés par ce qui s'est passé hier à Berlin. La honte devrait étouffer les Américains et tous ceux qui n'ont rien fait pour sauver Peter Fechter[2].

Ruben n'était pas au courant des derniers événements qui faisaient la une de l'actualité allemande. Il n'ignorait pas que Berlin se trouvait toujours au cœur de la fournaise qui menaçait l'Europe depuis l'année précédente. Mais depuis son départ, il ne s'était pas tenu informé.

— Pouvez-vous m'expliquer plus en détail?

— Un jeune maçon a tenté de passer le mur, hier en début d'après-midi, avec un de ses copains. Il a été touché par une balle tirée par les Vopos[3] alors qu'il se trouvait dans le no man's land qui sépare les deux parties de la ville.

— Il est mort?

— Oui, mais pas tout de suite. Il a agonisé près d'une heure au pied du mur, en se vidant de son sang. Son camarade, lui, est parvenu à passer. Les soldats américains étaient présents sur les

---

1. «Pouvez-vous m'expliquer le sujet de votre mécontentement? Nous sommes français et aimerions savoir ce qui se passe.»
2. Mort le 17 août 1962 sous les balles des Vopos, en tentant de passer à l'Ouest.
3. *Volkspolizei*, «police du peuple».

lieux, du côté ouest, ainsi que des policiers ouest-allemands. Personne n'a bougé, personne n'est intervenu pour le secourir, alors que certains le regardaient mourir du haut du mur !

— Ça devait être très dangereux d'aller l'aider. Les Vopos ne seraient pas restés inactifs !

— Peut-être. Mais cela n'excuse pas tout. Quand je pense que des photographes et des cameramen ont enregistré la scène comme s'il s'agissait d'un spectacle ! Je trouve ça répugnant !

Ruben se sentit personnellement concerné par la remarque de l'étudiant.

— Je comprends votre révolte. Mais je suis moi-même reporter à la télévision française et je crois que j'aurais également couvert l'événement si j'avais été présent sur les lieux du drame. C'est notre métier !

— En tant qu'hommes, notre devoir est d'apporter notre aide à toute personne en danger, non ?

Ruben voyait bien qu'il ne parviendrait pas à apaiser la colère du jeune étudiant.

— Vous avez raison, reconnut-il. L'un n'empêche pas l'autre.

Il se souvenait de sa participation aux terribles batailles de Teruel et de l'Èbre pendant la guerre d'Espagne. Il n'avait jamais failli à son devoir d'homme quand il s'était retrouvé confronté à un cas de force majeure. Il avait toujours préféré porter secours à un soldat en danger plutôt que d'assumer sa tâche de journaliste. Celle-ci était souvent passée au second plan.

L'étudiant exhiba un journal sous les yeux de Ruben.

— Tenez, monsieur, jetez un œil au *Bild Zeitung* de ce matin. Vous lisez l'allemand ?
— Un peu.

Ruben traduisit la manchette du quotidien pour Élise :

— « Les policiers est-allemands laissent un jeune homme de 18 ans agoniser ; les Américains ne font rien. »

— C'est éloquent, non ? insista l'étudiant.

Élise partageait l'avis des jeunes révoltés. Elle demanda par l'intermédiaire de Ruben ce qu'ils comptaient faire à présent.

— Nous allons nous rendre à Berlin pour manifester et soutenir les Berlinois de l'Ouest face aux communistes. Il faut montrer que nous sommes déterminés à leur résister.

Ruben demeurait dubitatif. Il avait conscience que le cours de l'histoire ne tendait pas à l'apaisement des esprits. L'Allemagne était devenue le terrain d'affrontement des deux camps issus de la Seconde Guerre mondiale, le symbole de la division du monde en deux blocs. Il s'abstint de poursuivre la discussion, même s'il comprenait parfaitement l'opinion de l'étudiant.

Il le remercia et lui souhaita bonne chance, puis il s'écarta du groupe de manifestants en prenant Élise par le bras.

— Tout cela nous éloigne de notre objectif, lui dit-il comme pour faire diversion.

« Tous ces événements sont d'une extrême importance. Nous vivons une époque très dangereuse. Un rien pourrait nous mener à nouveau à la guerre. »

Élise se sentait concernée par les soubresauts de l'actualité, car celle-ci était étroitement liée au passé qui l'unissait à son père et à ses origines.

— Après-demain, nous demanderons une entrevue avec le Bürgermeister, le maire, si tu préfères, dit Ruben. Ainsi, nous saurons enfin ce qu'il est advenu de Wilhelm Bresler.

Le lundi, Robert Weber les reçut après les avoir fait patienter une bonne heure. Pris par ses devoirs d'élu, il avait fort à faire avec ses concitoyens qui exigeaient que leur édile leur explique pourquoi le chancelier Konrad Adenauer n'était pas intervenu à la suite du dramatique incident de Berlin-Est, trois jours plus tôt.

Afin d'excuser son retard, il répéta à ses visiteurs – dans un excellent français – ce qu'il leur avait répondu. Les Berlinois de l'Ouest dénonçaient la passivité des Alliés occidentaux. Des banderoles hostiles aux États-Unis avaient été brandies et rapidement confisquées par la police. Quelques personnes avaient porté plainte contre le général américain Watson en poste à Berlin, lui reprochant de ne rien avoir entrepris pour venir en aide à Peter Fechter. Il s'était contenté d'envoyer sur place une patrouille de six policiers militaires qui avaient reçu l'ordre d'attendre. Ils n'avaient pu que regarder le malheureux mourir. Certains, tout à fait inconscients, avaient même demandé des armes au maire Willy Brandt pour prendre le mur d'assaut. D'autres avaient jeté des pierres sur des GI's et leurs Jeep. Le futur chancelier avait tenté de calmer les esprits tout en comprenant la colère de ses administrés. Mais, si le gouvernement fédéral de Bonn admettait que la mort de Peter Fechter illustrait parfaitement la tragédie de la division de l'Allemagne et l'aspect totalitaire du régime est-allemand, le chancelier Adenauer n'avait pas adopté pour autant de mesures de rétorsion contre Berlin-Est.

— Il ne faut pas envenimer les choses, reconnut Ruben. Les Soviétiques n'attendent que cela pour qu'un conflit éclate.

— C'est ce que j'ai affirmé à mes concitoyens. Mais certains sont très remontés, car ils ont de la famille de l'autre côté du rideau de fer. Je suis d'accord avec Willy Brandt quand il dit que le bien de la ville est plus important que la haine contre le mur. Celui-ci doit disparaître mais, avant d'en arriver là, il nous faut vivre avec lui. Ça prendra du temps. Mais revenons à ce qui vous intéresse. Qu'attendez-vous de moi ?

Ruben exposa en deux mots les raisons de sa visite à Heidelberg.

— Suivez-moi, proposa aussitôt Robert Weber. Je vais vous faire ouvrir les registres de l'état civil. Si votre Wilhelm Bresler est né ici, ce sera vite fait.

La recherche s'avéra infructueuse. Elle ne permit pas de trouver trace de Wilhelm.

— Il a peut-être seulement enseigné dans votre commune, suggéra Ruben.

— Dans ce cas, c'est au ministère de l'Éducation qu'il faudrait s'adresser.

Robert Weber les entraîna dans d'autres services, les introduisit dans d'autres bureaux, consulta avec eux d'autres registres. Une employée leur apporta un gros volume relié de cuir marron, le déposa sur une table sous un lampadaire.

— *Hier sind die Registrierung mit dem Namen der alle Lehrer in unseren Schulen von 1935 bis 1950*[1], déclara-t-elle.

— Nous devrions trouver ce que nous cherchons dans ce registre, fit Robert Weber. Vous êtes certain qu'il a enseigné chez nous jusqu'à la veille de la guerre ?

— C'est ce que m'a affirmé la mère d'Élise avant notre départ. C'est en tout cas ce dont elle se souvient.

Robert Weber feuilleta attentivement la liste des enseignants inscrits dans les écoles de sa ville en 1939. Puis celle des années d'après-guerre.

— Chez nous, l'année scolaire débute en janvier, expliqua-t-il. Si votre Bresler était encore en poste juste avant que la guerre n'éclate, son nom devrait y figurer.

Il lut le nom des professeurs, niveau par niveau, établissement par établissement.

Élise ne disait mot, retenant son souffle. Elle n'osait regarder par-dessus l'épaule du maire. Elle observait ses réactions comme pour mieux deviner ce qu'il découvrait au fil de sa recherche. Ruben, plus calme, s'était assis dans un fauteuil et consultait une revue municipale qui traînait sur une table de travail.

— Ça y est ! exulta Robert Weber au bout de quelques minutes. J'ai trouvé. Wilhelm Bresler,

---

[1]. « Voici le registre contenant le nom de tous les enseignants de nos établissements, de 1935 à 1950. »

professeur de français au Hölderlin Gymnasium, de janvier à juillet 1939 ; puis incorporé dans la Wehrmacht en août 1939. L'école est située dans la vieille ville de Heidelberg entre Friedrich-Ebert-Anlage et le jardin Mars, dans le centre piétonnier. Par contre, il n'y est pas revenu après la guerre. Rien n'indique ce qu'il est devenu. S'il a été tué, cela expliquerait que son nom ait disparu du registre les années suivantes.

— Avez-vous d'autres renseignements ? demanda Ruben. Son adresse, par exemple. Il a peut-être de la famille dans la commune. Sa date et son lieu de naissance, son cursus universitaire… ?

— Il est indiqué qu'avant d'intervenir dans notre établissement, il avait été professeur à Berlin, où il est né. Il a enseigné pendant un an à l'Andreas Gymnasium. De plus, il y a une adresse, celle de ses parents, je suppose, chez qui il devait habiter quand il était étudiant. Voyons… c'est sur la Singerstrasse.

Robert Weber consulta immédiatement une carte de Berlin.

Son visage se rembrunit.

— Un problème ? s'inquiéta Ruben.

— Son ancien lycée comme son ancienne adresse se trouvent à Berlin-Est. De l'autre côté du mur.

« Il a peut-être fui à l'Ouest avant que le mur ne soit construit ? suggéra Élise qui montrait sa détermination à ne pas baisser les bras. Demande au Bürgermeister ce qu'il peut encore faire pour nous. Il ne faut pas s'avouer vaincu. »

— Pourriez-vous contacter votre homologue de Berlin-Ouest pour savoir s'il y a un Wilhelm Bresler parmi ses administrés ? s'enquit Ruben.

— C'est précisément ce que j'allais vous proposer. Revenez demain matin, je ferai le nécessaire dans la journée.

Ruben et Élise laissèrent Robert Weber à ses préoccupations immédiates et lui promirent de repasser le lendemain. Ils profitèrent de ce contretemps pour continuer la visite de la ville, qui ne leur avait pas encore livré tous les secrets de son histoire.

Mais Élise n'avait pas l'esprit à faire du tourisme. Elle était trop préoccupée pour oublier, ne fût-ce que quelques heures, l'objet de son voyage. Le soir, une fois à l'hôtel, elle se coucha tôt, mais ne trouva le sommeil qu'au beau milieu de la nuit.

— Alors ? s'enquit aussitôt Ruben dès qu'ils entrèrent dans le bureau du maire le lendemain. Avez-vous appris quelque chose de nouveau ?

Robert Weber ne les fit pas attendre.

— J'ai deux nouvelles à vous communiquer. Laquelle voulez-vous entendre en premier ?

— Commencez par la moins bonne !

— Il n'y a pas de Wilhelm Bresler à Berlin-Ouest.

— Il serait donc bien mort ?

Élise suivait de près la conversation.

Ses yeux s'étaient remplis de larmes. Elle avait deviné ce que Robert Weber allait annoncer.

« Mon père est vivant ! » fit-elle avec les mains.

— Que veut-elle ? demanda le maire.

Ruben connaissait les rudiments du langage des signes.

— Elle demande si son père est vivant.

— Exact. C'est cela la bonne nouvelle. En tout cas, les autorités administratives de Berlin-Ouest affirment avoir dans leurs fichiers le nom d'un Wilhelm Bresler, professeur de français à l'Andreas Gymnasium en 1938, puis réapparu en 1946. Pendant un certain temps, Berlin n'a pas connu la séparation actuelle. Mais, après 1948, celle-ci a été effective, au moment de la création des deux Allemagnes, même s'il était possible aux Berlinois de se rendre d'un côté à l'autre de la ville. D'ailleurs, beaucoup de ressortissants de l'Est sont passés et restés à l'Ouest. On dit qu'ils votaient avec leurs pieds! Mais cela explique aussi, hélas, que depuis cette date, à Berlin-Ouest, on n'ait plus de nouvelles de Wilhelm Bresler. À moins qu'il ne lui soit arrivé malheur, votre homme doit encore se trouver dans le secteur est. Il y enseigne probablement toujours, s'il n'a pas changé de métier. Il aurait donc retrouvé son établissement d'origine.

Élise ne cachait pas sa joie. Ruben se montrait plus tempéré.

« Il faut aller à Berlin! fit Élise. Pour le rencontrer. Nous sommes parvenus au terme de nos démarches. Je vais bientôt retrouver mon père. Il est vivant! Tu imagines! Il est vivant!»

— Que dit votre cousine? demanda Robert Weber, visiblement ému par la joie qui émanait du visage d'Élise.

Ruben prit le maire à part, lui dit en baissant la voix :

— Elle veut que nous allions à Berlin. Mais elle ne se doute pas des difficultés.

— Certes! Dans l'état actuel des choses, il n'est pas facile d'obtenir une autorisation de passer à l'Est. Il faudrait fournir une bonne raison à la Stasi[1]. Et encore... ce n'est pas gagné! Cela prendra du temps. En attendant, je vous propose de rentrer chez vous et de réfléchir... Surtout, qu'Élise ne se mette pas en tête de revenir à l'Ouest avec son père. Qu'elle n'y songe même pas!

Élise n'avait pas entendu les dernières paroles de Robert Weber. Ruben se garda de lui répéter ce qu'il venait de lui conseiller.

— Nous allons écouter vos recommandations. De mon côté, je vais réfléchir à la suite à donner à nos démarches. Celles-ci se sont déjà révélées très fructueuses. Nous savons maintenant que Wilhelm Bresler est probablement vivant.

*
* *

Ruben et Élise ne s'attardèrent pas davantage à Heidelberg. La première étape de leurs investigations s'achevait sur une note positive. Toutefois le plus difficile était devant eux.

Ils repartirent le lendemain pour Anduze.

En chemin, Ruben annonça à Élise son nouveau plan d'action:

---

[1]. Abréviation de *Staatssicherheit*, police politique de la RDA dépendant du ministère de la Sécurité d'État (*Ministerium für Staatssicherheit*).

— Je sais comment passer en RDA. Ça ne devrait pas prendre trop de temps d'obtenir l'autorisation des Allemands de l'Est.

Le visage d'Élise s'illumina.

«Comment comptes-tu t'y prendre?»

— Je vais proposer un reportage pour la télévision. Tu m'accompagneras en tant qu'assistante. Je te ferai embaucher. Nous partirons avec mon équipe, un preneur de son et un cameraman. Il suffit de trouver un bon sujet, quelque chose qui ne rebutera pas le gouvernement est-allemand. Mais, avant tout, il faut obtenir l'aval de ma direction. Quand nous serons sur place, nous pourrons tenter de contacter ton père. S'il vit encore! Tu pourras enfin lui annoncer que tu es sa fille.

«Crois-tu qu'il voudra venir voir maman?»

— Ne pense pas à cela. Il est quasiment impossible pour les Allemands de l'Est de sortir de leur pays. Sauf à prendre des risques énormes.

«Comme ce Peter Fechter!»

— Oui, et comme d'autres au péril de leur vie. Et puis, ton père a dû refaire la sienne depuis tout ce temps. Alors, un conseil: ne te mets pas ce genre d'idée dans la tête. Ta déception ne serait que plus grande.

Élise n'évoqua plus ce sujet devant Ruben. Mais au fond d'elle-même, elle nourrit un secret espoir que cette belle aventure ne s'arrêterait pas aux portes du rideau de fer.

## 30

Berlin-Ouest

Lucie fut très émue d'apprendre que Wilhelm Bresler était probablement vivant. Elle ne pensait pas que les recherches de Ruben aboutiraient à un tel résultat. Toutefois elle évita de montrer ce qui l'anima soudain au plus profond de son être. D'une certaine manière, voir resurgir son passé, comme si celui-ci allait bientôt reprendre vie, l'effrayait. Ses sentiments pour Wilhelm ne s'étaient jamais éteints, surtout depuis qu'elle avait retrouvé sa fille qui lui rappelait à tout instant ce qu'ils avaient traversé ensemble pendant toute une année de réclusion.

Mais dix-sept ans s'étaient écoulés depuis. Il lui était difficile, à présent, de concevoir une suite à leur aventure. Maintenant que l'essentiel de la démarche d'Adèle avait abouti, elle était sur le point de demander à tous de mettre un terme à cette longue quête.

Élise n'était pas de son avis. Elle souhaitait rencontrer son père si celui-ci était vivant, et, dans le cas contraire, se rendre sur les lieux de sa jeunesse afin de mieux sentir en elle les liens qui l'unissaient à lui.

« Je commence à comprendre que mes racines sont aussi en Allemagne », objecta-t-elle un soir, tandis que Lucie lui déconseillait d'aller plus loin pour ne pas souffrir en cas d'échec.

— Je conçois que tu veuilles savoir d'où tu viens. Mais à quoi cela te servira-t-il de partir en RDA si c'est pour apprendre qu'il n'y a rien à espérer de plus qu'une entrevue avec un homme qui ignore ton existence et qui a sans doute refait sa vie ?

Lucie se faisait violence en prononçant ces mots. Elle voulait surtout éviter à sa fille d'être déçue de ne pouvoir inverser le cours de l'histoire. Maintenant qu'elle lui avait dévoilé son secret, elle aurait préféré qu'elle s'en tienne à cette simple vérité : son père était un être honnête, qui avait aimé sa mère, et qui avait disparu sans laisser de traces. Car, si Wilhelm était vivant, pourquoi n'avait-il pas tenté de savoir ce qu'elle et son enfant étaient devenues ?

En son for intérieur, Lucie craignait d'affronter une réalité qui remettrait le cours de son destin en question.

Ruben vint appuyer le souhait d'Élise. Celle-ci ne cessait de rappeler la promesse d'Adèle :

« Elle m'a juré de retrouver mon père, mort ou vivant, qu'il soit quelqu'un de bien ou un homme peu recommandable. Maintenant que nous touchons au but, nous ne pouvons plus nous dérober. Même si je ne dois pas penser à plus, je veux seulement me présenter devant lui pour lui dire que j'existe. Alors seulement, je pourrai vivre pleinement ma vie, car je saurai que j'ai un père...

Et si, par malheur, il est mort, je pourrai enfin en faire mon deuil. »

Lucie finit par se ranger à la volonté de sa fille. Elle la comprenait, car, en d'autres circonstances, elle aurait agi comme elle. Elle n'osait imaginer quelle serait sa réaction si elle devait un jour se retrouver face à Wilhelm. Elle savait qu'elle n'en ressortirait pas indemne. Chaque fois qu'elle pensait à lui, son cœur trahissait les sentiments qu'elle éprouvait encore et réveillait la blessure qui sommeillait en elle.

Ruben obtint facilement l'autorisation de la direction de la RTF de réaliser un reportage intitulé *La Jeunesse est-allemande et le système éducatif en RDA*.

— Le sujet ne devrait pas rencontrer de difficultés, exposa-t-il devant sa famille réunie pour l'occasion. Si nous nous montrons coopératifs avec le gouvernement de Walter Ulbricht[1], c'est-à-dire si notre projet est conforme à leur propagande et à l'image de leur nation qu'ils veulent répandre dans le monde, ils nous donneront la permission d'enquêter. De plus, comme Wilhelm Bresler est enseignant, cela nous sera plus facile d'entrer en contact avec lui. Il paraîtra normal que nous tentions de l'interviewer, même si nous devions

---

1. Walter Ulbricht (1893-1973) : homme politique communiste allemand, membre du Parti communiste d'Allemagne (KPD) puis du Parti socialiste unifié d'Allemagne (SED). Il fut l'un des principaux dirigeants de la République démocratique allemande, en tant que secrétaire général du SED et président du Conseil d'État.

être entourés de mouchards. On trouvera bien le moyen de le voir seul.

Sébastien promit à son fils de faire intervenir ses amis en Allemagne fédérale afin d'accélérer les démarches auprès des autorités de la RDA.

— Les deux pays sont peut-être à couteaux tirés, mais, en politique, il existe toujours des terrains d'entente que le commun des mortels ignore. Tout n'est pas aussi tranché que cela en a l'air. Certains responsables de l'Ouest ont conservé de bonnes relations avec leurs homologues de l'Est. D'ailleurs, si l'on veut croire encore en une possible réunification des deux Allemagnes, il faut entretenir des amitiés secrètes. La diplomatie sert à cela. De plus, je ferai en sorte que vous obteniez vos passeports et vos visas très rapidement. Tout sera en règle d'ici trois mois.

«Alors nous pourrions partir pendant les vacances de Noël!» se réjouit Élise, déjà prête à prendre la route pour l'Allemagne de l'Est. Cela nous laisse quatre mois.

— Veux-tu nous accompagner? proposa Ruben à Lucie. Après tout, tu es la première concernée par notre nouvelle démarche.

Lucie refusa.

— Je préfère vous laisser partir sans moi. Ma place n'est pas avec vous. Élise recherche son père. Il est normal qu'elle désire remuer ciel et terre pour atteindre son but. Pour ma part, je ne souhaite pas à tout prix renouer avec le passé. Je veux vivre au présent, libre et dégagée de tout lien qui me rattacherait à ce qui m'a fait souffrir.

Ils obtinrent leurs passeports et visas en moins de deux mois. Mais le ministère des Affaires étrangères de la RDA tardait à accorder l'autorisation de réaliser le reportage sur le sujet que Ruben avait soumis à son approbation. Ils commençaient à désespérer quand, peu avant le 15 décembre, Ruben fut contacté par sa chaîne. Il passait un long week-end dans sa famille, au Clos du Tournel, lorsqu'il reçut le coup de téléphone tant attendu.

— Parfait! exulta-t-il. Partir aujourd'hui même! C'est un peu court, non? L'équipe est prête? Deux voitures! Oui, c'est beaucoup mieux comme ça. Alors, rendez-vous demain matin devant Cognacq-Jay. J'y serai avec ma nouvelle assistante.

Il avertit aussitôt Lucie et ses parents, Vincent et Faustine, qui se trouvaient dans leur propriété voisine de Tornac.

Lucie ne put dissimuler son appréhension. Voir s'éloigner sa fille lui faisait craindre qu'elle ne se détache un peu d'elle si elle venait à prendre conscience que la terre de ses ancêtres se situait aussi de l'autre côté du Rhin. Elle surmonta cependant ses réticences et la confia aux bons soins de Ruben.

— Prends bien soin d'elle, lui demanda-t-elle. L'Allemagne est si loin. Et la RDA, un pays tellement fermé. Imagine qu'ils ne vous laissent plus ressortir!

— Tranquillise-toi! Je veillerai sur Élise comme sur ma propre fille! promit Ruben. Il ne nous arrivera rien, ne t'inquiète pas.

Ruben fit ses adieux à ses enfants et à sa femme, qui avaient l'habitude de ses absences. Irène s'approcha de Lucie, la prit dans ses bras.

—Et si tu m'accompagnais à Saint-Hippolyte-du-Fort, aux Grandes Terres, chez mes parents. On y retrouverait ma sœur Justine et son mari Emilio. Mon beau-frère pourra te raconter ses aventures en compagnie de Ruben et de Sébastien pendant la guerre d'Espagne. Il saura te rassurer. Ils en ont vu, tous les trois! Ils s'en sont toujours bien tirés. Cela ne pourra que te réconforter.

Lucie accepta la proposition d'Irène.

—Cela me changera les idées, reconnut-elle.

*
* *

La traversée de l'Allemagne fédérale ne posait aucun problème. Le pays, dix-sept ans après la fin de la guerre, s'était bien redressé grâce au plan Marshall qui, depuis 1947, avait cimenté l'Europe occidentale et renforcé les liens entre les vainqueurs et les vaincus du conflit.

Les deux véhicules de la Radiotélévision française filaient sur l'autoroute l'un derrière l'autre. À bord du premier, une Peugeot 404 break portant le sigle RTF, avaient pris place Bernard Levallois, le preneur de son, et son cameraman Gilles Legoff, un Breton habitué à barouder aux quatre coins de la planète. Celui-ci roulait trop vite pour Ruben, qui craignait la police de la route. Il lui faisait des appels de phares, en vain. Legoff fonçait à tombeau ouvert. Ruben, lui, conduisait une 404 berline, dépourvue de tout insigne visible. Il avait tenu à utiliser un véhicule banalisé, afin de ne pas se faire remarquer dans le cas où il lui faudrait se déplacer en dehors de son service officiel.

Pour se rendre à Berlin-Ouest, ils devaient emprunter l'un des trois corridors autoroutiers autorisés. Ils avaient choisi la Bundesautobahn 2, l'autoroute passant par Hanovre, l'itinéraire le plus court en venant de Paris.

Le voyage fut monotone. L'autoroute traversait des étendues infinies de plaines sans relief. De part et d'autre, Élise ne distinguait que de vastes parcelles cultivées, des terres labourées à perte de vue, piquetées çà et là de bosquets d'arbres dépouillés de leur feuillage. Les villages, visibles de loin, avaient l'aspect de gros bourgs ramassés sur eux-mêmes autour de leurs clochers accrochés à la grisaille du ciel comme des oriflammes.

— Ce paysage me fait penser à la chanson de Jacques Brel, releva Ruben pour meubler la conversation. Tu connais *Le Plat Pays* ?

Élise rêvassait.

« Non », répondit-elle de la tête.

— Je t'achèterai le disque quand on sera rentrés. C'est une chanson magnifique, pleine de poésie, qui décrit la Flandre, le pays natal du chanteur.

Le soir du premier jour, ils atteignirent Checkpoint Alpha, point de transit ainsi dénommé par les Alliés. Ils firent halte dans un petit hôtel de Helmstedt, où se trouvait le poste-frontière ouest-allemand. Plus loin, à un kilomètre, ils franchiraient la frontière intérieure allemande, puis ce serait l'Allemagne de l'Est.

Ils sentaient qu'ils s'approchaient du but. Autour d'eux, dans la salle de restaurant, Ruben repéra très vite des ressortissants de l'Ouest qui s'apprêtaient à passer quelques jours dans leurs familles à l'Est. Avec ses quelques connaissances dans la langue de Goethe, il parvenait à comprendre des bribes de conversation. L'atmosphère lui semblait lourde, comme si, déjà, les gens se méfiaient de leurs voisins et n'osaient plus parler librement. Ruben savait que des agents de l'Est étaient infiltrés à l'Ouest pour espionner et prévenir leurs autorités de toute tentative de subversion de la part de l'Ouest.

— À partir de maintenant, avertit-il ses compagnons de route, il faudra faire attention à ce que nous dirons. Pensez constamment que nous pouvons être suivis et écoutés. Les taupes de la Stasi sont partout sans qu'on les voie. Demain matin, nous nous engagerons sur la bretelle qui traverse la RDA en direction de Berlin-Ouest. Nous serons très surveillés.

Au petit matin, ils reprirent la route. Après le passage devant les autorités de l'Ouest, ils arrivèrent deux kilomètres plus loin au poste de contrôle des gardes-frontières est-allemands à Marienborn. De là, l'autoroute se dirigeait vers Magdebourg, puis vers Berlin.

Élise était très intriguée par ce qu'elle apercevait à travers le pare-brise de la voiture. C'était la première fois qu'elle visitait un pays étranger et la découverte avait de quoi la surprendre. Les véhicules est-allemands lui paraissaient sortis de l'Histoire. La chaussée, toute couturée de raccords entre les plaques de béton, était envahie par des Trabans poussives et polluantes ainsi que par des camions d'un autre âge. De temps en temps, de grosses cylindrées les dépassaient à vive allure, des Mercedes ou des BMW venues de l'Ouest avec à leur bord des gens visiblement aisés.

— Ici, c'est un autre monde, avertit Ruben. Malgré les efforts du gouvernement, le retard sur l'Occident est criant de vérité. Nous sommes dans un pays communiste, ne l'oublions pas. Leurs valeurs ne sont pas les nôtres.

Ils s'arrêtèrent bientôt sur une aire de repos afin de faire le plein d'essence dans un *Intertank*, une station-service. Élise en profita pour se dégourdir les jambes.

— Ne t'éloigne pas, lui conseilla Ruben. Et ne parle à personne... enfin, tu me comprends.

Sur ces aires, théoriquement, la cohabitation était possible entre Ossis et Wessis[1]. Mais, dans la pratique, la crainte des agents de la Stasi en civil n'incitait pas les voyageurs à se côtoyer.

Élise n'écouta pas les conseils avisés de Ruben. Elle s'écarta et se dirigea vers l'*Intershop*[2], curieuse d'y découvrir ce qu'il s'y vendait. Elle s'approcha d'un vieux couple qui lui paraissait un peu perdu. Le mari, ne sachant à qui il avait affaire, lui demanda un renseignement en allemand. Ne le comprenant pas, elle sortit son carnet et son stylo, griffonna quelques mots, puis avec les

---

1. Allemands de l'Ouest et Allemands de l'Est.
2. Magasin d'État.

mains et le mouvement des lèvres, tenta de se faire comprendre. Surpris, le vieil homme essaya de déchiffrer ce qu'elle avait écrit et lui dit dans un mauvais français :

— Excusez-nous, mademoiselle. Nous ne parlons pas bien votre langue.

Puis, méfiant, il tourna rapidement les talons. Apparemment, il ne tenait pas à être vu bavardant avec une étrangère.

Il n'eut pas terminé sa phrase que deux individus en manteau de cuir se précipitèrent sur Élise et exigèrent ses papiers.

— *Papieren, bitte, Fräulein !*

Le vieux couple s'éclipsa avant d'avoir des ennuis. Élise quant à elle, ne pouvant s'exprimer que par gestes des mains, tentait en vain de se disculper.

— *Kommen sie mit uns !*[1] ordonnèrent les deux policiers en civil.

À ce moment précis, Ruben et ses collègues ressortaient de l'*Intershop*, où ils avaient précédé Élise et fait quelques achats. Ils ne s'étaient pas aperçus de ses démêlés avec les agents de la Stasi.

— C'est drôlement moins cher qu'à l'Ouest ! s'étonnait Gilles Legoff avec satisfaction. Tu as vu le prix de la gnôle et des cigarettes ! Et l'essence, elle est donnée !

— Ouais, mais ce sont des petits malins ! Ils nous obligent à payer en Deutsche Marks ; ça leur fait une rentrée de devises. On a beau se trouver dans

---

1. « Suivez-nous ! »

le bloc communiste, je suis sûr que si tu leur sors des dollars, ils te les prendront sans hésiter!

Ruben aperçut Élise aux prises avec les policiers.

—Bon sang! Je lui avais pourtant dit de n'accoster personne!

Il tenta de résoudre le problème en exhibant sa carte de presse et son autorisation officielle. Les policiers l'emmenèrent vers leur voiture, stationnée à une centaine de mètres plus loin. Ils prirent tous les renseignements qu'ils trouvèrent sur ses documents, puis, après de longues palabres, le laissèrent repartir.

«Excuse-moi, implora Élise, je ne pensais pas qu'ils étaient si méfiants!»

—Que cela te serve de leçon! Dorénavant, sois plus prudente.

Ils reprirent leur route en direction de Berlin-Ouest, qu'ils abordèrent au milieu de l'après-midi.

Ils roulèrent encore une bonne demi-heure, jusqu'à atteindre la Breitscheidplatz, le cœur de la ville occidentale, au bout de la Kurfürstendamm. Ils étaient attendus à l'hôtel Kempinski où on leur avait réservé deux petites suites.

Ruben soupira d'aise quand il descendit de voiture.

—Nous voici revenus à l'Ouest. J'avoue que je n'étais pas très tranquille sur cette autoroute.

«Qu'est-ce que ce sera demain, quand nous serons de l'autre côté, à Berlin-Est! se moqua Élise. Nous aurons peut-être toute la Stasi à nos trousses!»

Deux grooms se précipitèrent sur le coffre de leurs voitures.

— Ne prenez que les valises, les arrêta aussitôt Bernard Levallois. Nous nous occuperons nous-mêmes du matériel. (Puis, à son coéquipier :) Il ne faudrait pas qu'ils me cassent la caméra et tout le reste. Je me méfie, les Allemands ne font pas dans la dentelle, en général.

Ils s'installèrent confortablement dans leurs appartements respectifs, au quatrième étage de l'établissement. Celui-ci se trouvait à deux pas de la fameuse porte de Brandebourg, qui faisait partie intégrante du mur, *die Mauer*, comme disaient les Berlinois. Le monument était devenu inaccessible pour les Berlinois de l'Ouest et marquait la limite entre les deux villes.

— Du haut de l'hôtel, nous aurons peut-être une vue sur l'autre côté du mur! suggéra Ruben. Veux-tu que nous allions voir?

Très excitée à l'idée de découvrir enfin le pays de son père, Élise accepta aussitôt. Ils demandèrent l'autorisation de monter sur la terrasse et, ensemble, dans un profond recueillement, contemplèrent le paysage urbain qui s'étalait sous leurs yeux.

« Ainsi, voilà la ville de mes aïeux, fit Élise, visiblement émue. Et dire que mon père se trouve peut-être là, à quelques mètres de nous, et qu'il ne se doute même pas qu'il a une fille! »

— Ni que celle qu'il a aimée est toujours vivante!

« Et qu'elle l'aime encore! »

— Tu le crois vraiment?

« J'en suis sûre! Cela crève les yeux. Mais maman a trop peur de connaître la vérité. Elle craint d'apprendre que Wilhelm Bresler n'est plus de ce monde. »

Ils demeurèrent un bon moment à contempler la ville, sa partie ouest qui s'illumina bientôt de mille feux et dont les grandes avenues témoignaient d'une fébrile activité; et, plus loin, de l'autre côté du mur, sa partie est, où la vie semblait s'éteindre dans l'indifférence ou la résignation de ses habitants.

La bise soufflait par-dessus les toits, glaciale, sibérienne, à l'image du regard des deux agents de la Stasi qu'ils avaient rencontrés sur l'autoroute.

— Rentrons, proposa Ruben. Profitons de notre confortable hôtel cinq étoiles. Qui sait ce qui nous attend demain?

## 31

### Berlin-Est

Ruben n'avait pas mis au courant ses deux techniciens de la télévision de son véritable objectif. Ceux-ci ignoraient donc qu'au-delà de leur reportage son intention était de retrouver le père d'Élise.

Le lendemain matin, ils se mirent en route pour Berlin-Est après avoir embarqué tout leur matériel dans le break. Ruben avait donné ses consignes : ils s'installeraient d'abord dans leur nouvel hôtel, puis ils partiraient immédiatement interviewer le directeur de l'Andreas Gymnasium. Tout avait été réglé d'avance, rien n'avait été laissé au hasard. Les Allemands de l'Est avaient accordé leur autorisation à condition que tout fût planifié. Il était prévu une rencontre avec les enseignants de l'établissement, un certain nombre d'élèves et des membres du personnel de service. Un haut fonctionnaire du gouvernement devait les rejoindre en début d'après-midi. Puis, le lendemain, ils seraient admis dans les bureaux du ministère de l'Éducation. Des visites d'autres écoles de différents niveaux ainsi que des associations de la Jeunesse communiste avaient aussi été programmées.

Il fallait que le reportage se montre favorable à la politique sociale menée par la République démocratique afin qu'il puisse servir de vecteur de propagande du socialisme en France. Ruben savait qu'il n'éviterait pas la censure et que sa liberté d'expression serait étroitement surveillée. Mais, puisque tel n'était pas son but premier, il ne s'y était pas opposé.

Checkpoint Charlie était le seul point de passage réservé aux étrangers qui désiraient entrer dans Berlin-Est. Il se situait sur la Friedrischstrasse dans le secteur américain, non loin de l'hôtel Kempinski.

Les deux Peugeot s'approchèrent lentement de la borne frontalière. À quelques centaines de mètres, juste après les Américains, des Vopos dans leurs uniformes gris galonnés de vert, armés de mitraillettes, assuraient un contrôle strict des véhicules. Des chicanes de béton peintes en rouge obstruaient la chaussée. Aucune voiture ne pouvait forcer les barrières sans risquer d'être criblée de balles dans la seconde suivante.

Ruben était passé en premier afin d'avertir les policiers qu'il était suivi de son équipe de tournage. À ses côtés, Élise ne parvenait pas à dissimuler son appréhension. La vue des uniformes ne lui était pas familière, celle des armes encore moins.

—N'aie pas peur, la rassura-t-il. Ils sont très intimidants mais nos papiers sont en règle. Il n'y a rien à craindre.

Ils se garèrent sur un petit parking, où se trouvait une guérite en bois, le bureau de contrôle. À l'intérieur, un Vopo exigea leurs passeports, les ouvrit, observa leurs visages. Il leur tendit une fiche à remplir, portant un numéro. Puis les fit patienter. Au bout d'une dizaine de minutes, il les appela, leur rendit leurs papiers et les convia au bureau de change. Il était obligatoire de changer au moins cinq marks.

En ressortant, ils récupérèrent leurs 404 dans le parking. Un second Vopo procéda alors à la fouille systématique des véhicules. Il ouvrit les capots, les coffres, inspecta les portières, le dessous des sièges, les trappes et autres boîtes à gants. Il glissa un miroir sous les châssis pour vérifier si rien n'y était dissimulé. Une fois son travail terminé, il permit aux conducteurs de se remettre à leurs volants.

Autour du point de passage, une bonne vingtaine de militaires, tous armés, scrutaient les véhicules. Le contrôle était toujours très tatillon et prenait souvent plus d'un quart d'heure.

Ruben et Legoff franchirent une première barrière d'acier rouge et blanc, solidement arrimée sur des rails, zigzaguèrent à travers les chicanes de béton jusqu'à une seconde barrière identique à la première. Ils durent encore présenter leurs passeports, patienter quelques secondes. La barrière s'ouvrit, mais se referma aussitôt après le passage de Ruben. Legoff dut attendre son tour.

—Ça y est ! Nous sommes sauvés, se réjouit Ruben. Nous sommes à l'Est. Il était temps.

Élise se détendit. Elle avait craint au dernier moment qu'un détail ne les empêche de poursuivre et ne remette en question leur long périple.

Elle se retourna, vit dans la lunette arrière s'éloigner le poste de contrôle et ses gardes-chiourme qui la faisaient penser à des soldats de plomb. Mais ici il ne s'agissait pas d'un jeu. La réalité exhibait sa cruauté dans toute sa froideur.

Maintenant qu'elle était entrée dans un monde totalement étranger, elle ne se sentait plus aussi sûre d'elle-même. Ces hommes armés jusqu'aux dents, à la mine patibulaire, au regard glacial, qui bougeaient comme des automates remontés à bloc, semblaient appartenir à une autre époque. Celle de la guerre, qu'elle n'avait découverte que dans ses livres. L'Allemagne de l'Est n'était-elle donc que la continuation du Troisième Reich et de cette terrible période qu'avait connue sa mère et qui avait abouti à tous ses malheurs? Elle eut froid dans le dos en pensant à ce qui pourrait leur arriver si tout ne se déroulait pas comme prévu.

Sitôt Checkpoint Charlie franchi, ils descendirent la Friedrischstrasse jusqu'à l'avenue Unter-den-Linden, tournèrent à droite et filèrent en direction de la Spree.

Élise se ressaisit. Se divertit l'esprit en observant les rues que Ruben empruntait. Sur les trottoirs, les passants, moins nombreux qu'à l'Ouest, marchaient d'un air désabusé, mal habillés, emmitouflés dans leurs vêtements sombres et tristes. Tout lui paraissait gris autour d'elle, les immeubles, la chaussée, les monuments. Les stigmates de la guerre étaient plus visibles que de l'autre côté du Mur. Des ruines subsistaient par endroits, témoins des bombardements alliés. Certaines façades portaient encore d'innombrables impacts de balles.

Leurs chambres étaient réservées à l'hôtel Alexander, sur la place du même nom.

L'établissement n'était pas aussi luxueux que celui qu'ils venaient de quitter. Recevant beaucoup d'étrangers et hôtes de marque, il assurait néanmoins un très haut niveau de confort qui étonna Élise.

« Je croyais qu'à l'Est, c'était l'indigence ! »

— Je ne t'ai pas dit cela, lui répondit Ruben. Simplement qu'il fallait s'attendre à un peu moins de luxe.

À peine arrivés dans le hall de réception, ils remarquèrent que de troublants personnages semblaient tourner autour d'eux, comme s'ils étaient déjà surveillés. Ruben avait rappelé la consigne : aucun geste, aucune réflexion qui puissent attirer l'attention d'éventuels agents de la Stasi infiltrés dans le personnel de l'établissement.

Ils prirent le temps de s'installer dans leurs chambres, préparèrent le matériel technique – caméra, appareil de prise de son, magnétophone, micro... Puis, sans plus traîner, ils regagnèrent leurs véhicules et se dirigèrent vers l'Andreas Gymnasium sur la Koppenstrasse.

*
\* \*

Le directeur les attendait comme convenu.

Il était entouré de tout un aréopage de fonctionnaires qui, ostensiblement, n'étaient pas tous des enseignants. Ruben devina qu'ils avaient été dépêchés par le ministère de la Sécurité d'État pour les encadrer de près et veiller à ce qu'ils ne dépassent pas les limites qu'on leur avait imposées.

—Herr Trautmann, je suppose, fit Ruben dès qu'il aperçut l'homme en tenue sombre et impeccable qui s'approchait de lui. Je suis Ruben Rochefort, journaliste à la Radiotélévision française. Et voici mon équipe: mon assistante, Élise, mon cameraman, Gilles Legoff, et mon preneur de son, Bernard Levallois.

Herr Trautmann salua ses visiteurs d'un air martial mais courtois, les invita à le suivre dans son bureau avant de commencer l'entretien.

—Votre assistante me paraît très jeune! releva-t-il dans un très bon français. Et bien timide!

—Élise est ma cousine, elle aura bientôt dix-huit ans. Je l'ai engagée pour un stage de quelques mois. Elle ne parle pas, mais elle comprend parfaitement ce qu'on dit.

Le directeur ne fit aucune autre remarque.

—Par où voulez-vous commencer?

—Je préférerais d'abord faire le tour de votre établissement, si c'est possible, afin de filmer les lieux, déambuler dans les couloirs, saisir vos élèves sur le vif, ainsi que leurs professeurs. J'aimerais que cela ait l'air naturel. Personne ne doit jouer un rôle. Puis je vous prendrai à part et vous interrogerai.

—Puis-je connaître les questions que vous avez l'intention de me poser? Il m'en faudrait la liste.

Vous ne pourrez pas tout savoir sur ce que nous enseignons dans notre école.

— Mon assistante va vous la procurer.

Élise sortit de son porte-documents une chemise remplie de feuilles dactylographiées et la présenta au directeur. Celui-ci la remit aussi vite à un collaborateur qui se tenait derrière lui depuis le début de l'entretien. Ruben soupçonna qu'il s'agissait d'un membre de la Stasi.

— Suivez-moi, proposa Herr Trautmann. Commençons par ici.

La visite de l'établissement se déroula sans incident et sans surprise. Ruben et son équipe purent pénétrer dans les différents locaux, se rendre compte qu'une école est-allemande ressemblait à s'y méprendre à son homologue française. Toutefois, quand il voulut filmer la salle de sciences expérimentales, Herr Trautmann l'arrêta.

— Je ne peux pas vous laisser entrer dans ce laboratoire. Oh! il n'y a aucun secret, mais il contient des produits dangereux, et je ne dois prendre aucun risque avec des visiteurs étrangers. Vous comprenez, on ne sait jamais, en cas d'accident fortuit, cela mettrait nos ambassades en difficulté.

Ruben n'insista pas. L'esprit soupçonneux des Allemands de l'Est dépassait son entendement.

À l'issue de la visite des locaux, le directeur les convia dans son bureau afin de répondre aux questions. Sa secrétaire avait récupéré le dossier qu'Élise avait préparé. Croyant qu'aucun des quatre Français ne comprenait l'allemand, elle lui dit sans se méfier qu'on avait enlevé certains points considérés comme pernicieux. Ruben saisit à demi-mot mais ne le montra pas.

—Voici la liste des questions que vous êtes autorisé à me poser, fit Herr Trautmann. Nous pouvons commencer.

Gilles plaça sa caméra sur son trépied, Bernard installa la perche et le micro, puis l'enregistreur. Élise se mit au script dans son coin, un stylo et un bloc-notes à la main.

Ruben amorça l'entretien en respectant les consignes. Il savait que, s'il lui prenait l'envie de les outrepasser, le reportage s'arrêterait aussitôt et qu'il lui serait interdit de poursuivre. Il s'en tint donc aux seules questions accordées par le service de sécurité qui avait agi dans l'ombre.

Quand il eut terminé, il demanda la permission de rencontrer des professeurs, comme cela était convenu. La secrétaire fit entrer immédiatement toute une délégation de personnel trié sur le volet.

Les entretiens se poursuivirent dans une ambiance plutôt bon enfant. Ruben posait ses questions, un traducteur le relayait auprès de l'équipe pédagogique allemande. Les enseignants paraissaient ravis de voir des Français. Mais leurs réponses ne semblaient pas spontanées. Visiblement, ils avaient été préparés à ne dire que ce que leur hiérarchie leur avait imposé.

À un certain moment de la conversation, alors que l'atmosphère s'était réellement détendue et que Herr Trautmann venait de convier ses hôtes à boire le verre de l'amitié franco-est-allemande, Ruben tenta de faire diversion.

— Je m'étonne de ne pas avoir vu parmi vous Wilhelm Bresler. Il est bien professeur dans votre établissement, n'est-ce pas ?

Certains enseignants comprenaient le français. Ils se regardèrent, hésitants. Aucun n'osa parler le premier. Herr Trautmann les devança.

— Vous connaissez personnellement un de nos collègues ?

Son visage s'était refermé. Un silence glacial envahit la pièce.

Ruben devina qu'il avait visé juste.

Élise sentit son cœur se rompre dans sa poitrine.

Legoff et Levallois ne disaient mot et attendaient la suite des événements. Ils ignoraient les intentions secrètes de Ruben. Legoff crut que son chef venait de franchir le point de non-retour. Il tenta de sauver la situation.

— Nous avons rencontré un Bresler, mentit-il, professeur mais aussi champion de slalom au cours d'un reportage que nous avons réalisé aux jeux Olympiques de Squaw Valley en 1960. Nous l'avions interviewé à l'époque. C'est peut-être le même homme ?

Trautmann s'interrogeait. Il regarda l'individu qui se tenait derrière lui depuis le début de l'intervention des quatre Français. Il lui souffla quelques mots à l'oreille, puis, d'un ton solennel, ajouta en s'adressant à Ruben :

— Herr Bresler n'est plus enseignant dans notre établissement depuis quatre ans. Mais je ne crois pas qu'il s'agisse du même homme que celui que vous mentionnez. Notre Bresler n'était pas skieur de haut niveau, encore moins champion olympique.

— Excusez-moi! J'ai dû faire erreur.

Ruben saisit au regard de Trautmann que sa question l'avait embarrassé. Il n'insista pas et n'obtint rien de plus. C'était déjà beaucoup. Il savait dorénavant que Wilhelm Bresler était vivant. Sans le vouloir, Herr Trautmann venait de le lui confirmer.

Dans son coin, Élise continuait à se taire, mais, au fond d'elle-même, elle exultait.

Ils s'apprêtaient à quitter l'établissement, quand, discrètement, une jeune femme accosta Ruben pendant que ses compagnons rangeaient leur matériel. Le directeur avait déjà fait ses adieux, courroucé par ce qui s'était passé contre sa volonté.

Elle glissa un petit morceau de papier dans la main de Ruben.

À l'écart celui-ci lut: «Demain. Dix-huit heures. Marienkirche, au pied de la statue de Martin Luther.»

\*
\* \*

Intrigué, Ruben ne dit mot de ce rendez-vous à Élise.

Le lendemain soir, après avoir effectué un tournage dans différentes écoles de la ville, toujours encadré de membres du ministère de l'Éducation, il prévint ses deux compagnons qu'il s'absentait pendant quelques heures.

— Surveillez bien Élise, leur demanda-t-il. Qu'elle ne sorte pas seule! Je ne vais pas loin. Mais je ne veux pas qu'elle m'accompagne.

Le lieu de rendez-vous se trouvait à moins d'un kilomètre de l'hôtel, sur la Karl-Liebknecht-Strasse. Il crut préférable de s'y rendre en voiture. On ne sait jamais, pensa-t-il en prenant le volant de sa 404 banalisée.

La plus ancienne église évangéliste de Berlin avait été gravement endommagée pendant la guerre, ainsi que le quartier historique qui l'entourait. Les autorités de la ville l'avaient entièrement restaurée et avaient fait dégager tout autour les ruines qui l'enlaidissaient, si bien que l'édifice gothique se dressait maintenant dans un espace découvert, sans caractère.

Ruben gara sa voiture à proximité de la statue de Luther. Demeura un moment à observer le va-et-vient des rares passants qui, pressés à cause du froid, ne faisaient pas attention à sa présence. Il aperçut bientôt la jeune femme entrevue la veille au lycée. Elle était vêtue d'une grosse parka beige et portait un sac de ménagère à la main. Il sortit lentement de son véhicule, examina les alentours. Personne ne semblait l'épier. En le voyant s'approcher d'elle, l'inconnue se dirigea vers le porche de l'église et y entra.

Ruben la suivit.

Elle remonta une allée latérale, s'agenouilla près du transept, à l'ombre d'un pilier. Munie d'un livre de cantiques, elle feignit de prier.

Ruben vint s'asseoir près d'elle et lui demanda à voix basse :
— Vous parlez français ?
— Oui, chuchota la jeune femme... Surtout, ne vous retournez pas et ne me regardez pas. Faites semblant de vous recueillir.
— Qui êtes-vous ?
— Je m'appelle Inge Wiesenthal. Je suis une ancienne élève de Wilhelm Bresler. Aujourd'hui, je suis professeur de français à l'Andreas Gymnasium. J'ai remplacé monsieur Bresler.
— Vous savez quelque chose à son sujet ?

Méfiante, Inge jeta un coup d'œil furtif autour d'elle. Dans le fond de l'église, un homme et une femme venaient d'entrer. Ils se séparèrent avant d'aller prendre place chacun de son côté, à quelques rangées seulement derrière eux.

Ruben se sentit épié. Il comprit qu'Inge ne parlerait plus. Il se leva, passa devant l'autel, se signa et s'éloigna vers la sortie.

Il attendit Inge sur le perron.

Quand celle-ci apparut, il lui jeta un regard interrogateur, l'invitant à le suivre. Il s'engouffra dans sa 404, ouvrit la portière du passager. Dès qu'elle se fut assise à ses côtés, il démarra en trombe.

— Nous sommes plus en sécurité dans la voiture que dehors... Qu'aviez-vous à me dire ?

Inge ne se sentait pas tranquille.

— Vous êtes sûr qu'on ne nous suit pas.

Ruben regarda dans son rétroviseur. Une grosse Skoda noire roulait derrière, à quelques dizaines de mètres. Il accéléra. La voiture tchèque se laissa distancer. Alors, il bifurqua rapidement sur sa droite et perdit ses poursuivants.

—Continuez dans cette direction pendant encore une centaine de mètres, dit la jeune enseignante. Puis tournez sur votre gauche. Nous voici Singerstrasse.

—C'est ici qu'habite Wilhelm Bresler, n'est-ce pas? releva Ruben.

—Exact... enfin qu'il habitait! Vous êtes bien renseigné!

—Il n'y habite plus?

—Depuis longtemps. L'immeuble où il résidait avec sa famille avant la guerre a été détruit par les bombardements. Il n'en reste rien.

—Savez-vous où je pourrais le voir?

—Qui êtes-vous au juste, monsieur Rochefort?

—C'est une très longue histoire! Mais ne craignez rien, je n'ai aucune mauvaise intention. Wilhelm Bresler est le père de la jeune fille qui m'accompagne. Elle souhaite le rencontrer. Ils ne se connaissent pas. Lui-même ignore que sa fille est vivante.

Inge abandonna toute méfiance.

—J'aimais beaucoup Wilhelm Bresler. Quand j'étais son élève, il nous lisait souvent des poèmes qu'il écrivait lui-même. Il avait un réel talent. C'était aussi un très bon musicien, comme son père. Il n'appréciait pas le régime nazi, pas plus d'ailleurs que celui de notre République démocratique. Il a toujours combattu pour la liberté d'expression. C'est ce qui lui a valu de petits problèmes au lycée. Ce qu'il enseignait à ses élèves, comme avant la guerre, ne plaisait pas à la direction.

—Il passait pour subversif?
—Sans doute.
—Pourrais-je le rencontrer?
Inge hésita une nouvelle fois.
—Je ne vous oblige pas, la rassura Ruben. Si vous craignez les ennuis, ne me dites rien. Je me débrouillerai autrement.
—Aujourd'hui Wilhelm Bresler est violoniste dans le Berliner Sinfonie-Orchester. Vous pourriez le trouver sur son lieu de répétition, au Schauspielhaus sur le Gendarmenmarkt. C'est la résidence de l'orchestre depuis sa reconstruction après la guerre. Toutefois, il serait plus discret que vous le rencontriez chez lui. De nombreux agents de la Stasi gravitent autour des musiciens. L'endroit n'est pas sûr de tout.
—Vous connaissez son adresse?
—Oui. Je revois Wilhelm de temps en temps.
—Vous êtes sa compagne? osa Ruben.
Inge rougit. Balbutia :
—Non! Il était mon professeur! Et je le considère toujours comme tel, même si c'est moi qui l'ai remplacé au lycée.
—Je ne voulais pas me montrer indiscret.
—Wilhelm habite un petit appartement, pas loin du Mur.
Elle griffonna quelques mots sur une feuille de papier.
—Tenez! Expliquez-lui que vous venez de ma part. Surtout, soyez très prudent.
—Il refusera peut-être de m'ouvrir sa porte!
—Je l'avertirai.

—Ne lui dites pas pour quelles raisons nous voulons le voir.

—Comptez sur moi. Je lui raconterai seulement qu'une équipe de la télévision française désire le rencontrer.

Ruben déposa Inge dans le centre, près de la porte de Brandebourg, et regagna son hôtel sans plus tarder.

Dehors, la bise avait redoublé. La ville s'était endormie, comme assommée sous une chape de plomb.

Derrière la Peugeot 404 de Ruben, une grosse Tatra noire roulait lentement, tous feux éteints.

## 32

Passeur de liberté

Le lendemain matin, Ruben se leva tôt. Dans la nuit, il avait pris la décision d'aller à la rencontre de Wilhelm Bresler sans plus tarder. Il avertit Élise dès que celle-ci fut prête.

«Alors, lui demanda-t-elle en prenant son petit déjeuner, où étais-tu passé hier soir, si ce n'est pas indiscret? Ni Gilles ni Bernard n'ont voulu me le dire. Tu avais un rendez-vous galant?»

— Tu ne crois pas si bien dire! J'étais avec une jeune enseignante du lycée. Elle m'a fourni l'adresse de Wilhelm.

Élise sentit son émotion décupler. Cette fois, ils étaient parvenus au terme de leur aventure.

— Je te propose de nous y rendre dès ce soir. Quand nous aurons terminé notre reportage au ministère. À la tombée de la nuit, ce sera plus discret.

Après une nouvelle journée de tournage et d'entretiens sans incident, ils rentrèrent à leur hôtel pour s'apprêter à ressortir aussitôt. En cette veille de Noël, le monde avait afflué à Berlin-Est. Des touristes étrangers surtout qui avaient obtenu l'autorisation de se rendre en RDA, mais aussi des plénipotentiaires des démocraties populaires amies attirés par l'apparente prospérité de la nation est-allemande. Dans la plupart des pays communistes européens régnait souvent une sévère pénurie de biens de consommation. La RDA passait pour favorisée, avec ses entreprises florissantes, son commerce actif et sa vitrine sur l'Ouest qui lui servait à renflouer ses caisses de devises occidentales bien plus cotées que le rouble soviétique. Les Roumains et les Bulgares appréciaient d'autant plus leur grand frère germanique que leurs pays étaient voués à fournir à l'ensemble du Comecon[1] les produits agricoles dont la valeur marchande était loin d'égaler celle de l'industrie.

Aussi l'hôtel était-il rempli d'hommes d'affaires issus des deux côtés du rideau de fer. Les agents de la Stasi se dissimulaient partout, toujours très occupés à surveiller les va-et-vient des uns et des autres. Ils étaient reconnaissables à leur long manteau de cuir et leur chapeau vissé sur le front, leur regard d'acier, sans expression, et leur air éternellement soupçonneux.

Ruben sentait leur présence dans tous les recoins de l'établissement, au bar, dans les salons, la salle de restaurant. Ils tâchaient de se montrer discrets, mais leur allure les trahissait. De plus, ils avaient des agents infiltrés partout, des femmes de ménage, des hommes d'étage, des serveurs. Ces petites gens arrondissaient leurs fins de mois en

---

1. Organisation d'entraide économique entre différents pays du bloc communiste, créée par Staline en 1949.

épiant autour d'eux et en renseignant les policiers dès qu'ils observaient quelque chose de louche. Aussi fallait-il constamment se méfier, veiller à se trouver seul quand on discutait. Ruben se doutait que les chambres et les salles de l'hôtel étaient truffées de micros. Si bien que l'intimité était totalement impossible.

Heureusement, il connaissait le langage des signes et en abusait avec Élise. Ce qui l'amusait en son for intérieur, car les agents qui gravitaient autour d'eux devaient se demander ce qu'ils se disaient de si secret.

À dix-huit heures, il laissa ses deux collègues au bar de l'Alexander et convia Élise à le suivre sans se faire remarquer.

Il avait garé sa voiture un peu à l'écart afin de ne pas éveiller l'attention sur son départ. Élise vint le rejoindre, le cœur battant.

— Tu es prête? lui demanda-t-il dès qu'elle se fut assise à ses côtés.

À ce moment précis, un individu sortit de l'hôtel et fixa la 404 du regard, l'air soupçonneux. Ruben prit Élise dans ses bras et l'embrassa dans le cou, prolongeant chaleureusement son étreinte.

— Ne bouge pas! lui murmura-t-il à l'oreille. On est déjà surveillés. Fais comme si nous étions des amoureux.

Peu habituée à ce type d'effusion avec son cousin, Élise obtempéra, gênée.

L'homme en gris les regarda avec suspicion, alluma une cigarette, dodelina du chef, s'exclama à voix haute:

—*Ah, diese Franzosen!*[1]

Le froid ne l'incita pas à rester dehors plus longtemps. Il tourna aussitôt les talons et rentra dans l'hôtel.

—Excuse-moi, ma chérie, fit Ruben en se dégageant de son étreinte. Il fallait écarter ce sans-gêne.

«Entre cousins, on peut bien s'embrasser!»

Il démarra et fila vers Karl-Liebknecht-Strasse, tourna à droite sur Rosa-Luxembourg-Strasse. À cette heure de la soirée, la circulation était encore dense sur les avenues. De plus, les vitrines des grands magasins attiraient les passants, si bien que la ville était très animée.

Il se faufila dans le flot des voitures afin de laisser derrière lui d'éventuels poursuivants, fit de longs détours pour parvenir à destination.

«On est suivis?» s'inquiéta Élise.

—Non, je ne crois pas. Je ne vois rien dans le rétro. Tout me paraît normal.

«Sais-tu où aller?» demanda-t-elle, l'air grave.

—Heureusement! J'ai l'adresse exacte. Mais j'avoue ne pas avoir le plan de Berlin dans la tête. De plus, avec le crochet que je viens de faire, je ne sais plus tout à fait où nous nous trouvons.

Il longea la voie du tramway sur sa droite, la laissa pour se diriger vers le nord. Il se retrouva bientôt coincé devant le Mur, au niveau de la Bernauer-Strasse. Cette rue était tristement connue dans le monde entier depuis l'année précédente,

---

1. «Ah, ces Français!»

car elle avait été le lieu de tentatives de fuites spectaculaires de ressortissants est-allemands.

Élise sentit son cœur se serrer. C'était la première fois qu'elle découvrait de si près le Mur dans toute son horreur. Une véritable fortification, flanquée de maisons murées, d'édifices bétonnés ou en ruine. Elle imaginait mal que, de l'autre côté, à seulement quelques dizaines de mètres, les habitants – d'autres Allemands – vivaient en toute liberté, alors que, de ce côté-ci du Mur, régnaient la terreur, la délation, les poursuites iniques et les arrestations arbitraires. Elle ressentit une profonde tristesse à la pensée que son père était prisonnier dans ce pays sordide, sans pouvoir voyager à sa guise, sans pouvoir s'exprimer librement, sans risquer sa vie s'il lui prenait l'envie d'aller voir au-delà du Mur!

«Où habite mon père? demanda-t-elle. Dans quelle rue?»

— D'après les renseignements que m'a fournis Inge, il habite dans un petit appartement à l'angle de la Ruppiner-Strasse et de la Rheinsberger-Strasse.

Ils trouvèrent enfin le quartier après avoir beaucoup hésité. La vie s'y était brutalement éteinte. Les rares passants ne s'attardaient plus sur les trottoirs. Les immeubles étaient sinistres, avec leurs façades noircies et leurs fenêtres à peine éclairées. Les réverbères plongeaient les rues dans une demi-obscurité angoissante. Parfois une silhouette apparaissait à travers une vitre aux rideaux à moitié tirés, comme dessinée à l'encre de Chine. Triste théâtre d'ombres et de lumières où les spectateurs étaient aussi les acteurs d'une pièce où tout le monde épiait tout le monde et où chacun se méfiait de son voisin de palier.

Ruben se gara au bord du trottoir, attendit quelques secondes.

—C'est là, dit-il. Au numéro 3 *bis*. Au deuxième étage.

Il fit le tour de la voiture, ouvrit la portière du passager.

Élise ne bougeait pas.

—Tu ne viens pas? s'étonna-t-il. Sors, voyons!

Le visage d'Élise trahissait une profonde angoisse. Elle semblait tétanisée.

—Tu as peur qu'on nous ait suivis?

«Non, finit-elle par avouer. J'ai peur d'être déçue. De ne pas me retrouver devant l'homme que j'ai imaginé. Il a beau être mon père, il peut être devenu quelqu'un de...»

Elle s'arrêta.

—Suis-moi! la secoua Ruben. Il n'est plus temps de tergiverser. Nous n'avons pas effectué ce long voyage pour reculer au dernier moment!

Il la prit par le bras. Elle se laissa faire sans résister.

La porte de l'immeuble n'était pas fermée. Ils entrèrent dans le vestibule. Consultèrent le nom des locataires sur les boîtes aux lettres.

Élise n'osait regarder.

—Bresler! lut Ruben. C'est bien ici. Nous y sommes. Il doit nous attendre. Inge a dû le prévenir, comme elle me l'a promis.

«Et si des agents de la Stasi nous attendaient dans son appartement!» s'inquiéta encore Élise.

— Tu lis trop de romans noirs. Montons. Nous serons bientôt fixés.

Au deuxième étage, ils se retrouvèrent devant une porte où le nom de Wilhelm Bresler figurait sur la sonnette.

Élise retenait sa respiration. L'instant était tellement angoissant qu'elle se sentait paralysée. Derrière cette porte, à quelques mètres d'elle, se trouvait l'homme qu'elle recherchait, celui qu'avait aimé sa mère. Son père! Il ne se doutait pas de sa présence ni même de son existence. Et là, tout à coup, sans prévenir, elle allait lui annoncer qu'elle était sa fille, cette enfant qu'il avait tenue dans ses bras pendant quelques mois à peine et qu'il n'avait plus revue depuis bientôt dix-huit ans.

Au moment où Ruben s'apprêtait à sonner, elle retint sa main, prête à interrompre le cours de leur longue quête. À détourner le destin avec lequel elle avait pourtant souhaité renouer.

Ruben la regarda.

— Je peux encore tout arrêter, lui souffla-t-il. Nous pouvons nous en retourner, si tu le désires.

Elle hésita. Se reprit. Posa elle-même le doigt sur le bouton de la sonnette. Appuya.

Aussitôt, à l'intérieur, une voix se fit entendre. Une voix masculine. Douce. Au léger accent de l'Est.

— J'arrive! dit-elle en français. Je suis à vous dans deux secondes.

Ils perçurent des bruits furtifs. Comme si quelqu'un mettait les choses en ordre au dernier moment.

Puis la porte s'ouvrit. D'un coup franc. Sans hésitation.

Un homme d'une quarantaine d'années, grand, blond, au regard d'azur, apparut dans l'embrasure.

—Je vous attendais! annonça-t-il. Entrez! Ne restez pas sur le seuil. Cela vaut mieux. J'ai une confiance limitée dans mes voisins de palier.

Trop émue pour s'exprimer, Élise fit quelques pas en avant, suivie de Ruben.

—Inge m'a averti de votre visite, poursuivit Wilhelm Bresler.

\*
\* \*

L'appartement de Wilhelm Bresler paraissait très modeste. Une chambre, une salle à manger, une cuisine exiguë, un coin toilette composaient son univers. Des rangées de livres et de disques encombraient des étagères fixées aux murs de toutes les pièces. Dans un angle du séjour, un tourne-disque et un vieux poste de télévision constituaient les rares éléments de luxe du logement. Le mobilier était dépareillé; seul un gros fauteuil de cuir marron apportait un semblant de confort dans un ensemble des plus sommaires.

—Ne regardez pas le désordre! prévint aussitôt Wilhelm. Je vis seul et ne suis pas très souvent chez moi. À vrai dire, je n'y rentre que le soir, une fois les répétitions terminées. Et je m'absente fréquemment.

— Vous êtes musicien, d'après ce qu'on nous a dit, fit Ruben qui ne savait pas comment aborder le sujet qui l'amenait.

— Oui, c'est exact, je suis violoniste dans l'Orchestre symphonique de Berlin-Est. Et vous, vous travaillez pour la télévision française ! Inge m'a parlé du reportage que vous réalisez sur notre système éducatif. J'ai enseigné le français avant de devenir membre à part entière de l'orchestre. C'est sans doute la raison pour laquelle vous désirez m'entendre.

Ruben hésita à poursuivre la conversation.

À côté de lui, Élise ne disait mot, visiblement paralysée de peur et d'émotion. Elle ne s'était pas encore exprimée.

Wilhelm ne s'était pas aperçu de son handicap.

— Mademoiselle est votre assistante ? devina-t-il.

— Élise est aussi ma cousine. Je l'ai fait engager pour cette mission.

Wilhelm parut se troubler. Il regarda Élise avec attention, la complimenta :

— Vous êtes très jolie, mademoiselle... et votre prénom me rappelle de vieux souvenirs qui me font toujours chaud au cœur.

— Élise ne parle pas, répondit Ruben. Mais elle nous comprend parfaitement.

Discrètement, Élise releva :

« Je crois qu'il a deviné ! »

— Dans la famille, nous nous sommes tous mis au langage des signes, poursuivit Ruben sans lui répondre.

— En quoi puis-je vous être utile ?

Élise fixait Ruben du regard comme s'il allait révéler un terrifiant secret. Il comprit qu'il devait se montrer prudent, amener la vérité avec tact, sans précipitation. Wilhelm pouvait refuser de le croire, prétendre qu'il n'était qu'un usurpateur, voire un agent infiltré de la Stasi. Dans un pays où régnait la méfiance, personne ne pouvait avoir confiance dans le premier venu.

—En réalité, commença-t-il, nous sommes venus jusqu'à vous pour une tout autre raison. Notre reportage n'est qu'un prétexte pour vous rencontrer.

—Un prétexte ! s'étonna Wilhelm. Je ne comprends pas. Vous n'êtes pas reporters à la télévision française ?

—Si, bien sûr ! Mais nous ne sommes pas ici pour vous interroger dans le cadre de notre travail. D'ailleurs, si nous avons été suivis, je crains que demain nous n'ayons la visite de la police.

—Soyez plus clair, monsieur ! Monsieur… ? En fait, vous ne vous êtes pas présenté.

—Ruben Rochefort, et voici Élise Rochefort, la fille de ma cousine Lucie Rochefort.

Wilhelm Bresler demeura médusé une fraction de seconde, incapable de dissimuler son trouble.

—Rochefort ! dit-il. Rochefort !

—Oui, monsieur Bresler. Comme la jeune femme que vous avez connue pendant la guerre et que vous avez sauvée des griffes de la Gestapo.

Wilhelm prit place dans son fauteuil et invita ses hôtes à prendre une chaise.

Il regarda Élise d'un air incrédule, puis ses yeux se brouillèrent. Son visage s'attendrit.

Élise ne s'était pas assise. Elle demeurait debout devant lui, comme statufiée, craignant sa réaction.

— Vous… vous êtes la fille de Lucie ? finit-il par balbutier.

Élise pleurait. La poitrine dans un étau. La gorge nouée.

Elle desserra les lèvres. Tenta de s'exprimer sans les mains. Mais aucun son ne sortit de sa bouche.

Ruben l'abandonnait à son émotion, ne voulant pas intervenir dans ce moment d'intense intimité. À cet instant précis, il aurait souhaité disparaître, laisser le père et la fille seuls, face à face, afin qu'ils aient le temps de comprendre ce qu'ils étaient en train de vivre.

Il s'éclipsa dans la cuisine.

Wilhelm reprit, les yeux remplis de tendresse :

— Alors… vous êtes… vous êtes ma fille ! Ma fille Élise.

Il se leva de son fauteuil. Élise le trouva encore plus grand et plus beau qu'à son entrée quelques minutes auparavant. Il émanait de sa personne une telle empathie qu'elle se sentit soudain envahie par des sentiments étranges qu'elle n'avait jamais perçus au fond d'elle-même.

Il s'avança. Lui prit les mains dans les siennes.

— Comme je suis heureux ! lui avoua-t-il en l'embrassant. Tellement heureux !

Les premières effusions passées, Wilhelm se ressaisit.

— Vous savez donc qui je suis !

— Oui. Nous savons surtout ce que Lucie nous a raconté à propos de cette année particulière que vous avez passée ensemble.

Wilhelm allait de surprise en surprise.

— Lucie vous a raconté ! Elle est donc vivante ?

— Et bien vivante ! répondit Ruben pour détendre l'atmosphère. Et je peux vous affirmer qu'elle ne vous a pas oublié.

— J'étais persuadé que les résistants qui nous avaient arrêtés l'avaient abattue, elle et son bébé. J'ai entendu la fusillade.

— Elle a cru la même chose à votre sujet.

Et Ruben de raconter toute l'histoire de Lucie depuis son arrestation par les FFI jusqu'au jour où elle eut la certitude que Wilhelm Bresler était encore vivant en Allemagne de l'Est. Puis il narra les malheurs d'Élise, sans trop s'étendre.

— Je dois avouer que si nous sommes devant vous aujourd'hui, nous le devons à une jeune femme qui s'est prise de sympathie pour sa petite élève et pour sa mère. C'était il y a sept ans déjà. Un jour, connaissant le passé d'Élise, elle lui a promis de lui apprendre qui était son père. Si nous sommes parvenus jusqu'à vous, c'est en grande partie grâce à elle.

— Comment s'appelle cette jeune femme ?

— Adèle. Adèle Gensac. J'aurais aimé qu'elle nous accompagne. Mais elle a jugé que sa mission était terminée à partir du moment où nous savions où vous trouver.

Élise ne s'était pas encore exprimée. Elle avait peine à croire qu'elle se trouvait devant son père vivant. Tandis que celui-ci parlait avec Ruben, elle ne cessait de l'examiner comme pour mieux se persuader d'une vérité difficile à admettre.

Remise de ses émotions, elle voulut savoir comment son père s'en était sorti à la suite de la fusillade qui l'avait laissé pour mort.

Alors Wilhelm reprit le cours de son épopée qui devait le conduire des Cévennes jusque dans son pays natal.

— Quand les trois résistants nous ont demandé de descendre de voiture, expliqua-t-il, j'ai bien cru qu'ils allaient se débarrasser de nous. Deux d'entre eux m'ont emmené plus loin, j'ignorais dans quelle intention. Je pense maintenant qu'ils voulaient m'abattre à l'écart. Puis un coup de fusil a éclaté venant de l'endroit où ils nous avaient fait sortir de voiture. Ils se sont étonnés et ont eu un moment d'inattention. J'en ai profité pour m'échapper. Alors ils m'ont tiré dessus. Le troisième homme était resté avec Lucie qui devait donner le sein à Élise. J'étais blessé mais vivant. J'ai fait le mort. Ils n'ont pas pris la peine de venir constater mon état. Il faut dire que j'avais roulé dans le ravin, une bonne dizaine de mètres en contrebas de la route. J'étais à moitié évanoui. Quand j'ai repris connaissance, ils étaient repartis. J'étais désespéré, car je croyais qu'ils avaient tué Lucie et notre bébé. Je suis allé voir s'ils avaient abandonné leurs corps. En vain. Alors j'ai pensé qu'ils avaient dû les emporter pour prouver qu'ils avaient accompli leur tâche.

«Ensuite j'ai entrepris un long et pénible périple. Je ne pouvais pas me présenter devant les gens dans l'état où je me trouvais. Ils m'auraient immédiatement soupçonné si je leur avais demandé de ne pas signaler ma présence. C'était dangereux. Partout on traquait les collabos et celles qui avaient entretenu des relations avec des Allemands. Heureusement pour moi, je parle français avec très peu d'accent. Cela m'a permis d'échapper à ceux qui pratiquaient une véritable chasse à l'homme.

— C'étaient parfois les mêmes qui avaient servi dans les rangs de la Milice, releva Ruben. Cette période de notre histoire est assez sombre. La libération de notre territoire s'est doublée d'une sévère épuration qui ne fut pas toujours glorieuse, hélas!... Quand êtes-vous rentré en Allemagne et après quelles péripéties?

— Je me suis fondu dans la population pendant plus de quatre mois, jusqu'en juillet 1945, en prenant toutes les précautions utiles pour ne pas me faire repérer. Ma blessure n'était que superficielle. J'ai beaucoup saigné, mais elle était sans gravité. J'ai eu la chance qu'elle ne se soit pas infectée. Les balles n'avaient fait qu'effleurer mes côtes. Dans un village que j'ai traversé – je ne me souviens plus du nom –, j'ai rencontré un brave homme qui ne m'a rien demandé et qui m'a soigné. Je suis resté chez lui plusieurs jours. Puis il m'a laissé repartir. Je suis remonté vers le nord, en évitant les grands axes. J'avoue que j'ai vécu de rapines pour me nourrir. Parfois, des gens bien intentionnés me donnaient à manger. C'était plutôt rare. Beaucoup se méfiaient sur mon passage.

Il faut dire qu'à l'époque je n'étais pas seul sur les routes et les chemins.

« De jour en jour, je me suis rapproché de la frontière allemande. Je l'ai traversée de nuit, à la fin juillet. J'avais hâte de retrouver mon pays, mais en même temps je redoutais de le découvrir sous les décombres. Je savais que les Alliés avaient beaucoup bombardé les villes. Quand je suis arrivé à Cologne, j'ai été effaré. Toute la ville avait été détruite. Seule la cathédrale demeurait intacte.

« Une fois rentré chez moi, il m'a été plus facile de me déplacer. Je ne craignais plus d'être dénoncé. Je pouvais parler librement. Les Allemands n'avaient aucune raison de se méfier de moi. Je voulais à tout prix gagner Berlin, mais on me l'a déconseillé. La présence de l'armée soviétique laissait planer le pire sur ses habitants. Le problème de la partition en quatre zones d'occupation n'était toujours pas réglé. Il ne faisait pas bon tomber aux mains des Russes pour un ancien officier de la Wehrmacht. Alors j'ai pensé retourner à Heidelberg, là où j'avais enseigné avant la guerre. Quand j'y suis arrivé, j'ai hésité. Tant d'années s'étaient écoulées depuis ! Je me suis discrètement renseigné. Le directeur avait changé, bien sûr. Mes collègues étaient partis. À quoi bon remuer le passé ? me suis-je dit.

« De plus, je n'avais pas de nouvelles de ma famille. Alors, j'ai attendu que les événements se décantent et, au printemps 1946, je suis rentré à Berlin. La situation était catastrophique. La ville était dévastée. Les habitants vivaient dans l'indigence. Ils manquaient de tout. Les troupes d'occupation créaient par leur présence une tension malsaine et dangereuse. Je me suis rendu Singerstrasse, mon adresse avant la guerre. L'immeuble où résidaient mes parents tombait en ruine. Des voisins m'ont raconté qu'ils avaient péri sous les bombardements au début de 1945. Alors j'ai tenté de reprendre contact avec mes sœurs et mon frère. En vain, pas de traces d'eux. Plus tard, j'ai appris que mon frère avait été tué peu après son incorporation dans la Wehrmacht. Il n'avait pas dix-sept ans. Quant à mes sœurs, elles ont subi le sort de nombreuses femmes allemandes ; elles ont été violées par des soldats russes. L'une d'elles en est morte. L'autre vit aujourd'hui dans un asile psychiatrique. Elle ne s'en est jamais remise. D'autant que les autorités de Berlin-Est ont toujours passé sous silence les exactions de leur grand frère soviétique pendant la libération de l'Allemagne. Je vais la voir régulièrement. Elle n'a plus que moi. Mais elle ne me reconnaît pas.

Élise écoutait l'histoire tragique de son père, le cœur serré, les larmes aux yeux. Elle se sentait mal à l'aise. Les malheurs de Wilhelm Bresler la renvoyaient à ceux de Lucie.

Elle n'osa lui poser des questions sur la vie qu'il avait menée depuis son retour. Celle-ci n'appartenait qu'à lui. Vivait-il réellement seul dans ce petit appartement ? Avait-il remplacé sa mère ? Avait-il d'autres enfants ?

Elle aurait aimé savoir. Comme elle aurait souhaité qu'il lui explique pour quelles raisons il avait abandonné son poste d'enseignant pour devenir violoniste dans un grand orchestre. Que s'était-il passé dans sa vie depuis que la moitié de son pays subissait le joug du régime communiste de la RDA? Il ne semblait pas très heureux. Son environnement ne reflétait pas l'existence d'un homme épanoui.

Elle n'eut pas besoin de le questionner par l'intermédiaire de Ruben.

Wilhelm comprit les interrogations de sa fille et la devança.

— Élise souhaiterait sans doute savoir comment je vis maintenant, dans cette ville coupée en deux par le mur de la honte, comme vous dites de l'autre côté.

Ruben se tourna vers Élise. Lut dans son regard.

— Je crois effectivement qu'elle se pose des questions.

Alors, Wilhelm poursuivit :

— Après mon retour à Berlin, j'ai repris mon poste de professeur de français dans mon ancien lycée, celui où j'ai effectué mes débuts, l'Andreas Gymnasium. C'est là que vous avez rencontré Inge. J'y suis resté jusqu'à il y a quatre ans. Ensuite...

Wilhelm se tut subitement. Il hésita.

Ruben avait perçu un bruit de pas derrière la porte. Il comprit que Wilhelm se méfiait.

Les agents de la Stasi étaient infiltrés partout. Mais chez lui, à l'abri des oreilles indiscrètes, qu'avait-il à craindre?

Ruben poursuivit à sa place.

— Pourquoi n'êtes-vous pas passé à l'Ouest quand il était encore temps? La vie de vos compatriotes occidentaux y est beaucoup plus agréable. Je peux vous l'assurer.

Wilhelm fit signe à Ruben de se taire. Il griffonna quelques mots sur une feuille de papier : « Ne parlez plus, nous sommes peut-être écoutés. Il peut y avoir des micros dissimulés dans l'appartement. Je sais que je suis surveillé. »

Élise lut le message et, se tournant vers Ruben, écrivit à son tour :

« Sortons. Nous serons plus en sécurité dans la voiture, comme avec Inge. »

Alors, Ruben invita Wilhelm à le suivre en lui montrant ce qu'Élise venait de proposer.

Ils feignirent de prendre congé et s'éclipsèrent.

Quelques minutes plus tard, Wilhelm les rejoignit dans la 404.

— Ici, pas de micros, dit aussitôt Ruben. Je vais rouler sans m'arrêter. Vous pourrez poursuivre votre récit sans crainte.

Il mit en route son moteur et fila en direction de la Brunnenstrasse.

— Éloignez-vous du Mur, conseilla Wilhelm. Les Vopos sont toujours nombreux sur le secteur frontalier. Et ils ont la gâchette rapide !

— Pourquoi êtes-vous aussi méfiant ? s'inquiéta Ruben. Que vous reproche la Stasi ?

— Ce que les nazis me reprochaient avant la guerre ! Je ne veux pas faire d'amalgames malheureux, mais ici, à l'Est, beaucoup sont passés d'un régime à l'autre sans se poser de questions. Dans les geôles de la Stasi, on torture comme jadis dans les locaux de la Gestapo. Je sais de quoi je parle. Quand il faut faire avouer un suspect, il n'y a pas mille manières de procéder. Avant-guerre, mon enseignement ne plaisait pas à mes autorités de tutelle. J'abordais de façon trop ostensible les notions de démocratie, de liberté d'expression... J'étais considéré comme subversif. La guerre m'a éloigné de mes élèves. Je suis rentré dans le rang, car je n'avais pas le choix.

— Votre comportement en France prouve que vous n'aviez pas abandonné le combat !

— J'ai fait ce que j'ai pu. C'était peu de chose en regard de ce qui se passait.

Plus Wilhelm parlait, plus Élise buvait ses paroles. Elle ressentait une grande fierté d'être sa fille et aurait voulu le lui dire de vive voix. Elle enrageait d'être privée du langage à un moment crucial de sa vie.

— Je suppose que vous n'aviez pas changé d'état d'esprit quand vous avez repris votre enseignement ? poursuivit Ruben.

— C'est la raison pour laquelle on m'a gentiment demandé d'abandonner. Comme je suis aussi violoniste – oh, pas virtuose comme mon défunt père ! –, j'ai obtenu l'autorisation d'entrer au Berliner Sinfonie-Orchester. Je m'y sens toujours très surveillé, mais j'adore mon nouveau métier. La musique est un autre moyen d'exprimer ce que l'on ressent, n'est-ce pas ?

Élise attira l'attention de Ruben.

« Demande-lui pourquoi il n'a pas tenté de passer à l'Ouest. »

— Que dit Élise ? s'enquit Wilhelm.

— Elle se demande pourquoi vous n'avez pas tenté de passer à l'Ouest quand la frontière n'était pas encore bouclée. Beaucoup de vos compatriotes l'ont fait avec succès.

—C'est une autre histoire! Très tumultueuse, une fois de plus. Je vais vous la raconter brièvement.

Ruben conduisait lentement, l'œil toujours rivé sur son rétroviseur. Il s'était engagé sur la Mollstrasse et filait vers l'est.

—Nous vous écoutons.

—Quelques années après mon retour, j'ai fait la connaissance d'une jeune collègue, Lena Brau, qui enseignait les mathématiques dans le même lycée que le mien. Nous nous sommes plu et mariés très vite, au bout de six mois. C'était pour moi une nouvelle vie qui commençait. Nous habitions tout près de notre établissement. Je souhaitais avoir un enfant sans attendre. Elle me répétait qu'elle n'était pas prête. Son comportement avec moi trahissait une certaine froideur que je ne m'expliquais pas. Elle m'aimait; cela, j'en étais persuadé. Mais elle me cachait quelque chose qu'elle ne voulait pas ou ne pouvait pas m'avouer. Vous avez raison d'affirmer que, dans les premiers temps, il était relativement facile de passer à l'Ouest. Il suffisait de se rendre à Berlin-Ouest et de ne pas revenir. La ville n'était pas encore bouclée comme aujourd'hui. J'ai demandé à Lena de me suivre, de fuir cette République démocratique qui n'avait rien d'une démocratie. Elle a refusé catégoriquement. Nous nous sommes souvent disputés à ce propos. Mais j'avais toujours espoir qu'elle finirait par accepter.

« Un jour, je l'ai surprise à fouiller dans mes affaires de cours. Elle photographiait des extraits de texte que je m'apprêtais à commenter à mes élèves pour préparer l'Abitur[1], l'équivalent de votre baccalauréat. C'est alors que j'ai deviné. Lena travaillait pour la Stasi. Elle était un de leurs agents infiltrés dans notre lycée. Elle a tenté de s'expliquer... Je vous passe les détails. Comme pour beaucoup d'Allemands de l'Est, ce comportement permet d'arrondir les fins de mois difficiles. Lena se trouvait dans les mailles de la Stasi et ne pouvait plus s'en dépêtrer. C'est pourquoi elle ne souhaitait pas avoir d'enfants, en tout cas pas dans l'immédiat. Entre nous, ce fut terminé. J'ai demandé le divorce. Nous nous sommes séparés. Peu après, on m'a signifié que ma place n'était plus dans l'enseignement. Voilà, vous connaissez tout de moi à présent, ou presque.

Ruben comprit que Wilhelm n'avait pas tout dit.

— Presque, osa-t-il ajouter.

Wilhelm s'interrogeait. Il posa les yeux sur Élise.

— Elle ressemble beaucoup à sa mère, releva-t-il, très ému.

— Lucie trouve qu'elle vous ressemble. Elle a vos cheveux et votre regard.

— Pourra-t-elle me pardonner de ne pas avoir tenté de savoir si elle était encore vivante ?

— Elle n'a rien à vous reprocher.

— Si je n'ai pas essayé de fuir à l'Ouest, c'est que je me sentais plus utile ici, auprès de mes

---

[1]. Examen qui, en Allemagne, conclut les études secondaires des lycées et collèges, et s'obtient après treize ans d'études (douze ans dans certains Länder).

compatriotes. Depuis que le mur a coupé Berlin en deux, je me suis mis au service de ceux qui veulent gagner leur liberté. Je fais partie d'un groupe de passeurs. La plupart se trouvent du côté ouest, mais nous sommes quelques-uns de ce côté à aider les téméraires qui désirent forcer la frontière. L'année dernière, nous avons fait passer plusieurs Allemands de l'Est par des tunnels creusés à partir de Berlin-Ouest. Nous étudions tous les moyens pour franchir le Mur en limitant les risques. J'avoue que depuis cette année les conditions se sont détériorées. Le contrôle du no man's land est de plus en plus draconien et sophistiqué. Il devient très difficile de rejoindre l'autre côté sans danger.

Ruben ne trouvait pas de mots pour exprimer ce qu'il ressentait. En venant à la rencontre de Wilhelm Bresler, il était loin d'imaginer que la vie de ce dernier ait pu être aussi mouvementée, après ce qu'il avait vécu pendant la guerre. Comme pendant l'Occupation, il aidait son prochain privé de liberté à regagner la lumière.

Si Lucie savait cela! se dit-il. Je crois qu'elle en tomberait encore amoureuse. Cet homme est vraiment exceptionnel!

Élise, quant à elle, semblait subjuguée par son père. Si elle n'osait manifester ce qu'elle désirait lui faire comprendre, c'était maintenant pour elle une certitude: elle était fière d'être la fille de Wilhelm Bresler.

*
* *

Ils se promirent de se revoir le lendemain. Wilhelm souhaitait tout savoir à propos de sa fille, son enfance, les études qu'elle suivait, ses objectifs, ses espoirs, ses amis… Il la trouvait très jolie et ne pouvait s'empêcher de faire la comparaison avec sa mère. Il aurait voulu lui dire combien il l'avait aimée et comme il se culpabilisait maintenant de ne pas avoir cherché à les retrouver toutes les deux.

— Demain, proposa-t-il, je vous emmènerai dans un bon restaurant. Le propriétaire me connaît bien. J'y vais de temps en temps pour y savourer de bons petits plats qui me rappellent ma jeunesse. Nous pourrons y discuter sans crainte d'être écoutés.

Ruben reconduisit Wilhelm à son appartement et regagna l'hôtel Alexander sans traîner sur les avenues.

Élise ne dormit pas de la nuit, tant son cœur battait d'émotion. Elle songeait que, peut-être, Wilhelm accepterait de les accompagner en France, qu'il reverrait sa mère et… Elle rêvait comme rêvent les jeunes filles en mal d'affection. Elle ne réalisait pas que la frontière était totalement infranchissable pour les Allemands de l'Est, qu'il lui serait impossible d'obtenir des papiers en règle pour pouvoir voyager à sa guise. Elle s'imaginait déjà au bras de son père, déambuler sur l'esplanade de Montpellier ou sur la place de la Comédie.

Comme elle avait espéré vivre un jour cet instant béni!

Le lendemain, Ruben avait rendez-vous au ministère de l'Éducation afin de mettre sur pied une visite du siège des Jeunesses communistes. Il avait demandé à Élise et à ses collaborateurs d'être prêts pour neuf heures.

Quand celle-ci l'entendit se préparer, elle se leva aussitôt.

— Déjà debout! s'étonna-t-il.

« Je n'ai pas dormi de la nuit. Je suis trop excitée à l'idée de revoir mon père. »

Ils descendirent prendre leur petit déjeuner dans la salle de restaurant. Bernard Levallois et Gilles Legoff, moins matinaux, paressaient encore au lit.

Ils n'eurent pas le temps de prendre place à leur table que deux individus au visage de marbre s'approchèrent d'eux.

— Police d'État, annonça l'un d'eux avec un fort accent germanique. Veuillez nous suivre sans créer d'histoires, s'il vous plaît.

Ruben tenta de protester, mais le policier l'arrêta.

— Vous êtes bien Ruben et Élise Rochefort?

— Oui, c'est exact.

— Alors, suivez-nous.

— Mais nous avons rendez-vous à neuf heures au ministère de l'Éducation avec un représentant du ministre.

— Votre rendez-vous est annulé, monsieur Rochefort. Je crois que vous savez pourquoi.

Élise se liquéfiait. Elle venait de comprendre que les agents de la Stasi les avaient surveillés et qu'ils les empêcheraient de revoir son père. Quant à Wilhelm, qu'allait-il lui arriver? se tourmentait-elle.

Ruben ne put avertir ses deux collègues. Les policiers l'embarquèrent avec Élise dans leur grosse Tatra noire et prirent la direction du quartier général de la Stasi.

La voiture fila vers l'est, dépassant tous les autres véhicules, franchissant allégrement les feux rouges. Ils roulèrent encore plus d'un quart d'heure. Sur la banquette arrière, encadrés par les deux policiers, Ruben et Élise se tenaient serrés l'un contre l'autre. Morte de peur, Élise écarquillait les yeux, retenant sa respiration. Elle ne cessait de penser à Wilhelm. Ruben, tout aussi muet, lui faisait des signes discrets pour la rassurer. Par la fenêtre de la portière, il regardait défiler les immeubles grisâtres et imposants de la Karl-Marx-Allee. Puis les constructions s'éclaircirent. La Frankfurter-Allee traversait une sorte de banlieue morne et sans âme. Le siège de la Stasi se trouvait un peu plus loin, dans le quartier de Lichtenberg.

Quand ils parvinrent au 103 Ruschestrasse, la Tatra tourna à droite et pénétra dans un immense parking. Ils crurent leur dernier moment de liberté terminé.

Les deux policiers les firent entrer dans un bâtiment sans style, comme il en pullulait dans tous les pays de l'Est depuis le début de l'ère stalinienne. À l'intérieur, dans le hall d'accueil, des gardes armés jusqu'aux dents suspectaient tout le monde. Reconnaissant les deux agents qui encadraient Ruben et Élise, ils claquèrent des talons à leur passage. Puis ils prirent un ascenseur hors d'âge qui les amena au second étage. De lourdes portes se fermaient derrière eux au fur et à mesure qu'ils avançaient dans les couloirs, tous peints en gris. On les fit patienter dans un bureau sous l'œil acéré d'un Vopo prêt à intervenir.

Au bout de cinq minutes qui leur parurent une éternité, un officier des renseignements entra brutalement dans la pièce et alla s'asseoir derrière une table métallique sur laquelle trônait un trophée de mauvais goût, affublé d'un marteau et d'une faucille. Il invita Ruben et Élise à prendre une chaise.

Sans se présenter, il s'adressa à Ruben sans détour.

—Monsieur Rochefort, vous avez commis une faute grave en compagnie de votre jeune assistante. Vous avez outrepassé les limites de l'autorisation qui vous a été accordée pour réaliser votre reportage.

—Je n'ai fait que m'entretenir avec des enseignants et des membres appartenant au ministère de l'Éducation, se défendit Ruben.

—Ne faites pas semblant de ne pas comprendre! Vous savez, nous nous méfions beaucoup des étrangers, quels qu'ils soient. Nous les avons toujours à l'œil! Pourquoi avez-vous pris contact avec monsieur Bresler?

—Simplement parce qu'il était enseignant. Je souhaitais dresser le portrait d'un ancien professeur qui avait choisi une autre voie en devenant musicien dans un orchestre prestigieux. Je ne vois pas où est le mal! Wilhelm Bresler représente pour moi un cas de figure particulier, très intéressant à montrer. Il est la preuve qu'en RDA l'ascension sociale est une réalité, que la société est vivante. Je n'ai pas enfreint la règle à laquelle j'ai souscrit en demandant l'autorisation d'enquêter.

L'officier de renseignements réfléchit. Les arguments de Ruben semblaient avoir fait mouche. Celui-ci poursuivit :

— Mon but était de montrer aux téléspectateurs français que les pays communistes se souciaient de leurs concitoyens en leur permettant d'accéder à un avenir toujours meilleur.

— Vous n'étiez pas autorisé à rencontrer monsieur Bresler. Vous vous êtes mis dans votre tort et, pour cela, vous risquez de gros ennuis.

Sur sa chaise, Élise ne bronchait pas.

— Qu'en pense la demoiselle? Elle n'est pas très bavarde.

— Mon assistante ne parle pas. Mais elle nous comprend.

— Hmm!

— Que comptez-vous faire de nous? osa demander Ruben.

— Je devrais vous incarcérer pour atteinte à la sûreté de l'État. Mes hommes auraient de nombreuses questions à vous poser. Ils savent s'y prendre pour obtenir ce que nous voulons... Toutefois, je n'ai pas envie de créer un incident diplomatique avec votre ambassade. Aussi vais-je vous renvoyer chez vous immédiatement. Votre reportage est terminé, monsieur Rochefort. Nous allons vous confisquer votre caméra et toutes vos pellicules... Il est inutile de protester.

— Vous nous expulsez!

— N'ai-je pas été suffisamment clair? Soyez heureux que cette affaire n'aille pas plus loin. Mes hommes vous reconduiront à votre hôtel et vous feront passer la frontière dans l'heure qui suit, sans autre forme de procédure.

Ruben ne put s'opposer à la décision de l'officier. Il était préférable de s'effacer, pensa-t-il, afin d'éviter les geôles de la Stasi.

À l'hôtel Alexander, Gilles et Bernard s'étaient inquiétés de l'absence de leur chef et de sa cousine au petit déjeuner. Personne n'avait voulu les renseigner.

Quand ils les virent revenir encadrés par les deux policiers de la Stasi, ils comprirent qu'un sérieux problème se posait.

— Préparez-vous! leur dit Ruben. On s'en va. Ces messieurs ont l'ordre de nous reconduire à la frontière.

Élise était effondrée. Si près du but, elle s'était mise à croire à un miracle. Elle n'avait même pas eu le temps de faire ses adieux à son père. Celui-ci saurait-il ce qu'il s'était passé? La Stasi lui reprocherait-elle de leur avoir ouvert sa porte?

Sur le chemin du retour entre l'hôtel et Checkpoint Charlie, elle ne put contenir sa frayeur à l'idée de ce qu'il risquait à présent.

Une fois les formalités frontalières effectuées, les deux Peugeot 404 reprirent la direction de l'Allemagne de l'Ouest. À son volant, Ruben ne disait mot, tant il enrageait d'avoir été expulsé. Lui aussi nourrissait secrètement l'espoir de revenir en France avec Wilhelm dissimulé dans son véhicule, comme certains transfuges étaient déjà passés, au péril de leur vie, les uns dans des valises savamment aménagées, d'autres cachés derrière le tableau de bord de grosses voitures américaines, ou simplement munis de faux papiers.

Élise se retourna et, par la lunette arrière, regarda s'éloigner Checkpoint Charlie. La borne frontalière disparut de sa vue, noyée dans un halo de tristesse.

Elle pleurait.

— Ne t'en fais pas, lui dit Ruben. Un jour, tu reverras ton père. Quand l'affaire se sera tassée.

«Le plus important est de savoir qu'il est vivant, n'est-ce pas? Et de l'avoir rencontré au moins une fois».

## 33

Paris

*1963*

Les semaines passaient. L'hiver s'était installé dans ses derniers retranchements, couvrant le pays sous son manteau de froidure. Élise avait repris ses cours à Montpellier et tentait d'oublier ce qu'elle avait vécu de si intense avec Ruben pendant ses dernières vacances.

Son cœur était en proie à d'étranges sentiments, mélange de joie et de tristesse, d'espoir et d'abattement. Si elle gardait de sa visite à son père un bonheur intense, elle éprouvait en même temps une grande frustration de ne pas avoir pu aller jusqu'au bout du voyage. Son départ précipité lui laissait un goût amer de fuite, d'abandon. Comment renouer les liens que la Stasi avait rompus brutalement? se demandait-elle quand elle pensait que, si elle ne tentait pas de reprendre le dialogue, elle ne reverrait sans doute plus jamais Wilhelm Bresler.

Ruben lui avait promis de l'aider à renouveler l'expérience dès qu'il aurait l'occasion de retourner en RDA. Mais il fallait patienter. Les autorités est-allemandes les avaient fichés tous les deux, ils n'étaient donc plus désirés sous les cieux de la démocratie populaire.

De son côté, Lucie demeurait dans l'expectative. Elle n'avait jamais attendu autre chose de cette aventure périlleuse que la certitude de savoir Wilhelm Bresler vivant. Elle redoutait en effet de remuer le passé. Sa crainte de souffrir de ses propres souvenirs l'emportait sur l'espoir qu'un miracle était toujours possible.

Adèle n'avait pas cessé de lui rendre visite pendant l'absence de Ruben et d'Élise en RDA. La jeune femme avait beau la persuader qu'elle ne pourrait jamais totalement tirer un trait sur ce qu'elle avait vécu tant qu'elle ne serait pas allée au bout de cette quête entreprise avec sa fille, Lucie semblait à nouveau se refermer sur elle-même, comme si elle appréhendait encore le regard des autres, la désapprobation des siens, le discrédit.

Pourtant, ni au Chai de la Fenouillère, chez ses parents, ni au Clos du Tournel, chez Sébastien et Pauline, personne ne se permettait de lui indiquer comment agir désormais, maintenant qu'Élise avait retrouvé ses racines paternelles.

Élise, de son côté, vivait dans le secret espoir que Ruben l'aiderait à forcer le destin, quitte, pensait-elle naïvement, à retourner clandestinement en Allemagne de l'Est. Elle était décidée à ne pas demeurer inactive. Au reste, elle avait entrepris une longue correspondance avec son père. Le courrier passait entre les deux pays et ne semblait pas contrôlé. Wilhelm en effet lui répondait, en se gardant toutefois de critiquer le régime en place. Sébastien, à qui Élise montrait parfois les lettres qu'elle recevait, avait deviné que Wilhelm se censurait lui-même, et avait demandé à sa petite-nièce de mesurer ses mots et de ne jamais porter de jugements négatifs sur le pays de son père, au risque de lui porter préjudice. Aussi se contentait-elle de lui donner des nouvelles de sa famille et d'elle-même sans s'étendre sur le cas de sa mère. Elle estimait à juste titre que Lucie devait seule décider de sa propre vie.

Le printemps succéda aux longues journées d'hiver, apportant enfin dans les cœurs le soleil qui manquait à tous.

Les nouvelles provenant de la RDA n'étaient pas très positives. Le Mur s'était encore consolidé, doublé d'un second rempart de béton armé. Le no man's land était totalement infranchissable avec son glacis sécurisé par plusieurs lignes de chevaux de frise, ses alarmes sophistiquées, ses centaines de miradors, ses pièges qui laissaient les empreintes des suicidaires gravées dans le sable, ses milliers de chiens et de Vopos toujours à l'affût. Les tentatives de passage devenaient plus rares. Il fallait ruser davantage. Même les tunnels étaient facilement détectés par les enregistreurs d'ondes enfouis dans le sol. Le Mur représentait vraiment le symbole de la guerre froide et de la séparation du monde en deux blocs.

Élise suivait plus que jamais l'actualité européenne, attentive au moindre événement qui venait de l'Est, au moindre frémissement du rideau de fer.

Fin juin, ses cours étant terminés, elle se rendit avec sa mère chez ses grands-parents, au Chai de la Fenouillère.

Un soir, tandis qu'elle écoutait le journal télévisé, son attention fut attirée par une annonce du présentateur. Elle fit de grands signes des mains pour prier les siens de regarder le petit écran. Le président américain, John Kennedy, en visite en Allemagne de l'Ouest à l'invitation du chancelier Konrad Adenauer, s'exprimait devant le Mur, non loin de Checkpoint Charlie. Tous entendirent avec elle les célèbres paroles qui devaient passer à la postérité : « *Ich bin ein Berliner!*[1] », marquant la solidarité du monde libre avec les Berlinois des deux côtés du Mur.

Sébastien, en visite chez sa sœur, reconnaissait que la construction de ce dernier donnait une image négative du communisme et témoignait d'une manière ostensible de son échec économique face au monde occidental.

— Les pays de l'Est, affirmait-il, sont devenus une véritable prison des peuples. Leurs dirigeants sont obligés d'enfermer les citoyens qui n'ont plus qu'une obsession : fuir ! Le Mur est un aveu d'impuissance, une honte pour toute l'Europe de l'Est.

« Crois-tu envisageable qu'un jour il puisse être renversé ? » intervint Élise, toujours la première à interpeller son grand-oncle sur les événements brûlants de l'actualité.

---

[1] « Je suis un Berlinois ! » Discours prononcé à Berlin-Ouest devant le Mur, le 26 juin 1963.

— Cela ne fait aucun doute. Mais ce sera long. Les Soviétiques ne sont pas prêts à transiger.

« Alors, mon père n'est pas près de retrouver la liberté qu'il chérit tant ! »

— Il ne faut jamais désespérer de rien ! Nul ne sait comment les choses vont évoluer.

Les vacances d'été étaient déjà bien entamées. Les touristes affluaient. Les étrangers avaient toujours un faible pour la capitale. Paris recevait beaucoup d'Américains, quelques Japonais et, de temps en temps, des ressortissants des pays de l'Est qui avaient obtenu de leur gouvernement une autorisation exceptionnelle de passer un court séjour de l'autre côté du rideau de fer. Certes, il s'agissait de rares privilégiés qui devaient sans doute prouver aux Occidentaux que les États communistes n'étaient pas à l'image de ce qui était véhiculé par les médias des pays capitalistes.

Sébastien aimait Paris au mois d'août, quand la capitale s'était vidée d'une partie de ses habitants et que la tranquillité – toute relative – remplaçait la fébrilité habituelle. Il y avait conservé son appartement qui lui servait de pied-à-terre lorsqu'il rendait visite à son éditeur, et y retrouvait Ruben qui y séjournait souvent pour son travail à la télévision.

À l'approche du 15 août, les festivités se multipliaient. Les Parisiens commençaient à rentrer tandis que les derniers touristes étrangers tardaient à repartir chez eux. La période était propice à l'activité culturelle qui allait s'accélérer jusqu'à la fin de l'année.

Pauline, sa femme, appréciait particulièrement les concerts de musique classique. Il l'accompagnait chaque fois qu'un spectacle de qualité était organisé.

Un soir, en rentrant chez lui par le métro, il remarqua une affiche placardée sur un mur de la station Châtelet. L'annonce d'une série de concerts donnés à l'Opéra par le Berliner Sinfonie-Orchester attira son attention. Sur le moment, il crut qu'il s'agissait d'une formation de la RFA, venant de Berlin-Ouest. Mais en réfléchissant, il se souvint que Ruben lui avait appris que Wilhelm Bresler était violoniste dans l'orchestre symphonique de Berlin-Est, celui qui, précisément, se produisait le 15 août. Il s'approcha de l'affiche, lut le nom du chef d'orchestre et ceux des musiciens qui jouaient en solo.

Celui de Wilhelm Bresler lui sauta aux yeux comme par enchantement.

Il ne put contenir son émotion.

— C'est bien lui! s'exclama-t-il à voix haute. Wilhelm Bresler, je ne me trompe pas!

Autour de lui, les usagers du métro, toujours très pressés, se retournaient sans s'arrêter, étonnés de l'entendre parler seul.

Aussitôt rentré chez lui, il annonça la nouvelle à Pauline.

— Wilhelm Bresler sera bientôt à Paris avec son orchestre! Tu te rends compte! C'est une chance inouïe. Il faut absolument prévenir Lucie et Élise. Elles doivent venir le plus vite possible si elles désirent le voir.

— Crois-tu qu'il leur sera facile de le rencontrer ? Il sera certainement surveillé de près par des agents de la Stasi. Les musiciens de l'orchestre n'auront pas les mains libres. Ils ne les laisseront pas les approcher.

— Nous verrons bien. Ce sont des artistes. Ils doivent pouvoir recevoir dans leurs loges ceux qui viennent les écouter.

Sébastien téléphona à son fils qui terminait ses vacances à Anduze.

— Je te charge de prévenir Lucie et Élise. Je préfère que tu leur annonces la nouvelle toi-même, de vive voix. Propose-leur de monter à Paris pour le jour du concert. On se serrera dans l'appartement, accompagne-les ainsi que ta femme.

Ruben s'exécuta sans attendre.

La réaction d'Élise fut immédiate. Elle n'osait espérer des retrouvailles si rapides. Huit mois seulement s'étaient écoulés depuis son voyage à Berlin-Est. Elle allait à nouveau voir son père. Reprendre les confidences qu'elle avait commencées avec lui et qu'elle avait prolongées à mots masqués dans sa correspondance.

Mais Lucie ne se montrait pas aussi enthousiaste. Elle se sentit tout à coup acculée devant une réalité qu'elle ne pouvait plus refuser à moins de se déjuger. Avait-elle vécu toutes ces années dans le secret espoir de retrouver un jour son premier amour, pour se défiler maintenant, au dernier moment ? À quoi servirait-il de revoir Wilhelm Bresler, se demandait-elle comme pour reculer sa décision, alors que la vie les avait séparés l'un de l'autre ? Dix-huit ans après, qu'avaient-ils encore de commun à partager hormis des souvenirs qui ne feraient que leur causer des regrets ?

Maintenant qu'elle se trouvait devant l'ultime échéance, Lucie hésitait.

« Maman, je te demande de m'accompagner, lui signifia Élise. Si tu ne le fais pas pour toi, fais-le pour moi. Je veux voir mes deux parents l'un à côté de l'autre au moins une fois dans ma vie. »

Devant l'insistance de sa fille, Lucie finit par accepter. Avant de prendre la route, elle s'en ouvrit à son amie Adèle.

— Vous ne pouviez pas refuser cela à Élise, lui dit celle-ci. Cela fait onze ans qu'elle vit dans l'espoir de voir ses parents réunis. Elle a beaucoup souffert de ne pas savoir qui était son père. Maintenant qu'elle l'a retrouvé et qu'il est ici, en France, vous devez lui offrir ce cadeau. Allez à la rencontre de celui que vous avez aimé. Montrez à votre fille qu'elle est le fruit d'un amour qui n'avait rien de honteux. Elle en reviendra plus forte et mieux armée pour la vie.

*
* *

L'Opéra Garnier faisait salle comble pour la première de l'orchestre symphonique de Berlin-Est. La direction en était assurée par Kurt Sanderling qui avait mis au programme la symphonie n° 10 de Chostakovitch, et en première partie sa célèbre symphonie n° 7 composée en réaction à l'invasion allemande pendant la guerre.

Lucie connaissait autant le répertoire musical russe que les œuvres littéraires qu'elle avait étudiées au temps de sa jeunesse. Tout ce qui venait de la patrie de Dostoïevski et de Pouchkine n'avait pas de prix à ses yeux. Aussi était-elle émue à l'idée que, grâce à Wilhelm Bresler, elle pourrait se replonger dans l'univers qui avait bercé ses années studieuses, à l'époque où le mari de sa tante Élodie, Pietr Boroslav, lui faisait découvrir son pays natal en lui parlant littérature.

Savoir qu'elle allait bientôt se retrouver devant Wilhelm paralysait ses pensées. Certes, elle n'aurait peut-être pas l'occasion de le voir en tête à tête, les musiciens de l'orchestre, comme l'avait prévenue Sébastien, seraient certainement très encadrés afin de ne pas être tentés de côtoyer les Occidentaux. L'observer à quelques mètres d'elle, sur la scène, sans qu'il se doute de rien, avait pour elle quelque chose d'irréel. Devinerait-il sa présence ? Se pourrait-il qu'après la représentation il reparte sans l'avoir rencontrée ?

Ruben et Sébastien lui avaient promis de se manifester. Comment ? Ils l'ignoraient. Mais ils ne laisseraient pas l'occasion leur échapper. Élise, quant à elle, tenait à revoir son père. Elle était fermement décidée à forcer la porte de sa loge si nécessaire.

Quand le rideau de la scène se leva, l'émotion de Lucie et d'Élise fut à son comble. Les musiciens attendaient debout l'apparition de leur chef d'orchestre, tous vêtus de noir. Ils étaient si nombreux que ni Lucie ni Élise ne distinguèrent

Wilhelm Bresler au premier coup d'œil. Les violonistes se tenaient de profil, leur instrument déjà posé dans le creux de l'épaule, prêts à attaquer. Kurt Sanderling fit son entrée aussitôt après sous les ovations du public qui, connaisseur, le salua immédiatement par des applaudissements nourris. Puis, le calme étant revenu, le maestro réclama l'attention de ses musiciens par un petit coup de baguette sur son pupitre, et lança l'allegretto, le premier des quatre mouvements de la 7e symphonie de Chostakovitch.

C'est alors qu'Élise la première reconnut son père. Il faisait partie des seize premiers violons, accompagnés de quatorze seconds violons, douze altos, dix violoncelles et huit contrebasses comme le préconisait la partition. À leurs côtés évoluaient trois flûtes, deux hautbois, un cor anglais, deux clarinettes, deux bassons, un contrebasson, huit cors, six trompettes, six trombones, un tuba, un xylophone, deux harpes, un piano et les percussions.

C'était la première fois qu'elle assistait à un concert de si grande importance. Émerveillée, elle n'avait jamais imaginé qu'elle pût être la fille d'un musicien appartenant à un si bel ensemble instrumental. Elle fit des signes discrets de la main à sa mère, lui indiquant la place de son père dans l'orchestre. Lucie, tout aussi émue, ne put réprimer un «Oh» de surprise.

Elle sentit alors ses forces lui faire défaut, faillit s'évanouir. Ruben la soutint.

— Ça va? lui demanda-t-il en sourdine. Veux-tu que nous sortions un instant?

—Non, c'est inutile. Ça ira.

Après le second mouvement, lors d'une courte pause, Sébastien essaya de rencontrer les musiciens dans leur loge. Il se heurta rapidement à un service d'ordre des plus coriaces.

—Vous ne pouvez pas les déranger pendant la représentation, lui fut-il opposé devant son insistance.

Alors, il s'éclipsa quelques minutes, demanda à voir Georges Magnan, le directeur de l'Opéra. Ils s'étaient connus en 1924, l'année où Sébastien avait failli obtenir le prix Goncourt. Depuis, ils se rencontraient de temps en temps, à l'occasion de manifestations culturelles qui rassemblaient l'intelligentsia parisienne.

—J'ai une faveur à te demander, lui annonça-t-il une fois entré dans son bureau, où il s'était réfugié le temps de régler quelques petits détails.

—Que puis-je pour toi, mon cher Sébastien ?

—Peux-tu introduire ma nièce et sa fille dans la loge d'un musicien de l'orchestre ?

Georges Magnan réfléchit.

—Tu te doutes qu'il n'est pas facile d'approcher les ressortissants est-allemands, même lorsqu'ils sont en représentation à l'étranger ! Je vais voir quand même ce que je peux faire. Comment s'appelle ton musicien ?

—Wilhelm Bresler, c'est un violoniste.

—Bresler ! Je connais. C'est un excellent soliste. Reviens à l'entracte. Je me débrouillerai... Ta nièce et sa fille sont des admiratrices de ce Bresler ?

— On peut expliquer les choses comme ça, en effet!

Sébastien regagna sa place sans rien dire à Lucie et à Élise, ne voulant pas les décevoir au cas où la démarche de Georges Magnan n'aboutirait pas.

À la fin de la première partie, le public applaudit chaleureusement le maestro et ses musiciens, et leur réclama de revenir après qu'ils se furent éclipsés une première fois.

«Que faisons-nous à présent? s'enquit Élise qui trépignait d'impatience de revoir son père. Il faut aller le voir dans sa loge, lui dire que nous sommes là!»

Alors Sébastien demanda à Ruben, Élise et Lucie de le suivre dans les coulisses de l'Opéra et les entraîna dans le bureau de son ami.

— C'est réglé, l'avertit aussitôt ce dernier. Vous trouverez sa loge facilement, je vais vous faire accompagner par l'un de mes hommes de confiance. Attention, les agents de leur service d'ordre les surveillent de près. Prenez garde à ce que vous lui direz! Si c'est pour le féliciter, il n'y a aucun souci. Mais ne dépassez pas les limites du politiquement correct.

Lucie était morte de peur, Élise tout excitée à l'idée de revoir son père et de renouer, l'espace de quelques minutes, le lien qu'ils avaient commencé à tisser.

Dans les coulisses régnait une grande effervescence. Autour des musiciens s'agitaient d'étranges individus à la mine austère, très attentifs à ce qui se passait. Ruben n'eut aucune difficulté à reconnaître en eux des agents de la Stasi. Ceux-ci étaient là afin d'éviter toute tentation de la part des artistes de parler trop librement avec le personnel de l'Opéra ou avec les journalistes venus en nombre pour couvrir l'événement.

Quand l'homme de confiance de Georges Magnan arriva devant la loge de Wilhelm, il hésita, regarda autour de lui, frappa trois coups discrets, attendit.

—*Herein!*[1] fit une voix à l'intérieur.

Ruben passa le premier et demanda à Lucie et Élise de vite refermer la porte.

Wilhelm Bresler, assis devant un miroir, était en train de remettre de l'ordre dans sa tenue vestimentaire, quand, se retournant, il reconnut Ruben en premier.

—On m'a prévenu de votre...

Il s'arrêta en apercevant Élise et, juste derrière elle, comme si elle n'osait se montrer, Lucie.

Il eut un moment d'hésitation, se leva de sa chaise, s'approcha de ses visiteurs.

Ses yeux se voilèrent.

—Élise! s'étonna-t-il, très ému. Et... Lucie... Je... je ne m'attendais pas à vous voir ici!

Sans plus attendre, Ruben facilita les retrouvailles.

—Je m'étais promis de vous remettre en contact tous les trois. Aujourd'hui, c'est chose faite. Je crois que vous avez beaucoup de choses à vous dire. Comme le temps nous est compté, je vous

---

1. «Entrez!»

laisse seuls. Profitez de ce qu'aucun des agents qui vous surveillent ne soit dans les parages.

Il sortit de la loge, mais demeura à proximité afin de s'assurer que personne ne vienne les déranger. La seconde partie allait bientôt commencer, il lui fallait absolument s'arranger pour qu'à la fin du concert, Wilhelm puisse échapper à tout contrôle.

Quelqu'un en effet ne tarda pas à prévenir les musiciens de bien vouloir regagner la scène. Wilhelm hésita. Ses yeux trahissaient sa peine de devoir déjà se séparer de sa fille et de Lucie. Ses sentiments le paralysaient, l'empêchaient de réagir. Il tendit les bras vers Élise. Lui prit les mains. S'approcha pour l'embrasser. Lucie pleurait. Voir sa fille dans les bras de son père l'inondait à la fois de joie et de tristesse.

— Nous devons regagner nos places, dit-elle pour mettre un terme aux effusions. Ce serait plus prudent.

À regret, Wilhelm les laissa seules dans sa loge. Quand il se fut éloigné, elles en ressortirent toutes retournées.

— Alors, s'enquit Ruben, comment ça s'est passé ? Nous reviendrons le voir à la fin du spectacle. Vous aurez plus de temps pour bavarder.

Lucie ne disait mot. Dans ses yeux se lisait une profonde émotion. Élise, quant à elle, ne cessait d'agiter les mains.

« Nous lui avons demandé s'il lui serait possible de nous voir à l'extérieur, après le concert. Il nous a répondu qu'il ne serait pas autorisé à s'éloigner seul. Qu'il y a des agents partout avec eux. Qu'ils sont très surveillés. Que peut-on faire ? »

—Je crains fort que vous ne deviez vous contenter de le rencontrer dans sa loge. Vous aurez plus de temps quand le concert sera terminé.

—Je suis très heureuse d'avoir revu Wilhelm, finit par avouer Lucie. Cela m'a fait énormément de bien. Je l'ai retrouvé comme avant que nous soyons séparés. Il n'a pas changé... quelques cheveux gris en plus! Il est toujours aussi...

Elle n'acheva pas sa phrase.

Élise la prit par la main. Lui demanda:

« Tu l'aimes encore, n'est-ce pas? »

—Je n'ai jamais pu l'oublier. Il est ton père, ma chérie!

Le spectacle terminé, Georges Magnan s'arrangea pour que personne ne vienne rôder autour de la loge de Wilhelm.

—Vous avez à nouveau le champ libre, dit-il à ses amis.

« Nous pourrions revenir tous les soirs, à chacune des représentations! suggéra Élise. L'orchestre se produit cinq fois avant de repartir en Allemagne. »

—Ce sera difficile, reconnut le directeur des lieux. J'ai soudoyé – c'est le mot juste – l'agent chargé de la surveillance de Wilhelm Bresler. Tout s'achète! Même dans les pays de l'Est. Il m'a dit qu'il acceptait pour cette fois, mais qu'il ne pourrait plus recommencer, sinon c'est lui qui deviendrait suspect aux yeux de ses collègues. Tout le monde épie tout le monde dans leur milieu.

Vers minuit, Lucie et Élise rejoignirent Wilhelm dans sa loge pour la seconde fois.

Ruben et Sébastien les laissèrent à leurs effusions, à la fois heureux d'avoir permis le rapprochement de ces trois êtres marqués par le destin, et attristés à l'idée qu'aucune suite n'était envisageable dans l'immédiat.

Ils ignorèrent toujours ce que Lucie, Wilhelm et Élise se dirent pendant cette heure bénie volée au temps. Mais, lorsque les deux femmes ressortirent de la loge, les yeux remplis de larmes, ils devinèrent que, dans leur cœur, rien ne serait plus jamais comme avant.

# Épilogue

*Un mois plus tard*

Lucie et Élise finissaient leurs vacances d'été chez Vincent et Faustine au Chai de la Fenouillère, encore sous le coup de l'émotion de leur voyage à Paris.

Lucie semblait la plus touchée par l'entrevue qu'elles avaient obtenue avec Wilhelm. Elle n'en parlait à personne. Mais, au fond d'elle-même, Élise devinait les regrets que sa mère dissimulait. Son passé avait resurgi soudainement, comme si elle avait balayé d'un seul revers de main tous les efforts qu'elle avait consentis pour l'effacer. Elle était revenue dix-huit ans en arrière, oubliant ce qu'elle avait vécu de terrifiant après son arrestation, d'infamant sous les insinuations de gens médisants, de troublant au moment de sa rencontre fortuite avec Jean Deleuze. Elle ne gardait à l'esprit que le souvenir de Wilhelm à l'instant précis où il lui avait déclaré son amour. Ce jour-là, il avait ôté son uniforme, lui avait parlé d'une voix douce au timbre apaisant et rassurant. Il l'avait mise en confiance après les semaines angoissantes qu'elle avait passées dans sa prison. Elle ne retenait de cet épisode tragique que son réveil à la vie auprès de son sauveur, un officier de la Wehrmacht peu ordinaire et séduisant.

Élise se doutait que revoir son père ne serait pas sans conséquences sur sa mère. C'était aussi la raison pour laquelle elle avait tant tenu à aller au bout de sa quête éperdue. Elle ne savait comment manifester sa reconnaissance à Adèle, sans qui rien n'aurait été possible.
La jeune institutrice, devenue amie de la famille, se montrait discrète maintenant que l'histoire semblait avoir atteint son terme. Elle n'espaçait pas pour autant ses visites et rejoignait souvent Lucie à Tornac chez ses parents. Faustine l'accueillait les bras ouverts, l'invitait à dormir le soir avec François, son mari, et leur petit garçon, Jérémie. Ils refusaient rarement, car, l'été finissant, c'était pour eux un prolongement des vacances. Les vignes étaient à maturité, une forte odeur de moût et d'alcool émanait déjà des rangées de ceps alourdis par les grappes gorgées de soleil. François avait proposé son aide pour les vendanges qui s'annonçaient précoces. C'était pour lui une façon de remercier ses hôtes de leur accueil chaleureux.

Depuis leur montée à Paris, Wilhelm n'avait pas envoyé de nouvelles. Élise la première s'en inquiétait, car il avait promis de ne pas interrompre sa correspondance. Sa tournée en France devait se poursuivre quelques jours supplémentaires après les cinq représentations que son orchestre avait données à Paris. Lyon, Lille, Strasbourg étaient au programme, mais aucune ville de la moitié sud.

« Il aurait pu profiter d'être en pays libre pour nous écrire ! s'étonnait Élise. Une fois de retour chez lui, qui sait ce qu'on lui reprochera ? »

— Son emploi du temps a dû l'en empêcher, tentait de la rassurer Vincent. Laisse-lui le temps de se remettre de ses émotions. Je suppose que lui aussi a été très secoué par tous ces événements qui se sont succédé si rapidement. Avoir revu sa fille et la mère de sa fille en l'espace de huit mois, après presque vingt ans de séparation, et alors qu'il vous croyait mortes toutes les deux, il y a de quoi être un peu déstabilisé, non ?

Le grand-père d'Élise savait de quoi il parlait. Lui-même ne s'était-il pas trouvé dans une bien étrange situation lorsque, après avoir vécu une bonne partie de sa vie avec la certitude que sa mère était décédée, il avait appris le contraire ?

Si Élise nourrissait toujours l'espoir de retrouver son père tôt ou tard, Lucie ne se faisait pas d'illusions. Elle connaissait la réalité des pays communistes de l'Europe de l'Est. Sébastien et Ruben ne lui avaient pas caché que la tension entre les deux blocs demeurait très forte malgré les efforts des dirigeants des grandes nations. La République démocratique allemande venait elle-même de ratifier l'accord de Moscou[1] sur la cessation des essais nucléaires atmosphériques, ainsi que la RFA, quelques jours plus tard. Mais

---

1. Signé le 5 août 1963 par les États-Unis, la Grande-Bretagne et l'URSS, la France s'étant abstenue.

celle-ci s'obstinait à refuser de reconnaître l'existence de sa sœur de l'Est. Ce qui n'était pas pour faciliter la détente.

La guerre froide plongeait l'Europe de l'Est dans un hiver sibérien, le glacis soviétique privant ses ressortissants des libertés fondamentales.

Les vendanges avaient commencé dans le vignoble du piémont cévenol. Vincent avait lancé ses équipes et s'activait dans son chai afin de contrôler l'arrivée des comportes, la teneur en sucre du raisin, la première presse. Pour l'occasion, toute la famille Rochefort était présente autour de lui et de Faustine, qui s'occupait toujours de l'intendance avec la même efficacité qu'à ses débuts. Âgés tous deux de soixante-cinq ans, ils avaient annoncé qu'il s'agissait de leurs dernières vendanges. Leur fils cadet, Matthieu, le frère de Lucie, suppléait son père depuis son retour d'Algérie deux ans plus tôt. Marié à la fille d'un riche industriel alésien, il avait refusé la place que son beau-père lui avait proposée dans son usine par attachement à la terre de ses ancêtres, les Rouvière et les Rochefort. Il était devenu le véritable maître du Chai de la Fenouillère depuis que Vincent lui avait passé les rênes.

Élise aimait faire les vendanges avec les saisonniers embauchés par son grand-père et son oncle. Elle y mettait autant d'ardeur que, jadis, sa grand-mère Faustine. Elle s'épuisait au travail afin de ne pas penser au silence inquiétant de Wilhelm qui n'avait plus donné de ses nouvelles depuis leurs retrouvailles à Paris, un mois plus tôt. Adèle, sa confidente, présente avec son mari et son fils, le

...mps d'un week-end de vendanges, tâchait de la ...ssurer comme elle pouvait. Elles s'étaient assises ...utes les deux dans le salon, un peu à l'écart, ... s'entretenaient de l'avenir d'Élise, lorsqu'elle ...urait terminé ses études.

Fatiguée par sa journée de travail, Lucie vint ...s rejoindre, laissant les autres à leurs conver-...ations bruyantes autour de la table où le dîner ...'éternisait.

Elles en étaient à imaginer un monde meilleur ...ù il n'y aurait plus de guerres, où les hommes ...eraient libres de s'exprimer et de voyager, où la ...cience permettrait de juguler la misère et la faim.

« Je veux travailler dans l'humanitaire ! » signa ...lise, songeant que son père s'était dévoué à son ...rochain en se mettant au service de la liberté.

— Quelle drôle d'idée ! releva Lucie. Je pensais que tu souhaitais devenir médecin.

« L'un n'empêche pas l'autre ! Je veux m'engager au service de ceux qui sont privés de liberté. »

— Comme ton père !

Élise ne répondit pas. Son émotion se trahissait sur son visage chaque fois que quelqu'un évoquait ce dernier dans la conversation.

Lucie réagissait maintenant de la même manière que sa fille, depuis qu'elle avait rencontré Wilhelm à Paris. Elle ne parvenait plus à l'effacer de ses pensées. Toutes les deux souffraient en silence de son absence et auraient tout tenté pour le rejoindre si, en d'autres circonstances, les événements s'étaient montrés propices à leurs retrouvailles définitives.

Encore eût-il fallu que Wilhelm le souhaitât de son côté !

Dans la salle à manger voisine, le repas était terminé depuis un moment, mais les discussions allaient toujours bon train quand quelqu'un sonna à la porte.

L'heure était tardive. La nuit était tombée depuis longtemps.

Lucie et Élise se regardèrent, intriguées. Adèle leur demanda si elles attendaient de la visite.

— Il n'est pas dans les habitudes de mes parents de recevoir à cette heure-ci sans en avoir été prévenus ! releva Lucie.

Elle se leva la première et se dirigea vers la porte d'entrée.

Elle tourna la clé dans la serrure et, méfiante, entrouvrit.

Sur le seuil, une silhouette se détacha dans le halo de lumière diffusé par le réverbère, un homme en imperméable, tenant à la main une valise.

Sur le moment, Lucie ne le reconnut pas.

L'homme ne dit mot. Apparemment surpris à son tour.

Alors, Lucie tira la porte vers elle. Reconnut le visage du visiteur que son chapeau cachait à moitié.

— C'est moi, dit enfin celui-ci. Cette fois, je ne pars plus. Je leur ai faussé compagnie.

Lucie sentit un immense bonheur l'envahir. Elle attendit une fraction de seconde avant de réagir.

— Wilhelm ! s'exclama-t-elle. C'est toi !

Il ôta son chapeau. Prit Lucie dans ses bras. L'étreignit longuement.

Derrière sa mère, Élise s'était approchée. Elle demeurait immobile, comme statufiée. Ses yeux se remplirent de larmes. Elle tendit les mains. Sa gorge se desserra. Ses lèvres s'entrouvrirent.

— Pa… pa… papa ! parvint-elle enfin à prononcer.

Par la porte du salon, Adèle avait assisté à la scène. Elle se fit discrète, mais Wilhelm la vit en train de s'éclipser.

Il l'interpella :

— Adèle, lui dit-il. Vous êtes Adèle, n'est-ce pas ?

Elle s'approcha. Acquiesça.

— Ne partez pas. Je vous dois tellement…

Dans les bras de sa mère, Élise retrouvait enfin la lumière en même temps qu'elle recouvrait la parole…

*Saint-Jean-du-Pin,*
*20 octobre 2014 – 23 novembre 2015*

# Table

Prologue .............................................................. 9

## Première partie
## L'INSISTANCE D'ADÈLE

| | |
|---|---|
| Le départ .............................................................. | 21 |
| L'installation ........................................................ | 32 |
| Premiers contacts ................................................ | 45 |
| La rumeur ............................................................ | 60 |
| Une femme seule ................................................. | 74 |
| Confidences ......................................................... | 86 |
| Le cahier ............................................................. | 98 |

## Deuxième partie
## L'ENFANT DU MYSTÈRE

| | |
|---|---|
| L'enfant de l'ombre ............................................. | 113 |
| L'enfant de personne .......................................... | 120 |
| L'enfant du marais .............................................. | 136 |
| L'enfant du cachot .............................................. | 154 |
| L'enfant du silence ............................................. | 173 |

## Troisième partie
## LE SECRET DE LUCIE

| | |
|---|---|
| Une jeune fille tranquille | 193 |
| L'engagement | 207 |
| Mission dangereuse | 222 |
| L'étau | 241 |
| Le piège | 253 |
| Au secret | 270 |
| L'aveu | 284 |
| Fugitive | 299 |
| Dans la forêt | 312 |
| Recluse | 325 |
| Liaison dangereuse | 338 |
| Élisa | 352 |
| Le drame | 374 |

## Quatrième partie
## LA QUÊTE D'ÉLISE

| | |
|---|---|
| Le secret d'Adèle | 399 |
| La vérité | 422 |
| Premières recherches | 439 |
| Heidelberg | 459 |
| Berlin-Ouest | 477 |
| Berlin-Est | 490 |
| Passeur de liberté | 505 |
| Paris | 534 |
| | |
| Épilogue | 551 |

Composition :
Soft Office

*Achevé d'imprimer par N.I.I.A.G.
en novembre 2016
pour le compte de France Loisirs, Paris*

Numéro d'éditeur : 87155
Dépôt légal : décembre 2016
*Imprimé en Italie*